Nicole Peters

Nacht über dem Campus

Von der Autorin bisher bei KBV erschienen:

Letzte Ausfahrt Auerberg

Nicole Peters (* 1968) hat in Bonn Geografie studiert, entschied sich anschließend jedoch dazu, im Lektorat eines Verlages zu arbeiten. Sie ist eine der *Mörderischen Schwestern* und Mitglied der Literaturwerkstatt Hennef, ihrer Heimatstadt. *Land im Nebel*, einen historischen Roman, veröffentlichte sie 2018. Ihr Krimidebüt *Letzte Ausfahrt Auerberg* erschien 2019.

Nicole Peters

Nacht über dem Campus

KBV

MIX
Papier aus verantwortungsvollen Quellen
FSC® C083411
FSC
www.fsc.org

Originalausgabe

www.kbv-verlag.de
E-Mail: info@kbv-verlag.de
Telefon: 0 65 93 - 998 96-0
Fax: 0 65 93 - 998 96-20

Umschlaggestaltung: Ralf Kramp unter Verwendung von

Lektorat: Volker Maria Neumann, Köln
Druck: CPI books, Ebner & Spiegel GmbH, Ulm
Printed in Germany
ISBN 978-3-95441-559-5

1. Kapitel

Sein Atem ging stoßweise. Er stolperte die Treppe hinauf und erreichte das Erdgeschoss des Campus. Um mehrere Ecken herum passierte er die große Aula, das Musikzimmer und die Mensa. Kopflos. Er blickte hinter sich, ohne stehen zu bleiben. Überlegte, ob er doch den Autoschlüssel aus seinem Zimmer holen sollte. Nein. Er musste hier raus. Ließ die Turnhalle links liegen. Im Vorbeilaufen warf er einen Blick durch das Plexiglas auf das darunterliegende Sportfeld. Die bunten Linien und Kreise darauf zeigten ein Labyrinth, ebenso verwirrend, wie es der gesamte Campusbereich war. Das Volleyballnetz hing schlaff herunter, ein Basketball lag verlassen in einer Ecke. Wo waren alle anderen? Alles schien verwaist. Kein Laut war zu hören. Und so hallten die Worte, die er gehört hatte, schmerzend hinter seiner Stirn nach. Sie hatten Bilder hervorgerufen, Erinnerungen geweckt, die lange und tief in ihm verborgen gewesen waren. Sie trieben ihn weiter. Er erreichte das Foyer. Auch hier war niemand zu sehen. Der Informationstisch war nicht mehr besetzt. Nur die indirekte dämmrige Beleuchtung der Pflanzenoasen spendete ein wenig Licht. Draußen war es stockfinster. Warum brannten die Laternen nicht?

Abrupt hielt Oliver an, sodass die gummierten Sohlen seiner Sportschuhe auf dem Boden ein quietschendes Geräusch von sich gaben, so als sei er auf eine Maus getreten.

Hastig schob er seinen Hemdsärmel zurück, warf einen Blick auf die goldene Armbanduhr. Ein Relikt aus einer anderen Zeit. Aber für ihn bedeutete die Uhr mehr als ihr Wert in Gold. Sie hatte seinem Vater gehört. Schon halb acht. Mist. Die Vordertür war bestimmt verschlossen. Das Campusleben hatte sich längst auf den Wohnbereich verlagert. Oder in den Schankraum im Untergeschoss. Und jeder Vernünftige, der einen Ausflug nach draußen unternahm, wählte den kurzen Weg aus einer der Seitentüren direkt zu den Parkplätzen. Trotzdem trat er an die Vordertür. Sie bewegte sich nicht.

»Na, noch nicht beim gemütlichen Teil des Abends, Herr Schönbom?«

Er erschrak. Wandte sich in Richtung des Zimmertraktes, von wo die Stimme gekommen war. Sofort strömte Erleichterung durch ihn, und seine Schultern sackten herunter. Es war nur Herr Karl, der Hausmeister.

»Nein, muss etwas in der Stadt besorgen«, sagte er geistesgegenwärtig. »Können Sie mir kurz aufschließen? Ich habe nicht dran gedacht, dass hier vorne schon geschlossen ist, und wenn ich jetzt noch mal durch den ganzen Trakt muss, schaffe ich es nicht bis zum Ladenschluss.«

»Also, ich kenne keinen Laden in der Hennefer City, der jetzt noch geöffnet ist. Außer den Supermärkten. Und die haben bis zehn offen.«

Natürlich hatte der Hausmeister recht. Aber er musste hier raus. So schnell wie möglich. »Bitte, Herr Karl.«

Karl zog die Schultern hoch. »Na gut, junger Mann.« Klirrend zückte er seinen dicken Schlüsselbund und schlenderte zur Tür. Der gedrungene Mann verkörperte jedes Klischee seiner Zunft. Dennoch war er einer der wenigen hier, denen Oliver nicht mit Misstrauen begegnete. Das Gespräch, das er mit angehört hatte, hatte seinen Glauben in die Menschen um ihn herum erschüttert. Wenn Yuna nicht wäre, würde er sofort alles hinter sich abbrechen und von hier verschwinden.

»Ist auch alles in Ordnung mit Ihnen, Oliver?«, fragte der Hausmeister, während er ihm die Tür aufhielt. Oliver nahm sich zusammen und nickte.

»Dann passen Sie auf, wohin Sie treten. Vor allem an den Treppen. Bei den Renovierungsarbeiten ist heute irgendetwas schiefgelaufen mit der Elektrik. Die komplette Außenbeleuchtung ist ausgefallen.«

»Danke. Mache ich, Herr Karl. Sie sind der Beste.« Oliver schlüpfte durch die Tür und tauchte ein in die Dunkelheit der Außenanlage des Campus. Trotz Herrn Karls Mahnung sprang er in drei Sprüngen die flache Treppenflucht hinunter, ignorierte den dumpfen Schmerz in seiner Hüfte und dem Knie. Bog nach links auf die Straße ab. Kurz bevor er den Parkplatz vor der Klinik erreichte, hörte er ein Motorrad starten. Weit genug entfernt. *Beruhige dich.* Niemand außer Herrn Karl wusste, dass er den Campus verlassen wollte. Oder doch? Hatten sie ihn bemerkt, als er ihrem Streitgespräch gelauscht hatte?

Er erhöhte sein Tempo. War nie ein guter Läufer gewesen. Spätestens seit dem Unfall nicht mehr. Er hechtete den düsteren, schmalen Weg zwischen dem Zaun des

Wildgeheges und dem Klinikgelände entlang, erwartete jeden Augenblick, einem der Patienten zu begegnen, die hier ihre Raucherpausen abhielten. Doch niemand war zu sehen. Dennoch fühlte er sich beobachtet. Spürte die Blicke des Damwilds hinter dem Zaun, das aus der Dunkelheit heraus bestimmt jeden seiner Schritte verfolgte. Erst als er die Sicherheit der baumgesäumten Holztreppe erreicht hatte, die zum Kurpark führte, verlangsamte er seinen Sprint und verfiel in ein Joggingtempo. Bis in die Stadt würde er so eine Viertelstunde brauchen. Er hoffte nur, dass er es rechtzeitig bis zum Wirtshaus schaffen würde. Solange sie dort war. Denn ihre private Telefonnummer oder Adresse kannte er nicht. Wusste nur, dass sie irgendwo in Hennef wohnte. In einem der hundert Dörfer. Ihre Kanzlei lag in Bonn. Die Telefonnummer wäre leicht herauszufinden. Aber dort wäre die Rechtsanwältin erst am Montag wieder erreichbar. Zum Glück hatte Oliver nach ihrer letzten Vorlesung am Mittwoch zufällig mitbekommen, dass sie sich für heute Abend mit einem Kollegen im Hennefer Wirtshaus verabredet hatte. Jetzt konnte er nur hoffen, dass diese Verabredung noch stand und er sie dort antreffen würde. Denn er kannte am Campus keinen anderen als Rechtsanwältin Helen Freitag mehr, den er hätte einweihen können. Nur sie konnte ihm jetzt helfen. Er hatte eine Anzeige zu machen. Nach all den Jahren würde endlich eine Anklage erhoben werden.

2. Kapitel

Mein Gott, ist das voll hier.« Helen winkte ihrem Kollegen über den Tisch hinweg zu, bevor sie sich ebenfalls setzte. Er hatte sich in eine Ecke gequetscht. »Und laut«, schob sie hinterher. Sie musste sich anstrengen, um gegen den Geräuschpegel des voll besetzen Lokals anzukommen.

»Freitagsspiel in der Bundesliga. Ich habe gerade schon am Nachbartisch nachgefragt, ob es etwas Besonderes gibt. Aber es ist nur Fußball. Gladbach spielt. Und im öffentlich-rechtlichen Fernsehen bekommt man die Freitagsspiele überhaupt nicht mehr zu sehen. Da ist hier im Wirtshaus wohl immer der Teufel los. Habe den letzten Platz überhaupt ergattert«, erzählte Henning Petersen, während Helen ihren Blazer über den Stuhl hängte. Es war entsprechend aufgeheizt im Lokal. Fußball verfolgte sie selbst kaum, aber bei Mönchengladbach dachte sie sofort an Rabe. Das war sein Verein.

»Schöne Bescherung. Hätte ich aber eigentlich wissen können. Genau deshalb hat der Vogel mir heute abgesagt.«

Petersen zog fragend die Augenbrauen hoch. »Was für ein Vogel denn, Kollegin?«

Helen musste lachen. Sie konnte es sich nicht abgewöhnen, Rabe mit seinem Spitznamen aufzuziehen.

»Entschuldige, Henning. Das kannst du nicht wissen. Aber du kennst doch meinen Bekannten Ralf Peter Voss, den Redakteur vom *General-Anzeiger*?«

»Deinen Bekannten? Ich dachte, da wäre etwas mehr zwischen euch.«

Helen ließ die Frage unbeantwortet im Raum stehen. Petersen hatte ja recht. Aber Rabe so offiziell gegenüber Dritten als ihren Freund oder sogar Partner vorzustellen? Das konnte sie einfach noch nicht.

Petersen ging zum Glück über die peinliche Stille hinweg. »Ja, Voss ist mir nicht verborgen geblieben. Er ist ja nicht ganz unbeteiligt an der Schrader-Sache gewesen.«

Helen nickte. »Genauso ist es. Aber er ist ja gar kein komischer Vogel, sondern sein Spitzname ist Rabe. Ich kann es nur einfach nicht lassen, meine Witze darüber zu machen. Vielleicht kannst du mir ja dazu mal deinen fachlichen Rat als Psychologe zukommen lassen.«

Henning Petersen schob seine Brille zurecht. Er konnte das gut. Diesen Analytikerblick. Seine Stimme klang plötzlich ernster. Tiefer und melodischer. »Ja, das ist tatsächlich interessant. Da verbirgt sich etwas. Den Partner durch solche Bemerkungen gefühlsmäßig auf Abstand halten. Ganz typisches Verhalten bei Bindungsängsten.«

»Jetzt hör aber auf.« Helen rutschte auf ihrem Stuhl hin und her. Für so eine gemütlich wirkende Gaststätte waren die Stühle doch recht hart. »Ich wollte mich mit dir treffen, um über Marie zu sprechen, nicht über mich.«

»Wenn du das sagst, muss es wohl so sein.«

Hennings Entgegnung ging fast im weiter anschwellenden Lärm des Wirtshauses unter. Ein Blick auf den Bildschirm bestätigte Helen, dass das Spiel gleich anfangen würde. Die Mannschaften liefen auf den Platz, jeder der Spieler hielt ein Auflaufkind an der Hand. Schöne Idee eigentlich. Wie lange gab es das schon? Und wie hatte das begonnen? Mit irgendeiner Weltmeisterschaft? Sie machte sich eine geistige Notiz, das beim nächsten Treffen Rabe zu fragen. Gleichzeitig wurde ihr bewusst, dass genau so etwas die treffende Kurzanalyse ihres Gegenübers bestätigte. Sie hielt sich Rabe immer noch vom Leib. Versuchte, ihre Gespräche auf Belanglosigkeiten zu lenken. Small Talk eben. Und das trotz allem, was sie im letzten Jahr zusammen erlebt hatten. Trotz all seines Einsatzes für ihren Fall und für sie.

Aber genau deshalb war sie jetzt hier. Wirklich nicht, um über sich zu sprechen, sondern um zu erfahren, wie ihre Auszubildende Marie mit ihrem Schicksal klarkam. Helen hatte dem Mädchen empfohlen, nein, sie hatte darauf bestanden, dass Marie sich in die professionellen Hände eines Psychologen begab. Und ihr Kollege bei der Hochschule in Hennef, Henning Petersen, war ihre erste Wahl. Sie hatte ihn schon öfter an Mandanten empfohlen, die etwa durch ein Trauma nach einem Verkehrsunfall psychische Probleme bekamen. Einmal mehr wurde ihr bewusst, wie wichtig ihr die Nebentätigkeit an der Hochschule der gesetzlichen Unfallversicherung war. Ihre Mittwoche waren ihr heilig, nicht nur wegen der Lehrtätigkeit. Auch der Austausch mit den Kollegen aus den unterschiedlichen Fachbereichen war wertvoll. Helen war eine große Befürworterin einer ganzheitlichen Herangehensweise bei ihren Rechtsfällen. Denn gerade in den Fällen, die ihr häufig begegneten, seit sie sich einen Namen als Opferanwältin gemacht hatte, war man für die Mandanten meist viel mehr als nur Anwältin. Mehr Mediatorin, Beraterin und Beistand in allen Lebenslagen. Und sie war gut darin. Nur für ihr eigenes Leben hatte sie nicht die richtigen Ratschläge parat. Aber war es nicht immer so? War nicht der Schuster derjenige mit den schlechtesten Schuhen?

Wieder schwoll der Lärmpegel an. Anpfiff beim Fußball.

»Sollen wir uns nicht besser nach draußen setzen? Ich verstehe hier kaum mein eigenes Wort«, rief sie zu Henning herüber. So konnte man sich unmöglich über die psychischen Probleme einer lieb gewonnenen Auszubildenden unterhalten.

»Von mir aus gerne. Es sind ja schon ganz erträgliche Temperaturen für April«, antwortete Henning. Zumindest glaubte Helen, das verstanden zu haben.

Sie nickte. »Und zur Not habe ich ja meinen Blazer.«

Sie standen gleichzeitig auf und suchten sich einen Platz im Biergarten vor dem Wirtshaus. Auch hier waren so früh im Jahr etliche Plätze besetzt. Der ganze bisherige April war ungewöhnlich warm gewesen. Sie ergatterten einen am Rand gelegenen Platz, wo man sich ungestört unterhalten konnte.

»Also, wie macht sich meine Auszubildende?« Helen fiel unbesorgt mit der Tür ins Haus. Marie Glücklich hatte Henning Petersen ihr gegenüber von der ärztlichen Schweigepflicht entbunden.

»Sie macht sich gut.« Henning nahm einen Schluck von seiner Fassbrause, bevor er die Aussage präzisierte. »Sie spricht offen über ihre Gefühle. Zu Anfang fiel es ihr schwer, aber mittlerweile weiß sie genau, dass nichts von dem, was geschehen ist, ihre Schuld war. Zumindest verstandesmäßig. Aber gerade solche frühkindlichen Belastungen werden sie wahrscheinlich ihr ganzes Leben begleiten. Sie muss nur lernen, damit umzugehen. Sie in den rechten Kontext zu setzen. Das ist ein langer Weg.«

Marie war mit zwei Jahren von ihrem leiblichen Vater an ihren Adoptivvater Georg Glücklich verkauft worden. Das allein zu begreifen, wäre schon schwer. Damit nicht genug, war ihre leibliche Mutter durch beide Väter getötet worden, als sie sich nach zwanzig Jahren dagegen aufgelehnt hatte. Der Schrader-Fall war letztes Jahr mit der Verhaftung beider Männer abgeschlossen worden. Für die Angehörigen, allen voran Marie, war das Abschließen naturgemäß nicht so einfach.

»Und meinst du, es ist wirklich so eine gute Idee, dass sie Georg Glücklich im Gefängnis besuchen will?«

Henning nahm sich Zeit mit seiner Antwort. »Ich denke, sie ist bereit. Den größten Schritt hat sie schon getan, als sie seine Briefe gelesen hat. Das persönliche Treffen ist der nächste Schritt. Und er ist ja kein Unmensch. Der Glücklich. Er war ihr immer ein guter Vater.« Henning nahm seine Brille ab und begann sie zu putzen, während er fortfuhr: »Was mir momentan mehr Sorgen bereitet, ist, dass Marie von ihrer Mutter sehr beansprucht wird. Die scheint sich nämlich völlig zurückzuziehen. Das Verhältnis der beiden hat sich total umgekehrt. Marie ist nun diejenige, die versucht, ihre Mutter aus deren

Tief herauszuziehen. Aber das kann sie nicht leisten. Und auf der anderen Seite scheinen ihre neu gewonnenen Großeltern sie auch auf eine gewisse Weise zu bedrängen. Sie wollen wohl all das nachholen, was sie bei ihrer Tochter verpasst haben.«

Helen hatte das auch schon beobachtet. »Ja, Marie macht manchmal solche Bemerkungen. Ich hatte so etwas schon befürchtet.«

Henning nickte. »Vielleicht kannst du ja mal mit ihnen sprechen. Sie sind schließlich deine Mandanten.«

»Ja, das sind sie. Scholz, also Maries leiblicher Vater, hat Berufung eingelegt. Der Fall ist immer noch nicht abgeschlossen. Zumindest Georg Glücklich aber hat das Urteil akzeptiert.«

»Trotzdem, über ihre Großeltern nimmt Marie auch dieser anstehende Prozess noch mit. Es wäre wirklich gut, wenn du die Eheleute Schrader diesbezüglich einmal ansprichst. Marie will und muss damit abschließen.«

Bevor Helen zu einer Antwort ansetzen konnte, klingelte ihr Handy. Sie schaute auf das Display. »Moment. Das ist meine Mutter. Da muss ich mal schnell rangehen. Sie war in letzter Zeit nicht gut zurecht.«

»Mutter?«

Erst ein Rauschen. Dann erst vernahm Helen die Stimme von Ruth Freitag. »Leni?«

»Ja, Mama. Ich bin es. Was ist los? Ich verstehe dich kaum.«

»Es geht mir nicht so gut.« Ihre Mutter klang leise, fast zart, und ihre Stimme war ein wenig undeutlich.

»Mama, was ist passiert?«

»Hab den Notarzt gerufen.«

Helen sprang auf. »Ich komme sofort. Bleib ganz ruhig. Ich bin gleich da.«

Die Verbindung wurde unterbrochen.

»Henning, ich muss weg. Meine Mutter …«

»Ja, hab es mitbekommen. Geh. Ich übernehme das hier.« Er deutete auf ihre Getränke.

»Danke. Ich melde mich bei dir.« Helen griff ihren Blazer und rannte zu ihrem Auto, das sie auf der Frankfurter Straße geparkt hatte.

3. Kapitel

Gretchen! Ich bin dann weg.« Marie Glücklich stand am Treppenabsatz und rief nach oben. Ihre Mutter lag noch im Bett. Marie hatte sich vor dem Duschen versichert, dass sie wach war. Hatte sie gefragt, ob sie nicht doch mitkommen wolle. Doch Gretchen hatte abgelehnt. Wollte nichts davon wissen oder hören. Gretchen war wie ein zugeschlagenes Buch, bei dem das Lesezeichen herausgefallen war. Aber darum konnte Marie sich jetzt nicht kümmern. Denn heute war es so weit. Besuchstag in der Justizvollzugsanstalt in Siegburg. Seit ihrer Zeugenaussage bei der Verhandlung im Landgericht Bonn hatte Marie ihren Vater nicht mehr gesehen. Das war jetzt fast ein Jahr her. Und auch da hatte sie es vermieden, ihn anzusehen, seinen Blick zu erwidern. Nur beim Betreten des Gerichtssaals hatte sie einen kurzen Blick von der Seite auf ihn geworfen. Zuerst hatte sie seine im wöchentlichen Rhythmus eintreffenden Briefe nicht gelesen. Sich geschworen, nie wieder auch nur ein Sterbenswörtchen mit ihm zu reden. Sie wollte keine Entschuldigung, sie wollte kein Flehen, sie wollte ihn vergessen. All das vergessen, was er ihr angetan hatte. Er hatte sie belogen, ihr Leben lang. Hatte ihr nicht nur verschwiegen, dass sie adoptiert war, dass er sie der leiblichen Mutter entrissen hatte, dass er sie vom leiblichen Vater gekauft hatte wie ein Spielzeug. Nein, er hatte ihr auch die Möglichkeit genommen, ihre leibliche Mutter kennenzulernen. Für immer. Denn er hatte sie getötet. Getötet! Das konnte man doch nicht verzeihen. Das konnte sie nur versuchen zu vergessen.

Marie warf einen letzten Blick nach oben. Kein Geräusch drang aus dem Schlafzimmer. Sie zuckte mit den Schultern. Es überstieg ihre Kraft, ihrer Adoptivmutter zu helfen. Sie hatte es ein paarmal versucht. Ihr geraten, auch eine Therapie anzufangen, so wie sie selbst. Helen Freitag, ihre Chefin, hatte darauf bestanden, dass Marie schon während des Prozesses gegen den Vater einen Psychiater aufsuchte. Und das hatte Marie wirklich geholfen. Mit Herrn Petersen konnte sie über alles reden. Er sagte gar nicht viel, hörte ihr dafür umso mehr zu. Gab hier und da ein paar Erklärungen, machte Vorschläge, aber ließ Marie im Wesentlichen ihre eigenen Entscheidungen erarbeiten. So hatte sie nach und nach erkannt, dass sie sich ihrem Adoptivvater stellen musste. Dass sie das Geschehene nicht einfach vergessen konnte, sondern dass sie es aufarbeiten musste. Zuerst hatte sie daher dessen bisher ungeöffnete Briefe gelesen. Und nun, nach einem Jahr, war sie bereit dazu, ihn zu treffen.

Marie verließ das Haus. Sie war früh genug dran. Der Bus fuhr erst in einer halben Stunde. Bis zur Haltestelle in Ruppichteroth war es nur ein Fußweg von einer Viertelstunde. Aber sie wollte nichts dem Zufall überlassen. Es war gar nicht so einfach gewesen, diesen Besuchstermin zu bekommen. Wie alles im deutschen Rechtsstaat bedurfte es einer Menge Formulare, die auszufüllen waren. Der Nachweis der Verwandtschaft, Datenschutzbestimmungen und was nicht noch alles. Zum Glück hatte Frau Freitag ihr geholfen.

Marie nahm sich Zeit und warf einen Blick zurück auf das Haus. Würden sie und Gretchen es überhaupt allein halten können? Und war es nicht viel zu groß für sie beide? Gretchen hatte sofort nach der Verurteilung von Georg Glücklich die Scheidung eingereicht. So viel Energie hatte sie immerhin aufgebracht. Ansonsten blieb alles liegen. Und die Scheidung war noch nicht durch. Auch das war nicht so einfach, wenn einer der Ehepartner im Gefängnis saß. Und wie es mit den Finanzen stand, konnte Marie überhaupt nicht einschätzen. Hatte sich nie über so etwas überhaupt Gedanken gemacht. In der Einfahrt vor der Garage stand das Auto ihrer Mutter. Drinnen das von Georg Glücklich. Konnten sie es verkaufen? Wenn sie gleich zu ihrem Vater nichts zu sagen wusste, konnte sie ihn ja fragen, wie das jetzt alles finanziell weitergehen sollte.

Sobald Marie das Grundstück verließ, setzte sie ihre Kopfhörer auf. Sie brauchte sie nicht mehr wirklich, wenn sie sich in der Welt bewegte. Das war vor einem Jahr auch noch anders gewesen. Sie hatte sich sehr verändert, wurde ihr in diesem Augenblick klar. Zumindest gab die Musik von Linkin Park im Ohr ihr jetzt den nötigen Schub, um diesen besonderen Tag anzugehen.

Gerade als sie die Haltestelle erreichte, kam der Bus. Heute aber war sie keine normale Pendlerin, die wie seit über einem Jahr wochentags zur Arbeit in die Rechtsanwaltskanzlei Freitag & Vettweiss nach Bonn fuhr. Trotz Musik gelang ihr das Eintauchen in die Pendlerblase heute nicht. Sie fühlte sich, als ob ihr das Ziel ihrer Fahrt auf die Stirn geschrieben stand. All die Leute im überfüllten Bus schienen sie anzustarren.

»Was für ein Wochenende.« Helen steuerte nach dem Betreten der Kanzlei direkt den Schreibtisch von Friederike Vettweiss an, stellte ihre Aktentasche darauf ab und stützte sich mit beiden Händen auf. Dabei bedankte sie sich innerlich dafür, dass es neben ihrer Mutter andere Konstanten in ihrem Leben gab. Frieda gehörte definitiv dazu.

»Dir auch einen guten Morgen.« Frieda hatte ihre Arbeit am PC unterbrochen und begrüßte sie in der ihr eigenen schnippisch-liebevollen Art und Weise.

»Entschuldigung, Frieda, guten Morgen wünsche ich dir. Obwohl meiner nicht sehr gut war. Ich habe kaum geschlafen.«

»Was ist denn los?«

»Meine Mutter. Sie ist im Krankenhaus. Ist am Freitag zusammengebrochen. Hat selbst den Notarzt gerufen. Die haben sie erst nach Siegburg gebracht. Verdacht auf Schlaganfall.«

»Oh nein.« Frieda stand auf, kam Helen entgegen.

»Nein, war keiner. Aber sie haben sie nach Bonn ins Uniklinikum verlegt. Für weitere Untersuchungen. Die Ärzte vermuten Parkinson.« Helen rieb sich die Augen. Der Schreck vom Freitag lag ihr noch in den Gliedern. Ihre Mutter war die stärkste Konstante in ihrem Leben, schon immer. Helen war ein Einzelkind, und ihr Vater hatte ihre Mutter und sie verlassen, als Helen vier Jahre alt war. Er war in seine irische Heimat zurückgekehrt. Ruth Freitag hatte ihre Tochter allein großgezogen, war immer für sie da gewesen. War ihr erster Anlaufpunkt und ihre letzte Zuflucht. Und erst jetzt begriff Helen, wie sehr ihr dieses Gefühl Sicherheit gegeben hatte. Wie sie davon abhängig war, die Mutter immer in ihrem Rücken zu wissen. Dass diese Sicherheit so plötzlich wegbrechen konnte, machte Helen wahnsinnige Angst.

Frieda nahm sie kurz in den Arm. »Komm, ich mache uns erst einmal einen Kaffee. Und dann erzählst du mir mal genau, was passiert ist.«

Helen nickte. Sie folgte ihrer Kollegin und Freundin in die Küche der Kanzlei, deren Zentrum der Kaffeevollautomat bildete.

»Matthias ist bei Gericht?«, fragte Helen.

Frieda nickte, während sie zwei Tassen unter den Automaten schob.

»Und Marie?«

»Die hat doch heute Morgen den Besuchstermin in der JVA Siegburg.« Frieda erhob ihre Stimme, um gegen das laute Mahlgeräusch der Kaffeemaschine anzukommen.

»Oh, Mann, ja. Da habe ich gar nicht mehr dran gedacht. Konnte am Freitag auch gar nicht richtig mit Petersen darüber reden. Mitten in unserem Treffen kam der Anruf meiner Mutter.«

»Jetzt erzähl.« Die beiden setzten sich an den Tisch, der gerade Platz für zwei bot. Mit dem frischen Kaffee in der Hand berichtete Helen vom Gesundheitszustand ihrer Mutter. Sie hatte beim Backen einen Schwächeanfall erlitten, war vor dem Ofen zusammengesackt und kurz bewusstlos gewesen. Das konnte sie so genau sagen, weil der eingestellte Ofentimer nur wenige Minuten heruntergelaufen war. Danach hatte sie den Notarzt gerufen.

»Und dann hat sie erst den Ofen und den Herd ausgestellt, auf dem schon die Schokokuvertüre für den Kuchen schmolz. Sie wollte ja nicht, dass das Haus abbrennt. Dann erst hat sie mich angerufen. Ich saß mit Petersen im Hennefer Wirtshaus. Ich kam gerade rechtzeitig zu Hause an, dass ich hinter dem Notarztwagen herfahren konnte.«

Der Rest war schnell erzählt. Die ersten Untersuchungen im Notarztwagen hatten zumindest bezüglich eines Schlaganfalls Entwarnung gegeben. Im Siegburger Krankenhaus wurden aber andere Unregelmäßigkeiten festgestellt. »Genaues haben die uns nicht sagen können oder wollen. Nur dass weder ein Schlaganfall noch ein Herzinfarkt vorlag. Eine Verlegung nach Bonn für weitere Untersuchungen sei nötig. Das war dann gestern am Sonntag. Ich hab mir gedacht, wenn die das sogar am Wochenende machen, muss es doch ernst sein. Meine Mutter war die ganze Zeit bester Laune. Stell dir das mal vor, sie hat mir eine Liste geschrieben, auf was ich zu achten habe. Vor allem im Garten. Im Frühjahr gibt es viel zu tun.« Helen ahmte die Stimme ihrer Mutter nach und prustete. »Ich und mein nicht vorhandener grüner Daumen.«

Frieda grinste. »Das kann ich bestätigen. Unsere Kanzleipflanzen hätten schon lange aufgegeben, wenn ich nicht wäre und ihnen das lebensnotwendige Nass zukommen lassen würde.«

»Jaja. Fang du auch noch an.« Helen zog einen handgeschriebenen Zettel aus der Tasche und zeigte ihn Frieda. »Hier, guck dir das an. Für den Garten gibt es einen Extra-Zettel. Den hat sie mir gestern Abend mitgegeben. Haarklein alles aufgeschrieben. Als ob es jetzt keine anderen Sorgen gäbe.«

»Parkinson hast du gesagt. Das ist die Diagnose?«

»Nicht endgültig, aber es deutet einiges darauf hin.«

Das Telefon klingelte.

»Ich geh schon«, sagte Friederike, »bleib du sitzen und trink den Kaffee in Ruhe aus. Hattest bestimmt noch kein Frühstück.«

Dankbar nickte Helen. »Wie immer ist mein Kühlschrank ziemlich leer.«

Helen trank ihren Kaffee zu Ende und studierte dabei die Gartenaufgaben. Rasenmähen war noch das Einfachste. Aber Düngen und Lüften der Gemüse- und Pflanzbeete, Einpflanzen der Stecklinge. Davon hatte sie überhaupt keine Ahnung, und sie hatte sich auch nie dafür interessiert. Aber jetzt konnte sie ihre Mutter nicht hängen lassen. Der Garten war der ganze Stolz von Ruth Freitag.

Ein Lächeln huschte über Helens Gesicht. Vielleicht hatte Rabe ja Ahnung vom Gärtnern. Sie leerte ihre Tasse, und dann wartete zunächst einmal ihre eigene Aufgabenliste. Sie musste einiges schaffen, bevor sie nach der Arbeit wieder ihre Mutter besuchen würde. Immerhin war es eine Erleichterung, dass sie in der Uniklinik hier in Bonn war. Und nach dem Krankenbesuch könnte Helen direkt in Bonn bleiben und bei Rabe übernachten. Sie machte eine mentale Notiz, ihn gleich anzurufen. Denn obwohl sie schon seit einem Jahr zusammen waren, führten sie eine recht lose Beziehung, die immer noch aus Verabredungen bestand. Jetzt wäre es aber vorerst das Einfachste, bei Rabe zu übernachten. Außer am Mittwoch, wenn sie am Vormittag ihre Vorlesung in der Hochschule in Hennef abhielt.

4. Kapitel

Vor ein paar Wochen hatte Marie den Besuchstermin mit der Justizvollzugsanstalt vereinbart. Ihrem Vater hatte sie ihn in einem Brief angekündigt. Sie hatte nicht viel geschrieben. Ganz kurz. Nur die Fakten, der genaue Termin, den sie bekommen hatte. Montag, 23. April, 14 Uhr. Und nur ein »Hallo«, kein »Hallo Papa«.

Jetzt lief sie hinter dem Vollzugsbeamten her, der sie eilig über den Hof zum Besucherraum führte. Ihre Knie zitterten bei jedem Schritt. Sie konnte kaum Anschluss halten. Sie folgten einem gepflasterten schmalen Pfad. Rechts eine Häuserreihe mit verklinkerten roten Ziegeln, links eine Mauer aus den gleichen Ziegeln. Schon auf dem Weg hinein ins Gefängnis bekam sie Platzangst. Zwischen ihr und dem Beamten schlich sich eine Katze an der Häuserwand entlang. Marie kam sich vor wie in ein anderes Zeitalter versetzt. Sie erwartete jeden Moment, dass ihr eine Frau von einem der oberen Fenster einen Eimer dreckigen Wassers vor die Füße kippte. Es gab keine Gitter an den Fenstern. Wer mochte dort wohnen? Die Gebäude der JVA Siegburg waren alt. Seit 1886 befand sich hier schon ein Gefängnis. Es gab neuere Anbauten, aber grundsätzlich waren das alles noch sehr alte Gemäuer, die nach und nach renoviert wurden. All das hatte sie nachgelesen, während sie herausgefunden hatte, wie man so einen Besuchstermin überhaupt arrangierte. Klar hätte sie Frau Freitag bitten können, alles für sie zu übernehmen. Aber bei der Entscheidung, es überhaupt zu tun, hatte sie die Homepage der JVA besucht und dabei die Besuchsregeln studiert. Und irgendwann, als ihr zum dritten oder vierten Mal die Telefonnummer ins Auge gesprungen war, hatte sie gewählt. Und einen Termin gemacht.

Als sie das Gebäude betraten, wuchs ihre Beklemmung. Ihr Vater saß in Haus 1. Der Beamte wartete an der Tür auf sie, hielt sie ihr auf. Marie schlüpfte hinein. Ein Flur, mehrere Türen. Hier sah es moderner aus. Weiß gestrichen, farbige Bilder an den Wänden. Wohl schon ein renovierter Teil der Anlage. Der Beamte schritt wieder voran, deutete auf eine der Türen. »Hier hinein. Und dann der erste Tisch auf der rechten Seite. Ihr Vater wird dann gleich dazukommen.«

Die Hälfte der Tische im Besucherraum war besetzt. Quadratische Holztische. Jeweils vier Stühle, mit blauem Stoff überzogen. An den besetzten Tischen saßen zwei oder drei Leute in Unterhaltungen vertieft. Sie konnte nur erahnen, welche die Gefangenen waren. Alle trugen normale Kleidung. Kein Gefängnisanzug oder so etwas, wie sie es aus Filmen von US-Gefängnissen kannte. Das hier war ein Männergefängnis, also konnte sie die Frauen, die hier waren, schon einmal als Besucher erkennen. Das war aber auch das einzige Unterscheidungsmerkmal.

Und dann kam Georg Glücklich. Sein Blick schweifte kurz durch den Raum. In dem Moment, in dem er seine Tochter sah, huschte ein Lächeln über sein Gesicht.

Marie aber erstarrte. Ihr Vater trug einen marineblauen einfachen Pulli, Jeans. Nicht so verschieden von seiner üblichen Kleidung. Aber sein Gesicht war furchtbar fahl, genau wie sein Haar. War er schon immer so grau gewesen? Oder erschien er nur im grellen Licht so? Zwischen den weiß gestrichenen hellen Wänden? Er kam direkt auf sie zu. Streckte seine Arme ein wenig aus. Erwartete er, dass sie aufstand und ihn in den Arm nahm? Marie blieb sitzen.

»Marie. Ich bin so froh, dass du gekommen bist.« Er setzte sich ihr gegenüber. Ließ sich keine Enttäuschung anmerken, dass sie nicht aufgestanden und auf ihn zugegangen war.

»Hallo.« Mehr bekam sie nicht raus. Er aber sprach weiter. Ließ keine Stille zwischen ihnen entstehen.

»Wie geht es dir denn? Ich habe so viele Fragen. Ich möchte dir alles erklären.«

»Ganz gut.« Sie schaffte es nicht, ihn dabei anzublicken. Schaute sich die Bilder an den weißen Wänden an. Das eine zeigte eine Blumenvase mit weiß und rot blühenden Blumen vor einem blauen Hintergrund. Stimmig in der Farbe mit den Besucherstühlen.

»Das ist schön. Und Gretchen?« Er machte eine Pause. »Hat sie meine Briefe gelesen?«

Das hatte sie nicht. Sie sprach nicht einmal über ihn. Obwohl es für Marie, für sie beide doch so wichtig wäre, sich auszutauschen. Schließlich hatte er sie beide belogen. Aber Gretchen Glücklich war stumm. Ihre einzige Reaktion war es gewesen, die Scheidung einzureichen.

Marie blinzelte zu ihrem Vater hinüber. Seine Hände lagen flach auf dem Tisch. Er strich über die glatte

Oberfläche. Und er trug noch seinen Ehering. Wusste er überhaupt davon, dass sich Gretchen von ihm scheiden lassen wollte?

Jetzt schnellten ihre Augen hoch und trafen auf seine. Sie blickte ihn direkt an und sah die aufflammende Hoffnung darin. Es widerte sie an. »Was glaubst du? Natürlich hat sie deine Briefe nicht gelesen. Sie will nichts mehr von dir wissen. Und ich bin auch nur hier aus Eigennutz. Nicht damit du dich besser fühlst. Weißt du eigentlich, was du uns angetan hast, was du mir angetan hast?« Der Ausbruch kam für Marie selbst unerwartet. Aber es befreite sie aus ihrer Starre. Sie war ihm nichts schuldig, er musste das aushalten. Es ging um ihre Gefühle, nicht um seine. Jetzt hatte sie die Gelegenheit, ihre Wut auf ihn herauszuschreien. Das war die Chance, all das loszuwerden, was sich in ihr aufgestaut hatte. Er war das Ventil, musste es sein.

»Es tut mir so leid. Ich wollte das doch alles nicht.«

»Und ich will deine Entschuldigung nicht. Das kann man überhaupt nicht entschuldigen, was du getan hast.« Sie wurde immer lauter. Die Leute von den Nebentischen lugten zu ihnen hinüber. Versuchten so zu tun, als hörten sie sie nicht. Aber es war ihr völlig egal.

»Na...natürlich ni...nicht«, stotterte er. »Du hast recht, na...natürlich hast du recht.« Er hob beschwichtigend die Hände. »Aber ich kann es nicht ungeschehen machen. Ich kann nur versuchen, euch … dir … irgendwie zu helfen. Was kann ich tun? Sag es mir, bitte.«

Was konnte er tun? War sie nur hierhergekommen, um ihm diese Dinge an den Kopf zu werfen? Oder wollte sie ihn leiden sehen, hier im Knast? Sehen, ob es ihm schlecht ging? Damit sie sich besser fühlen konnte?

»Bitte, Marie. Sag mir, was ich tun kann. Ich möchte etwas tun.«

»Gib uns dein Auto zum Verkauf!« Was Blöderes hätte ihr in diesem Augenblick nicht einfallen können.

»Braucht ihr Geld? Gretchen hat doch die Vollmachten für all unsere Konten. Es ist ihr Auto genauso wie meins. Uns gehört doch alles gemeinsam.«

Plötzlich wurde es Marie eiskalt. Geld, als ob es darum ging. »So wie ich? Wie viel hast du eigentlich für mich bezahlt? Hm? Sag schon. Hast du das Geld auch von einem eurer gemeinsamen Konten genommen?« Sie stand auf. Es war eine blöde Idee gewesen herzukommen.

»Nein, Marie. Das war ganz anders. Bitte bleib doch. Ich möchte dir das erklären. In Ruhe.«

Sie schüttelte den Kopf.

»Bitte, Marie.«

Sie wandte sich ab. Wie viel Zeit war vergangen? War die Stunde schon rum? Konnte sie einfach hier rausgehen oder musste sie warten, bis sie der Vollzugsbeamte wieder abholte?

»Marie, warte doch. Kann ich dir schreiben? Wirst du mich noch einmal besuchen? Bitte.« Tränen liefen ihm die Wangen hinunter. Sie hatte ihn noch nie weinen sehen.

Marie schluckte. Er war immer gut zu ihr gewesen. Das hatte sie jedenfalls gedacht. Sie hatte ihn geliebt. Sie hatte sich bei ihm geborgen gefühlt. Er hatte sie vor der Welt beschützt. Sie nie bedrängt. Sie vermisste dieses Gefühl. Es war von heute auf morgen weggebrochen. Hatte ihr den Boden unter den Füßen weggezogen.

»Vielleicht«, brachte sie heraus. Sie sehnte sich nach diesem Gefühl. Für einen kurzen Moment wollte sie ihn umarmen, seine Tränen trocknen. So wie er es bei ihr stets geschafft hatte. Alles Vergangene vergessen. Doch das war nicht möglich. Das war ihr in den vielen Gesprächen mit Petersen klar geworden. Vergessen war keine Option. »Vielleicht«, wiederholte sie, kehrte ihm den Rücken zu und verließ diesen sterilen Raum.

5. Kapitel

Denken Sie daran, insbesondere das neunte Kapitel im Standardwerk über Psychologie für die kommende Prüfung durchzuarbeiten. Und dann Schluss für heute. Bis nächste Woche. Gleiche Zeit, gleicher Ort.« Oliver hatte Petersens Standardphrase zum Ende seiner Vorlesung heute mehr als sonst herbeigesehnt. Nachdem er Frau Freitag nicht mehr im Wirtshaus angetroffen hatte, war er das ganze Wochenende mit seinen Gedanken allein gewesen. Konnte man sich schwindelig denken? Ihm war es so vorgekommen. Denn die Gedanken hatten immer größere Kreise in seinem Kopf gedreht, weil er sie mit niemandem teilen konnte. Denn auch Yuna hatte er das ganze Wochenende weder gesehen noch gesprochen. Sie war auf einer Familienfeier in Ostdeutschland gewesen. Familie väterlicherseits. Yunas Mutter hatte ja keine Verwandten hier in Deutschland. Nie gehabt. Sie war als eine der Boatpeople Ende der Siebziger aus Vietnam gekommen. Allein. Vielleicht fühlte sich Oliver deshalb mit ihr verbunden. Nach dem tödlichen Unfall seiner Eltern hatte auch er ganz plötzlich allein dagestanden. Als Teenager. Nur eine Oma in Süddeutschland, die ihn aufgenommen hatte. Verlust der Eltern, neue Umgebung, die Schule wechseln, neue Freunde. Zu viel Neues für einen Vierzehnjährigen, der selbst gezeichnet war von den Unfallfolgen.

Erst bei Yuna und ihrer Familie fühlte er sich wieder angekommen. Und das nach all den Jahren, trotz der Hilfe, die er von den Freunden seiner Eltern bekommen hatte und obwohl er Yuna erst ein paar Monate kannte.

Oliver klemmte sich seinen Ordner unter den Arm und verließ den Seminarraum im Laufschritt. Die Flure und Treppenfluchten bildeten ein verwirrendes Labyrinth. Aber den Weg zur Campusbibliothek kannte er im Schlaf. Dort hatte er sich schon immer am wohlsten gefühlt. Die Bibliothek besaß keine Außenfenster. Dennoch war sie für ihn wie das Herz der gesamten Anlage. Pflanzeninseln und offene Lichträume, die über zwei Etagen reichten, boten Luft zum Durchatmen, und die Reihen der Bücherregale spendeten Geborgenheit. Schon bevor Yuna hier ihre Praktikumsstelle angefangen hatte, hatte Oliver sich immer in die Bibliothek zurückgezogen, um zu lernen. Sein eigenes Zimmer war für ein Studentenzimmer luxuriös. Wo bekam man schon Fernseher und WLAN frei Haus, ein eigenes Bad? Und das alles umsonst. Vom Arbeitgeber finanziert. Als Teil des Studiums. Trotzdem. Er hatte sich dort nie häuslich eingerichtet. Kaum Dekoration mitgebracht. Außer einem Foto von sich und seinen Eltern, das er überall mit sich trug. Zudem bekam man jedes Semester ein neues Zimmer zugewiesen. Und Wurzeln zu schlagen, fiel ihm ohnehin schwer. Seit dem Unfall.

Er lief an der oberen Etage der Bibliothek vorbei. Nur die Bibliotheksleiterin stand am Empfangsdesk. Yuna war nicht zu sehen. Vielleicht sortierte sie Bücher ein und verbarg sich hinter einem der Regale. Noch eine Treppenflucht, und er erreichte die Eingangstür.

»Hallo, Frau Stankowski.«

»Hallo, Herr Schönbom. Kommen Sie wieder, um zu lernen? Ihr Lieblingsplatz oben ist frei.«

»Nein, heute nicht. Ich will Yuna abholen.«

»Oh, sie ist schon weg. Hat etwas früher Schluss gemacht heute. Ist zum Sport verabredet, glaube ich.«

»Zum Sport?«

»Ja, Badminton. Drüben in der Sporthalle.«

Oliver stutzte. Seit wann hier? Sie spielte in Bonn im Verein, ja. Aber hier? Mit wem? Nein! Das konnte nicht sein. Sie würde doch nicht?

Er machte auf dem Absatz kehrt.

»Ihnen auch noch einen schönen Tag, Herr Schönbom«, rief ihm die Bibliotheksleiterin nach. Oliver nahm es nicht mehr richtig wahr. Seine Gedanken rasten, während er in einen Laufschritt verfiel. Die Treppenflucht wieder aufwärts. Richtung Mensa. Zur Plexiglasscheibe, die eine freie Sicht auf das tiefer liegende Spielfeld geben würde. Er begann zu schwitzen. Wischte seine Hände an den Hosenbeinen ab. Fast entglitt ihm dabei der Ordner, den er unter den Arm geklemmt hielt. Nein! Yuna hatte sich nicht breitschlagen lassen. Nicht von diesem Blender. Nicht Yuna. Sie durchschaute den Typen doch. Letzte Woche hatte der Kuschel sie angequatscht. Eine Woche, bevor er, Oliver, Worte gehört hatte, die alles verändert, die die Erinnerung zurückgebracht und seine Welt ins Wanken gebracht hatten, schon wieder. Er war mit Yuna in der Mensa gewesen. Oliver saß schon bei Nudeln mit Gulasch an ihrem Lieblingstisch auf der Empore mit Blick in den gesamten Raum hinein. Yuna stand am Salatbüffet. Da hatte sich dieser Boris Kuschel von hinten an seine Freundin angeschlichen, ja fast angekuschelt. Da war der Name Programm. So ein Frauenheld. Oliver hatte nie begriffen, was die Kommilitoninnen an ihm fanden. Seine gegelten blonden Haare und die immer sportlich-adrette Kleidung konnten es doch nicht sein. Das war kein Alleinstellungsmerkmal in dieser gut situierten Hochschule. Woran es auch lag, dass die Frauen auf den Kuschel flogen, der Typ ließ nie etwas anbrennen. Aber Yuna fiel doch nicht auf den rein. Dennoch hatte sie ihn angelächelt, als er ihr etwas ins Ohr flüsterte.

»Ich war doch nur nett«, hatte sie gesagt, als sie mit dem gefüllten Salatteller zu Oliver an den Tisch kam.

»Was wollte der denn?«

»Ach, er hat von irgendwo gehört, dass ich Badminton spiele, und mich gefragt, ob ich Lust hätte, mal mit ihm zu spielen.«

»Du hast natürlich Nein gesagt.«

»Nicht direkt. Nein. Warum auch? Er spielt sicher gut. Er ist ja eine richtige Sportskanone, was man so von ihm hört, und ich kann vor den Meisterschaften noch ein wenig mehr Training gebrauchen.«

Oliver hatte sie gebeten, sich nicht auf diesen Boris einzulassen. Nicht mit ihm zu spielen. Er sei gefährlich. Oliver hatte ein Feingefühl in dieser Hinsicht, und bei Boris war die Warnnadel sofort bei ihrer ersten Begegnung in den roten Bereich ausgeschlagen. Doch er hatte Yuna nur davor gewarnt, dass Boris die Frauen reihenweise um den Finger wickele und dann eiskalt wieder fallen ließe. Yuna hatte nur gelacht. Sie könne schon auf sich aufpassen, und von Boris drohe ihm keine Gefahr. Der sei doch gar nicht ihr Typ, sondern Oliver. Auf diese muskulösen Männer könne sie gut verzichten, Olivers schlanken, feingliedrigen Körperbau, den mochte sie, weil er sein liebes Inneres wiederspiegele. Auch wenn ihm das in Boris' Kreisen den Namen Schönling eingebracht hatte. Oliver störte es nicht, solange er Yuna gefiel, wie er war. Und sich genau darauf verlassend, konnte sie ihn beschwichtigen. Wenn ihm aber so viel daran läge, würde sie das Badmintonspiel mit Boris halt lassen. Und Oliver hatte ihr das geglaubt. Denn vor einer Woche war ja alles in Ordnung gewesen. Da hatte er noch sicher mit beiden Beinen auf dem Boden gestanden.

Jetzt hatte er die Turnhalle fast erreicht. Er schlich sich an die Plexiglasscheibe heran. Die Dämmerung war hereingebrochen und das Licht hier im Durchgang noch nicht eingeschaltet. Von dort unten konnte man ihn nicht sehen, er die grell erleuchtete Halle dagegen schon. Oliver hielt die Luft an. Noch ein Schritt weiter, und er würde sehen können, mit wem Yuna dort spielte. Als er sie sah, wich alle Spannung aus seinem Körper. Der Ordner fiel zu Boden. Konnte er sich denn auf niemanden mehr verlassen? Dort war seine Yuna, das lange schwarze Haar zu einem Zopf gebunden, in knappen Shorts und einem eng anliegenden, ihre sportlich-schlanke Figur betonenden Shirt. Einträchtig spielte sie mit dem Blender Badminton, und das auch noch gemeinsam auf derselben Seite im Mixed. Die beiden schienen so vertraut miteinander, hatten ihr Spiel perfekt aufeinander abgestimmt. Das konnte nicht das erste Mal sein, dass sie zusammen spielten. Hatte Yuna nur ihm gegenüber so kühl über den Kuschel gesprochen?

Hatten sich denn alle gegen ihn verschworen? Sogar seine Freundin? Oder sah er überall Gespenster? Wie damals nach dem Unfall, als er aus dem künstlichen Koma erwacht und sogar vor seiner Oma zurückgeschreckt war, die sich gerade über sein Bett beugte. Er sah nicht das liebevoll besorgte Gesicht, sondern nur die Spiegelung der Krankenhauslichter in ihren Brillengläsern, und er glaubte, es seien die Scheinwerfer des Autos, das auf ihn zuraste und seine kleine heile Welt zum ersten Mal ins Wanken brachte. Aber das waren nur die Schmerzmittel gewesen, die ihn benebelt hatten.

Seiner Yuna aber konnte er doch vertrauen. Nur noch ihr. Und er musste unbedingt mit ihr reden. Mit irgendwem teilen, was er am letzten Freitag erfahren hatte, und besprechen, ob es wirklich eine gute Idee war, die Sache zur Anklage zu bringen und die Rechtsanwältin zu beauftragen. Yuna war diejenige, mit der er das alles besprechen konnte, die Einzige, die blieb.

Rühr sie ja nicht an, du Schwein, dachte er. Doch Yuna schien wie geblendet. Sie lachte den schmierigen Typen an, nachdem er einen Schmetterball verwandelte. Dass sie ihm nicht um den Hals fiel, war alles. Die leichte Berührung an seinem Arm war schon zu viel. Sie konnte ihn doch jetzt nicht im Stich lassen. Nicht auch noch sie! Oliver wollte es nicht länger mit ansehen. Er wich zurück, lehnte sich mit dem Rücken an die Wand neben dem schwarzen Brett und ließ sich hinunter zu Boden sinken.

6. Kapitel

Setz dich zu mir und entspanne dich, Helen.« Ralf Peter Voss hatte ihr, schon im Jogginganzug, die Tür geöffnet, und nachdem sie ihre Jacke an der Garderobe aufgehängt und ihre Tasche im Flur abgestellt hatte, saß er schon wieder auf dem Sofa. »Was liest du?« Sie strich die Pumps von den Füßen und setzte sich zu ihm. Nach der Arbeit war sie zu ihrer Mutter ins Krankenhaus geeilt, und so war es recht spät geworden. Ihre Füße schmerzten von einem langen Tag in den engen Schuhen. Und auch ihr linkes Schienbein machte sich bemerkbar. Der Bruch vom Unfall im letzten Jahr war zwar völlig verheilt, aber manchmal wurde es von einem dumpfen Schmerz durchzogen. Bei nasskaltem Wetter oder wenn sie es über Tag stark belastet hatte.

»Michelle Obama.« Rabe hielt den Einband hoch, damit sie einen Blick darauf werfen konnte. *Becoming* prangte in dezenter weißer Schrift über dem hinreißenden Foto der ehemaligen First Lady.

»Und?«

»Tolle Frau. Kann natürlich nicht mit dir mithalten.«

»Sehr witzig.« Helen verzog den Mund. »Steht aber auch noch auf meiner Liste ungelesener Bücher.«

»Ich kann es dir wärmstens empfehlen. Und ohne Scherz, du hast viel mit ihr gemeinsam, Helen.«

»Weil sie Anwältin ist, meinst du?«

»Nicht nur. Aber lies es selbst.«

»Ja, sicher. Aber ich weiß gar nicht, wann. Meistens bin ich nach den ganzen Akten, die ich so am Tag lese und durcharbeite, zu kaputt, um abends auch noch aus Spaß zu lesen. Oder ich schleppe mir die Arbeit mit nach Hause. Da fällt mir etwas ein.« Helen stand auf und schlurfte in den kurzen Flur, wo sie ihre Aktentasche abgestellt hatte, zog eine ihrer Handakten heraus und setzte sich wieder aufs Sofa. »Ich hab hier einen Fall, bei dem du mir helfen könntest.«

»Worum geht's?«

»Dieser Mandant von mir hier hatte einen Arbeitsunfall. Böse Sache. Er ist Maler und Lackierer und vom Gerüst gestürzt, weil das nicht richtig montiert war. Hat sich einen Nackenwirbel gebrochen und ist knapp an einer Querschnittslähmung vorbeigeschrammt. Seinen Beruf kann er jedenfalls nicht mehr ausüben.«

Rabe legte das Buch auf den gläsernen Couchtisch. »Und wie kommst du da ins Spiel?«

»Der Gerüstbauer war ein anderer als die Firma, bei der mein Mandant angestellt ist. Das nimmt die gesetzliche Unfallversicherung zum Anlass und will nicht eintreten.«

»Und wie willst du mir jetzt den Ball zuspielen?«

»Würdest du mit diesen Sportmetaphern aufhören?« Manchmal glaubte Helen, Rabe nähme sie nicht ernst. Was nicht stimmte. Das wusste sie. Trotzdem konnte sie nicht aus ihrer Haut und reagierte dementsprechend abweisend. Im nächsten Moment tat es ihr schon wieder leid.

Rabe hatte auch dieses Mal ein dickes Fell. »Ich höre schon auf. Aber dennoch verstehe ich nicht, was ich da tun kann. Von diesen juristischen Spitzfindigkeiten habe ich keine Ahnung.«

»Ich dachte, du könntest einen Artikel drüber bringen. Nicht speziell zu diesem Fall, aber generell zu den Abwicklungspraktiken der Versicherungen. Die machen mich nämlich rasend.« Helen erhob sich und schritt hinüber zur kleinen Anrichte vor der Durchreiche zur Küche, wo Rabe seinen Whiskyvorrat aufbewahrte. »Du auch einen?« Sie drehte sich mit einem Glas in der Hand zu ihm um und sah seinen spöttischen Blick. »Ich weiß, Alkohol ist keine Lösung. Meine eigenen Worte. Aber da versuche ich, jeden Mittwoch in den Vorlesungen die zukünftigen Entscheider für die Seite der Versicherungsnehmer zu sensibilisieren, und habe dennoch in meinem Beruf täglich vor Augen, wie wenig das zu fruchten scheint. Die gesetzlichen Versicherungen legen die gleichen Praktiken an den Tag wie die privaten.« Mit zwei gefüllten Gläsern kehrte sie zurück, reichte ihm eines und nahm wieder auf dem Sofa Platz. Sie stießen an.

»Ich verstehe dein Anliegen. Aber das ist nicht mein Metier. Ich könnte dich an einen Kollegen empfehlen. Charly Reuter macht manchmal etwas in dieser Richtung.«

Sie winkte ab. »Ach, lass. Ist nicht so wichtig. Bringt ja auch nichts für den Fall meines Mandanten. Außerdem sollte ich meine Fälle vielleicht auch mal alleine lösen.«

Rabe lehnte sich zu ihr herüber, legte den Arm um sie. »Was ist wirklich los mit dir? Ist es deine Mutter? Ist es doch schlimmer als befürchtet?«

Sie nahm einen Schluck Whisky. Spürte dem Geschmack nach und wie sich das warme Gefühl in ihr ausbreitete. Sie entspannte ein wenig.

»Nein, nein. Ihr geht es gut. Den Umständen entsprechend. Hat mir schon eine riesige Liste an Aufgaben mitgegeben, die im Haus und Garten zu erledigen sind. Du hast nicht zufällig einen grünen Daumen?«

Er lachte auf. »Nur, wenn es um den Rasen auf dem Fußballfeld geht. Aber du bist doch ein Profi auf dem Golfrasen. Und zudem von der grünen Insel.«

Helen ging nicht auf seine Frotzelei ein. Auch wenn er ihr den Ball für eine entsprechende Entgegnung so schön zugespielt hatte. »Weißt du, es ist mir klar geworden, dass meine Mutter nicht immer für mich da sein wird. Sie wird eben alt, und der Parkinson ist zwar noch nicht weit fortgeschritten, aber das wird sie trotzdem immer mehr einschränken. Jetzt muss ich für sie da sein.«

»Und das bist du ja.«

»Ja, natürlich. Aber du verstehst nicht, was ich meine. Ich fühle mich plötzlich völlig verloren und merke, wie sehr ich mich auf sie gestützt habe. Gefühlsmäßig. Sie war immer alles, was ich hatte. Sie ist mein Leben lang für mich da gewesen, und das hat mir Sicherheit gegeben.«

»Du bist aber nicht allein. Nicht mehr. Du hast ja jetzt mich. Schon vergessen?«

Sie stupste ihn an. »Aber das ist doch etwas anderes.«

»Ist es das?«, fragte er.

Sie entzog sich seiner Umarmung. Warum musste das jetzt in so eine Grundsatzdiskussion ausarten? Konnte sie ihm nicht einfach mal ihr Herz ausschütten, ohne dass es gleich wieder ein Beziehungsgespräch wurde?

»Weißt du, Helen, es ist schade, dass du das nicht so empfindest. Wie lange sind wir jetzt zusammen, hm? Ein Jahr? Aber du kannst dich immer noch nicht bei mir fallen lassen, oder? Du machst es einem wirklich nicht leicht.«

»Ich habe dir von Anfang an gesagt, dass ich verkorkst bin.« Sie kreuzte die Arme vor ihrer Brust und merkte selbst, dass sie wie ein trotziges Kind wirken musste.

»Das hast du. Und ich mag Herausforderungen. Aber so ab und zu mal eine Andeutung, dass ich auf dem richtigen Weg bin, wäre ganz nett.«

»Ich bin doch hier und schütte dir mein Herz aus.«

»Okay, ich gebe mich geschlagen.« Er hob die Hände. »Die juristische Argumentation schlägt die journalistische.«

Jetzt mussten beide lachen. Rabe nahm ihre Gläser und füllte sie nach. Helen betrachtete ihn ungeniert, als er ihr den Rücken zukehrte. Dieser Jogginganzug! Nein, es war eher eine Trainingshose, wie sie die Fußballer früher getragen hatten. Sie fand sie furchtbar. Aber den Mann, der dadrin steckte, den mochte sie wirklich sehr gerne. Und er hatte das richtige Händchen für sie. Es dauerte bei ihr eben länger, bis sie auftaute. Dazu hatten die Männer in ihrem bisherigen Leben sie zu sehr enttäuscht, angefangen bei ihrem Vater, der ihre Mutter sitzen gelassen hatte.

»Was hältst du davon, wenn ich bei dir einziehe, solange Mutter im Krankenhaus ist?«

Voss drehte sich ruckartig um. »Das kommt jetzt überraschend. Du willst mir doch nicht etwa ein Zeichen geben?«

»Na ja. Ist halt praktischer. Ich arbeite in Bonn, und meine Mutter liegt auf dem Venusberg in der Uniklinik. Was soll ich da jeden Abend noch spät nach Hennef zurückfahren? Und in diesem Leihwagen macht die Fahrerei nicht mal Spaß.« Ihr alter Mini war nach dem Unfall im letzten Jahr immer noch nicht wieder fahrbereit. Es fehlte zur vollständigen Reparatur ein Ersatzteil, welches bei dem Alter des Fahrzeugs nicht so leicht aufzutreiben war. Sie vermisste ihren »Frosch«. Der Kosename stammte von Frieda, war aber in ihrem gesamten Bekanntenkreis in den allgemeinen Sprachgebrauch übergegangen. Jedes Mal, wenn sie beim Versuch zu schalten mit der linken Hand gegen die Fensterscheibe knallte, wurde die Sehnsucht nach dem Frosch schmerzhaft. Der Mini war ein englisches Original, Baujahr 1976, und somit war das Lenkrad auf der rechten Seite.

»Also nur aus praktischen Gründen und weil dir das Autofahren ohne deinen Frosch keinen Spaß macht.« Er schien enttäuscht.

»Es könnte auch ein Zeichen sein.« Helen versteckte ihr Grinsen hinter dem Whiskyglas. »Aber es gibt eine Gegenleistung.«

»Und die wäre?«

»Mittwoch muss ich nach Hennef in die Hochschule. Und wenn du nach der Arbeit dann zu mir kommst, könntest du beweisen, ob du nicht doch einen grünen Daumen hast.«

»Ich verstehe, du brauchst einen Schuldigen, und der Gärtner ist ja bekanntlich immer der Mörder. Aber ich lasse es darauf ankommen.«

»Also haben wir einen Deal?«

»Wir haben einen Deal.«

7. Kapitel

Jemand klopfte an seine Zimmertür. Oliver schaute auf den Radiowecker am Bett. Kurz nach achtzehn Uhr. Vielleicht war es Yuna? Er hatte seine Freundin seit ihrem gestrigen Badmintonmatch gemieden. Hatte nicht auf ihre WhatsApp reagiert. Er brauchte Abstand. Wollte noch einmal nachdenken. In Ruhe und allein. Ob er alles wieder nach oben kehren sollte? Den heutigen Tag und die Nacht über würde er sich Zeit geben, um eine Entscheidung zu treffen. Morgen wäre Vorlesung bei Frau Freitag. Bis dahin hätte er entschieden, ob er alles in der Tiefe der Erinnerung begraben ließe oder sich der Rechtsanwältin offenbarte, damit es in dieser Sache endlich zu einer Anklage kommen würde.

Noch ein Klopfen. »Olli, bist du da?«

Nicht Yuna. Erleichtert öffnete er die Tür. War froh, seiner Freundin nicht in die Augen sehen zu müssen. Sie würde in ihn hineinblicken und sofort merken, dass etwas nicht stimmte. »Hallo Tobias.«

»Hast du Lust, eine Runde um den Block zu drehen?« Der rotwangige Tobias deutete auf seine Füße, die in nagelneuen weißen Turnschuhen steckten. »Ich habe beschlossen, meinen Pfunden den Kampf anzusagen, und könnte ein wenig Unterstützung gebrauchen.«

»Da bin ich der Falsche. Joggen geht nicht mehr. Kaputtes Knie, und die Hüfte ist auch hin.«

»Der Unfall?«, fragte Tobias.

Oliver nickte. »Aber etwas frische Luft kann ich gebrauchen. Ich begleite dich nach draußen, okay? Warte einen Augenblick, ich ziehe nur schnell meine Schuhe an.« Das Joggen fiel zwar flach, aber ausgiebige Spaziergänge in der Natur hatten ihm schon oft über schwierige Phasen in seinem Leben hinweggeholfen. Warum war er nicht selbst darauf gekommen? Das war genau das, was er jetzt brauchte.

An der Straße trennten sie sich. Tobias schlug den direkten Weg in den Wald auf der anderen Seite ein, Oliver nahm sich die kleine Waldrunde rund um den Campus vor.

»Falls ich in einer Stunde nicht wieder zurück bin, schickst du einen Suchtrupp los. Dann bin ich wahrscheinlich vor Erschöpfung zusammengebrochen«, verabschiedete sich Tobias und wandte sich nach links.

Oliver spazierte in entgegengesetzter Richtung, zunächst entlang der Straße. Bald erreichte er den unbefestigten Parkplatz am Waldrand, der oft von den Fahrern des Bauhofs für die Mittagspause genutzt wurde. Sein Blick schweifte über die weiten Felder, die bis an den Hennefer Tennisclub reichten. Am Abendhimmel bot sich ein Farbspektakel. Die untergehende Sonne beschien dicke Wolkenberge und tunkte diese in kräftige Farben von Orange bis Dunkelrot. Oliver blieb stehen, sog die frische Luft ein. Hier oben wehte ein lauer Wind.

Er genoss den Anblick und ließ alle Anspannung von sich fallen. Weit hinten auf einem der Felder tobten zwei Hunde miteinander, drehten hintereinanderhersprintend riesige Kreise, während ihre Besitzer auf dem Pfad standen und sich miteinander unterhielten. Oliver fragte sich, ob auf diese Weise Kornkreise entstanden. Durch herumtollende Hunde. Oder durch Wildschweine. Nur liefen Letztere vermutlich nicht in konzentrischen Kreisen. Bald wurden die Hunde des Spiels müde und gesellten sich zu ihren Besitzern zurück.

Auch Oliver setzte den Spaziergang fort. Die Sonne war mittlerweile hinter dem Horizont verschwunden, und es wurde schnell dämmrig. Er bog in den Waldweg ein, vorbei an einer Pferdekoppel. Während auf den Feldern und Wiesen sich bereits so früh im Jahr wieder Trockenheit bemerkbar machte, spürte man hier im Wald die Feuchte. Es roch nach sattem Boden, erdig, leicht modrig. Nach der Fülle des Lebens. Sollte Geruch nicht die Erinnerung zurückbringen? Seine Eltern waren in einem solchen Wald gestorben, als ihr Auto von der Straße abgekommen und eine Waldböschung hinuntergestürzt war. Seine Mutter auf dem Beifahrersitz war praktisch von einem Baum getötet worden. Aber der Geruch des Waldes brachte ihm die Erinnerung, ein wirkliches Erinnern, nicht zurück. Obwohl er stundenlang im Unfallfahrzeug verbracht hatte. Er als Einziger am Leben. Doch alles, was er von dem Unfall wusste oder von der kurzen Autofahrt zuvor, hatte man ihm später erzählt. Er konnte sich nicht einmal mehr entsinnen, überhaupt mit seinen Eltern ins Auto gestiegen zu sein. Zwar waren fast alle Knochen auf der rechten Seite seines Körpers gebrochen gewesen, aber ein Schädeltrauma hatte er nicht davongetragen. Die Amnesie war nicht körperlich, sondern psychisch bedingt. Er hatte es sich stets wie gekappte Nervenverbindungen vorgestellt, die den Informationsfluss nicht mehr vom unbewussten in den bewussten Teil transportieren konnten. So hatte er Einzelheiten des Unfalls erst durch die Einsicht in die Behördenakte erfahren. Er hatte sich die Fotos angesehen, obwohl man ihm davon abgeraten hatte. Doch selbst das hatte nichts wiedergebracht. Es war, als ob etwas aus seinem Gehirn herausgeschnitten worden war. Oder abgetrennt. Ein Schutzmechanismus. Erst jetzt, nach Jahren, waren einzelne unzusammenhängende Bilder vor seinem inneren Auge aufgetaucht wie Blitze oder Teile eines Puzzles. Bilder, die er nicht aus der Unfallakte kannte. Aber er misstraute ihnen. Er suchte nach weiterer Bestätigung, dass diese Puzzleteile echte Erinnerungen waren. Er blieb stehen und schloss die Augen. Nahm einen tiefen Atemzug. Ließ die harzige, würzige, feuchte Luft des Waldes durch sich hindurchfließen, spürte ihr nach. Kostete sie wie einen Wein. Nichts. Da war gar nichts, was ihm Gewissheit gab.

Missmutig öffnete er die Augen wieder und folgte dem Pfad weiter. Er führte unterhalb des Campusgeländes vorbei. Das Gebäude war von hier aus nicht zu sehen, aber er spürte es über sich thronen. Wie einen Wasserspeier, der unbeobachtet auf der Ecke eines Kirchturmes hockt und auf die Passanten hinunterblickt.

Es war still, nur ein leichter Wind ließ die Blätter wispern. Kein abendliches Vogelkonzert war zu hören. Stattdessen dröhnte ein Motorengeräusch durch die

Stille. Die Richtung konnte Oliver nicht ausmachen. Das Campusgelände lag auf einer Anhöhe oberhalb von Hennef. Der Wald fiel hier steil hinab, und Geräusche aus der Stadt wurden je nach Windrichtung bis hier oben getragen, so als wären sie ganz nah. Manchmal konnte man gar einen Zug hören, der in den Hennefer Bahnhof einfuhr.

Eine Wegkreuzung folgte. Weiter geradeaus kam man in den Kurpark. Oliver hatte die Gegend rund um den Campus spazierend erkundet, als er Yuna noch nicht kannte. Hennef war einst eine Kurstadt gewesen. Heute erinnerte nur noch der Park mit seinen Springbrunnen, Wildgehegen und einer Minigolfanlage daran. Das alte Kurhaus war heute ein Seniorenheim. Auch wenn es in Hennef schon lange keinen aktiven Kurbetrieb mehr gab, erinnerte der Park Oliver an seine Reha in Bad Pyrmont. Die Atmosphäre war unverwechselbar. Verschnörkelte, fast kitschige Verzierungen an den Gebäuden. Man fühlte sich dort nicht nur aus der Zeit, sondern vielmehr aus der Welt versetzt. Zumindest war es Oliver damals so vorgekommen. Was vermutlich daran lag, dass sein Leben plötzlich ein ganz anderes gewesen war. Von jetzt auf gleich. Aber die Reha hatte ihm geholfen, die Dinge wieder zurechtzurücken, soweit das denn überhaupt möglich war.

Für heute aber wurde es zu dunkel, um den Weg in den Kurpark einzuschlagen. Oliver wandte sich nach rechts zurück in Richtung Campus. Zunächst kam er hier an einer parkähnlichen Wiese vorbei. Bänke säumten den Weg, ausgerichtet auf die abfallende dunkle Rasenfläche. Weiter unterhalb lag die Klinik für Suchtkranke. Ein geologischer Lehrpfad umrundete die Wiese. *Grauwacke, Granit, Basalt* stand auf kleinen Schildern vor verschiedenen Steinblöcken geschrieben. Er näherte sich wieder der Straße, die zurück zum Haupteingang der Hochschule führte. Nach links endete sie in einer Sackgasse, die von Parkplätzen gesäumt war. Eine Wanderkarte und eine Lehrkarte über die geologische Beschaffenheit des Untergrundes markierten hier den Beginn eines der vielen Wanderwege.

Seine Gedanken waren ihm weggeflogen. Oliver versuchte, sie zurückzuholen, und setzte sich auf eine Bank. Er musste sich entscheiden. Wollte er wirklich alles wieder aufwühlen? Oder sollte er die Vergangenheit endgültig hinter sich lassen? Den bruchstückhaft aufflackernden Erinnerungen zum Trotz.

Die Worte, die er gehört hatte, schienen eindeutig. Oder hatte seine verletzte Psyche sie nur so interpretiert? Hatten die Transportwege in seinem Gehirn die Ereignisse falsch zusammengesetzt und ihm Bilder vorgegaukelt, die es so nie gegeben hatte? Er wäre sicher kein guter Zeuge der Anklage. Was, wenn alles aufgerollt würde und es dann einen Freispruch gäbe, weil auf seine Erinnerung kein Verlass war?

Ein Handyklingeln ertönte. Wie sein eigener Klingelton. Reflexartig griff Oliver an die Hosentasche, obwohl das Klingeln von weiter entfernt, von der Straße her, kam. Diesen Klingelton hatten nicht viele. Er kannte nur einen, und es war ihm schon häufiger passiert, dass er gleichzeitig mit ihm zum Handy griff, als es klingelte. Oliver schielte zwischen den Sträuchern hindurch zur Straße. Das, was er sah, ließ ihn aufstehen. Er schlich sich näher an den Parkplatz. Hinter einer Parade von Basaltsäulen, die in einer Art keltischem Steinkreis angeordnet waren, verbarg er sich. Schoss Fotos mit dem Handy. Jetzt brauchte er nicht länger zu überlegen. Das alles musste ein Ende haben. Seine Entscheidung war gefallen.

8. Kapitel

Helen hatte ihren Leihwagen am Wanderparkplatz abgestellt. Von dort lief sie einen Seitenaufgang hoch zum Campus. Sie hatte erst gar nicht die Parkgarage angesteuert, weil diese während der Vorlesungszeit immer hoffnungslos überfüllt war. Von den Studenten, die aus ganz Deutschland kamen, besaß nahezu jeder sein eigenes Auto. Und im April waren regelmäßig alle drei Semester präsent. Das machte um die zweihundert anwesende Studenten.

Auch wenn sie nur einmal in der Woche herkam, fühlte Helen sich hier heimisch. Zwar war der Gebäudekomplex nicht so alt, dennoch fühlte sich Helen durch die Kombination von Wohn- und Lehrstätte immer an die Atmosphäre von Oxford erinnert, wo sie zwei Semester studiert hatte. Die einzelnen Colleges dort waren jedes für sich wie eine große Familie.

Am Aufgang begegnete sie prompt einem ihrer Studenten.

»Guten Morgen, Boris.«

»Frau Freitag, einen wunderschönen guten Morgen auch Ihnen. Sie sind aber früh dran. Ihre Vorlesung ist doch erst in zwei Stunden, oder habe ich etwas verpasst?«

Boris Kuschel, erinnerte Helen sich an seinen vollen Namen. Einer der auffälligeren Studenten. Sportlich, lässig, und seinen Charme ließ er auch bei den Dozentinnen spielen.

»Sie haben nichts verpasst, aber ich offensichtlich. Ich wusste gar nicht, dass Sie rauchen.« Es passte nicht zu ihm. Aber er hatte recht, und es war in der Tat aufmerksam von ihm zu bemerken, dass sie heute früher am Campus ankam. Ihr Mandat mit dem Arbeitsunfall hatte sie nicht losgelassen. Ihr war eine Idee für eine neue Vorlesungsthematik gekommen, die sie dem Dekan, Professor Fachinger, antragen wollte.

»Keiner ist perfekt. Obwohl Sie nah dran sind, wenn ich mir die Bemerkung erlauben darf.« Kuschel warf ihr ein verschmitztes Lächeln zu. Er trug ganz schön dick auf.

Sie verabschiedete sich schnell. »Sparen Sie sich die spitzfindigen Bemerkungen lieber für den Kurs nachher auf.«

Bald darauf betrat Helen den Empfangsbereich des Campus, grüßte im Vorbeigehen die Dame am Empfang. Die Sporthalle, die zu dieser Tageszeit verwaist war, ließ sie rechts liegen. Auch hinter den Plexiglastüren der Mensa sah sie nur das Personal, das die Frühstücksreste forträumte und das Mittagessen vorbereitete. Sie stieg die Treppenflucht hinab und strebte auf den Bürotrakt der Dozenten zu. Fachingers Büro war das letzte im Gang im unteren Trakt. Die meisten Türen waren geöffnet, die zum Büro des Dekans dagegen geschlossen. Sie klopfte und öffnete auf sein »Herein!« hin die Tür.

»Frau Dr. Freitag! Was verschafft mir die Ehre?« Wieder einmal bemerkte Helen, dass er in der Anrede ihren

Titel nannte. Er legte Wert auf so etwas. Und anders als bei den meisten ihrer Kollegen und Kolleginnen hier an der Hochschule, mit denen Helen sich duzte, legte er auch Wert auf das Siezen.

»Mir ist da eine Idee für eine neue Vorlesungsreihe gekommen, Professor Fachinger, und ich würde gern Ihre Meinung dazu hören. Hätten Sie kurz Zeit?«

»Ja, sicher. Nehmen Sie doch Platz.« Sein Büro war nicht größer als das der anderen Lehrkräfte. Die Büromöbel waren die gleichen. Helen wusste, dass er ein weiteres Büro am Hauptsitz der Hochschule Rhein-Sieg in Sankt Augustin hatte. Der Campus hier in Hennef war zwar Teil der Hochschule, doch nahm er eine Sonderstellung ein. Er wurde finanziert von der Deutschen Gesetzlichen Unfallversicherung, der DGUV, zu deren Ausbildung der zukünftigen Führungskräfte er alleine diente. Alle Lehrkräfte inklusive des Dekans waren zunächst einmal Angestellte der Hochschule, bekamen aber einen zusätzlichen Lehrauftrag über die DGUV. Der Lehrplan wurde auch von dort vorgegeben. Aber es war möglich, die ein oder andere Vorlesung als eine Wahlveranstaltung einzufügen.

»Legen Sie los. Ich bin gespannt, Frau Dr. Freitag.« Fachinger lehnte sich in seinem Stuhl zurück.

»Ich habe noch kein vollständiges Konzept.« Das stimmte. Wenn sie es genau überlegte, war sie übereilt in ihrem ersten Eifer zu ihm gekommen. »Es ist mehr die Idee, den Studenten die Opferperspektive näherzubringen. Eine Kombination der Erläuterung der wirtschaftlichen und psychischen Konsequenzen für die Betroffenen und die damit zusammenhängende Verantwortung der gesetzlichen Versicherungen. Ich dachte an eine gemeinsame Veranstaltungsreihe mit Kollege Petersen.«

»Haben Sie das schon mit ihm besprochen?«

»Nicht im Einzelnen.« Auch das war eine geschönte Formulierung. Sie hatte mit Henning einmal darüber philosophiert, mehr nicht. »Wie gesagt, es ist nur eine Idee.«

Fachinger beugte sich wieder nach vorne zu seinem Schreibtisch. Schob ein Blatt Papier von einer auf die andere Seite. »Interessant. Aber das Ganze scheint mir doch noch sehr unausgegoren zu sein.«

»Ja, schon. Aber bevor ich da mehr ausarbeite, wollte ich erst einmal Ihr generelles Okay einholen.« Sie hatte sich selbst in eine Zwickmühle gebracht. Wie sollte er ein solches Okay geben, wenn sie ihm so wenig Konkretes anbot?

Und genauso fiel dann seine Antwort aus. »Ich will es einmal so formulieren, Frau Freitag.« Ohne den »Dr.«, bemerkte Helen. »Die Idee mag generell interessant sein, aber nicht für die nahe Zukunft. Der Ausbildungsplan für die nächsten zwei Jahre ist ja schon festgeschrieben. Behalten Sie die Idee im Hinterkopf, und arbeiten Sie beizeiten ein Konzept aus. Dann stellen Sie sie mir noch einmal vor.«

Erst in zwei Jahren. Sie würde kaum einen der jetzigen Studenten erreichen können. Helen wagte einen letzten Vorstoß. »Ich hatte ja gar nicht an die Pflichtveranstaltungen gedacht, eher im Rahmen einer Wahlveranstaltung.«

»Da haben wir nur einen sehr kleinen Spielraum. Sie wissen doch, dass die Anwesenheitszeit der Auszubildenden hier arg begrenzt ist. Mir wäre es auch lieber, sie während der drei Semester vollständig hier zu haben. Die Präsenzzeiten bieten uns so schon sehr wenig Zeit, um den normalen Stoff durchzunehmen. Recht, Psychologie und nicht zuletzt wirtschaftliche Aspekte der Ausbildung. Das ist eine Menge an Stoff. Da mehr hereinzupacken …« Fachinger zog entschuldigend die Schultern hoch. »Ich sage nicht generell Nein. Und ich halte Ihnen das Engagement auch zugute. Sie sind mit vollem Herzen dabei, auch wenn es nur eine Nebenbeschäftigung für Sie ist. Das finde ich bemerkenswert.«

»Danke. Ja, mir liegt viel an meiner Lehrtätigkeit hier. Und danke fürs Zuhören. Eine Frage noch.«

»Sicher, nur zu. Ich habe immer ein offenes Ohr für Sie.«

»Bis wann würde die Entscheidung für den in zwei Jahren folgenden Lehrplan anstehen?«

»Sie geben nicht so leicht auf. Ich würde sagen, stellen Sie mir Ihre Idee in etwa einem Jahr noch einmal vor.«

Sie nickte und verabschiedete sich von ihm. Das war schnell gegangen – und unbefriedigend. Bis zur Vorlesung blieb ihr noch Zeit. Und der beste Ort hier, wenn man Zeit hatte, war die Bibliothek. Eine grüne Oase inmitten des Campus. Die Bibliothek war hervorragend ausgestattet mit juristischen und psychologischen Lehrbüchern, sodass Helen fast jeden Mittwoch zumindest einen kurzen Abstecher hierhin machte.

Dieses Mal wurde es aber fast zu lang. Sie hatte sich doch glatt mit der Bibliotheksleiterin verquatscht! Sie mochte Gabi Stankowski. Sie war es gewesen, die Helen eine erste Führung durch den Wirrwarr der Flure und

Fluchten des Campusgeländes gegeben hatte, als sie ihre Nebentätigkeit hier vor drei Jahren begonnen hatte.

»Ich muss zu meiner Vorlesung. Wir sehen uns nächste Woche«, verabschiedete sich Helen von ihr.

»Ich freue mich immer auf unseren wöchentlichen Plausch. Und nächste Woche habe ich sogar eine Romanempfehlung für dich da, Helen.«

»Das klingt spannend. Jetzt muss ich mich aber sputen.« Helen winkte ihr noch von draußen zu, bevor sie in Laufschritt verfiel. Ihre Vorlesung fand ein Stockwerk höher statt, aber es gab keine direkte Treppenflucht nach oben, sodass sie die gesamte Bibliothek einmal umrunden musste.

Vor dem Seminarraum fing einer ihrer Studenten sie ab. »Frau Freitag, hätten Sie kurz Zeit?«

»Nachher, Oliver, okay? Die Vorlesung sollte schon seit fünf Minuten laufen.«

Sie mochte den groß gewachsenen, stillen Oliver Schönbom gerne. Aber heute wirkte er niedergeschlagen. Deshalb schob sie noch etwas hinterher: »Aber nach dem Seminar habe ich keine weiteren Termine. Da ist genug Zeit.« Auch das stimmte nicht ganz. Aber Rabe konnte ruhig etwas warten.

Oliver folgte ihr in den Raum, der bereits voll besetzt war. Das Gemurmel der Studenten legte sich, als Helen sie begrüßte und ihren Laptop an den Projektor anschloss.

Nach der Vorlesung kam Oliver sofort wieder auf Helen zu, während sie noch dabei war, ihre Unterlagen zu verstauen.

»Oliver, also, was haben Sie auf dem Herzen?« Sie blickte auf ihre Uhr. Es war bald Mittag. »Wie wäre es, wenn wir in der Mensa bei einem Kaffee sprechen?«

»Lieber irgendwo, wo wir ungestört sind.« Er sprach leise, wartete darauf, dass die Kommilitonen nach und nach den Seminarraum verließen. »Wenn das möglich ist.«

»Na, das klingt aber geheimnisvoll.« Helens Lachen erstarb, als sie Olivers Gesichtsausdruck sah. »Aber natürlich. Wir können einfach hierbleiben. Wenn alle anderen raus sind, sind wir hier so ungestört, wie es nur geht.«

Oliver nickte abwesend, denn in diesem Moment lief Boris Kuschel an ihnen vorbei und rief lautstark, sodass man es bis in die Mensa hören konnte: »Hey, Yuna, ich hab da was für dich.« An der Tür wartete Yuna Bäcker. Eine junge Frau, die seit etwa einem halben Jahr in der Bibliothek hier im Campus ein Praktikum machte. Kuschel hakte sich bei ihr unter und zog sie mit sich fort.

»Warten Sie bitte kurz. Ich bin gleich zurück«, sagte Oliver zu Helen, bevor er den beiden hinterherstürzte.

Helen packte ihre restlichen Sachen zusammen und setzte sich, zog ihr Handy aus der Tasche. Noch keine Nachricht von Rabe. Er wollte ihr Bescheid geben, sobald er sich auf den Weg nach Hennef machte. Wie verabredet wollten sie die Gartenarbeitsliste ihrer Mutter gemeinsam abarbeiten und herausfinden, ob sich sein journalistischer und ihr juristischer Daumen zu einem grünen Daumen vereinigen ließen.

Nach zwanzig Minuten war Oliver Schönbom immer noch nicht wieder da. Helen machte sich auf den Weg zur Mensa. Vielleicht würde sie ihn dort treffen. Aber dort fand sie nur Yuna Bäcker, die vor der Mensa mit einer Gruppe Studentinnen zusammenstand. Helen hatte Oliver manches Mal in der Bibliothek zusammen mit der Praktikantin gesehen und nahm an, dass die beiden ein Paar waren.

»Hallo Yuna. Darf ich Sie kurz stören?«

»Ja, sicher.« Sie nickte und strich sich ihre langen schwarzen Haare hinters Ohr.

»Haben Sie Oliver Schönbom gesehen? Er wollte mit mir sprechen, ist dann aber nicht wieder aufgetaucht.«

»Das sieht ihm nicht ähnlich. Aber er hat sich gerade furchtbar aufgeregt und ist dem Boris hinterher. Wohin, weiß ich nicht.«

Eine der anderen Studentinnen mischte sich ein. »Der Boris wollte in die Stadt runter.«

Helen seufzte. Dann schien es vielleicht doch nicht so wichtig zu sein. Trotzdem fragte sie bei Yuna nach. »Wissen Sie, was er mich fragen wollte? Er schien bedrückt.«

»Nein, keine Ahnung. Tut mir leid.«

»Wenn Sie ihn sehen, sagen Sie ihm bitte, dass ich fortmusste. Wenn nötig, kann er mich auch telefonisch erreichen.« Helen entnahm ihrer Handtasche eine Visitenkarte und reichte sie der jungen Frau. »Da steht meine Handynummer drauf. Ansonsten bin ich nächsten Mittwoch wieder hier.«

»Ja, danke. Das ist nett von Ihnen. Ich werde es ihm ausrichten.« Yuna nahm die Karte entgegen, und Helen verabschiedete sich.

9. Kapitel

Jetzt komm schon, Olli. Lass uns ein wenig Spaß haben.« Sie waren auf seinem Zimmer, und Yuna gab ihm bei diesen Worten einen leichten Klaps auf den Hinterkopf.

Oliver hatte nicht mit Yuna geredet. Auch nicht, als sie ihm die Visitenkarte von Frau Freitag in die Hand gedrückt und sofort nachgefragt hatte. Nicht, weil er Misstrauen hegte. Das war nur seine erste unsinnige Reaktion gewesen. Aber der Impuls, ihr sofort von der Sache zu erzählen, war vergangen. Jetzt überwog in ihm das Gefühl, die Unschuld ihrer Beziehung nicht damit belasten zu wollen. Das Refugium, das sie ihm bot, nicht zu zerstören. Das führte aber nun dazu, dass sie verstimmt war wegen seiner Laune. Sie wusste ja nicht, dass er alles andere als eine Party im Sinn hatte. »Wieso willst du denn auf einmal dahin? Hat der Kuschel dich überredet?«, fragte er.

»Quatsch, nein. Ich weiß gar nicht, ob der kommt. Lilly und Ferhat haben mich am Mittwoch angesprochen. Sie haben sich viel Mühe gegeben mit der Orga. Retro-Party. Achtzigerjahre. Ist doch eine tolle Idee. Was meinst du? Passen die Zöpfe? Ich hab die Nähkiste meiner Mutter geplündert und diese Bänder entdeckt.« Sie drehte

Oliver mitsamt seines Schreibtischstuhls um, damit er ihr Haarkunstwerk begutachten konnte. Sie sah umwerfend aus. Das hätte er ihr normalerweise auch gesagt.

»Nun komm schon, du Miesepeter. Ich will deine Lachfalten sehen. Ich habe mir alle Mühe gegeben.« Sie zog die grellgelben Stulpen nacheinander über die in Nylon gehüllten sportlich-schlanken Beine hoch. »Jetzt sag schon was. Sehe ich so No-Go aus?«

»Nein, im Gegenteil. Steht dir.« Er wollte sich wieder von ihr wegdrehen, doch sie hielt seinen Stuhl an den Armlehnen fest.

»Mensch, Olli. Was ist denn los? Wie oft soll ich es dir noch sagen? Mit Boris läuft nichts. Gar nichts.«

»Was hat er dir denn gegeben am Mittwoch? Ich hoffe, keine von seinen Wunderpillen.«

»Ich bitte dich. Das denkst du von mir? Dass ich so ein Zeug nehmen würde?«

»Nein. Eigentlich ...« Er zögerte, war sich der Tragweite des Vorwurfs bewusst. Aber er konnte nicht anders. Er hatte sein Maß verloren, sein Grundvertrauen in die Menschen um sich herum. Das er trotz allem immer behalten hatte. »Aber du hast doch nächste Woche deinen Wettkampf, also ...«

»Echt jetzt? Du kannst mich mal! Wenn du das von mir denkst!« Sie schob ihn von sich, sodass die Lehne seines Stuhls an die Tischkante knallte, und lief zur Tür. Er war zu weit gegangen. Es war unfair, sie den Aufruhr in seinem Inneren spüren zu lassen, ohne dass sie den wahren Grund dafür kannte.

»Warte, Yuna. Entschuldige. So war das nicht gemeint.« Oliver stand auf und hielt sie zurück. »Es tut mir leid.«

»Wirklich?«

»Ja, du kennst mich. Bei dem Thema reagiere ich etwas sensibel.«

»Beim Thema Drogen oder Boris?« Sie zog eine Augenbraue hoch und legte den Kopf schief. Dabei tanzten ihre Zöpfe mit den bunten Schleifen umher. Sie war sofort besänftigt. Viel mehr noch, sie schaffte es sogar, ihn aus den dunklen Gedanken zu befreien.

»Beides, fürchte ich.« Er hob entschuldigend die Schultern.

Sogleich strahlte sie wieder. »Also gut. Vergessen. Kommst du nun mit?«

Er wollte nicht. Aber seiner Freundin zuliebe nickte er. Für einen Abend die Sorgen zurückdrängen. Und gleich am Montag würde er dann bei Frau Freitag anrufen. Bis zum Mittwoch wollte er nicht mehr warten. Es wurde Zeit, die Dämme zu brechen. »Ich ziehe aber nicht so ein Achtzigerjahre-Zeug an.«

»Nicht nötig. Du gefällst mir so, wie du bist. Hauptsache, du kommst mal weg von deinem Schreibtisch und unter Leute.«

»Ich brauche keine anderen. Nur dich.« Er küsste sie.

»Ich weiß.« Sie grinste ihn an und zog ihn zur Tür hinaus.

Vom unteren Stockwerk schallte die Musik schon nach oben durch die offenen Flure. Yuna zog ihn weiter, und er folgte ihr. Zwar wie ein störrischer Esel, aber immerhin, er folgte ihr. Oliver blickte die offene Flucht hinab, unterhalb derer der Billardtisch wie ein grünes Pflaster über dem braunen Steinfußboden hervorstach. Die Party hatte sich offenbar über die gesamte untere Etage ausgedehnt. Der Billardtisch war umringt von Studenten, die ihre Drinks auf dem Rand der Platte abgestellt hatten. Cyndi Laupers schriller Gesang vermischte sich mit dem Stimmengewirr und drang bis zur Empore zu ihnen hoch. Yuna machte fast so etwas wie einen kleinen Freudensprung und drehte sich singend zu Oliver herum. »But girls they wanna have fun. Oh girls just wanna have fun.«

Oliver sang zwar nicht mit, aber Yuna hatte gut daran getan, ihn mitzuzerren. Er wusste es selbst. Er brauchte ab und zu einen gehörigen Schubs, der ihn aus seinen Grübeleien riss.

»Olli, möchtest du auch einen?« Yuna stand vor ihm und schwenkte ein Glas vor seiner Nase. Er hatte es gar nicht gemerkt, hatte sich von Yuna mitziehen lassen, ohne auf den Weg zu achten. Und nun waren sie schon an der Bar im Untergeschoss angekommen. Das Getränk sah schwer nach Campari Orange aus. Inzwischen tönte Michael Jackson mit *Billie Jean* aus den Lautsprecherboxen. Er nickte mechanisch, und Yuna wandte sich an einen der Kommilitonen hinter der Theke, während seine Gedanken wieder abschweiften.

Seit ihm Fachinger die Stelle bei der Versicherung verbunden mit dem Studium beschafft hatte, war es doch aufwärtsgegangen. Zwar wohnte er während der Arbeitszeit in der Firma weiterhin in der alten Wohnung seiner verstorbenen Oma, in Stuttgart, wo sich die Konzernzentrale der Versicherung befand. Aber in den Präsenzzeiten hier im Campus lebte er förmlich auf, begannen seine Gedanken sich aus den alten Schleifen zu lösen und zu befreien. Und mit Yuna zusammen hielt er sogar eine Zukunft für möglich, in der die Vergangenheit zwar ein Teil von ihm war, ihn aber nicht mehr lähmte. Wenn erst einmal all das hinter ihm lag, das er am Montag anstoßen würde.

»Oh, ich liebe diesen Song.« Yuna drückte ihm das Glas mit Campari Orange in die Hand. »Komm, lass uns tanzen.«

»Nein. Bitte nicht.« Er schüttelte den Kopf. »Muss mich erst einmal akklimatisieren.« Sie hörte ihn schon gar nicht mehr. War, ohne auf seine Antwort zu warten, auf die Tanzfläche gehuscht und winkte ihn nun zu sich. Dabei sang sie die Liedzeilen von Totos *Africa* mit. »Hurry boy, it's waiting there for you.«

Na gut, warum nicht? Heute Abend war Vergessen angesagt. Er stellte sein Glas auf der Theke ab, ohne überhaupt von dem Drink gekostet zu haben, und machte einen Schritt auf die Tanzfläche. Yuna strahlte vor Freude.

Das ging genau zwei Lieder gut. Während Yuna voll im nächsten Song, *La Isla Bonita* von Madonna, aufging und alles um sich herum zu vergessen schien, betrat Boris den Partyraum. Wie ein Hai, der in einen Schwarm Fische prescht, schien die Menge zu reagieren. Jeder im Raum nahm seine Anwesenheit sofort wahr und machte ihm Platz, als er sich seinen Weg über die Tanzfläche bis zur Theke bahnte. Dem einen Kommilitonen schlug er dabei kumpelhaft auf den Rücken. Einer hübschen blonden Studentin, deren Namen Oliver nicht kannte, gab er einen affektierten Handkuss. Mit dem nächsten Studenten, Charly, einer der Organisatoren der Party, klatschte er hoch über den Köpfen ab. Beide sprangen dabei kurz hoch. Alles wie in einem schlechten amerikanischen Collegefilm.

Oliver wurde übel. Er warf noch einen Blick auf seine Freundin. Yuna war versunken im Tanz und der Musik und die Einzige, die die Ankunft von Kuschel nicht bemerkt hatte. Beruhigt verließ er die Tanzfläche und brachte so viel Distanz zwischen sich und Kuschel, wie es in dem überfüllten Raum möglich war. Er schlug sich quer über die Tanzfläche bis zum DJ vor. Ferhat Demirel saß auf einem Barhocker in der gegenüber der Bar liegenden Ecke des Raumes hinter der Musikanlage und drückte nacheinander Knöpfe und betätigte Regler. Es gab sogar einen alten Plattenspieler. Vinyl war wieder im Kommen, das hatte auch Oliver schon mitbekommen, und zu einer Achtzigerjahre-Party passte das ja auch. Ferhat zog die Kopfhörer herunter, als er Oliver kommen sah. »Na, hast du einen besonderen Musikwunsch?«

»Nee.« Oliver schüttelte den Kopf. »Die Achtziger habe ich verpasst. Nicht nur biologisch, auch musikalisch.«

»Das ist schade. Das war richtig gute Mucke damals.«

»Und wie bist du drauf gekommen? Ich meine, da warst du doch auch noch nicht auf dieser Welt angekommen.«

»Längere Geschichte. Komm her und setz dich zu mir, wenn du magst.« Ferhat zog einen weiteren Barhocker zu sich und klopfte mit der Hand auffordernd darauf.

Dankbar, der Tanzfläche zu entkommen, nahm Oliver den angebotenen Sitzplatz an. »Gute Aussicht hier.« Sein Blick streifte über die Tanzfläche, über den ganzen Raum. Yuna hielt nach ihm Ausschau. Ihre Blicke trafen sich. Ein Lächeln huschte über das Gesicht seiner Freundin, bevor sie sich wieder in den Tanz fallen ließ.

»Ja, von hier aus hast du alles im Blick. Kannst genau sehen, worauf die Leute abfahren, und entsprechend die Musik auflegen.«

»Wie bist du darauf gekommen, DJ zu werden?« Schon bei der Party im letzten Jahr hatte Ferhat aufgelegt. Man konnte ihn sogar buchen. Ihm gehörte die ganze Musikanlage, und er machte das als eine Art Nebenjob. Nicht wegen des Geldes, ihr aller Studium hier wurde ja von den Arbeitgebern finanziert. Nur als Hobby. Das hatte er ihm einmal erzählt.

Bevor Ferhat zu einer Antwort ansetzte, kam Lilly von hinter der Theke angerauscht. »Was kann ich unseren DJs zu trinken bringen?«

»Ich hab mein Wasser hier. Aber zur Abwechslung kannst du mir eine Cola bringen«, antwortete Ferhat.

»Klar, und du?« Sie nickte in Olivers Richtung.

»Lass mal, Lilly. Ich hab meinen Campari Orange auf der Theke stehen. Hol ich mir.«

»Ach was. Mache ich schon. Ich komme gleich mit der Cola wieder.« Lilly verschwand hüpfend im Takt der Musik. Auch sie trug in ihren blonden Zöpfen bunte Bänder.

»Trinkst du gar keinen Alkohol?«, fragte Oliver Ferhat.

»Du meinst, so als Muslim? Quatsch! Ich bin zwar einer. Aber kein praktizierender, meine ganze Familie ist nicht sehr religiös. Ich will bloß beim Auflegen einen klaren Kopf bewahren. Ihr Christen seid ja auch nicht alle so gläubig, dass ihr den ganzen Tag betet. Und in die Kirche latscht auch fast keiner.«

»Jetzt gehst du davon aus, dass ich Christ bin.« Oliver versuchte, ernst zu bleiben.

Ferhat stutzte einen Moment, dann prustete er los. »Okay – touché, mein Freund.«

Als Lilly ihre Getränke gebracht hatte, prosteten Ferhat und Oliver einander demonstrativ zu.

»Also, woher die Liebe zur Musik?«, fragte Oliver erneut. Ihm war hier beim DJ hinter dem Mischpult deutlich wohler als auf der Tanzfläche. Und Ferhat schien es nichts auszumachen. Er nahm Musikwünsche entgegen, ließ aber ansonsten eine Playlist herunterlaufen.

»Als Kind bin ich mit meinen Großeltern immer über die Trödelmärkte gezogen. Und zwar nicht nur über den Rheinauenflohmarkt in Bonn. Warst du mal da?«

»Nein.« Oliver schüttelte den Kopf. Er kam zwar gebürtig aus Bonn, aber seine Eltern waren alles andere als Trödelmarktgänger gewesen.

Ferhat erzählte weiter. »Wir haben alle Trödelmärkte der Region abgeklappert. Verkauft und gekauft. Mein Großvater hat auf irgendeinem Stand mal einen alten Plattenspieler für mich mitgenommen. Ich wollte den unbedingt haben, weil es dazu alte Platten mit Kinderhörspielen gab. *Räuber Hotzenplotz* und *Gullivers Reisen*, solche Sachen. Aber auch eine Sammlung von Achtzigerjahre-Musik. Ende der Geschichte war, dass ich die Hörspiele vielleicht einmal aufgelegt habe, die Musik aber …« Ferhat bekam einen verträumten Blick. »Ein paar von den Platten hab ich sogar mit.« Er langte unter den Tisch und zog einen Schuber mit Vinylplatten hervor.

»Hey, Ali.« Der derbe Ruf ließ Oliver und Ferhat aufblicken. Vor ihnen stand Timo, einer der Kumpel von Boris. Gleiche sportliche Statur, gleicher Undercut-Haarschnitt. Aber sein Gesicht zeigte nicht die ebenmäßigen Züge von Boris' Gesicht. Es war vernarbt, wahrscheinlich durch starke Akne während der Pubertät. Und seine Augen standen zu eng zusammen. »Mach mal richtige Mucke, mehr Dance und so was.«

Er war angetrunken.

Oliver setzte zu einer Entgegnung an. »Etwas anderer Ton, ja? Und unser DJ hier …«

Ferhat legte ihm kurz die Hand aufs Knie »Lass mal, Olli. Das bekomm ich schon alleine hin.« Zu Timo gewandt, sprach er lauter: »Dann sag mal einen Titel, den du gern hören willst. Dance ist ein weiter Begriff.«

»Jetzt mach mal nicht den Oberschlauen.« Timo baute sich vor ihnen zu seiner vollen Größe auf.

»Was denn, mein Freund? Gibt's ein Problem?« Boris stand plötzlich neben seinem Kumpel.

»Der Ali soll mal was anderes auflegen«, lallte Timo. »Nicht so eine schwule Mucke.«

»Wir haben eine Achtzigerjahre-Party, was hast du erwartet? Und die Mädels mögen das. Guck dir die Tanzfläche an. Rappelvoll. Lass die beiden DJs das mal machen, wir kümmern uns um die Ladys, komm, Timo.« Er zog seinen Freund mit auf die Tanzfläche.

»Was für ein Arsch!«

»Ach, der Timo. Der weiß nur nicht, wann er genug intus hat. Ist harmlos«, entgegnete Ferhat.

»Nein, den meine ich nicht«, sagte Oliver und stand auf.

»Boris? Der ist gar nicht so übel. Klar, er findet sich selbst ziemlich gut, und manche der Frauen stehen halt auf ihn. Und das nutzt er aus. Aber echt, sonst ist er in Ordnung.«

»Wenn du dich da mal nicht vertust.« Es widersprach Oliver, seine Verdächtigungen auszusprechen. Er war nicht der Typ, Gerüchte in die Welt zu setzen. Außerdem hatte er keine Beweise. Aber er war inzwischen sicher, dass Boris Mittelchen unter die Leute brachte. Eigentlich sollte es ihm egal sein, musste halt jeder selbst wissen. Nur seit der Typ offenbar Interesse für Yuna zeigte, war er vorsichtiger und beobachtete ihn. Hier ein Flüstern mit einem Kommilitonen nach einer Vorlesung. Dort steckte er einem anderen im Vorbeigehen etwas zu. Dafür hatte Oliver einen Blick. Zu lange war er selbst von Schmerzmitteln abhängig gewesen, länger, als er diese nach dem Unfall von den Ärzten hatte verschrieben bekommen. Und er kannte die Wege, wie man an die Mittelchen kam, die man glaubte zu brauchen, um zu funktionieren. Die Beobachtung bei seinem Abendspaziergang war da nur die letzte Note gewesen, die die Melodie komplettiert hatte.

»Ich misch mich dann mal wieder unter die Leute. Yuna macht auch gerade eine Tanzpause.« Er sah seine Freundin an der Bar, um neue Drinks zu ordern.

»Alles klar. Dann kümmere ich mich mal um die Playlist. Mal sehen, ob ich etwas für unseren Timo finde.« Grinsend beugte Ferhat sich über seine Anlage.

10. Kapitel

Die nächste links abbiegen, Gretchen.« Marie verfolgte im Routenplaner auf ihrem Handy den Pfeil, der ihr Fahrzeug repräsentierte, und sah dann wieder auf die Straße.

Sie waren auf dem Weg zu ihren Großeltern, den Eheleuten Schrader. Marie kannte sie erst seit einem Jahr, und bei ihnen zu Hause in Lengsdorf war sie erst einmal zuvor gewesen. Und da war sie mit dem Bus gefahren. Mit dem Auto, noch dazu mit ihrer Mutter am Steuer, konnte man sich in den verwinkelten Straßen dieses ländlich gelegenen Bonner Stadtteils leicht verirren. Alles sah gleich aus. Alte Reihenhäuser aus den Sechziger- und Siebzigerjahren, Baulücken, teilweise mit neueren frei stehenden Einfamilienhäusern gefüllt. Gepflegte winzige Vorgärten. Eher ländliches Dorf als Stadtteil. Also gar nicht so anders als Ruppichteroth, stellte Marie fest. Ihre leibliche Mutter Natalie, die Tochter der Eheleute Schrader, war also in einer ähnlichen Umgebung aufgewachsen wie sie selbst.

Zu spät sah Marie, dass sie an der Abzweigung, die sie zuvor angesagt hatte, vorbeifuhren. »Stopp, Mama!«, rief sie. »Links abbiegen, hab ich gesagt.« Gretchen stoppte das Fahrzeug.

»Warte, ich schau mal, wie es weitergeht. Bestimmt können wir auch die nächste links nehmen. Dann brauchst du nicht zu drehen.« Zum wiederholten Male dachte Marie, dass sie unbedingt ihren Führerschein machen musste. Gretchen war noch nie eine begnadete Fahrerin gewesen. Die kurzen Strecken innerhalb von Ruppichteroth waren kein Problem, aber wehe, sie musste unbekannte Strecken fahren. Da war immer Maries Vater gefahren. Der schied ja aber jetzt aus. Und Gretchen verlor kein Wort mehr über ihren Mann. Wollte auch nichts von ihm hören. Obwohl es Marie auf der Zunge brannte, mit ihr über ihren Besuch in der JVA zu sprechen. Keine Chance.

Wie auf Kommando stieß ihre Adoptivmutter einen Seufzer aus. Die Autofahrt hatte sie angestrengt. Nicht zu sprechen davon, sich überhaupt für den Besuch bei Maries Großeltern fertig zu machen. Marie hatte sie fast in die Dusche schieben müssen. Immerhin hatte sie sich selbst Kleidung rausgesucht.

»Ja, siehst du, Mama, wir können die nächste links nehmen.«

Gretchen nickte und fuhr weiter. Zum Glück war es nicht mehr weit, und Marie schaffte es, sie bis ans Ziel zu lotsen. Sie fanden sogar einen großen Parkplatz direkt vor dem Haus der Großeltern. Eine schlichte Fassade. Sechzigerjahre-Haus, aber gut erhalten, neuer Anstrich, gepflegt. Es sah einladend aus, und als Marie und Gretchen aus dem Fahrzeug stiegen, öffnete sich auch schon die Tür.

Marie ging voran. Nadeschda Schrader nahm sie mit offenen Armen in Empfang. Als Marie die wenigen Stufen bis zur Haustür überwunden hatte, umarmte die kleine Frau sie überschwänglich.

»Hallo Oma«, presste Marie hervor. Die Schraders hatten von Anfang an darauf bestanden, dass Marie sie mit »Oma« und »Opa« anreden sollte. Es war in Ordnung für Marie. Es stellte eine Art Nähe zwischen ihnen her.

»Ach, Marie, wir sind so froh, dass du gekommen bist.« Frau Schrader schob sie ins Haus und nahm hinter ihr Gretchen Glücklich in Empfang. Hier gab es keine Umarmung, nur einen kühlen Handschlag. Und ihre Adoptivmutter, die früher mit Herzlichkeiten so überschwänglich um sich geworfen hatte wie ein Prinz an Karneval mit Kamellen, hielt Frau Schrader eine schlaffe Hand entgegen und sagte keinen Ton. Marie schauderte. Das fing ja schon gut an! Nicht umsonst hatte sie sich gegen dieses gemeinsame Geburtstagsessen gesträubt. Schon allein eine Geburtstagsfeier für eine Tote auszurichten, war eine furchtbare Idee. Und dann diese Konstellation an Gästen! Die Eltern der Toten und die Ehefrau ihres Mörders an einem Tisch und in der Mitte eingepfercht die leibliche Tochter der Toten, Marie. Grauenvoll. Aber sowohl Frau Freitag als auch Maries Therapeut Herr Petersen hatten ihr dazu geraten, die verbliebene Familie zusammenzuführen. Auf ins Gefecht!

»Hier herein.« Oma Schrader deutete auf die Tür zur Küche, aus der ihnen ein würzig, deftiger Geruch entgegenschlug. Am Tisch sitzend, wartete schon Herr Schrader – Opa, korrigierte sich Marie in Gedanken. Bei ihm fiel ihr diese Anrede deutlich schwerer. Er war immer so ernst, Marie hatte ihn noch nie lachen sehen. Ob er ein strenger Vater gewesen war? Er erhob sich und begrüßte sie wie Gretchen nur mit einem Handschlag. »Nehmt doch bitte Platz.« Er wies ihnen die Stühle an. »Zuerst gibt es Borschtsch. Leckere Suppe.« Während er sprach, rieb er sich übertrieben über den Bauch, so als ob man ihn sonst nicht verstehen könnte. Er hatte zwar einen deutlichen Akzent, aber ansonsten war sein Deutsch durchaus verständlich. Er setzte sich wieder.

Oma Schrader erläuterte die weiteren Speisen. Als Hauptspeise gab es Stroganoff, ein Gulasch aus Kalbfleisch und Pilzen. »Und zum Nachtisch Honigkuchen. Eine Marlenka nennt man das bei uns. Das war Natalies Lieblingskuchen.«

Marie blickte über den Tisch. Er war für fünf Personen gedeckt. Nadeschda Schrader füllte die Suppenteller und reichte sie ihnen nacheinander an. Setzte sich dann selbst neben ihren Mann. Der Platz am anderen Kopfende, Opa Schrader gegenüber, blieb frei. Eine brennende Kerze in einem geschwungenen Halter, wie ein Kandelaber, aber mit nur einem Kerzenhalter, war vor dem Gedeck platziert. Immerhin war dort kein Suppenteller abgestellt. Bisher hatte Marie ihre Großeltern so verquer nicht kennengelernt. Erschüttert vom Tod ihrer Tochter zwar, aber nicht die Realität verleugnend.

»Lasst uns ein Gebet sprechen«, unterbrach Opa Schrader die Stille. Marie warf einen hastigen Blick zu ihrer Mutter. Gretchen war alles andere als gläubig. Als Opa Schrader begann, Gebetsworte zu murmeln, die man nicht richtig verstand, rollte Gretchen prompt mit den Augen. Marie senkte schnell den Kopf und schaute auf ihre gefalteten Hände, denn sie musste schmunzeln. Da blitzte doch für einen Augenblick etwas von dem alten lebenslustigen Wesen ihrer Mutter auf.

»Guten Appetit«, beendete Opa Schrader seine Worte.

Gretchen nahm ihren Löffel, tauchte ihn aber noch nicht in die Suppe. »Ist die mit Fleischbrühe gemacht?«

Na toll, dachte Marie. Das Erste, das sie sagt, und dann so was.

»Nein, kein Fleisch. Nur gutes Gemüse. Rote Bete, Kohl und viele Gewürze. Ohne deutsche Pülverchen. Alles handgemacht«, antwortete Nadeschda Schrader mit einem Lächeln.

Ihre Mutter nickte anerkennend, und Marie atmete aus. Gretchen war fast Vegetarierin. Wenn Fleisch, dann nur Bio. Sie hatte ihre Mutter vorgewarnt, dass die russischen Speisen fleischlastig waren, und sie inständig gebeten, nicht zu lamentieren. Dieses Mal war es gut gegangen. Eine vegetarische Suppe. Aber Marie graute vor dem Hauptgang.

Nach der Suppe wurde keine Pause gemacht. Fast nahtlos, nachdem sie die Teller abgeräumt hatte, servierte Oma Schrader das Hauptgericht. Nach und nach stellte sie große dampfende Schüsseln auf den Tisch. Neben dem Gulasch mit vielen Pilzen und reichlich heller Sahnesoße gab es beides: Reis und Nudeln.

Marie lief das Wasser im Mund zusammen, und sie stupste Gretchen an, die nach der Suppe ihre Hände in den Schoß gelegt hatte und abwesend vor sich hin starrte. »Das ist superlecker. Das habe ich hier schon einmal probiert, oder nicht, Oma?«

»Ja, mein Mädchen. Das stimmt. Das hat deine Mutter auch besonders geliebt. Ist das nicht schön, Erich?«

Nadeschda beugte sich zu Marie und herzte ihren Arm, während sie zu ihrem Mann schaute. Ein Leuchten in den Augen. Marie dagegen zuckte zusammen und bereute ihre Worte sogleich, wie immer, wenn Oma Schrader von Natalie als Maries Mutter sprach. Und das vor Gretchen. Die Vorstellung, dass sie das leibliche Kind einer anderen als Gretchen war, war so unwirklich. Sie hatte Natalie nie kennengelernt, und auch wenn sie inzwischen von den Großeltern unzählige Fotos und Geschichten über ihre leibliche Mutter gezeigt und erzählt bekommen hatte, blieb doch Gretchen, die Adoptivmutter, ihre richtige Mutter. Oma Schrader schien jedoch nichts von Maries Unbehagen zu merken.

»Die Polizei hat endlich Natalies Hab und Gut an uns herausgegeben. Sie hat gerne gekocht. Nach unserer Tradition. Sie besaß ein Kochbuch mit russischen Rezepten«, erzählte Oma Schrader.

Marie schluckte. Sie ahnte, was kommen würde.

»Marie, mein Mädchen, möchtest du ihre Sachen nachher mal ansehen? Wir können ja auch mal miteinander kochen, ja? Natalie ist mir früher immer in der Küche zur Hand gegangen.«

Marie zuckte mit den Schultern. »Ich weiß nicht. Ich koche nicht so gerne.«

»Aber das stimmt doch nicht.« Gretchen war aus ihrer Lethargie aufgewacht. »Wir haben das früher doch auch gemacht, Marie. Plätzchen backen zu Weihnachten.«

Das stimmte nicht. »Nein, das habe ich immer mit Papa gemacht. Du backst doch gar nicht gerne.«

Die Erwähnung von Georg Glücklich brachte alle zum Schweigen. Marie biss sich auf die Lippe. Sollte sie es wagen? Schließlich war es das, was ihr auf der Seele lag. Und offensichtlich konnte sie damit das Buhlen um ihre Person unterbrechen.

»Ich habe ihn besucht … Im Gefängnis … Papa.«

Stille.

Sie schaute zu Gretchen. »Es geht ihm nicht gut.«

Gretchen nahm die Serviette und tupfte ihren Mund ab. Faltete sie dann langsam zusammen und legte sie zurück auf den Tisch. Sie erhob sich. »Ich möchte jetzt gehen.«

Maries Hoffnung zerbrach. Es war nicht an Gretchen heranzukommen. Sie war kurz davor, in Tränen auszubrechen. Schaute hilflos zu ihrer Oma, als ob diese etwas daran ändern könnte oder wollte. Doch zu ihrer Überraschung rettete Oma Schrader die Situation.

»Aber nein, Frau Glücklich. Das geht doch nicht. Es gibt ja noch die Marlenka. Die müssen Sie probieren. Erich!« Sie stieß ihren Ehemann an. Der stand auf und räumte den Tisch ab.

»Die Marlenka ist lecker mit gutem Honig.« Er rieb sich wieder den Bauch, und zum ersten Mal überhaupt sah Marie ihren Opa lächeln. »Süßes hilft immer.«

Und sein Lächeln vielleicht auch. Was es auch war – Gretchen setzte sich wieder.

»Na, geht doch«, kommentierte Oma Schrader nicht unfreundlich. Der Blick, den sie aber Marie dann zuwarf, der hatte es in sich. »Von diesem Mann möchte ich in unserem Hause nichts mehr hören, Marie. Verstanden?«, zischte ihre Großmutter sie an.

Verstanden hatte sie, aber es war zum Heulen. Da hatte sie doch endlich das Thema gefunden, in dem sich ihre Großeltern und Gretchen einig waren. Nur leider ging es da um den, der nicht genannt werden durfte. Aber Marie konnte dickköpfig sein, wie Harry Potter. Sie fürchtete sich nicht, den Namen auszusprechen.

11. Kapitel

Oliver schwankte. Für einen Moment hatte er die Orientierung verloren. Seine Augen hielt er fest zusammengepresst. Nur das ließ ihn die schrecklichen Kopfschmerzen ertragen. Die Übelkeit. Die Musik dröhnte. Ein zu schneller Takt. Er kam nicht hinterher. Wo war er?

»Olli? Alles okay?«

War das Yuna? Nein. Nicht die Stimme seiner Freundin. Dann erinnerte er sich. Sie hatten sich gestritten. Wortfetzen im Rhythmus von Musik. *Don't preach*! *Papa don't preach.* Er öffnete die Augen zu einem Schlitz. Überall Lichtblitze, und sofort pochte es wieder hinter seiner Stirn. Neben ihm stand eine Freundin von Yuna, die Blonde von hinter der Theke. Wie hieß sie? Lilly. Ja. Aber warum schrie sie so? »Soll ich dir mal ein Wasser bringen?«

Hatte er denn so viel getrunken? Er nickte ihr zu, und im gleichen Moment tat es ihm leid, denn ihm wurde sofort wieder schwindelig. Er hielt sich an der Theke fest. Lilly war verschwunden, stattdessen rempelte ihn von der anderen Seite dieser Charly an. Der Typ, mit dem sich Kuschel abgeklatscht hatte.

»Ey, Alter! Du siehst echt scheiße aus.«

Dann erinnerte er sich. Kuschel hatte sich an Yuna herangeschmissen. Beim Tanzen. Und danach? Nichts. War er dazwischengegangen? *Don't preach!* Olli blickte zur Tanzfläche. Konnte Yuna nicht finden. Erkannte überhaupt niemanden. Alles war verschwommen.

»Verträgst wohl nicht so viel?« Dieser Charly war penetrant.

Oliver schirmte seine Augen mit den Händen gegen die Disco-Lichter ab und durchsuchte den ganzen Partyraum. Weder Yuna noch Boris waren zu sehen. Auch Ferhat nicht. Die Anlage spielte einsam grässliche Dance Music. Jeder Beat pochte gegen Olivers Stirn wie ein Hammerschlag. Er schloss die Augen wieder. Presste die Hände an den Kopf.

Bilder von Yuna und Boris blitzten auf der schwarzen Leinwand vor seinem inneren Auge auf. Eng umschlungen tanzten sie, wie in Ekstase. Yunas Zöpfe lösten sich, die Bänder, die sie gehalten hatten, flogen davon. Oliver schwankte. Stieß gegen diesen Charly. Der wich zurück.

»Boah, Schönling. Pass doch auf.«

Fast stürzte er. Er musste hier raus. Weg von den Lichtblitzen und weg von den Bässen. Er fasste die Tür ins Auge. Sie öffnete sich, und dahinter schien es hell. Ein Lichtblick, der ihm den Weg markierte. Oliver setzte sich in Bewegung. Er spürte, wie er taumelte. Aber der Lichtschein hielt ihn auf dem Weg. Fast hatte er es geschafft. Wenn er erst einmal aus dem Partyraum heraus war, würde er es schon bis in sein Zimmer schaffen. Es war nicht weit, und die Flure waren die ganze Nacht über beleuchtet. Dann ins Bett und sich den Rausch ausschlafen. Morgen sähe die Welt schon wieder anders aus. Yuna würde ihm später alles erklären. Morgen, wenn sein Kopf klar war. Heute. Das war ihm wieder eine Lehre. Der Alkohol vertrug sich nicht mit ihm. Noch nie. Keinen Schluck mehr für ihn. Ab sofort.

Fast hatte er die Tür erreicht. Den erleuchteten Flur, den Billardtisch. Er dachte schon ein paar Schritte voraus. Am grünen Tisch konnte er sich abstützen, bevor er die Treppe bewältigen musste. Noch ein Schritt, zwei. Doch dann verdunkelte sich die Sicht. Eine Gestalt erschien im Türrahmen. Nein!

Nicht doch! Was machte der hier?

Oliver stolperte.

Stürzte.

»Vorsicht!«, flüsterte die Gestalt. Fing ihn auf. Packte seinen Arm. »Hier geht's lang. Ein Fuß vor den anderen.«

Nein! Er riss sich los. Weg. Er musste fort. Tür. Wo war die Tür nach draußen? Er stürzte in einen anderen Flur. Nicht der zu seinem Zimmer. Aber die Musik entfernte sich.

Alles war verschwommen. Aber hier musste ein Ausgang sein. Wurde er verfolgt? Er hörte nichts. Es dröhnte in seinen Ohren. Treppenstufen. Eine Tür. Er lehnte sich mit aller Kraft dagegen. Sie öffnete sich. Frische Luft. In den Wald. Weg vom Gebäude, weg von den Leuchten. Warum funktionierten sie? Hatte Karl nicht gesagt, sie wären defekt? Nun wiesen sie ihm den Weg. Viele kleine volle Monde im Nachthimmel, die ihn fort von hier leiteten. Die Straße. Endlich. Ohne zu schauen, stolperte er weiter. Erreichte den Wald. Der Pfad rutschig. Trockene Zweige und Geröll ließen ihn schlittern. Ein steiler Abhang. Zu beiden Seiten ragten die Bäume in die Höhe, streckten ihre Arme aus. Gaben ihm ein schützendes Dach. Dunkelheit umfing ihn. Nur die Sterne leuchteten ihm den Weg, der ihn immer weiter fortbrachte. Nur nicht zurückblicken.

Eine Welle von Übelkeit überschwemmte ihn. Seine Knie gaben nach. Ein Baumriesenstumpf bot ihm einen Platz zum Ruhen an. Nur kurz. Bis der Schwindel fort war.

Komm, hauchte ihm der Baumatem zu.

Komm. Eine Astgabel wuchs aus dem Baumstumpf. Stockausschlag. Sie griff nach seinem Arm.

Nein. Lass mich.

Aber sein Körper gehorchte ihm nicht. Nur diesem Baumwesen. Seine Beine übernahmen den Willen. Und sie wollten folgen. Er wurde mitgezogen.

Komm. Ich bring dich in Sicherheit.

Nur noch ein kleines Stück.

Gleich kannst du ausruhen.

Da waren sie wieder, die vielen kleinen Monde. Bald. Sicherheit.

Er ließ es geschehen. Nur noch Ausruhen zählte.

Endlich. Über ihm der weiße Deckenhimmel. Er lag weich. Kein harter Baumstumpf, kein krümeliger Waldboden. Obwohl der Geruch des Waldes an ihm haftete.

Ein Bett. Sein Bett? Sein Zimmer?

Die Zimmer sahen ja alle gleich aus. Das machte nichts. Hauptsache, liegen. Augen schließen. Dunkelheit. Stille. Nur seinen Atem hörte er.

Jemand rüttelte an ihm.

Trink!

Das war nicht gut Zu viel trinken war nicht gut. Er drehte den Kopf weg.

Trink. Dann kannst du schlafen.

Schlafen. Das war gut. Also trank er.

Und dann endlich glitt er weg in die Dunkelheit. Er sträubte sich nicht mehr. Alles war gut.

Morgen würde alles wieder gut sein.

12. Kapitel

Helen schnaufte und blickte zu Rabe hinüber, der über dem Rosenbeet gebeugt stand.

»Lass uns eine Pause machen«, rief sie ihm zu. Alles, was sie am Mittwoch noch geschafft hatten, war, den Rasen zu mähen und zu düngen. Was mit ziemlichen Startschwierigkeiten verbunden gewesen war, da sie die Stromzufuhr für die Gartensteckdosen nicht gefunden hatten. Erst ein Anruf bei ihrer Mutter im Krankenhaus brachte sie weiter. Der Stromschalter war im Technikraum im Keller des Hauses. Da das gesamte Grundstück an einem Hang lag, der zur Gartenseite hin abfiel, befand sich der Keller nach hinten raus auf einer Ebene mit dem Garten. Ihre Mutter hatte ihr sofort aufs Brot geschmiert, dass das mal wieder typisch sei für Helen, die sich bislang bei all diesen Haus- und Gartenangelegenheiten fein herausgehalten hatte.

Am Wochenende nahmen sie also einen neuen Anlauf. Rabes Idee. Er schien das Landleben mehr und mehr zu genießen. Schon am Samstag hatten sie von morgens bis abends alles umgegraben. Wie ein Maulwurf war Helen sich vorgekommen. Heute war die Wiederbepflanzung an der Reihe. Das machte Helen deutlich mehr Spaß.

»Okay, bin gleich durch mit den Rosen. Es fehlen nur die am Spalier.« Er deutete auf das Rosenspalier, welches den Zugang zur halbrunden Laube bildete, die im Sommer einen schattigen Lese- und Ruheplatz beherbergte. Der Garten war Ruth Freitags Ein und Alles. Ein Bauerngarten nach englischem Vorbild. Gemütliche Ecken und verschlungene Wege, gesäumt von Stauden. Ein Kräutergarten. Es gab einen verwilderten Teil und einen Bereich mit mehreren Hochbeeten für den Gemüseanbau. Über diese Gemüsebeete gebeugt, hatte Helen die letzten zwei Stunden verbracht. Tomatenpflanzen eingesetzt, Auberginen- und Gurkensamen ausgebracht. Jeden Schritt hatte ihre Mutter penibel aufgeschrieben. Ohne die Anleitung wäre Helen mit Rabe im Schlepptau im Garten umhergeirrt wie Hänsel und Gretel im unbekannten Wald. Denn obwohl Helen die Vorzüge des Gartens in all den Jahren immer genossen hatte, von den gemütlichen Rückzugsecken bis hin zu den Köstlichkeiten, die ihre Mutter aus den Produkten der Gemüsebeete gezaubert hatte, war sie bisher blind für die Arbeit und Mühe gewesen, die darin steckten.

»Ich mach uns mal einen Tee«, rief sie Rabe zu, zog ihre Gartenhandschuhe aus, ließ sie achtlos im Beet liegen und verschwand in die Küche.

Als sie mit gefülltem Tablett mit dampfendem Tee und Shortbread wieder hinauskam, saß Rabe bereits auf der Terrasse auf einem der Teakholzstühle. Die langen Beine ausgestreckt, den Kopf zurückgelehnt und die Augen geschlossen.

»Da könnte ich mich dran gewöhnen«, sagte er, ohne die Augen zu öffnen.

»Dass ich dir Tee bringe?« Helen legte gespielte Empörung in ihre Stimme.

»Nein, was du wieder denkst!« Er richtete sich auf und nahm die Tassen entgegen. »An das Landleben könnte ich mich gewöhnen.«

»Wirklich?« Helen besah seine vom Rosenschneiden verkratzten Arme. »Ich bin da zwiegespalten. Wenn alles fertig ist, schon. Aber wenn man die ganze Arbeit selbst hat …« Helen goss Milch in ihren Tee. Diese Angewohnheit hatte sie aus Irland mitgebracht, wo sie überhaupt das Teetrinken erst begonnen hatte. Eigentlich war sie eine Kaffeetante. Zumindest unter der Woche und überhaupt zum Start in einen Tag brauchte sie Kaffee. Als Muntermacher und Arbeitsunterstützung stand er ihr stets zur Seite. Tee aber war was für die Seele. Dabei hatte sie vor allem schwarzen Tee vor Irland nicht ausstehen können. Nur mit Zucker schien er genießbar. Und bei gesüßten Getränken, ob warm oder kalt, kräuselten sich ihre Nackenhaare.

Rabe langte nach dem Zuckertopf. Er fuhr mit dem Löffel hinein wie ein Schaufelbagger und häufte zwei Berge voller Zucker in seine Tasse. »Wie du da Milch hineingeben kannst, erschließt sich mir nicht«, brummte er und biss dabei genüsslich in das Shortbread.

Helen verzog das Gesicht. Sie waren so verschieden. Mal abgesehen von seinem Zuckerkonsum. Er war generell ein Genussmensch, konnte sich in den Augenblick fallen lassen. Er erinnerte sie manchmal – aber nur in solchen Momenten – an Dane. Ihr irischer Freund schien genauso in sich geruht zu haben. Helen verdrängte den Gedanken schnell. Bei Dane hatte sie sich so grundlegend getäuscht. »Durch die Milch entfaltet der Tee seinen Geschmack.«

»Ich dachte, dafür ist der Zucker da.«

»Ja, der auch. Nur hat der halt so einen großen Eigengeschmack, die Milch dagegen nicht.« Helen hakte die Positionen auf der To-do-Liste ihrer Mutter, die sie schon erledigt hatten, ab.

Rabe ließ sich nicht so leicht überzeugen. »Einen süßen Eigengeschmack. Besser geht's doch nicht. Kaffee und Tee, da gehört Zucker rein.«

»Irgendwann wirst du Diabetes bekommen, das ist dir schon klar.« Ihre Stimme klang strenger, als sie es gewollt hatte. Unbewusst wollte sie sich ihn mit solchen Bemerkungen vom Leib halten. Ihn nicht an sich rankommen lassen. Insbesondere, wenn er sie an Dane erinnerte. Rabe konnte nichts dafür. Wieder versuchte sie, ihrem Gedankenkarussell zu entkommen. Widmete sich erneut der Liste. Es blieben zwei Arbeiten zu erledigen. »Der Kräutergarten fehlt noch. Ein paar der Kräuter müssen geteilt werden. Das mache ich. Und du schneidest die Buchsbaumumrandung. Okay?«

Helen blickte zu ihm rüber, er hatte sich wieder zurückgelehnt, die Augen auf sie gerichtet. Er hatte sie beobachtet, und er antwortete nicht. Sie fühlte sich ertappt. Schnell nahm sie ihre Teetasse und sog den Duft ein. Nicht nur der Geschmack des Tees wurde durch die Milch intensiviert, auch der Geruch. Und der erinnerte sie wie sonst nur der Genuss von Whisky an Irland. An die sanften grünen Hügel, die sich an das tiefblaue Meer schmiegten, durchsetzt von weißen Punkten der unzähligen Schafe. An die Natursteinmauern, an riesige Hecken aus Rhododendron, violett und rosé blühende Frühlingswiesen. Und an ihren irischen Freund. Den Seelenverwandten, den sie dort gefunden hatte. Zumindest hatte sie das damals gedacht. Gefühlt. Bis zu dem Moment, als Dane den Freitod gewählt hatte.

»Helen, was ist los mit dir?«

Rabes Worte brachten sie zurück. Irritiert blickte sie zu ihm. »Was meinst du?«

»Komm schon. Eben voller Tatendrang, und jetzt sitzt du da, umklammerst die Teetasse wie ein Ertrinkender das letzte Stück Treibgut und starrst vor dich hin.«

Erst jetzt bemerkte sie, wie verkrampft sie die Tasse mit beiden Händen hielt. Sie stellte sie ab. Atmete durch.

»Du hast recht. Vielleicht ist endlich der Zeitpunkt gekommen, mit dir darüber zu reden. Hier in dieser Umgebung. Im Garten, wo wir nicht vom Alltagsstress eingeholt werden.«

»Jetzt bekomme ich zwar ein wenig Angst. Das hört sich bedeutungsschwer an.« Er setzte sich auf. »Aber ich warte schon lange darauf.«

Nochmals atmete Helen durch. »Weißt du, manchmal erinnerst du mich an Dane.« Sie hatte Rabe schon einmal von ihm erzählt. Nachdem sie sich kennengelernt hatten, nach Abschluss des Schrader-Falls. Als sie sich von dem Unfall erholt hatte. Aber damals hatte sie sich auf die Fakten beschränkt. Ihr Sabbatjahr in Irland und wie es geendet hatte. Kurz und knapp. Bloß ihr dunkles Inneres nicht offenbaren. »Meine Mutter hat mir damals Irland auferlegt. Mitten in der Hochphase des Studiums. Ich war so ehrgeizig.«

»Bist du heute noch.«

»Ja, aber anders. Ich hatte das erste Staatsexamen in Rekordzeit geschafft und wollte so weitermachen. Da hat sie mich quasi gezwungen, eine Auszeit zu nehmen. Und sie hatte recht. Ich musste erst meine Vergangenheit bewältigen. Den Stachel entfernen, der mich seit der Kindheit gestochen hat. Ich musste Frieden mit meinem Vater schließen und den irischen Teil in mir kennenlernen.«

Rabe nickte. »Deine Mutter ist eine kluge Frau.«

»Ja, das ist sie.«

»Du hast deinen Vater getroffen, und ihr habt euch ausgesprochen, oder? Das hast du mir so erzählt.«

Helen schenkte Tee nach. Und Milch. »Das habe ich.«

»Dein Vater wohnt in Nordirland, nicht?«

»Ja, er ist Nordire, in Portrush geboren. Wie Graeme McDowell, der Golfspieler.«

Rabe zuckte mit den Schultern. »Kenne ich nicht.«

»Egal. Mein Vater lebt dort noch immer. Die Iren sind sehr heimatverbunden, bleiben oft ihr Leben lang an einem Ort. Auch ein Grund dafür, warum mein Vater zurückgekehrt ist, als sein Militärdienst in Deutschland vorbei war. Aber ich wollte die gesamte Insel kennenlernen. Also mein ganzes Volk. Die Iren erkennen die Trennung nicht an.«

»Ist das immer noch so?«, fragte Rabe.

»Allerdings. Die Iren sind glühende Europäer und Brexit-Gegner, weil das die Grenzkontrollen wieder verschärfen wird. Mein Vater spricht in den höchsten Tönen von Merkel und den Deutschen, weil sie sich gegen den harten Brexit starkmachen und auf die offen bleibende Grenze zwischen Nordirland und Irland bestehen. Genau das Gleiche habe ich auf meiner Rundreise an vielen Orten gehört.«

Rabe hörte interessiert zu, wie immer. Er ließ sich von nichts ablenken. Konzentrierte sich ganz auf sie. Eine Eigenschaft, die Helen sehr an ihm schätzte.

»Schließlich bin ich in der Nähe von Ballybunion gelandet. In einem kleinen Ort an der Westküste. Und dort lernte ich Dane kennen. Schon unser erstes Aufeinandertreffen war schicksalhaft. Mein Auto blieb liegen, auf einer dieser kleinen Küstenstraßen. Weit und breit kein Haus zu sehen. Auf der einen Seite des Weges das Meer, auf der anderen grüne Hügel bis zum Horizont. Und Schafe. Wie sich herausstellte, gehörten einige der Tiere – die mit den blauen Farbflecken – Dane.«

Rabe lachte kurz auf, und Helen beantwortete die nicht gestellte Frage. »Die Schafe laufen alle frei über die Wiesen, es gibt keine Zäune. Die Tiere sind nur mit Farbflecken auf dem Fell markiert, um den Besitz zu kennzeichnen.«

»Schöne Vorstellung, dass die Schafe da so überall rumlaufen können.«

»Ja, einerseits schon. Ihnen werden keine Grenzen gesetzt, und die Herden vermischen sich untereinander. Nur zum Scheren werden sie dann wieder getrennt. Das hat aber auch zur Folge, dass die Straßen und Wege sie nicht aufhalten. Und genauso passierte es. Ich war plötzlich umringt. Saß in meinem geliehenen Mini Cooper, und um mich herum eine Schafherde. «

Das Klingeln ihres Handys unterbrach ihre Erzählung.

»Lass es läuten«, sagte Rabe.

»Vielleicht ist es meine Mutter.« Sie blickte auf das Display. Nicht ihre Mutter. Henning Petersen. An einem Sonntag? Was konnte er wollen? Als Erstes fiel ihr Marie ein. Er war ihr Psychotherapeut. Helen nahm das Gespräch an.

13. Kapitel

Sobald Helen den Campus betrat, spürte sie, dass etwas anders war. Selbst wenn Petersen sie nicht mit seinem Anruf benachrichtigt hätte, wäre es Helen aufgefallen, dass etwas Schreckliches passiert war. Eine Schwere lag in der Luft, das trübe Licht des verregneten Apriltages trug dazu bei. Frau Franke am Empfang wirkte niedergeschlagen. Auf keinem der Gesichter der wenigen Studenten, die ihr auf den Fluren begegneten, fand sich ein Lächeln. Es war zu still, jeder ihrer Schritte in den Pumps schien durch das ganze Gebäude zu hallen. Sie schalt sich innerlich, nicht ein Paar sportlichere Schuhe gewählt zu haben, mit denen sie sich besser in die Stille eingefügt hätte.

Dekan Fachinger hatte ein Krisengespräch einberufen und Henning Petersen als Psychologen hinzugezogen. Henning wiederum hatte Helen um Unterstützung gebeten. Aber sie begab sich nicht sofort zum Büro des Dekans, sondern machte einen Umweg über die Bibliothek. Sie musste erst mehr erfahren. Sie wollte dem Dekan nicht noch einmal unvorbereitet vor die Augen treten. Und noch dazu in solch einer dramatischen Sache wie einem Suizid. Ohnehin nahm Helen das schon wieder viel zu persönlich. Sie konnte einfach nicht aus ihrer Haut. Als Henning ihr den Namen des betroffenen Studenten genannt hatte, waren Helen die Knie weggesackt, Bilder flackerten in ihr auf, tief in ihr vergrabene Emotionen, von denen sie geglaubt hatte, sie mit ihrer Arbeit für traumatisierte Mandanten erfolgreich bekämpft zu haben. Alles war mit einem Mal wieder da. Gerade noch hatte sie Rabe von Dane erzählen wollen und dass sie darüber hinweg war. Endlich bereit für eine neue Beziehung. Und nun fühlte sie sich völlig vor den Kopf geschlagen, wie einst in Irland.

Hatte sie wieder einen Hilferuf übersehen? Hätte sie etwas ändern können? Dieser Oliver hatte mit ihr sprechen wollen. Und sie hatte die Niedergeschlagenheit in ihm erkannt, ihn aber nicht sofort angehört. Was hätte es schon geschadet, die anderen Studenten ein wenig warten zu lassen? Jetzt war es zu spät.

Deshalb brauchte sie vor dem Krisentreffen mehr Informationen. Sie musste mehr über Oliver Schönbom erfahren, bevor Henning oder der Dekan sie nach ihm befragten.

»Ist Yuna da?«, fragte sie Gabi Stankowski, die sie hinter ihrem Servicetisch in Empfang nahm. Diese zeigte mit dem Finger nach oben. »Sie hat sich in die obere Etage zurückgezogen. Ist völlig fertig, das arme Ding. Unverantwortlich vom Dekan, sie heute hierherzuzitieren.«

Helen nickte. »Sie hat ihn gefunden?«

Gabi zuckte mit den Schultern. »Ich weiß es nicht genau. Ich war ja am Sonntag nicht hier. Und sie hat mir nichts gesagt. Aber ich glaube, der Hausmeister, Herr

Karl, war dabei. Obwohl der genauso wenig erzählt.« Womöglich durften sie das nicht, dachte Helen. Wegen der laufenden polizeilichen Untersuchung.

Helen fand Yuna Bäcker zusammengesunken auf einem Stuhl in der oberen Etage. Die Hände vor das Gesicht geschlagen, wiegte sie ihren Körper vor und zurück. Sie schien nicht bemerkt zu haben, dass Helen die Treppe hinaufgekommen war, obwohl deren Schritte deutlich auf den Gitterstufen zu hören gewesen waren. Vorsichtig, um sie nicht zu erschrecken, näherte Helen sich der jungen Frau und wandte sich erst einmal einem der Regale zu, in welchem passenderweise die Rechtshandbücher und Gesetzessammlungen aufgereiht waren. Wahllos griff Helen nach einem Buch. Eine Entscheidungssammlung des Bundessozialgerichts. Ohne zu lesen, blätterte sie eine Weile darin herum.

»Er hat sich nicht umgebracht.«

Nur ein Flüstern. Langsam drehte Helen sich um, wie bei einem Reh, das einem im Wald begegnet und das man nicht verscheuchen will. »Was haben Sie gesagt?«, fragte sie, obwohl sie Yuna genau verstanden hatte.

Die junge Frau hatte sich aufgerichtet und schaute Helen direkt in die Augen. »Oliver. Er hat sich nicht umgebracht. Deswegen sind Sie doch hier, oder nicht?«

»Darf ich mich zu Ihnen setzen?«

Yuna nickte und deutete mit einer Hand fahrig auf den weiteren Stuhl. Helen bemerkte, dass sie immer noch den schweren Buchband in der Hand hielt. Sie stellte ihn zurück ins Regal und nahm sich dann den

Stuhl. Sie zog ihn um den Tisch herum und setzte sich neben Yuna, um nicht den Eindruck zu erwecken, sie zu konfrontieren. Um ihr im Gegenteil zu vermitteln, dass sie ihre Gefühle verstand. Helen wünschte, dass Yuna recht hatte. Denn das hieße, dass sie, Helen, nichts hätte tun können. Aber aus eigener leidlicher Erfahrung wusste sie, dass dieses Leugnen eine häufige Reaktion direkter Angehörige des Partners etwa, war. Ein Selbstschutz. Das, was Henning Petersen ihr am Telefon erzählt hatte, wies jedoch eindeutig auf eine Selbsttötung hin. Alkohol und eine Überdosis Tabletten. »Ich kann Sie verstehen. Ich weiß, wie schwer das ist. Ich habe das selbst schon einmal durchgemacht.«

Auf Yunas fragenden Blick hin zuckte sie mit den Schultern. »Es ist schon ein paar Jahre her, aber manchmal ist es für mich immer noch, als wäre es erst gestern gewesen. Mein damaliger Freund hat sich das auch angetan.« Sie machte eine Pause. »Sich und mir. Denn ich bin zurückgeblieben mit den Schuldgefühlen. Hätte ich es verhindern können? Warum hat er sich mir nicht anvertraut?«

»Nein. So ist es nicht. Sie verstehen nicht. Oliver hat sich nichts … angetan, wie Sie es sagen.« Yuna klang wütend. Abweisend. Genau so hatte Helen reagiert. Heftiges Leugnen. Wut gegen jeden, der ihr einzureden versuchte, Dane hätte sich diese Klippen heruntergestürzt, obwohl sie es ja fast mit angesehen hatte. Seine Verzweiflung, die Flucht durch den Regen. Jemand musste ihn gestoßen haben. Die Schuld musste woanders liegen. Es würde in dieser Ausnahmesituation, so kurz nach der Tat, nichts bringen dagegenzureden. Deshalb ging Helen nicht weiter darauf ein.

»Okay. Aber, Yuna, ich brauche Ihre Hilfe. Wissen Sie, ich habe gleich ein Treffen mit dem Dekan, und wir müssen besprechen, wie es weitergeht.«

»Wie meinen Sie das?«

»Die anderen Studenten, die Lehrkräfte müssen informiert werden. Es wird eine Versammlung in der Aula geben.«

»Und warum brauchen Sie da meine Hilfe?«, fragte Yuna.

»Sie sind doch nah dran an den Studenten.«

Doch Yuna wehrte ab. »Ich weiß nicht. Ich wohne ja nicht hier.«

»Aber Sie waren doch Olivers Freundin. Sie kennen die, die ihm besonders nahestanden. Wen müssen wir vorab informieren?«

Yuna schüttelte den Kopf. »Er hatte nicht viele Freunde.«

»Wissen Sie denn, was er von mir wollte?«, fragte Helen.

»Nein. Das habe ich Ihnen doch schon letzten Mittwoch gesagt. Ich habe keine Ahnung.«

»Haben Sie ihm meine Visitenkarte gegeben?«

Yuna nickte. »Aber warum die ganzen Fragen? Sie glauben auch, dass er umgebracht wurde, richtig?«

Helen sog scharf die Luft ein. Das hatte sie keinesfalls gemeint. »Nein, Yuna. Wie kommen Sie darauf?«

»Das sage ich doch die ganze Zeit. Er hat sich nicht umgebracht.«

»Aber Sie wissen doch, dass eine Menge Tabletten und eine leere Flasche Alkohol neben ihm gefunden wurden.« Henning hatte ihr das so weitergegeben. Yuna wollte etwas entgegnen, doch Helen kam ihr zuvor. Es gab noch eine andere Möglichkeit. »Es könnte ein … Versehen gewesen sein. Eine versehentliche Überdosis.«

»Quatsch, nein! Sie verstehen gar nichts!« Yuna sprang auf. Ihr Zopf hatte sich gelöst, und ihre langen schwarzen Haare fielen strähnig in das blasse Gesicht. »Ich höre mir das nicht länger an. Sie hören mir nicht zu. Genauso wie die Polizei. Die wollten auch nichts davon wissen.«

»Warten Sie, Yuna.« Helen stand ebenfalls auf, legte ihr die Hände auf die Schultern. »Beruhigen Sie sich bitte. Ich höre Ihnen zu. Versprochen.«

Yuna setzte sich wieder. Nickte.

»Dann erzählen Sie bitte. Wissen Sie, was passiert ist?«

Die junge Frau schüttelte den Kopf. »Nein. Nein, ich weiß nicht, was passiert ist. Wer das getan hat. Ich weiß nur, dass Oliver sich nicht umgebracht hat, und schon gar nicht mit Tabletten. Das wäre das Letzte. Jeder kleine Tropfen Alkohol war ihm zu viel. Er ist nur mir zuliebe mit auf die Party gekommen. Er ist …« Sic stockte. »Er war kein Partygänger.«

»Und warum mied er Suchtmittel? Gab es da …«, Helen suchte nach der treffenden Formulierung, »gab es eine Vorgeschichte?«

Yuna verzog den Mund, aber dann sprudelte es aus ihr heraus. »Vorgeschichte. Ja. So kann man es ausdrücken. Vor ein paar Jahren, ich weiß nicht genau, wann, aber Oliver muss noch ein Teenager gewesen sein. Da gab es einen Verkehrsunfall. Olivers Eltern sind dabei ums Leben gekommen. Er selbst war schwerstverletzt. Hatte viele Operationen. Vor allem die Beine waren betroffen. In dieser Zeit wurden ihm viele Schmerzmittel verabreicht.«

»Er wurde abhängig? Das kommt oft vor«, wusste Helen.

Yuna nickte zustimmend. »Ja, so hat er es mir erzählt. Nach der Reha ist er nicht mehr davon losgekommen. Es waren nicht nur die physischen Schmerzen. Er musste ja auch mit dem Tod seiner Eltern fertigwerden.«

»Die seelischen Schäden sind meist schlimmer und langwieriger«, sagte Helen mehr zu sich selbst.

»Er hat nicht viel darüber gesprochen. Auch nicht, wie er es letztendlich doch geschafft hat, von den Schmerzmitteln loszukommen. Aber dass er nie wieder in eine solche Abhängigkeit kommen würde, das hat er immer klargemacht. In dem halben Jahr, in dem ich ihn kenne … kannte, hat er bei jeder Art von Suchtmitteln extrem scharf reagiert. Fast schon militant. Obwohl er sich gegenüber anderen meist zurückhaltend gegeben hat. Ich habe es bemerkt. Ein Wein zum Essen im Restaurant hat mir schon einen Seitenblick von ihm eingebracht.«

»Ich verstehe.« Ehemalige Raucher waren oft diejenigen, die am empfindlichsten auf Zigarettenqualm reagierten. Es war ihr bei Rabe schon ein paarmal aufgefallen. »Haben Sie gestern der Polizei alles so erzählt?«

Yuna nickte. »Ja … oder … ich weiß es nicht. Ich war geschockt. Vielleicht habe ich das alles ja gar nicht ausgesprochen. Dem Fachinger habe ich es aber gesagt, da bin ich sicher.«

»Fachinger war am Sonntag hier?«

»Ja, später. Nicht, als wir Oliver gefunden haben. Ich kann mich nicht mehr genau erinnern.«

»Das ist ganz normal. Lassen Sie sich Zeit. Versuchen Sie, mir alles nacheinander zu erzählen. Sonntags sind Sie ja normalerweise gar nicht hier?«

»Richtig. Eigentlich hätte ich aber hier sein müssen. Wenn ich da gewesen wäre …«

»So dürfen Sie nicht denken, Yuna. Das hilft niemandem.« Helen versuchte etwas anderes. »Erzählen Sie es mir so, als wäre es gar nicht Ihnen passiert. So, als hätten Sie es im Fernsehen gesehen.«

Das wirkte. Ein Trick, den Helen mal in einem Seminar mitgenommen hatte und den sie schon öfter angewendet hatte. Wenn Erinnerungen durch Schmerz beeinflusst wurden, half es manchmal, sie von dem persönlichen Empfinden des Betroffenen abzukapseln, indem man sie sich als einen Film vorstellte.

Yuna entspannte merklich. Sie band sich den Zopf neu und begann zu erzählen. »Nach der Feier wollte ich bei Olli übernachten, damit ich nicht in der Nacht nach Bonn zurückfahren musste.«

»Sie wohnen in Bonn?« Helen unterbrach den Redefluss nur ungern, aber um nichts falsch zu verstehen, musste sie nachhaken.

Yuna nickte und fuhr fort. »Aber dann kam es anders. Wir haben uns nicht richtig gestritten oder so. Nur hatte Olli keine Lust mitzukommen. Er war in seiner üblichen miesen Partystimmung. Und nicht gut auf Boris Kuschel zu sprechen. Es war mir klar, dass er da rebellierte. Ich hätte es sein lassen sollen … Fakt ist, ich bin dann ohne Olli mitgegangen.«

»Wohin denn?«, fragte Helen.

»Boris und ein Kumpel wollten in einen Club nach Hennef und haben mich gefragt, ob ich mitkomme. Es ist dann recht spät geworden, und ich wollte Olli nicht mehr stören. Also habe ich mir ein Taxi genommen und bin doch nach Bonn zurückgefahren.«

»Auf dieser Feier haben Sie Oliver also das letzte Mal gesprochen?«

Yuna seufzte. »Ich weiß nicht mal, was ich ihm zuletzt an den Kopf geworfen habe. Aber es war nichts Nettes. Ich hatte ein schlechtes Gewissen und habe gestern Morgen sofort versucht, Olli anzurufen, um mich zu entschuldigen. Ich konnte ihn aber nicht erreichen. Das war komisch. Er kann das nicht gut haben, schlechte Stimmung. Will sich immer direkt aussprechen, wenn etwas ist. Als er dann nicht rangegangen ist und auch nicht zurückgerufen hat, habe ich mir sofort Sorgen gemacht. Er hat meine WhatsApp nicht mal geöffnet. Das kann man ja sehen, ob der andere die Nachricht liest. Also bin ich sofort hierhergekommen.«

»Und haben ihn in seinem Zimmer gefunden? Stand die Tür offen?«

»Nein. Und bevor Sie fragen, ich habe auch keinen Schlüssel. Er hat nicht aufs Klopfen reagiert. Die Tür war abgeschlossen. Ich bin immer nervöser geworden. Es war mir klar, dass etwas passiert sein musste. Ein Herzinfarkt oder so. Ich hab nach dem Hausmeister gesucht, Herrn Karl. Er hat meine Panik gespürt, hat nicht viel gefragt, sondern ist sofort mitgekommen. Er hat aufgeschlossen.« Sie unterbrach sich abrupt. Helen konnte an ihrem Ausdruck erkennen, dass sie das Bild ihres toten Freundes wieder vor Augen hatte.

»Das heißt, Herr Karl war dabei, als Sie Oliver gefunden haben?« Zumindest war Yuna nicht allein gewesen. Ein kleiner Trost.

»Ja.«

»Okay, Yuna. Danke, dass Sie mir das so offen erzählt haben.«

»Aber ich bin ja noch nicht fertig. Sie müssen wissen, wie es dort aussah, das war nicht Olli. Jemand hat es so aussehen lassen, als ob er das selbst gewesen wäre. Alles war völlig arrangiert.«

Helen blickte auf ihre Armbanduhr. Sie war schon zu spät, Fachinger und Henning erwarteten sie. »Sie haben aber nichts angerührt und Herr Karl auch nicht?«

»Nein. Herr Karl hat mich sofort von da weggeführt und die Polizei angerufen.«

»Das ist gut. Dann haben die alles so dokumentiert, wie es war.«

»Und glauben Sie mir jetzt? Dass Olli keinen Selbstmord begangen hat? Alle wollen mir das einreden. Aber Sie glauben mir doch?«

Helen nickte. Yunas Argumente hatten zumindest Zweifel an der Selbstmordtheorie gesät. Dennoch würde Helen die gleich bestimmt nicht äußern. Das tat sie nur Yuna gegenüber. »Ich glaube Ihnen. Warten wir trotzdem ab, was die Polizei ermittelt. Eine Untersuchung wird es so oder so geben. Das müssen sie bei jedem unnatürlichen Todesfall.«

»Aber die Polizei kennt Oliver nicht so wie ich. Die werden nur das finden, was sie schon glauben. Er hat

Tabletten geschluckt mit Alkohol. Die Schlussfolgerung ist klar. Davon gehen sie doch schon aus.«

Yuna traf einen wunden Punkt bei Helen, ohne es zu wissen. Die Untersuchung steckte aber noch in den Anfängen, und Helen würde einen Teufel tun und sich da einmischen. Jedenfalls war es ausgeschlossen, dass hier etwas im Sand verlaufen würde. Der entsprechende Kommissar, der für diese Abteilung zuständig war, war glücklicherweise in Pension. »Wir sprechen uns später wieder. Ich muss jetzt zum Dekan, und Sie gehen erst mal zu Frau Stankowski runter. Gabi wird sich um Sie kümmern, bis ich wieder bei Ihnen bin.«

14. Kapitel

Endlich eine neue Woche. Die Wochenenden zogen sich hin wie zu lange Schatten in einer weiten Ebene bei Sonnenuntergang. Sie malte sich schon aus, wie der Kaffeeduft ihr in die Nase zog, sobald sie die Kanzlei betreten würde. Das freundliche Hallo von Frieda. Ihre quirlige Chefin Frau Freitag, die ihr eine Handvoll Akten auf den Tisch legte, noch bevor sie die Jacke aufgehängt hatte. Das Arbeitsleben. Alle voller Energie. Dass sie sich darauf freute, zeigte ihr, wie sie sich verändert hatte. Noch vor einem Jahr hatte es ihr Angst gemacht, überhaupt das Haus zu verlassen. Sie hatte es nur mit Musik über die Kopfhörer ihres Handys gewagt, um die Geräusche der Außenwelt auszuschließen. Nun konnte sie es gar nicht erwarten, das allzu stille Haus und die noch stillere Bewohnerin zu verlassen.

Als sie nach dem Besuch bei ihren Großeltern am Samstag nach Hause gekommen waren, war Gretchen sofort in ihr Schlafzimmer verschwunden und das ganze restliche Wochenende nicht mehr herausgekommen. Zumindest um das Essen musste sich Marie nicht kümmern, denn Oma Schrader hatte ihnen reichlich von den Resten der üppigen Speisen mitgegeben. Die letzte Portion Borschtsch verteilte Marie auf zwei Tupperdosen. Eine davon packte sie in ihre Tasche, um sie sich heute Mittag warm zu machen. Beim Hinausgehen öffnete sie den Briefkasten. Auch diese Tätigkeit hatte sie von ihrer Mutter übernommen. Eingeklemmt zwischen zwei Rechnungen fand sie einen Brief mit dem Stempel der JVA Siegburg. Sie schluckte. Ihr Vater hatte ja gefragt, ob er ihr wieder schreiben dürfe. Es war nur eine Frage der Zeit gewesen, bis Post von ihm kam. Sie fürchtete sich, den Brief zu öffnen. Sprangen ihr Vorwürfe entgegen? Oder triefte er vor Mitleid? Erst nach der Arbeit würde sie ihn lesen. Die Rechnungen deponierte sie auf der Regalablage im Flur. Den Brief trug sie wie eine heiße Kartoffel nur an einer Ecke haltend in ihr Zimmer zurück. Legte ihn auf den Schreibtisch. Ungeöffnet.

Nun musste sie aber los. Der Bus wartete nicht auf sie. Aus dem Schlafzimmer ihrer Mutter hörte sie keinen Laut. Noch einmal klopfte sie an ihre Tür. Öffnete sie einen Spaltbreit.

»Gretchen. Ich bin dann zur Arbeit.«

Das Zimmer war dunkel, nur durch die Spaltlöcher des Rollladens sprenkelte etwas Licht herein auf das Bett. Die helleren Punkte ließen die Haare ihrer Mutter noch zerzauster erscheinen, als sie es ohnehin schon waren. Sie lag auf dem Rücken. Das Gesicht zur Decke gerichtet. Die Haare bildeten einen Kranz um ihren Kopf wie die nasse, struwwelige Mähne eines Löwen.

»Gretchen? Bis du wach?«

Als ihre Mutter den Kopf ganz leicht bewegte und die Augen aufschlug, atmete Marie erleichtert aus. Erst dann bemerkte sie, dass sie den Atem angehalten hatte.

»Im Kühlschrank ist der Rest der Suppe von Oma Schrader. Ich muss los.«

»Danke, Liebes.« Ein leichtes Nicken. Dann schloss Gretchen die Augen wieder.

Marie sog die frische Morgenluft ein, als sie aus der Tür trat, froh, das stickige Haus zu verlassen. Doch auf dem ganzen Weg zur Arbeit, zuerst im Bus, dann während der Bahnfahrt und schließlich auf dem Fußweg in die Bonner Altstadt, wo sich die Kanzleiräume befanden, fühlte sie den Druck der beiden Zimmer in ihrem Elternhaus auf ihren Schultern: das eine, in welchem Gretchen an die Decke starrte und das sie vermutlich den ganzen Tag nur verlassen würde, um auf die Toilette zu gehen. Und das andere, ihr eigenes Zimmer, in dem auf dem Schreibtisch der ungeöffnete Brief ihres Vaters lag.

»Guten Morgen, Marie. Na, was ist das denn für ein Gesicht?« Friederike Vettweiß kam ihr im Flur auf dem Weg zur Küche entgegen, als Marie die Tür zur Kanzlei aufstieß. Ihre Kollegin wirkte gehetzt.

»Kaffee?«

Marie nickte dankbar. »Ja, Kaffee. Gerne und viel davon, bitte.«

Frieda lachte, wobei ihr eine Stirnlocke ihres kurzen blonden Haars ins Auge fiel. Sie pustete die widerspenstige Strähne wieder an ihren Platz zurück. »Ist das Familientreffen nicht gut gelaufen?«

In der Kanzlei wusste jeder über ihre Probleme Bescheid. Was zum einen daran lag, dass ihre tote leibliche Mutter der Ausschlag dafür war, dass sie sich überhaupt auf die Ausbildungsstelle hier beworben hatte. Obwohl sie zu diesem Zeitpunkt noch nicht wusste, dass die unbekannte Tote, die unter der Autobahnbrücke im Bonner Norden gefunden worden war, ihre leibliche Mutter war. Zum anderen lag es an den Menschen, von deren Privatleben sie ebenso viel wusste wie diese von ihrem. Friederike Vettweiß war die Kanzleimanagerin und vornehmlich für Maries Ausbildung verantwortlich. Sie hatte zwei Kinder und war wegen des älteren, schwer pubertären Theo in ständiger Sorge. Und ihre Chefin, Helen Freitag, hätte fast ihr Leben für Marie aufs Spiel gesetzt. Die Beziehungen in der Kanzlei gingen über ein normales Arbeitsverhältnis weit hinaus. Nur mit Matthias Vettweiß, dem zweiten Anwalt der Kanzlei und Friedas Ehemann, war Marie nicht so vertraut, was vor allem daran lag, dass er während des ersten halben Jahres ihres Hierseins in Australien geweilt hatte. Dennoch, Maries eigene Familie lag zwar in Trümmern, aber dafür hatte sie hier eine neue gefunden.

Das Telefon klingelte, und Frieda hechtete zurück zu ihrem Arbeitsplatz. »Machst du uns einen Kaffee, Marie? Dann sprechen wir am Schreibtisch. Das Telefon steht wieder mal nicht still. Außerdem ist heute Ausnahmezustand.«

»Stimmt, morgen ist ja Feiertag.«

»Das, und unser Kurzurlaub steht an. Meine Nerven liegen blank.«

Marie überließ Frieda dem Telefon und bog ab in die kleine Küche neben dem Eingangsbereich. Noch so eine Sache, die bewirkte, dass sie sich hier heimisch fühlte. Ohne Ausnahme frönten sie alle einer ausgeprägten Leidenschaft für Kaffee. Zu Hause war sie immer die Einzige gewesen, die Kaffee trank, ihre Mutter rührte das nach ihren Worten »versäuernde« Getränk nicht an und schwor auf Tee in allen Variationen. Zumindest als sie noch Interesse für irgendeine Nahrungsaufnahme zeigte.

Mit zwei großen Milchkaffees kehrte Marie ins Sekretariat zurück. Die Türen zu den Anwaltszimmern standen offen.

»Sind die beiden bei Gericht?«, fragte sie, als sie Frieda die Tasse überreichte und sich dann ihr gegenüber an ihren eigenen Schreibtisch setzte.

»Matthias ja, aber Helen musste heute Morgen zur Hochschule nach Hennef.«

»Ich dachte, sie ist nur am Mittwoch da?«

»Keine Ahnung, was los ist. Sie hat mir nur eine Nachricht geschrieben, dass sie erst gegen Mittag kommt. Erhöht nur geringfügig den Stresslevel.« Die ältere Kollegin verzog das Gesicht. »Wenn Matthias nicht diesen Gerichtstermin heute hätte, wären wir schon in London.«

»Euer Urlaub. Stimmt ja. Hatte ich gar nicht mehr dran gedacht.« Marie nippte an ihrem Kaffee. Frieda und ihr Mann wollten die Feiertage und die beiden »kurzen« Wochen zwischen dem ersten Mai und Vatertag für einen London-Trip ausnutzen. Aber trotz des Stresses hatte Frieda immer noch ein Ohr für Maries Probleme. »Jetzt erzähl. Wie lief das große Familienzusammentreffen?«

Marie zuckte mit den Schultern. Obwohl Frieda quasi ihr Kummerkasten war, fiel es ihr schwer, über ihre verquere Familiensituation zu sprechen.

»Komm schon, ab morgen sehen wir uns zwei Wochen nicht, und du kennst meine Neugier. So lange halte ich das nicht aus.«

Marie musste grinsen. Frieda schaffte es immer wieder, ihr alles aus der Nase zu ziehen, und so berichtete sie von dem Desaster bei ihren Großeltern. »Immerhin waren wir das ganze Wochenende mit Essen versorgt. Sogar für heute reicht es noch.«

»Na, siehst du! Man findet immer etwas Positives. Und das muss man mitnehmen.« Frieda schaute auf ihre Armbanduhr. »Entschuldige, aber jetzt muss ich weitermachen. Die letzte Fristsache vor dem Urlaub.«

Marie nickte und wandte sich ihrem eigenen Aktenberg zu. Sie seufzte in sich hinein. Zwei Wochen, ohne sich bei Frieda ausheulen zu können. Am liebsten würde Marie selbst einmal raus aus allem. Dem Zuhause, wo sie nicht atmen konnte, weil es ihr so vorkam, als ob ihre Mutter all den Sauerstoff verbrauchte. Die Einladungen ihrer Großeltern, ihre ständigen Vergleiche mit ihrer toten leiblichen Mutter. Und obwohl ihr Vater weggeschlossen war, bedrängte auch er sie mit seinen Briefen. Alle wollten ihre Bedürfnisse an ihr befriedigen. Was war mit ihren eigenen? Sie leerte ihren restlichen Kaffee in einem Zug und versuchte, den Ärger herunterzuschlucken.

Kurz nach Mittag kam ihre Chefin herein. An ihrem schleppenden Gang spürte Marie, dass etwas nicht stimmte. Frau Freitags Verletzung nach dem Unfall im letzten Jahr war vollständig verheilt, aber in Stresssituationen humpelte sie immer noch.

Die Chefin ließ sich auf einen der Besucherstühle fallen. »Manchmal glaube ich, ich bin verflucht. Irgendein irischer Unglücksfluch. Ich ziehe so etwas magisch an.«

»Was ist denn passiert, Helen?«, fragte Frieda. »Deine Stimmung macht mir Angst. Ist unser Urlaub in Gefahr?«

»Nein, keine Sorge, Frieda. Hat nichts mit der Kanzlei zu tun. Ich hatte euch doch von diesem Studenten erzählt, oder?«

Marie und Frieda antworteten gleichzeitig. »Nein.«

»Nicht?« Frau Freitag stellte ihre Aktentasche, die sie bislang verkrampft auf ihrem Schoß gehalten hatte, auf den Stuhl neben sich. »Das erleichtert mich ein wenig. Dann kam mir anscheinend sein Kontaktversuch nicht so dringlich vor. Ich dachte nicht, dass es etwas Persönliches war, eher studienbezogen. Trotzdem habe ich mir seit Sonntag Vorwürfe gemacht.«

Frieda war aufgestanden und ging auf Frau Freitag zu. »Erde an Helen? Kannst du mal etwas deutlicher werden? Wir wissen überhaupt nicht, worum es geht. Oder hast du den Durchblick, Marie?« Frieda schaute zu ihr herüber.

Marie schüttelte den Kopf.

»Entschuldigt. Bin noch völlig fertig. Gestern rief mich Henning Petersen an. Er erzählte mir, dass es einen Todesfall auf dem Campus gäbe. Ein Student. Selbstmord.«

Marie musste schlucken. Langsam begann auch sie an einen irischen Fluch zu glauben. Selbstmord. Depressionen. Ein Thema, mit dem sie alle in der Kanzlei auf die eine oder andere Art schon konfrontiert worden waren. Zuletzt Frieda mit ihrem Sohn.

Frieda reagierte entsprechend. Sie wurde fahl und ließ sich neben ihre Chefin auf einen Besucherstuhl fallen. »Das ist ja furchtbar!«

»Ja. Meine Gespenster der Vergangenheit waren plötzlich alle wieder da. Noch dazu hatte der Student, Oliver Schönbom, in der letzten Woche versucht, mit mir etwas zu besprechen. Aber es ist nicht dazu gekommen. Ihr könnt euch vorstellen, wie das auf mich gewirkt hat.«

Frieda legte den Arm um Frau Freitags Schulter, und die erzählte, was sich zugetragen hatte und welchen Verdacht die Freundin des Toten hegte.

»Und du glaubst jetzt auch nicht mehr an einen Selbstmord?«, fragte Frieda.

Ihre Chefin seufzte. »Ich weiß nicht, was ich glauben soll. Und momentan bleibt mir nur abzuwarten, was die polizeiliche Untersuchung ergibt, auch wenn mir das Nichtstun schwerfällt. Die Obduktion wird womöglich Klarheit bringen. Der Dekan hat mich gebeten, die Kommunikation mit der Polizei zu übernehmen.« Frau Freitag erhob sich und stöhnte.

»Was ist los? Macht dein Bein wieder mehr Probleme?«, fragte Frieda.

Ihre Chefin lachte auf und verneinte. »Ich fürchte, das ist Muskelkater von der Gartenarbeit.«

Frau Freitag verschwand in ihr Büro, und Frieda kehrte an ihren Schreibtisch zurück. Marie nahm sich die Post vor, die ungeöffnet auf ihrem Schreibtisch lag. Sobald sie das erste Schreiben in der Hand hielt, flogen ihre Gedanken zurück zu einem anderen Brief, der bei ihr auf dem Schreibtisch zu Hause lag. Sie seufzte still, rieb sich durchs Gesicht. Gerade als sie den Brieföffner nahm, um sich endgültig der Geschäftspost zu widmen, sprang die Tür ihrer Chefin wieder auf.

»Ihr glaubt nicht, wer die polizeiliche Untersuchung übernommen hat …« Über das Gesicht von Frau Freitag huschte ein breites Grinsen. »Katharina Voss. Rabes Schwester!«

15. Kapitel

Die Hände über dem Kopf haltend, rettete sich Helen vor dem Regenguss mit einem Sprung unter das Vordach des Wirtshauses. Das Bönnsch war Kathis Vorschlag gewesen. Seit dem Wochenende hatte es merklich abgekühlt. Die Luft lud zum Durchatmen ein. Aber Helen fiel es wie gewohnt schwer, sich fallen zu lassen. Auszuruhen. Es gab so viel zu tun. Die nächsten zwei Wochen wäre sie allein mit Marie in der Kanzlei, während Frieda und Matthias den wohlverdienten Urlaub antraten. So würde sie auch ohne den Todesfall an der Hochschule keine Zeit fürs Durchatmen haben. Und dann war da ja noch diese neue Verantwortung für ihre Mutter, die Helen sich selbst auferlegte, auch wenn Ruth Freitag nichts davon wissen wollte. Ihre Mutter würde sich durch die Diagnose nicht unterkriegen lassen. Wartete nur darauf, endlich aus dem Krankenhaus entlassen zu werden, um sich um ihren Garten kümmern zu können. Ihre Arbeit. Und um Helen. So waren die Freitagsfrauen. Ausruhen war etwas für andere.

Als Katharina Voss ein baldiges Treffen mit Helen vorgeschlagen hatte, war diese darum sofort bereit, ihre Mittagspause dafür zu opfern. Rabes Schwester war erst kürzlich vom Einbruchsdezernat in das Kriminalkommissariat für Tötungsdelikte gewechselt. Oliver Schönbom war quasi ihr erster Toter.

Als Helen das alte Brauhaus in der Bonner Innenstadt betrat, sah sie Katharina schon an dem Tisch in der ersten Nische sitzen. Sie winkte ihr zu. Kathi trug zerrissene Jeans und eine Bluse im Batik-Stil. Die blonden Haare hatte sie zu einem kessen Zopf gebunden. Zum wiederholten Male stellte Helen fest, dass Kathi wie ein junges Mädchen auf direktem Weg nach Woodstock wirkte, nicht wie eine taffe Polizistin. Der Dezernatswechsel hatte daran nichts geändert. Am Alter lag es nicht. Kathi war drei Jahre älter als Helen selbst.

»Entschuldigung, ich hab es nicht früher geschafft«, begrüßte sie Kathi, die ihr entgegenkam und sie sofort in den Arm schloss. Helens Schultern verkrampften, wie immer bei so plötzlicher Nähe. Da war es egal, ob sie das Gegenüber gernhatte, so wie Kathi, oder nicht.

»Mach dich locker, Schwägerin.« Kathi lachte und ging gekonnt darüber hinweg.

»Bitte nicht das böse Sch-Wort, Frau Kriminalkommissarin.« Sie setzten sich.

»Immer noch nicht?«, scherzte Kathi weiter. »Aber im Ernst, wie läuft es zwischen euch beiden? Nicht, dass ich neugierig bin.«

»Natürlich nicht. Das würde ich nie von dir denken. Du bist die Reserviertheit in Person.«

»Raus mit der Sprache. Behandelt dich mein Bruderherz gut? Sonst bekommt er es mit mir zu tun. Mir liegt viel daran, dass das zwischen euch klappt. Ich will ihn ja nicht wieder selbst am Bein hängen haben.«

Helen kannte die Frotzeleien zwischen den Geschwistern. Die beiden standen sich nahe, obwohl sie keine echten Geschwister waren. Rabes Vater hatte Kathis Mutter geheiratet, als beide Kinder acht Jahre alt waren.

»Ohne Spaß, ich glaube, es läuft gut. Oder hat er dir etwas anderes gesagt?« Furcht kroch ihr plötzlich unter die Fingernägel, und sie begann, hektisch mit beiden Daumen über die Nägel zu fahren. Sie zog die Hände unter den Tisch, damit Kathi es nicht sah. Denn auch wenn sie es ihm gegenüber nicht zugeben würde – noch nicht –, Rabe war zu einem Ruhepunkt in ihrem Leben geworden. Mit ihm konnte sie entspannt sein wie schon lange nicht mehr mit einem anderen Menschen. Seit dieser völligen Entschleunigung, die sie erlebt hatte, als sie Dane kennengelernt und ihr Studium unterbrochen hatte, um sich bei ihm in Irland niederzulassen, war ihr das nicht mehr passiert. Nach Danes Tod war sie dazu nicht mehr in der Lage gewesen. Aber Rabe schaffte es, sie zu erden. Nur traute sie diesem Gefühl nicht. Wie zerbrechlich es doch war, das Glück. Das hatte sie in Irland genau so erfahren.

»Ach was! Ich weiß gar nichts. Er erzählt mir überhaupt nichts. Deshalb frage ich ja dich.«

Kathi war so direkt. Fast verlangte es Helen, ihr ihr Herz auszuschütten. Aber dies war kaum der richtige Zeitpunkt. »Alles bestens mit uns. Er benötigt auf absehbare Zeit keine Wochenenddates mehr.«

»Da bin ich erleichtert. Als Sidekick taugt er nämlich überhaupt nicht.« Kathi lachte lauthals.

»Wieso brauchst du denn einen Sidekick? Schon wieder auf der Suche? Was ist aus dem Staatsanwalt geworden?«

Bei ihrem letzten Fall war die Liaison von Kathi mit einem Staatsanwalt hilfreich gewesen. Das hatte Helen Zugang zu einer Akte verschafft, die sie auf dem normalen Weg nicht so schnell oder gar nicht hätte einsehen können.

»Ach, hör mir auf mit dem.« Kathi winkte ab. »Seit es auch bei mir um Kapitalverbrechen geht, meint er, unsere Arbeit würde kollidieren. Aber in Wirklichkeit ist er nur ein Weichei, das nichts mit Frauen anfangen kann, die ihm Kontra geben. Zur Hölle mit ihm und überhaupt mit allen Männern. Außer meinem Bruderherz natürlich.«

»Das sieht dir aber gar nicht ähnlich. Kein Privatleben mehr? Keinen Spaß? Keine Beziehung?«

»Helen! Jetzt enttäuschst du mich aber! Manchmal denkst du furchtbar konservativ. Insofern passt du wirklich gut zu meinem Bruder. Ich hab nur die Nase von den Männern voll. Nicht von der Liebe.« Wieder lachte sie lauthals. Das Pärchen am Nachbartisch drehte schon verstohlen die Köpfe zu ihnen rum. Helen versuchte, es zu ignorieren. Dennoch flüsterte sie ihre nächsten Worte. Kathi hatte wohl recht. Sie war nicht nur konservativ, sondern auch verklemmt. »Du meinst, du willst es mal mit einer Frau probieren?«

Kathi zog zwar die Augenbrauen hoch, aber diesmal blieb sie ernst. »Das Ausprobieren hab ich schon lange hinter mir. Ich kehre also nur zu meinen Wurzeln zurück. Ausprobiert habe ich das nur mal eine Zeit lang mit den Männern. Der Staatsanwalt hat dieses Experiment aber beendet.« Sie zwinkerte ihr zu. »Aber bevor dir das Thema zu unangenehm wird, lass uns lieber über meinen ersten Todesfall reden.«

Helen schluckte. »Ehrlich, Kathi. Das ist mir doch nicht unangenehm. Ich bin nur …«, sie suchte nach dem richtigen Wort, »… überrascht?« Es kam heraus wie eine Frage.

»Mach dir keinen Kopf, Helen. Ich weiß, dass dir das nicht unangenehm ist. Das war nur so dahergesagt. Ich plappere immer, wie mir das Mundwerk gewachsen ist, und dabei vergesse ich, dass wir uns ja noch gar nicht so gut kennen. Kommt mir halt vor, als gehörtest du schon immer zur Familie.«

»Das nehme ich mal als Kompliment«, sagte Helen scherzhaft, war aber insgeheim berührt. »Sollen wir denn mal etwas gemeinsam unternehmen? Rabe erzählt immer von euren Spielabenden von früher.« Noch so eine Sache, die sie nie selbst erlebt hatte. Gemeinsame Gesellschaftsspiele mit der Familie. Sie hatte keine Geschwister und war ohne Vater aufgewachsen.

»Klar. Warum nicht? Auch wenn mir heutzutage für eine gemeinsame Unternehmung spontan andere Dinge einfallen.«

Helen winkte ab. »Lass uns lieber zum Grund unseres Treffens kommen. Warst du am Sonntag selbst vor Ort? Oder ist dir der Fall erst heute zugeteilt worden?«

»Die Hennefer Kollegen haben uns sofort eingeschaltet, als der Notarzt den Tod des Studenten festgestellt hatte. Und ja, ich war dann etwa eine Stunde nach dem Leichenfund vor Ort und habe den Fall selbst aufgenommen.«

Helen war erleichtert. Alles war von Anfang an in Kathis vertrauenswürdigen Händen. Dieses Mal musste Helen nicht gegen die Polizei arbeiten.

»Was hast du vorgefunden?«

»Du stellst viele Fragen, Helen. Stimmt etwas nicht bei der Sache? Eigentlich dachte ich, ich würde eher dich löchern. Du hast den Toten unterrichtet? Kanntest du ihn näher?«

»Entschuldige, du hast recht. Es hat mich nur aufgewühlt. Du weißt, ich habe da so eine Vorgeschichte in dieser Richtung.«

Kathi nickte verständnisvoll und wartete geduldig auf eine Antwort. Helen nahm sich vor, die Untersuchung nicht sofort in eine bestimmte Richtung zu drängen, wobei sie selbst ja gar nicht wusste, welche die richtige war. Kathi sollte unvoreingenommen ermitteln. »Ja, ich habe Oliver unterrichtet. Ich kannte ihn darüber hinaus aber nicht näher. Nur hatte er versucht, mich letzte Woche außerhalb der Vorlesung zu kontaktieren. Dazu ist es aber nicht mehr gekommen.«

»Du weißt nicht, was er von dir wollte?«, fragte Kathi.

»Nein. Leider. Ich mache mir Vorwürfe, dass ich nicht insistiert habe. Womöglich hätte es etwas geändert.«

»Das musst du nicht. Oder hast du Anzeichen erkennen können, dass er sich anders verhalten hat als sonst?«

»Nein. Wie gesagt, ich kannte ihn ja nicht richtig. Nur aus dieser einen Vorlesung. Und er war niemand, der sich in den Vordergrund gedrängt hat.«

»Könnte er vielleicht einfach eine studienbezogene Auskunft von dir gebraucht haben?«

Helen schüttelte den Kopf. »Nein. Das sicher nicht. Er wollte ungestört mit mir reden. Wenn es nur etwas Fachbezogenes gewesen wäre, warum sollte das keiner mithören dürfen? Außerdem wirkte er so ernst.« Sie erinnerte sich an seinen Gesichtsausdruck.

»Warum ist es denn nicht zu dem Gespräch gekommen?«

»Er ist plötzlich mitten aus unserer Unterhaltung rausgegangen. Warum, weiß ich nicht. Aber du musst unbedingt mit seiner Freundin sprechen.«

Kathi nahm ihr Mobiltelefon. »Moment.« Sie scrollte auf dem Display. »Die Freundin heißt Yuna Bäcker?«

Helen nickte. »Hast du schon mit ihr gesprochen?«

»Ja, sie war es auch, die ihn gefunden hat. Von ihr war gestern nichts mehr zu erfahren. Stand völlig unter Schock. Ich werde aber noch mal mit ihr sprechen. Was ich brauche, sind weitere Namen. Mit welchen seiner Kommilitonen war Schönbom enger befreundet? Gab es Streit mit jemandem?«

»Das kann dir am besten Yuna sagen. Ich weiß nur, dass er mit diesem einen Kommilitonen nicht gut auskam.«

»Name?«

»Boris Kuschel.«

»Notiert.«

»Und weißt du etwas über seine Familie? Angehörige?«

»Soweit ich weiß, hat er niemanden mehr. Seine Eltern sind vor ein paar Jahren bei einem Autounfall ums Leben gekommen. Er hat danach bei seiner Großmutter in der Nähe von Stuttgart gelebt. Die ist aber wohl auch letztes Jahr gestorben.«

»Traurige Geschichte. So gar keine Familie mehr zu haben.«

Kathi schaute vom Handy auf. »Wahrscheinlich hat er deshalb diesen Professor Fachinger als Notfallkontakt angegeben.«

»Wen?«

»Wusstest du das gar nicht? Das ist euer Dekan, oder?«

Helen nickte. Sie war überrascht. Jetzt verstand sie, warum Fachinger so mitgenommen schien. Über das normale Maß hinaus. Und deshalb war er auch so schnell vor Ort gewesen. Die Polizei hatte ihn kontaktiert. Sie musste Yuna fragen, ob sie davon wusste. Wie kam es, dass Oliver den Dekan zu seinem Notfallkontakt gemacht hatte? Kannten sich die beiden privat?

»Ja. Professor Fachinger ist unser Dekan. Aber davon wusste ich nichts.«

»Dann habe ich ja direkt den Nächsten, den ich auf meine Liste setze.« Kathi schrieb in ihr Handy.

»Das heißt, du ermittelst in alle Richtungen?«, fragte Helen, ohne darüber nachzudenken.

Kathi war sofort auf der Hut. »Okay, Helen. Heraus mit der Sprache. Du verschweigst mir doch etwas.«

»Na ja.« Helen druckste herum. Wie sollte sie das jetzt richtig formulieren, ohne so zu klingen, als ob sie unter Verfolgungswahn litt? Sie probierte es zuerst mit einer Gegenfrage. »Du hast den Tatort doch gesehen? Es sah alles nach Selbstmord aus?«

»Du weißt, dass ich dir da jetzt eigentlich keine Information drüber geben kann. Laufende Untersuchung und so.«

Helen verdrehte die Augen.

Kathi gab nach. »Also gut. Du scheinst ja sowieso schon das meiste zu wissen. Es stimmt. Alles sieht nach klassischem Suizid aus. Tabletten. Eine Dosis, die für einen Elefanten ausgereicht hätte. Zusammen mit Alkohol. Herr Schönbom wollte auf Nummer sicher gehen. So sieht es aus. Vorbehaltlich der pathologischen Untersuchung.«

Helen dachte nach. Sie sollte es dabei belassen. Kathi ihre eigenen Schlüsse ziehen lassen, wenn sie mit Yuna sprach. Und falls die Pathologie kein Fremdverschulden implizierte, könnte sie immer noch etwas sagen. Doch so leicht machte es ihr Kathi nicht.

»Du glaubst nicht, dass es ein Suizid war.«

Helen seufzte. »Nein. Das kommt aber nicht von mir. Seine Freundin hat mich davon überzeugt, dass es kein Selbstmord gewesen sein kann.«

»Und warum nicht?«

Helen erzählte, was sie von Yuna über Oliver erfahren hatte. Von seiner strikten Ablehnung jeder Art von Drogen.

»Okay. Das macht einen Suizid mit Tabletten unwahrscheinlich, insbesondere da es sich bei den Tabletten genau um solche Schmerztabletten gehandelt hat. Aber es macht ihn nicht völlig unglaubhaft. Und du musst eines bedenken, Helen: Wenn er sich umbringen wollte, wäre es für ihn ein Leichtes gewesen, an diese Tabletten heranzukommen.«

Das stimmte. Das hatte sie nicht bedacht.

»Lass mich mal machen. Als Erstes werde ich der Gerichtsmedizin anordnen, nach anderen Drogen zu suchen. K.-o.-Tropfen, Liquid Ecstasy. Solche Sachen. Das gehört nämlich nicht zur Standarduntersuchung, wenn es keine Anhaltspunkte gibt. Und diese Substanzen sind schwer nachzuweisen. Morgen ist Feiertag, ich rechne frühestens am Donnerstag mit Ergebnissen. Inzwischen strecke ich mal meine Fühler aus. Und befrage diese Yuna Bäcker. Und den Dekan.«

»Vielleicht solltest du die behandelnden Ärzte befragen, ob er aktuell wieder Schmerzmittel verschrieben bekommen hat«, schlug Helen vor.

Kathi drehte ihr das Display des Handys zu. Als letzter Punkt stand dort direkt unter dem Namen »Prof. Fachinger« ein Bindestrich gefolgt von dem Eintrag: »behandelnde Ärzte?«.

»Du siehst, ich bin nicht ganz neu in dem Job. Nur in der Abteilung.«

»Weiß ich doch. Kathi. Deshalb bin ich ja so froh, dass dir der Fall übertragen wurde.«

»Wir bleiben in Kontakt. Heute bist du nicht mehr an der Hochschule?«

»Nein, erst am Mittwoch wieder.«

Kathi stand auf. »Falls ich von dir mehr wissen muss, melde ich mich. Und wenn dir etwas einfällt, halt dich nicht zurück, okay? Du kannst mir alles sagen.«

16. Kapitel

Helen hatte während des gestrigen Feiertags nichts von Kathi Voss gehört, und so machte sie sich am heutigen Mittwoch voller Anspannung auf den Weg in die Hochschule. Feiertage waren ihr ein Graus. Der erste Mai war ihr noch am liebsten. Denn diesen Tag nahm sie immer wörtlich und verbrachte ihn arbeitend in der Kanzlei. Ungestört durch Telefonate oder Besprechungen. Die Parade der Donnerstagsfeiertage stand ihr noch bevor. Am schlimmsten fand sie den Vatertag. Wenn Väter oder solche, die es vielleicht einmal werden wollten, mit Bollerwagen und reichlich kühlendem Nass auszogen und sich selbst feierten. Rheinisches Mannsein. Rabe war da keine Ausnahme. Immerhin war er ein Vater. Sein volljähriger Sohn studierte allerdings in München. Auch Rabe wollte sich an diesem Feiertag mit Freunden treffen, seinen alten Fußballfreunden. Seit einem Kreuzbandriss spielte er nicht mehr aktiv. Aber Fußballbande waren offenbar so stark, dass sie auch ohne den rollenden Ball ein Leben lang hielten. Den Tag der Arbeit hatte Rabe ebenfalls bei der Arbeit, in der Redaktion, verbracht. Und so war sie nach der Arbeit nicht zu ihm, sondern zurück nach Hennef gefahren.

Die Mittagspause hatte Helen bei ihrer Mutter im Krankenhaus verbracht. Ruth machte ihrem Namen als Freitagsfrau alle Ehre. Sie war voller Tatendrang. Doch mindestens bis zum Ende der Woche musste sie noch dort bleiben. Die Uniklinik auf dem Bonner Venusberg hatte eine Spezialabteilung für Parkinson. Ein Glücksfall. Zwar befand sich ihre Mutter im Frühstadium der Krankheit, aber die Folgen würden nur verlangsamt, nicht aufgehalten werden. Parkinson war eben eine nicht heilbare Krankheit, und mit der Zeit würde Ruth Freitag immer mehr auf Hilfe angewiesen sein. Helen fürchtete sich davor. Ihre Mutter war nicht leicht zu pflegen. Das hatten schon die Ärzte und das Pflegepersonal in der ersten Woche ihres Aufenthalts dort erfahren dürfen. Es hätte nicht viel gefehlt, und ihre Mutter wäre in die Krankenhauskantine geeilt, um das Essen für sich und alle anderen Patienten selbst zu kochen. Und an einem Tag hatte sie ohne Witz während der Visite dem Chefarzt angeboten, ihm bei der »Papierarbeit« unter die Arme zu greifen, als er ihren Patientenbogen nicht gleich parat hatte. Wie sollte es Helen bewerkstelligen, ihre Mutter zur Schonung anzuhalten, wenn sie selbst die meiste Zeit in der Kanzlei in Bonn verbrachte? Oder sie dazu zu bringen, zu erwägen, zumindest in die Altersteilzeit zu wechseln? Keine leichte Aufgabe. Es wäre besser zu bewältigen, wenn sie wie heute ständig in Hennef arbeiten würde.

Auf dem Campus grüßte Helen im Vorbeigehen Frau Franke, die wie eine Raumschiffkapitänin im Cockpit hinter dem runden, futuristisch anmutenden Empfangsbereich stand. Ab neun Uhr sollte das offene Beratungsangebot für die Studenten zur Verfügung stehen. Ihr blieb noch eine halbe Stunde. Helen passierte das Musikzimmer. Die Tür stand offen. Henning Petersen war schon da.

»Hallo Henning. Ich bin gleich da«, rief sie in den Raum hinein, ohne eine Antwort von ihm abzuwarten. Professor Fachinger wollte als Reaktion auf den Suizid für die Hochschule eine Einrichtung ähnlich der psychologischen Beratung und Unterstützung an Schulen aufbauen. Bis hierfür eigenes Personal zur Verfügung stand, hatte er Henning und sie für den akuten Krisenfall dazu auserkoren, diesen Dienst zu übernehmen. Das Musikzimmer hatten sie hierzu als vorübergehenden Anlaufpunkt eingerichtet. Es lag ideal im Erdgeschoss gleich gegenüber der Mensa. Jeder der Studenten und Fakultätsangehörigen kam dort ständig vorbei. Es gab eine Liste, in die man sich eintragen konnte. Aber auch ein spontaner Besuch war möglich. Übergangsweise, bis eine ständige Einrichtung fertig war, würden sich Helen und Henning an zwei Tagen die Woche, mittwochs und donnerstags, abwechseln. Die ersten beiden Tage übernahmen sie gemeinsam.

Zuvor wollte Helen etwas anderes mit dem Dekan klären. Die Frage nach Fachingers persönlichem Verhältnis zu Oliver Schönbom brannte ihr schon seit dem Treffen mit Kathi unter den Fingernägeln. Die Tür zu seinem Büro stand offen. Fachinger saß mit dem Rücken zur Tür am Schreibtisch und starrte durch das Fenster nach draußen. Helen klopfte an die offene Tür. Fachinger zuckte zusammen und drehte sich mitsamt dem Schreibtischstuhl zu ihr um.

»Entschuldigung, ich wollte Sie nicht erschrecken.«

»Ah, Frau Freitag.« Fachinger winkte sie herein. Er sah müde aus. Die Augen hinter der Brille trugen dunkle Schatten. Sein Gesicht erschien ihr fahl. Nahezu ohne Kontrast zum grauen kurzen Haar.

»Hätten Sie eine Minute Zeit für mich?«, fragte sie.

»Natürlich. Setzen Sie sich. Fehlt etwas für das Musikzimmer? Tische, Beleuchtung, eine Pflanze? Die Atmosphäre soll ja stimmen.«

»Nein, danke. Herr Karl hat uns mit allem ausgestattet.«

»Was kann ich dann für Sie tun?« Er fasste unter seine Brille und fuhr sich über die Augen. Helen überkam ein plötzliches Mitgefühl für ihn. Eine Verbundenheit. Er musste sich schreckliche Vorwürfe machen.

»Ich habe mich mit der ermittelnden Polizeibeamtin getroffen«, begann sie.

»Mit dieser Kommissarin Voss? Mich hat sie gestern regelrecht ausgequetscht. Aber was wollte sie denn von Ihnen?«

Kathi hatte also schon gestern begonnen, ihre Liste abzuarbeiten. Ein neuer Fall, der erste Tote, bedeutete ebenfalls einen Tag der Arbeit für die Kommissarin.

»Ich kenne sie privat. Sie hat sich bei mir erkundigt wegen der Gegebenheiten hier auf dem Campus.«

Fachinger nickte. »Das ist gut zu wissen. Aber sie erschien mir jung und unerfahren.«

Jung wirkte Kathi. Aber sie war alles andere als unerfahren. »Ich bin sicher, der Fall ist in guten Händen.« Helen überlegte, wie sie fortfahren sollte. Sie wollte Kathi nicht in Bedrängnis bringen, als würde sie mit Informationen sorglos umgehen, aber Fachinger nahm ihr das Problem ab.

»Sie hat Sie gefragt, ob Sie davon wussten, dass ich als Notfallkontakt bei Oliver Schönbom eingetragen war, nicht wahr?«

So war es nicht ganz gewesen, aber es kam dem nah genug. Helen nickte.

Fachinger sprach weiter. »Und damit habe ich Sie ein wenig in die Bredouille gebracht, weil Sie es nicht wussten. Ich hätte es Ihnen schon früher sagen sollen. Ihnen und Herrn Petersen. Oliver Schönbom war mein Protegé. Verzeihen Sie, seitdem er … seit Sonntag stehe ich neben mir.«

»Aber das ist doch verständlich. Sie müssen sich nicht entschuldigen.« Oliver sein Protegé. Sie hatten es vermutlich nicht an die große Glocke gehängt, um nicht den Eindruck einer Bevorzugung zu erwecken. »Können Sie mir und Herrn Petersen mehr über Oliver erzählen? Etwas, das uns hilft, ihn besser zu verstehen, wenn wir die anderen Studenten beraten. Wie ich es verstanden habe, hatte er keine Familie mehr? Waren Sie sein Betreuer?«

»Bis zu seiner Volljährigkeit. Aber nur was die finanziellen Belange anbelangt. Bis seine Großmutter starb, hat sie sich um ihn gekümmert.«

»Darf ich fragen, woher Sie ihn kannten?«

Fachinger seufzte. »Eine traurige Geschichte. Ich sollte Sie und Herrn Petersen ins Bild setzen. Da haben Sie recht.«

Helen nickte. »Kommen Sie doch mit ins Musikzimmer.«

»Der Dekan mit gutem Beispiel voran.« Er lachte freudlos. »Ich hoffe, unser Angebot wird von den Studenten angenommen. Ich hätte das schon viel früher einrichten sollen. Ich fühle mich, als hätte ich versagt. Nicht nur bei Oliver, sondern als Dekan dieser Einrichtung. Es gehört mit zu meiner Verantwortung, die Sorgfaltspflicht gegenüber den Studenten, die hier ja nicht nur studieren, sondern auch wohnen.« Er stand auf. »Kommen Sie, lassen Sie uns zu Petersen gehen, dann erzähle ich Ihnen von Oliver.«

Die Tür zum Musikzimmer stand immer noch offen. Henning saß an dem runden Tisch und las in einem Buch. Das Licht war gedämpft, aber nicht schummrig. Der Raum besaß wegen der Akustik keine Fenster und bot deshalb eine geschützte Atmosphäre. Ein weiterer Grund, warum er ideal für ihre Bedürfnisse war.

»Henning, ich habe unseren ersten Klienten mitgebracht.« Helen versuchte, etwas Leichtigkeit hineinzubringen, kam sich aber vor wie in einem schlechten Theaterstück. Und Henning ging auch noch darauf ein.

»Ein Eisbrecher, sehr gute Idee. Bisher ist nämlich noch niemand hier vorstellig geworden. Nicht, dass ich das so früh erwartet habe. Da muss sich jeder erst daran gewöhnen, und die meisten werden überhaupt kein Bedürfnis verspüren, sich an uns zu wenden.«

Helen schloss die Tür.

»Ein so gutes Beispiel bin ich nicht«, sagte Fachinger, während er sich setzte. »Ich hätte schon früher davon erzählen müssen, um Sie beide auf diese Aufgabe vorzubereiten.«

Henning warf ihr einen verstohlenen Blick zu. Helen nickte ihm zu und klärte ihn in kurzen Worten über die persönliche Beziehung des Dekans mit Oliver Schönbom auf. Das Wenige, was sie darüber wusste.

»Richtig. Sie sollten über alles Bescheid wissen. Vor allem vor dem Hintergrund, dass die mit dem Fall betraute Kommissarin vorhat, die Studenten und Fakultätsangehörigen weitergehend zu befragen. Ein normales Vorgehen bei einem unnatürlichen Todesfall, wie sie mir versichert hat«, berichtete der Dekan zunächst.

»Eine Befragung durch die Polizei ist sicher eine weitere außergewöhnliche Situation. Da stimme ich Ihnen zu«, pflichtete Henning ihm bei.

»Und nun zu mir.« Fachinger tat es sichtlich gut, seine Sorgen und die Verantwortung mit ihnen zu teilen. Mit jedem Wort fand er zu seiner gewohnten Sicherheit zurück. Er wirkte nicht mehr so niedergeschlagen, fand Helen. »Ich möchte Ihnen zunächst etwas zu Olivers tragischer Familiengeschichte erzählen. Ich kannte Oliver schon von klein auf. Sein Vater und ich waren gute Bekannte, und das schloss die Familien mit ein. Unsere Kinder sind nahezu aufgewachsen wie Geschwister. Bis zu dem Autounfall, bei dem Olivers Eltern ums Leben kamen und er schwer verletzt wurde.«

»Wie lange ist das her?«, fragte Helen.

»Im November werden es neun Jahre sein. Oliver war dreizehn. Von einem auf den anderen Tag war er allein. Seine Großmutter, zu der er zuvor nicht einmal großen Kontakt hatte, war die einzige Familie, die ihm blieb. Er ist zu ihr gezogen. Aber sie hat mich gebeten, die Vormundschaft zu übernehmen, zumindest was das Finanzielle betraf. In der ersten Zeit habe ich den beiden auch eng zur Seite gestanden, insbesondere mit der Regulierung über die Versicherungen.«

»War die Schuldfrage eindeutig geklärt?«, fragte Helen. Sie kannte es von eigenen Mandaten. Die Versicherungen übernahmen auch bei schweren Unfällen nicht immer ohne Weiteres die Haftung. Es war häufig so, dass die Angehörigen noch jahrelang nach dem tragischen Unfall mit den Versicherungen verhandeln, teilweise prozessieren mussten.

»Nein, im Gegenteil. Der andere Unfallbeteiligte konnte nie ausfindig gemacht werden.«

»Unfallflucht?«, fragte Henning.

Fachinger nickte. »Ja. Der Unfallhergang wurde nie komplett aufgeklärt. Es gab keine Zeugen, und Oliver selbst konnte sich an nichts erinnern.«

Henning setzte seine Brille ab und legte sie auf den Tisch. »Amnesie aufgrund eines Traumas. Sind ihm nie Bruchstücke wiedergekommen? Das ist Jahre später noch möglich.«

»Nicht, dass ich wüsste. Zumindest hat er mir gegenüber davon nie etwas erwähnt. Ich habe dann nach dieser ersten Zeit den direkten Kontakt ein wenig verloren. Oliver ist nach der Genesung zu seiner Großmutter nach Stuttgart gezogen. Hat dort die Schule beendet. Ich habe mich immer noch gekümmert, habe weiter die Regulierung betreut, aber persönlich gab es lange Zeit keinen richtigen Austausch.«

»Lief die Regulierung über die Verkehrsunfallopferhilfe?«, fragte Helen.

Fachinger nickte. »Da braucht man Durchhaltevermögen. Von den Betroffenen selbst ist diese Arbeit kaum zu leisten.«

»Ja, ich kenne das leider. Die Haftpflichtversicherung, die über die Verkehrsopferhilfe eingeschaltet wird, behandelt einen solchen Fall wie jeden anderen. Es kostet Mühe, und es braucht Zeit.«

»Genau. Deshalb habe ich das übernommen, und die Zahlungen, die geflossen sind, bezogen sich zunächst ausschließlich auf den Totalschaden für das Fahrzeug und auf Schmerzensgeld für Oliver. Eine Entschädigung für den Verlust der Eltern und die damit verbundenen Dauerfolgen, wie die Erwerbsverluste, waren extrem schwer durchzusetzen.«

»Läuft die Regulierung noch?« Helen kam der Gedanke, dass sich Oliver möglicherweise deshalb an sie wenden wollte.

»Nein. Es kam schließlich zu einem Vergleich. Drei Jahre nach dem Unfall haben wir außergerichtlich eine Einigung erzielt. Eine restliche Pauschalzahlung im Wert von 50.000 Euro.«

»Unter Verzicht auf alle weitergehenden Ansprüche aus dem Unfallereignis«, sagte Helen sarkastisch. So lautete in der Regel die Formulierung.

»Das ist der Wert zweier Menschenleben im deutschen Versicherungssystem. Unfassbar.« Henning rieb sich die Augen.

»Es erscheint recht wenig«, warf Helen ein. »Denn es wird ja nicht das Menschenleben bezahlt, sondern die Unterhaltsleistungen, die der Hinterbliebene im Erlebensfall von den Eltern erhalten hätte, wobei sich der

Unterhalt nach dem Einkommen richtet. Auch hier bekommt der mehr, der mehr hatte.« Helen stieß es bitter auf. »Haben Olivers Eltern gut verdient?«

»Olivers Vater war Banker, die Mutter freie Journalistin«, antwortete Fachinger.

»Und wie kam es dazu, dass Sie zu Olivers Vormund wurden?«, fragte Henning.

Fachinger schüttelte den Kopf. »Ich war nur als Betreuer für seine finanziellen Belange eingesetzt. Die Vormundschaft hatte seine Großmutter bis zu seiner Volljährigkeit inne. Zum Glück hatte Oliver schon sein Abitur geschafft, bevor sie starb. Bedenkt man, was er alles durchgemacht hat, war es eine enorme Leistung, dass er das bewältigt hat. Ich war stolz auf ihn. Wenn auch aus der Ferne, stand ich doch immer in Kontakt mit ihm. Nach dem Tod seiner Oma wieder intensiver. Wir haben oft telefoniert. Er war ein heller Kopf. So viel Potenzial.« Fachinger hielt inne und seufzte. »Vor dem Unfall hatte ich ihm eine steile Karriere prophezeit. Er war schon immer geschickt im Umgang mit Zahlen. Im Finanzsektor hätte er es weit bringen können. Aber er wollte Jura studieren.«

»Wieso hat er sich anders entschieden?«, fragte Helen.

»Ich habe ihm angeraten, diesen dualen Studiengang zu wählen. Das Geld aus dem Vergleich wird nicht ewig reichen. Während des Studiums gleichzeitig etwas zu verdienen, sichert ab. Vor allem, wenn man so jung schon auf eigenen Füßen stehen muss.«

»Und Sie hatten ihn näher bei sich. Konnten ein Auge auf ihn werfen«, warf Henning ein. »Haben Sie sich Sorgen gemacht, nachdem er auch seine Großmutter verloren hatte? Das ist mit Sicherheit nicht spurlos an ihm vorbeigegangen.«

»Das war auch ein Grund«, bejahte der Dekan.

Henning hakte nach. »Gab es denn Anzeichen für einen solch drastischen Schritt wie den Suizid? Erschien Ihnen Oliver labil?«

Gerade als Fachinger zur Antwort ansetzte, klopfte es.

17. Kapitel

Meine liebe Marie. Ich habe lange nachgedacht. Und Zeit zum Nachdenken habe ich hier wahrlich genug.

Marie las den Brief ihres Vaters zum zweiten Mal, nachdem sie es am gestrigen Feiertag vor sich hergeschoben hatte. Und sie war froh, es erst hier in der Kanzlei und nicht in der bedrückenden Stille zu Hause getan zu haben. Aber auch hier, so ganz allein, stieg ihr plötzliche Hitze ins Gesicht. Sie öffnete das Fenster neben sich. Die Kirschblüte war vorüber. Der Baum, der genau bis zur zweiten Etage reichte, hatte sein weißes Gewand gegen ein dichtes grünes Blätterkleid getauscht und spendete Schatten. Marie schaute hinunter auf die Straße, über die sich Mittagsruhe gelegt hatte. Zumindest dröhnte mal kein Aufröhren eines eilig dahinrasenden Motorrollers durch die Gasse. Sie sog die frische Luft ein und setzte sich zurück an den Schreibtisch. Nahm den Brief ihres Vaters wieder zur Hand. Ein langer Brief. Georg Glücklich hatte im Gefängnis offensichtlich nicht nur Zeit genug zum Nachdenken, sondern auch zum Niederschreiben seiner Gedanken. Er war sonst eher ein Mensch des gesprochenen Worts. Wie gern hatte Marie seiner warmen liebevollen Stimme gelauscht, wenn er ihr die Geschichte des Buches, welches Marie ihm zum Vorlesen gereicht hatte, frei erzählte und ausschmückte.

Zunächst zu mir. Ich habe gemerkt, wie unwohl du dich gefühlt hast, als du mich besucht hast. Ich wollte dich nicht bedrängen. Ich war nur so froh, dich zu sehen. Überhaupt wieder ein liebes Gesicht vor mir zu haben. Verzeih mir, wenn ich mich nicht der Situation, in die ich uns alle gebracht habe, entsprechend verhalten habe. Verschwende bitte keinen Gedanken an mich, an mein Wohlergehen. Ich muss allein mit meiner Situation klarkommen, und das werde ich. Irgendwie. Nimm nur dann Kontakt zu mir auf, wenn du etwas brauchst, wenn du mich etwas fragen oder wissen lassen möchtest, wenn ich irgendetwas für dich tun kann. Und nur dann.

Marie verstand, was er sagen wollte. Und wahrscheinlich hatte er recht. Der Geruch frischen Gebäcks aus der Vollkornbäckerei oder dem Café Frau Holle in unmittelbarer Nachbarschaft zur Kanzlei wehte ihr in die Nase. Ihr Vater liebte alles Süße, Kuchen und Plätzchen, genau wie sie. Auch die süßen Leckereien, die Gretchen immer aus dem BBT, dem Buch- und Bioteehäuschen, mitgebracht hatte. Sicher bekam er im Gefängnis nicht viel davon. Sie machte sich Gedanken um ihn. Trotz allem, was er ihr angetan hatte – er war immer gut zu ihr gewesen. Sie hatten viel zusammen gelacht, vieles miteinander geteilt, wie die Liebe zu frischem Gebäck. Aber sie musste sich von ihm lösen. Die negativen Gefühle überwogen, wenn sie an ihn dachte. Und wenn sie sich Sorgen um ihn zu machen begann, drehte es ihr gleichzeitig den Magen um. Sie brauchte den Abstand, um alles zu verarbeiten. Vielleicht würde sie irgendwann wieder auf ihn zugehen können. Aber dafür musste der Abstand erst einmal größer werden, viel größer. Marie schloss das Fenster, um den süßen Duft aus der Nase zu bekommen.

Und nun zu deiner Mutter. Zu Gretchen. Ich weiß, wie sie sein kann. Du wirst sie erst jetzt so kennengelernt haben. Ich habe es schon einmal erlebt, damals bevor du zu uns kamst, als es uns nicht möglich war, eigene Kinder zu bekommen. Sie trägt etwas sehr Dunkles in sich. Wie ein schwarzes Loch zieht sie dann alles in sich hinein, Licht, Freude, Lebensmut. Lass dich nicht darauf ein. Lass dich nicht mit in diesen Strudel ziehen. Du musst nicht für sie da sein. Du kannst das nicht. Du musst in dieser Situation einzig an dich denken. Auch Gretchen muss allein mit ihren dunklen Gefühlen fertigwerden. Am besten rufst du ihre Mutter an, deine Großmutter.

Großmutter Gringsberg. Sie kannte sie doch überhaupt nicht. Nur ihren Namen. Und dass sie die Mutter von Gretchen und ihr Mann schon früh verstorben war. Zuerst hatte Marie nur den Kopf geschüttelt. Doch jetzt, beim erneuten Lesen des Briefs, wurde ihr diese Idee sympathischer.

Gretchen wird das nicht wollen. Die zwei sind sich spinnefeind. Warum, weiß ich selbst nicht. Ich kann es nur erahnen. Spielt aber keine Rolle. Jedenfalls kennst du nicht ohne Grund deine Großmutter nur dem Namen nach. Gretchen hat den Kontakt komplett abgebrochen, als du zu uns gekommen bist. Aber jetzt muss sich jemand um sie kümmern. Und das soll sie nicht dir aufbürden. Wenn du möchtest, werde ich deine Großmutter kontaktieren. Dann gib mir nur kurz Bescheid. Am besten schreibst du mir zurück. Oder du rufst mich an.

Vor allem aber möchte ich dir eines sagen, Marie. Es geht um dich. Und nur um dich. Nicht um meine Gefühle, nicht um die deiner Mutter. Du musst dich jetzt auf dich besinnen. Nimm Kontakt zu deiner Großmutter auf oder lass mich das machen. Sie soll kommen. Sie soll sich um alles kümmern, die Finanzen, wenn Gretchen damit nicht klarkommt, um das Haus, um Gretchen selbst, um das Essen, die Wäsche und natürlich um dich.

Aber wie sollte Marie das helfen, solange sie im gleichen Haus wohnte? Alles mitbekam, das schwarze Loch rund um Gretchen. Sie konnte nicht einfach wegsehen. Die Stimmung zog sie runter. Insoweit hatte ihr Vater in allem recht. Sie hatte es schon die ganze Zeit gefühlt, konnte es nur nicht in Worten ausdrücken. Und wenn sie einmal versucht hatte, mit Gretchen zu sprechen, waren ihre Worte nahezu ungehört von dem schwarzen Loch verschluckt worden. Sie musste sich auch von ihrer Mutter lösen. Sonst zog diese Marie mit in dieses schwarze Loch, von dem ihr Vater schrieb. Und dunkle Löcher hatte Marie selbst schon genug erlebt. Sie war froh, dass es nun endlich wieder etwas heller um sie herum zu werden schien. So selbstständig, so selbstbewusst wie gerade war sie noch nie zuvor in ihrem Leben gewesen. Rückschläge konnte sie nicht gebrauchen.

Das Telefon klingelte. Es war Helen Freitag. »Hallo Marie. Ich wollte nur nachhören, ob in der Kanzlei alles in Ordnung ist?«

»Ja. Ist ruhig. Kaum Anrufe. Die Post war noch nicht da.«

»Hier ist es ähnlich. Leider. Offenbar gibt es unter den Studenten keinen Redebedarf«, sagte ihre Chefin. Sie klang enttäuscht.

»Das fällt ja nicht jedem immer so leicht.« Marie hatte vor ihrer Therapie auch lieber alles in sich hineingefressen. Im wahrsten Sinne des Wortes. Nicht umsonst hatte sie Kleidergröße 42. Und das in ihrem Alter. Aber es war schon weniger geworden, seit letztem Jahr. Seit sie begonnen hatte, über ihre Probleme zu reden.

»Da hast du sicher recht. Vielleicht können wir morgen mal darüber sprechen. Nach der Lagebesprechung für die nächsten Tage.«

»Okay. Gerne«, sagte Marie. Bei der Gelegenheit konnte sie gleich den Brief ihres Vaters mit Frau Freitag besprechen.

18. Kapitel

Entschuldigung.« Yunas hübscher Kopf schaute durch den Türspalt hinein.

Professor Fachinger erhob sich. »Kommen Sie herein, Frau Bäcker.«

»Ich wollte nicht stören. Ich kann auch später wiederkommen.«

»Aber auf gar keinen Fall. Wir sind hier fertig.« Fachinger deutete auf seinen Stuhl. »Nehmen Sie doch Platz. Frau Freitag und Herr Petersen stehen Ihnen zur Verfügung.«

Yuna warf erst einen Blick auf Helen. Sie nickte ihr zu. Erst dann lächelte sie und nahm Platz.

»Wir können unsere Unterhaltung später fortsetzen. Ich glaube aber, fürs Erste sind Sie nun im Bilde«, verabschiedete sich der Dekan und verließ den Raum.

Yuna räusperte sich. »Habe ich da etwas unterbrochen? Das ist mir jetzt wirklich unangenehm.«

Helen war noch etwas benommen von den ganzen Informationen, die Fachinger über sie ausgeschüttet hatte. Ein Blick auf Henning zeigte ihr, dass es ihm ähnlich ging. Sie wünschte für einen Moment, ein Fenster öffnen zu können, um frische Luft hereinzulassen. »Aber nein, Yuna. Alles gut. Wir sind für Sie da.«

»Hat sich denn überhaupt sonst schon jemand hier gemeldet, außer mir?«, fragte Yuna.

»Nein.« Helen schüttelte den Kopf. »Aber das ist ganz normal. Zuerst kostet es Überwindung. Das kommt schon noch.«

Yuna verzog den Mund. »Das wage ich zu bezweifeln. Es rückt hier keiner mit der Sprache raus. Ich stoße quasi vor Betonwände, sobald ich irgendwen über den Abend der Achtziger-Party befrage.«

Petersen räusperte sich. »Kann mich mal jemand ins Bild setzen?« Er blickte von Helen zu Yuna.

»Hat Frau Freitag es Ihnen noch nicht erzählt? Oliver hat sich nicht das Leben genommen. Er ist umgebracht worden.«

Nach einer halben Stunde, in der sie auch Henning von ihrem Verdacht erzählt hatte, verabschiedete sich Yuna von ihnen. Sie musste zurück an die Arbeit in die Bibliothek.

»Wollen Sie nicht lieber nach Hause gehen? Sich ein paar Tage freinehmen?«, fragte Helen.

Doch die junge Frau schüttelte entschieden den Kopf. »Das kann ich nicht. Ich habe das Gefühl, ich muss der Sache weiter nachgehen, weil es sonst keiner macht. Für Olli. Er hat doch niemanden mehr außer mir.«

»Und was ist mit Professor Fachinger?«, entgegnete Helen. Dass Oliver den Dekan näher kannte, war nicht ganz neu für Yuna gewesen.

»Nein. Sie kannten sich von früher, und Professor Fachinger mag viel für ihn getan haben, aber Olli hat sich ihm nie anvertraut. Seine Pläne nicht mit ihm besprochen. Und der Professor hat sich umgekehrt auch nie nach ihm erkundigt. Selbst wenn wir uns im Flur über den Weg gelaufen sind, hat er höchstens mal genickt. Wenn sie sich so nah gestanden hätten, wäre Fachinger doch mal stehen geblieben, hätte nachgefragt, wie es bei Olli läuft.«

»Das kann auch daran liegen, dass er nicht den Eindruck einer Bevorzugung eines Studenten vermitteln wollte. Vielleicht haben die beiden sich nach Vorlesungsschluss unterhalten, wenn kein Betrieb war? Schließlich sind Sie doch auch in der Regel nach Dienstschluss nach Hause gefahren und hätten es nicht mitbekommen. Kann das nicht sein?«, fragte Helen, denn sie wusste, dass Yuna nur ein Praktikum in der Bibliothek absolvierte und nicht hier auf dem Campus wohnte. Soweit Helen es von Gabi Stankowski erfahren hatte, studierte Yuna eigentlich Bibliothekswissenschaften in Bonn.

»Stimmt schon. Aber davon hätte Olli mir erzählt.« Yuna zog unschlüssig die Schultern hoch. »Wie auch immer, jetzt muss ich erst mal zurück an meinen Arbeitsplatz.« Yuna verabschiedete sich endgültig und ließ Henning und Helen allein im Musikzimmer zurück.

Es war bereits Mittag. Kein anderer Student hatte bisher von dem Beratungsangebot Gebrauch gemacht.

Helen streckte sich. »Was meinst du, Henning, sollen wir uns eine Pause gönnen? Kaffee und dann ein bisschen frische Luft?«

»Darf ich dir erst einen Rat geben, Helen? Du hast immer welche für deine Mandanten übrig und jetzt wieder für das Fräulein Bäcker.«

»Schieß los, aber mach es kurz. Ich brauche Kaffee.«

Er seufzte. »Du solltest dir auch mal eine Auszeit gönnen. Einen Kurzurlaub. Oder ein langes Wochenende. Die kommenden Feiertage eignen sich für uns Freiberufler dazu ideal.«

»Feiertage kann ich nicht leiden. Und es ist gerade ein schlechter Zeitpunkt.«

»Klar. Ist ja immer ein schlechter Zeitpunkt«, murmelte Henning.

»Guck mich nicht mit deinem wissenden Blick an. Du bist nicht mein Therapeut, Henning.«

Henning ruckelte an seiner Brille und hob die Augenbrauen, um den Eindruck bewusst ins Lächerliche zu ziehen.

Helen schnaubte. »Hol du den Kaffee, wir treffen uns im Innenhof hinter der Mensa. Ich muss mit meiner Auszubildenden telefonieren.«

Zumindest in der Kanzlei gab es keine Probleme. Helen lehnte sich im Terrassenstuhl zurück und überblickte den Innenhof. Die Sonne lugte von Süden über die Baumwipfel des Waldes, in den der Campus eingebettet war. Ein Teil der Terrasse lag noch im Schatten. Die Temperatur war angenehm. T-Shirt-Wetter, aber nicht zu heiß. Mehrere Studenten hatten sich nach dem Mittagessen in der Mensa mit einem Kaffee nach hier draußen gesetzt. Einige rauchten. Andere machten einen Spaziergang rund um das Campusgebäude durch den schattigen Wald. Was für ein idyllischer Ort für ein Studium, dachte Helen nicht zum ersten Mal. Obwohl die jungen Studenten sich bestimmt mehr städtischen Trubel, vor allem abends und an den Wochenenden, wünschten. Andererseits waren Bonn und selbst Köln nicht weit entfernt. Man konnte es als Student schlimmer treffen.

»Hey, nicht einschlafen, Frau Kollegin.« Henning stand plötzlich neben ihr, hielt ihr einen Kaffeebecher vor die Nase.

»Hab nur nachgedacht.«

»Mit geschlossenen Augen denkt es sich leichter.« Er lachte und prostete ihr mit seiner Tasse zu. So gefiel er Helen besser. Neben Feiertagen konnte sie Bevormundungen nicht leiden. Es war ein nett gemeinter Rat von Henning gewesen. Aber sie wusste schon selbst, was für sie das Beste war. Auch wenn sie nicht immer danach handelte. Sie brauchte jedenfalls niemanden, der sie darauf hinwies.

An einem der Tische nahe dem Eingang zur Cafeteria sah Helen ihren Studenten Boris Kuschel zusammen mit einem Kommilitonen sitzen, den sie nicht namentlich kannte. Beide rauchten. Wieder stellte sie fest, dass das Rauchen nicht zu Boris passte. Es enttäuschte sie sogar ein wenig. Vielleicht war er aber auch gar nicht so taff und selbstsicher, wie er sich gab. Ihr kam eine Idee. »Was meinst du, Henning, sollen wir nicht mal direkt auf einige der Studenten zugehen und ihnen ein Gespräch anbieten? Zumindest denen, die Oliver näher kannten. Dieser Boris Kuschel da drüben zum Beispiel.«

»Wir sollten uns nicht aufdrängen. Wir wollen ein Angebot machen, für Gespräche zur Verfügung stehen, wenn es gebraucht wird. Das macht nur Sinn, wenn die Leute von sich aus zu uns kommen«, entgegnete Henning.

»Ja, ich weiß. Wie bei einer Therapie muss man dazu bereit sein, sonst bringt es nichts. Aber trotzdem. Manchmal muss man die Menschen zu ihrem Glück zwingen.« Sie sah, dass Henning die Augen aufriss, und sie merkte selbst, dass er genau das mit dem Hinweis auf einen Urlaub bei ihr versucht hatte. »Sei bloß still. Für mich gilt das nicht.« Sie schaffte es nicht, ernst zu bleiben, und Henning erwiderte ihr Lachen. »Ich versuche es trotzdem mal. Ich erzähle ja nur, dass es unser Angebot gibt. Die meisten wissen vielleicht noch gar nichts davon.«

»Der Hausmeister hat doch überall die Flyer verteilt.«

»Aber erst gestern. Glaubst du, dass die Studenten jeden Tag auf die schwarzen Bretter gucken?«

»Das nicht. Aber es hat sich schon rumgesprochen. Da bin ich mir sicher. Hier rumort es unter der Oberfläche. Was durchaus normal ist, nach so einem Ereignis. Der Tod plötzlich so nah, quasi nebenan. Zimmer an Zimmer. Das lässt die Geräusche verstummen. Es wird nur noch geflüstert. Ich habe das schon oft erlebt.«

Helen nippte an ihrem Kaffee und atmete tief durch. »So als wolle man den Tod nicht auf sich aufmerksam machen.«

»Das trifft es«, sagte Henning. »Siehst du diese beiden Raucher da am Tisch? Normalerweise eine große Klappe wie die Paviane. Und jetzt tuscheln sie miteinander, wie Erdmännchen, die bei Gefahr sofort in ihren Bau verschwinden.« Er lachte freudlos. »Entschuldige, aber ich liebe diese Vergleiche aus dem Tierreich.«

»Besser als verklausulierter Pychologensprech«, entgegnete Helen, ohne Henning anzusehen. Ihre Augen blieben auf den Studenten haften. Boris hatte sich zu dem anderen vorgebeugt und sprach reichlich gestikulierend. Ab und zu sog er an seiner Zigarette, nahm dann den Kopf beiseite, um den Rauch fortzublasen. Dabei trafen sich zufällig ihre Blicke. Helen fühlte sich ertappt. War kurz irritiert, nahm aber die Gelegenheit wahr. »Ich geh da jetzt hin und erzähle von unserem Angebot«, sagte sie zu Henning, stand auf und lief die paar Meter hinüber.

»Herr Kuschel. Ich störe nur kurz. Haben Sie und auch Ihr Freund hier schon von unserem Gesprächsangebot erfahren?«

Boris zog fragend die Augenbrauen hoch. »Welches Gesprächsangebot denn?«

»Sie meint den Aushang am Musikzimmer«, sagte der andere gelangweilt. Er hatte ein extrem vernarbtes Gesicht.

»Ganz recht, Herr …?«

»Scherenbrecher. Oder einfach nur Timo. Passt schon.«

»Also gut, Timo. Sie kennen unseren Aushang. Das freut mich. Vielleicht kommen Sie ja mal vorbei. Mittwochs oder donnerstags. Entweder bin ich da oder Herr Petersen. Und auch Sie, Herr Kuschel. Sie kannten Oliver Schönbom doch näher.«

Boris zuckte mit den Schultern. »Näher, nein. Eher flüchtig. Ich bin ihm ehrlich gesagt aus dem Weg gegangen. Und das soll jetzt gar nicht despektierlich klingen.« Er schaute Helen in die Augen, und ein Lächeln huschte über sein Gesicht. Nur kurz, dann wurde er wieder ernst. Helen verstand, warum er als Frauenheld galt. Er verbreitete einen gewissen Charme. Aalglatt konnte man es nennen, um in den Tiermetaphern von Henning zu bleiben, aber charmant. »Oliver und ich, wir waren nicht auf einer Wellenlänge«, fuhr er fort. »Spaßbremse wäre vielleicht zu hart, aber Sie wissen, was ich meine.« Wieder glitt der Hauch eines entschuldigenden Lächelns über sein Gesicht.

»Und deshalb haben Sie ihn gemieden und machen sich jetzt Vorwürfe. Genau dafür sind wir da.«

»Frau Freitag, Ihr Engagement in allen Ehren. Es mag bestimmt ein paar hier geben, die der Tod von Oliver mitgenommen hat und die Ihr Angebot sicher gerne annehmen werden, aber ich gehöre nicht dazu. Ich muss Sie enttäuschen. Ich werde Sie nicht in Ihrem Zimmer besuchen und mich am Requiem caccitus beteiligen.«

All sein Charme war plötzlich verflogen. Helen schluckte. Was wollte er damit sagen? Bei dem Wort »Requiem« fiel ihr zuerst die Totenmesse von Mozart ein. Das würde immerhin zum Musikzimmer passen. Eine gewisse Eloquenz konnte man Boris nicht absprechen. Und wenn sie ganz tief in den Gedächtnisschubladen nach ihren Lateinkenntnissen kramte, hieß »caccitus« übersetzt »schöner Knabe«. Sollte das eine Anspielung auf Oliver Schönboms Nachnamen sein? Ein Abgesang auf den schönen Knaben also? Es gehörte schon eine erhebliche Mischung aus Abgebrühtheit und seelischer Kälte dazu, so wenig vom Tod eines Mitstudenten berührt zu sein und das dann auch noch auszusprechen. Sie wollte sich ihre Betroffenheit über seine Worte jedoch nicht anmerken lassen. Und ein paar lateinische Sprüche hatte sie ja allein schon auf juristischer Ebene immer parat.

»Alea iacta est. Zumindest was Sie betrifft. Das ist zwar schade, aber ich würde mich freuen, wenn Sie die

Kunde an diejenigen Ihrer Kommilitonen weitergeben würden, von denen Sie glauben, dass sie unser Angebot benötigen.« Ein Lächeln hatte sie nicht mehr für ihn übrig.

»Die Würfel sind gefallen. Gut gekontert, Frau Freitag. Und bitte, fassen Sie meine Zurückweisung nicht persönlich auf. Nur an der Totenmesse möchte ich mich nicht beteiligen. Einem Bier im Wirtshaus wäre ich dagegen nicht abgeneigt.«

Sicherlich nicht. »Da muss ich Sie jetzt leider enttäuschen. Das verbietet mir der Berufscodex. Ich bin Ihre Lehrerin.«

»Ah. Ein Codex, aber kein Lex. Ein wenig Hoffnung bleibt mir also.«

Darauf konnte sie nur noch den Kopf schütteln und verabschiedete sich. Henning warf ihr durch seine Brille einen entsprechend wissenden Blick zu, der zu sagen schien: »Ich hätte dich gewarnt, wenn du nicht so überstürzt in dieses Gespräch gegangen wärest«, aber sie bedauerte ihren Vorstoß nicht. Denn es war doch bemerkenswert, wie wenig dieser Boris Kuschel vom Tod seines Kommilitonen beeindruckt war. Er war offensichtlich nicht nur aalglatt, sondern auch eiskalt. Sie würde ihn im Auge behalten.

19. Kapitel

Marie grübelte über der letzten Passage in dem Brief ihres Vaters. Sie brannte darauf, seinen Vorschlag mit ihrer Chefin zu besprechen. Die aber war nach einem kurzen Hallo an diesem Morgen in ihrem Büro verschwunden und wollte nicht gestört werden. Sie hatte Marie auf ihre Lagebesprechung zur Mittagszeit vertröstet.

> *Ein Wort zu deiner Oma Gringsberg, bevor du sie kennenlernst, wenn du meinen Vorschlag annimmst. Sie ist anders, als man sich eine Frau in ihrem Alter vorstellt. Sie und Gretchen sind sich sogar in gewisser Weise ähnlich. Vielleicht ist diese Ähnlichkeit ja auch der Grund, dass sie nicht miteinander auskommen konnten.*

Marie schloss das Fenster, welches auf Kipp gestanden hatte. Pünktlich kurz vor Mittag kroch schon wieder der Duft nach Frischgebackenem hinein. Sie hatte mittlerweile das Café gegenüber in Verdacht, dass sie extra etwas von dem Duft auf die Straße bliesen, um Gäste anzulocken. Marie aber schlug der Geruch in diesem

Moment auf den Magen. Wegen alldem, was sie damit assoziierte. Gemeinsame Teenachmittage mit ihren Adoptiveltern mit Leckereien aus dem BBT, Großmutter Schraders russische Kuchen. Und obwohl ihr Vater sie neugierig auf Oma Elise gemacht hatte, wurde sie das Gefühl nicht los, dass ein weiteres neues Familienmitglied sie völlig überfordern würde.

Als junge Frau ist sie nach Australien ausgewandert, um dem Elend im Nachkriegsdeutschland zu entkommen. Sie hat dort geheiratet. Die Ehe hat aber nicht funktioniert, und so ist sie zurück nach Deutschland gekommen. Hier hat sie dann deinen Opa kennengelernt. Die beiden waren sehr verliebt. Aber dein Opa ist kurz nach der Geburt deiner Mutter verstorben. Meine Schwiegermama hat einiges mitgemacht in ihrem Leben, hat aber nie ihr kindlich-fröhliches Gemüt verloren. Es ist eine wahre Freude, ihren Geschichten zu lauschen, und sie macht die verrücktesten Dinge. Sie wird es schaffen, Gretchen aus ihrem Loch zu ziehen und dir den Rücken freizuhalten.

Das klang nach einer großen Abenteuergeschichte. Marie hatte es früher geliebt, vor dem Schlafen den abenteuerlichen Erzählungen ihres Vaters zu lauschen. In ihrer momentanen Situation schien ihr Oma Elise nur eine weitere Schlange in der Grube zu sein, die sie abwehren musste, um lebend aus diesem Loch herauszukommen. Sie lenkte ab von den eigentlichen Problemen. Sie ließ noch weniger Platz für Marie. Andererseits hatte ihr Vater recht, dass sie damit überfordert war, sich um Gretchen zu kümmern. Dabei brauchte sie Hilfe. Eine Zwickmühle. Sie wollte ja nicht gleich alle Wände zusammenbrechen lassen, wie Indiana Jones es gemacht hatte, um der Schlangengrube zu entkommen. Aber sie hatte das dringende Gefühl, dem Elternhaus entfliehen zu müssen.

Ihre Gedanken wurden unterbrochen, als sich die Tür des Büro ihrer Chefin öffnete.

»Marie, Zeit für die Mittagspause. Ich laufe schnell runter zum Bäcker. Soll ich Ihnen etwas mitbringen?«

»Nein, danke. Ich habe keinen Appetit.« Nicht bevor sie ihre drängenden Fragen mit Frau Freitag geklärt hatte. Sie hatte gelernt, sich Rat zu suchen. Die Zeiten, da sie ihre Probleme mit Essen kompensiert hatte, waren eindeutig vorbei, stellte sie fest.

»Alles okay, Marie?«, fragte Frau Freitag.

Sie nickte erst, nahm dann aber den Brief zur Hand. Keine Geheimnisse mehr oder Alleingänge. Das war ein Versprechen, das sie ihrer Chefin gegeben hatte. »Nein, eigentlich würde ich gerne das hier mit Ihnen besprechen.«

»Und das ist was?«

»Ein Brief von meinem Vater.«

»Oha! Wir gehen in die Küche, okay?«

Ihre Chefin nahm sie an die Hand und zog sie vom Schreibtischstuhl hoch. Kein Aufschub. Probleme kamen sofort auf den Tisch – den Küchentisch –, wenn man sie ansprach. Das Fenster in der kleinen Küche stand zwar auf Kipp, aber es öffnete sich in einen Innenhof. Keine verlockenden Düfte. Nur der Kaffeeduft lag auch hier ständig in der Luft. Schon bevor sie ihre Tassen unter den Automaten stellten und der frische Kaffee seine wohltuenden Aromen verbreitete.

»Bevor Sie erzählen, Marie, möchte ich etwas tun, das mir schon die ganze Zeit auf dem Herzen liegt«, sagte Frau Freitag und hielt ihr die gefüllte Kaffeetasse entgegen, wie um mit ihr anzustoßen. »Wir haben schon viel miteinander durchgemacht. Ich finde, es ist längst an der Zeit, dass wir uns duzen.«

Marie verschluckte sich fast. Damit hatte sie nicht gerechnet. »Das hat doch Friederike angezettelt«, sagte sie, als sie sich gefangen hatte. Sie stieß mit ihrer eigenen gegen die Tasse von Frau Freitag. Helen, verbesserte sie sich. Es fühlte sich ungewohnt an, aber richtig.

»Absolut. Bei so etwas brauche ich immer erst einen Anstupser.«

Marie nahm einen Schluck Kaffee und spülte damit die letzte Unsicherheit runter. Sie war nun mehr als bereit, ihr Herz auszuschütten.

»Nun zu diesem Brief. Ich bin ganz Ohr«, sagte ihre Chefin.

Marie erzählte von ihrem Besuch in der JVA Siegburg, denn darüber hatte sie bisher nur zwischen Tür und Angel mit ihrer Chefin gesprochen. Und berichtete von dem Vorschlag im Brief ihres Vaters.

»Das klingt doch nach einer guten Idee. Nach dem, was ich so mitbekommen habe, braucht deine Mutter Unterstützung. Aber nicht von dir. Das kann deine Oma übernehmen. Du musst dich um dich selbst kümmern. Das sagt auch Henning Petersen.«

»Ja, mag schon sein«, sagte Marie.

»Und jetzt kommt das Aber.«

»Was, wenn ich diese Oma überhaupt nicht mag? Und selbst wenn … Schon jetzt ist mir die Luft im Haus zu dick geworden. Und dann ist da noch jemand mehr, mit dem ich mich arrangieren muss, der etwas von mir will. Ich möchte eigentlich nur noch raus da.« Marie konnte es nicht beschreiben. Es war so, als ob sie inmitten eines Kreises stand und ihr ständig von einer anderen Richtung auf die Schulter gepikst wurde. Wenn sie sich dann zu demjenigen umdrehte, kam der Pikser schon aus der anderen Richtung. Und sie drehte und drehte sich, ohne je zum Stillstand zu kommen.

»Du möchtest allein für dich sein, auf eigenen Füßen stehen, ohne dass dir jemand reinredet. Das ist völlig normal in deinem Alter. Aber für dich in dieser speziellen Situation umso wichtiger, da hast du recht. Ich erinnere mich, dass es bei mir nicht anders war. Ich habe mein erstes Zimmer im Studentenwohnheim genossen. Es war winzig, aber es war mein eigenes Reich. Wir könnten für dich nach einer kleinen Bude in einer WG suchen. Hier in Bonn. Was hältst du davon?«, fragte Helen.

Das wäre ein Traum. Aber das konnte sie sich doch gar nicht leisten. Oder? Sie hatte keine Ahnung von den Preisen. Sie zuckte mit den Schultern. »Ich weiß nicht. Sind die nicht zu teuer?«

»Warte mal.« Helen sprang auf und kehrte mit der Zeitung wieder zurück. »Wir schauen uns mal die Annoncen an. Ich gestehe, dass ich den Wohnungsmarkt, insbesondere WG-Zimmer, aus den Augen verloren habe, und die meisten Anzeigen gibt es in der Samstagsausgabe. Aber einen Blick zu riskieren, schadet ja nicht.« Sie lächelte und schlug den Anzeigenteil auf. Doch die Donnerstagsausgabe gab nicht viel her.

»Tja. Das ist recht spärlich. Und überteuert«, sagte Helen. »Da sieht man mal, was für ein Luxus unsere Studenten an der Hochschule in Hennef haben, Zimmer mit Komplettausstattung während der Präsenzmonate.«

»Apropos Hennef – gibt es eigentlich etwas Neues zu dem toten Studenten?«, fragte Marie.

Helen schüttelte den Kopf. »Von der Kommissarin Kathi Voss habe ich nichts mehr gehört.«

»Das heißt, sie wissen noch nicht, ob es ein Selbstmord war?«, fragte Marie.

»Zumindest kenne ich das Ergebnis der Obduktion bisher nicht. Und unser Gesprächsangebot für die Studenten scheint ein Reinfall zu sein. Bisher zumindest. Nur die Freundin des Toten spricht mit uns. Und sie stößt unter den Studenten genauso auf eine Mauer des Schweigens wie wir. Es mag daran liegen, dass sie nicht zur Studentenschaft gehört und nicht auf dem Campus wohnt.«

»Vielleicht kann ich ja da einziehen. Zwei Fliegen mit einer Klappe.« Marie lachte. Es war als Scherz gedacht, aber sobald sie es ausgesprochen hatte, klang es gar nicht mehr so abwegig.

Ihre Chefin leerte ihren Becher und schaute auf die Uhr. »Das wäre es. Mal eine Nacht lang Mäuschen spielen auf dem Campus.«

Marie deutete auf Helens Tasse. »Wollen Sie … äh, willst du noch einen Kaffee?« An das Du musste sie sich erst gewöhnen, dass es wie von selbst über ihre Lippen kam. Helen nickte.

Während Kaffee aus dem Vollautomaten sprudelte, spann Marie ihren Gedanken weiter. Ein Undercovereinsatz und gleichzeitig die Lösung ihres Problems. Zumindest vorübergehend. Als die Maschine fertig war und Ruhe gab, platzte es aus Marie heraus: »Ich könnte das Alleinwohnen auf diese Weise mal ausprobieren.« Einerseits war es eine traumhafte Vorstellung, andererseits fürchtete sie sich auch davor.

Helen nahm den Kaffee von ihr entgegen. »Guter Gedanke. Aber der Campus ist ja kein Hotel, wo man sich einbuchen kann. Die Unterkunft ist Teil der dualen Ausbildung. Die Versicherungen, bei denen die Studenten angestellt sind, zahlen dafür.«

Marie nickte. Die Vorstellung war verlockend! Aber nichts im Leben war so leicht. Das sollte ihr inzwischen klar geworden sein.

»Andererseits beginnt ab Montag ein einwöchiges Seminar mit dem Themenschwerpunkt Arbeitsunfall. Es gibt ja nicht nur Studenten auf dem Campus, sondern auch externe Teilnehmer kürzerer Lehrgänge und Praktika sowie Auszubildende. Das wäre eine Möglichkeit, dich unauffällig einzuschleusen. Ich könnte direkt über die Verwaltung anfragen, ob noch ein Platz und somit auch ein Zimmer frei wäre. Frau Franke vom Empfang hat den Überblick, sie betreut die Warteliste für die Externen. Und sonst würde da niemand etwas von mitbekommen.«

»Wirklich?«

»Allerdings brauche ich dich hier in der Kanzlei. Du kannst schlecht tagsüber hier arbeiten und nur zum Übernachten auf den Campus gehen. Wenn, dann musst du deine Rolle richtig spielen. Tag und Nacht dort sein.«

Marie ließ die Schultern sinken. Der kurze Hoffnungsschimmer war schnell erloschen. Friederike und Matthias Vettweiß waren im Urlaub. Sie konnte ihre Chefin nicht allein mit der ganzen Arbeit lassen.

»Aber daran soll es nicht scheitern. Es wären ja nur ein paar Tage. Die nächste Woche ist wegen des Feiertags am Donnerstag eine kurze. Ich habe nur einen Gerichtstermin. Das bekomme ich allein hin.« Helen lächelte ihr zu. »Wenn du das wirklich willst, Marie?«

»Absolut«, antwortete sie.

»Es hat schon einen Reiz, mal einen Einblick in das zu erhalten, was nachts auf dem Campus los ist«, sinnierte Helen. »Aber ist es wirklich das Richtige für dich? Es ist immerhin ein Student dort gestorben. Es könnte auch gefährlich werden. Wenn es kein Suizid war …«

»Ich dachte, das wäre sicher?«

Helen zuckte mit den Schultern. »Ich habe nur das weitergegeben, was Yuna Bäcker erzählt hat.«

»Was aber glaubhaft war.«

»Ja. Und mein Gefühl sagt mir mittlerweile auch, dass da etwas nicht stimmt. Es gibt ein paar Studenten, die anscheinend mehr wissen, aber niemand äußert sich. Normalerweise kenne ich es nur so, dass die Menschen viel Redebedarf haben, wenn etwas so Essenzielles passiert. Aber selbst wenn sie sich untereinander unterhalten sollten, es dringt nichts nach außen.«

»Dafür bin ich dann ja da.« Maries kriminalistische Neugier erwachte jetzt. Ihre Aufgabe herauszufinden, ob etwas vor sich ging auf diesem Campus, würde ihr ein besseres Gefühl geben. Sonst käme sie sich nur vor, als ob sie davonlaufen würde. Und genau das hatte sie sich verboten. Sie wollte sich ihren Problemen stellen und sie in Angriff nehmen. Aus eigenem Antrieb handeln.

»Nicht so schnell, Sherlock. Erst einmal muss die Zimmerfrage geklärt werden. Und es gibt eine weitere Bedingung: Du wärest nur zum Beobachten da. Keine Befragungen. Keine Schnüffeleien oder so etwas. Nur Ohren und Augen offen halten. Ansonsten bist du eine Musterpraktikantin, klar?«

»Absolut.«

»Und ich möchte, dass du das vorher mit deiner Mutter abklärst.«

»Ich brauche aber keine Erlaubnis. Jetzt bin ich doch achtzehn. Ich kann meine eigenen Entscheidungen treffen.«

»Aber ihr steckt zusammen in diesem Schlamassel eures Lebens. Du musst sie miteinbeziehen. Sag ihr, wie es ist. Und du rufst deine Großmutter an.«

Marie sah es ein. Sie nickte. »Mache ich.«

»Und es ist nur auf Zeit. Keine Dauerlösung. Ein Test für das Alleinleben. Vielleicht gefällt es dir am Ende gar nicht.«

»Das glaube ich nicht. Es wird bestimmt toll.«

»Abwarten.«

20. Kapitel

Da seid ihr ja! Den letzten Winkel im *Pendel* habt ihr euch ausgesucht!«, rief Kathi Voss laut und kam auf Helen und Rabe zugelaufen, die ihren Lieblingsplatz im ersten Stock des urigen Restaurants in der Ecke am Fenster eingenommen hatten. Das Lokal war voll besetzt, sodass sich alle Köpfe zu ihr drehten.

»Sie kann nicht anders«, flüsterte Rabe ihr zu. »Da musst du dich dran gewöhnen. Kathi ist der Star in unserer Familie. Sie hat immer den spektakulärsten Auftritt.«

Nachdem sich Rabes Schwester auf den freien Platz ihnen gegenüber gesetzt hatte, ging es nahtlos weiter »Warum eigentlich schon wieder hier? Ich hab meinem Brüderchen reichlich Tipps für andere Lokalitäten gegeben. Ihr braucht mal etwas Abwechslung in eurem Liebesleben.«

Wenigstens hatte sich das Publikum wieder den eigenen Gesprächen zugewandt. Helen wunderte sich. »Musst du in deiner neuen Position nicht etwas mehr Zurückhaltung an den Tag legen?«

Rabe drängte sich dazwischen, bevor Kathi etwas erwidern konnte. »Das habe ich schon vor Jahren aufgegeben. Verschwende nicht deine Energie, Helen. Da kannst du genauso versuchen, unserer Bundeskanzlerin die Raute abzugewöhnen.«

Kathi verschränkte die Arme. »Wie die beiden Alten bei der Muppet Show hockt ihr da, schaut euch das Leben der anderen an und meckert. Bringt mal besser ein bisschen mehr Action in euer eigenes Leben.« Sie lachte lauthals, löste ihre Haare und band sie zu einem neuen Zopf. Heute trug sie ein verdammt enges ärmelloses Oberteil über einer grauen Pluderhose. Es betonte ihre sportliche Figur. Sie strahlte förmlich wie eine Discokugel zu allen Seiten. Ein Blickfang. In dieser Hinsicht das genaue Gegenteil ihres Bruders. Rabe war wie immer durchgehend schwarz gekleidet. Passend zu seinem Spitznamen. Aber das war ebenfalls ein Statement. Neben den Geschwistern wirkte Helen für den außenstehenden Betrachter sicher wie eine graue Maus. Klein und blass. Ihre Kleidung, selbst an einem Samstagabend wie heute, konnte man bestenfalls als dezent beschreiben. Jeans und eine dunkelblaue Bluse mit feinen Stickereien. Nur ihre roten Haare stachen hervor. Hauptsache, sie fühlte sich wohl. Aber sie hatte kein Problem damit, sich im Privatleben zurückzulehnen und zu beobachten, anstatt beobachtet zu werden. Deshalb winkte sie ab. »Action habe ich beruflich schon genug.«

Rabe nahm den Schlagabtausch mit seiner Schwester dagegen gerne an. Die beiden hatten diese Neckereien zu einer Art Sport weiterentwickelt. »So spielt jeder seine Rolle in der Puppenshow, Schwesterchen. Bei dir kann ich mich nur noch nicht ganz entscheiden. Bist du Grobi oder doch eher Kermit?« Er schüttelte theatralisch den Kopf. »Anstrengend bist du auf jeden Fall. Und unpünktlich. Wir haben schon bestellt.«

Dieses Mal erwiderte Kathi nichts, sondern wandte sich Helen zu. »Keine Bestellung für mich. Ich bin nur kurz hier, um dich auf den neuesten Stand zu bringen.« Sie schaute auf ihre Handyuhr. »Bin noch verabredet.«

»Mit dem Staatsanwalt?«, fragte Rabe, während er genüsslich an seinem Whisky nippte.

Helen stieß ihn an. »Die sind doch nicht mehr zusammen.«

Rabe stellte sein Glas ab. »Schon wieder einen abgeschossen? Da denkst du, die Kinder sind aus dem Haus, gründen ihre eigene Familie. Wir Erwachsenen müssen doch endlich unsere Zweisamkeit genießen.«

»Hör gar nicht auf ihn, Helen. Ich hab nicht viel Zeit. Ich wollte mich für deinen Hinweis bedanken. Die Gerichtsmedizin hat tatsächlich etwas gefunden. Nur in geringsten Spuren. An der Grenze des Nachweisbaren. K.-o.-Tropfen, Liquid Ecstasy. Die Substanz ist nur bis etwa zwölf Stunden nach der Einnahme überhaupt im Körper nachweisbar. Die genaue Substanz heißt GHB. Ich erspare mir mal, das vollständige Wort auszusprechen. GHB ist jedenfalls eine Buttersäure. Und jetzt kommt der Haken: Sie kann auch natürlich vorkommen.«

»Was heißt das jetzt? Mord oder Suizid?«

»Zu früh zu sagen. Aber es gibt genug Unklarheiten, um weitere Untersuchungen zu rechtfertigen. Zum Beispiel die Tablettenpackungen. Das waren Blister, wo man jede Pille einzeln herausdrückt. Wir haben darauf keine Fingerabdrücke gefunden.«

»Aber deutet das nicht eher darauf hin, dass es keine Fremdeinwirkung gibt?«, fragte Rabe.

»Ach, Brüderchen. Du warst schon mal besser im Detektivspiel. Es gab überhaupt keine Fingerabdrücke.«

»Oh!«, sagte Rabe, und Helen sprach aus, was ihm in diesem Moment klar geworden sein musste. »Das heißt, auch keine Fingerabdrücke von Oliver. Stelle ich mir schwer, wenn nicht unmöglich vor, Tabletten aus solchen Blistern herauszudrücken, ohne einen einzigen Abdruck zu hinterlassen.«

»So ist es. Und die Vorstellung, dass man sich erst Handschuhe anzieht, mit denen man die Tabletten herausdrückt, und sie dann anschließend versteckt, ist abwegig. Wir haben außerdem keine Handschuhe gefunden.«

»Gab es einen Abschiedsbrief?«, fragte Helen.

»Nein. Es sei denn, es befindet sich einer auf seinem Computer. Da ist die Technik aber noch dran, das Passwort zu entschlüsseln. Außerdem kommen solche Abschiedsworte gar nicht so häufig vor. Ist aber auch nur ein weiteres Indiz. Für sich allein gesehen nicht relevant. Aber in der Zusammenschau all dieser Indizien ergibt sich ein neues Bild. Ich habe mein Team schon zusammengestellt. Am Montag fangen wir mit Befragungen auf dem Campus an.«

Rabe hob sein Glas. »Dein erster Mord. Muss man dir jetzt gratulieren?«

»Gewöhnlich erst nach seiner Aufklärung«, sagte Kathi.

Helen dagegen sackte in sich zusammen. Eine Morduntersuchung auf dem Campus.

»Was ist denn, Helen?«, fragte Kathi erstaunt. »Ich dachte, du hast damit schon gerechnet.«

»Es war mehr ein Gefühl. Es schockt mich, es jetzt so ausgesprochen zu hören.«

»Es steht nichts fest. Es gibt noch keine offizielle Morduntersuchung. Erst einmal handelt es sich nur um eine Sachverhaltsaufklärung. Diese Spuren von GHB, die durch die toxikologische Untersuchung nachgewiesen wurden, reichen bei Weitem nicht aus, um eine Verabreichung von Liquid Ecstasy zu beweisen. Und Todesursache ist die hohe Dosis Schmerzmittel im Zusammenwirken mit einer großen Menge Alkohol. Dem Anschein nach über eine halbe Flasche Wodka.«

So geschockt Helen war, umso mehr glaubte sie mittlerweile daran, dass Oliver ermordet worden war. »Wenn die K.-o.-Tropfen ihn außer Gefecht gesetzt haben, wäre es doch ein Leichtes gewesen, ihm den Medikamentencocktail einzuflößen und es wie Suizid aussehen zu lassen.«

»Aber das zu beweisen, wird schwer sein. Außerdem gibt es bisher genauso viele Hinweise auf einen Mord wie für einen Suizid. Etwas ganz Entscheidendes fehlt mir noch völlig: Gab es überhaupt ein Motiv für einen Mord?«

»Und um das herauszufinden, willst du die Studenten befragen?«

»Ja, unter anderem. Ich muss erst mehr über das Opfer erfahren. Es kennenlernen. Sein Umfeld unter die Lupe nehmen. Hast du inzwischen mehr über Oliver herausbekommen?«

Helen berichtete davon, was Professor Fachinger erzählt hatte.

Kathi nickte. »Darüber hat er mich auch informiert. Er konnte aber fast nichts über Olivers aktuellen Bekannten- und Freundeskreis sagen. Wusste zwar von seiner Freundin, dieser Yuna Bäcker, aber das war es.«

»Yuna hat mir erzählt, dass Oliver nicht viele Freunde hatte. Und von den übrigen Studenten habe ich bisher gar nichts erfahren. Sie sind nicht gerade auskunftsfreudig«, meinte Helen.

»Denen werde ich schon auf den Zahn fühlen. Warten wir ab, ob sich etwas ergibt.« Kathi schaute wieder auf die Uhr.

Helen versetzte diese Geste in Unruhe. Da war noch etwas, was sie loswerden wollte, bevor Kathi aufbrach. Als ihr einfiel, was es war, brach ihr der Schweiß aus. »Oh mein Gott.«

Die Geschwister blickten sie fragend an. »Was ist los?«, fragte Rabe, der sofort in Alarmstimmung war und seinen Arm um sie legte. Helen rückte von ihm ab, nicht wegen der Nähe, sondern weil sie ein schlechtes Gewissen bekam. »Ich habe Marie da eingeschleust.«

»Was hast du?«, fragte Kathi. Ihr Gesicht war ein einziges Fragezeichen.

»Meine Auszubildende habe ich auf den Campus eingeschleust. Morgen wird sie einziehen. Wir dachten, das wäre eine gute Idee. Ein zusätzliches Ohr am Campus-Puls.« Helen verzog den Mund zu einem vorsichtigen Lächeln.

»Klar.« Kathi schüttelte den Kopf. »Jetzt verstehe ich langsam, was du mit Action im Beruf meinst. Du steigst mit allem, was du hast, in einen neuen Fall ein. Wusstest du etwa auch davon, Bruderherz?«

Rabe streckte die Hände abwehrend nach vorne. »Ist das Erste, was ich höre. Überrascht mich aber nicht.« Sie hörte den Vorwurf aus seiner Stimme, und Helen bekam sofort ein schlechtes Gewissen. Sie neigte dazu, überstürzte Entscheidungen zu treffen. Fakten zu schaffen, ohne sie vorher mit ihm oder mit jemand anderem zu besprechen. Rabe hatte es ihr schon oft genug vorgeworfen. Andererseits: Sie hatte es ja mit jemandem besprochen. Mit Marie.

»Aber kann das denn gar nicht helfen? Die Studenten blocken total. Irgendwas stimmt da nicht.«

»Ja, genau! Da stimmt was nicht. Es ist vermutlich jemand ermordet worden. Das ist Sache der Polizei!«

»Sie ist ja schon für die Seminarwoche angemeldet, das kann ich nicht gut wieder rückgängig machen. Du wirst es sehen, Kathi. Es wird nicht leicht sein, etwas herauszubekommen. Überleg mal, ob du darauf verzichten kannst, quasi aus erster Hand zu erfahren, was am Campus vor sich geht, wenn die Lichter ausgehen.«

»Helen, sei doch vernünftig«, begann Rabe.

»Was denn? Das ist immer noch eine normale deutsche Hochschule. Wir sind hier schließlich nicht in den USA. Und Marie musste kurzfristig raus von zu Hause. Das war die einfachste Lösung. Gleichzeitig kann sie sich fortbilden, eine Zusatzqualifikation erwerben, die sie für die Kanzlei zu einer umso wertvolleren Mitarbeiterin macht.« Helen merkte selbst, wie sie in eine Rechtfertigungsrede abglitt. Aber sie fühlte sich durch Kathi und Rabe in die Ecke gedrängt. Ein eingespieltes Geschwisterteam. Etwas, wovon sie und Rabe in ihrer Beziehung weit entfernt waren. Reflexartig ging sie deshalb in die Gegenoffensive über. »Oder willst du den Campus etwa schließen lassen, weil es unverantwortlich ist, die Studenten dort weiter wohnen und studieren zu lassen?«, fragte sie Kathi.

»Nein. Natürlich nicht.«

»Siehst du! Und bist du interessiert, falls Marie etwas hört oder sieht?«

»Jetzt fahr mal runter, Schwägerin.« Kathi atmete durch und warf ihrem Bruder einen kurzen Blick zu.

Helen war im Begriff, sich weiter hochzuschrauben, als eine Nachricht auf ihrem Handy aufblinkte, das sie neben sich auf dem Tisch liegen hatte, für den Fall, dass etwas mit ihrer Mutter war. Sie öffnete die Nachricht daher direkt. Sie kam von Henning Petersen.

»*Ruf mich bitte kurzfristig zurück. Es gibt eine neue Entwicklung wegen Oliver.*«

»Weiß die Hochschule etwa schon von der weitergehenden Untersuchung?«, fragte sie Kathi.

»Das wollte ich dir gerade erzählen, bevor du mit der Eröffnung über deine Auszubildende dazwischengefunkt hast.«

»Okay, Mädels«, griff Rabe ein. »Schraubt euch beide mal wieder runter. Ihr seid auf derselben Seite. Geht lieber den Bösen an die Gurgel als euch gegenseitig.«

Helen gab zuerst nach. »Sorry. Ich habe überreagiert.«

»Nein, ich bin zu weit gegangen«, entschuldigte sich Kathi. »Und ich bin über jede Hilfe froh. Wir müssen nur ab sofort vorsichtiger sein. Genau genommen ist schon unser Zusammentreffen hier nicht in Ordnung.«

»Herausgabe von Informationen in einer laufenden Untersuchung?«, fragte Helen. »Und es ist auf der Behörde nicht gerade unbekannt, dass dein Bruder beim *General-Anzeiger* arbeitet.«

»Lasst mich da bitte raus.« Rabe lehnte sich demonstrativ zurück.

»Andersherum wird ein Schuh draus«, meinte Kathi.

»Warum das? Ich werde nicht herausposaunen, was du mir erzählst, Kathi. Ich hoffe nicht, dass du so von mir denkst.«

»Nein, so meinte ich das nicht. Ich habe doch noch mal mit deinem Dekan gesprochen.«

»Ja, weiß ich.« Helen wurde ungeduldig.

»Ich habe ihm klargemacht, dass ich die Studenten und die Mitarbeiter einzeln befragen muss.«

»Und?«

»Er hat eine Bedingung gestellt«, sagte Kathi.

»Jetzt mach es nicht so spannend.« Helen klopfte mit den Fingern auf den Tisch.

»Er möchte, dass den Studenten ein Rechtsbeistand zur Seite gestellt wird. Was durchaus legitim ist, auch wenn es sich vorerst nur um Zeugenbefragungen handelt und der Sachverhaltsaufklärung dient.«

Helen nickte. »Klar, Zeugen haben das Recht, einen Anwalt hinzuzuziehen. Moment … er hat doch nicht etwa mich vorgeschlagen?«

Kathi verzog den Mund. »Ich fürchte, ja. Er sagte, ihr habt schon eine Art psychologische Beratungsstelle aufgebaut, die aus dir und einem der Dozenten besteht.«

Helen hielt ihr Handydisplay hoch. »Henning Petersen. Darum will er mich sprechen.«

»Wir haben aber jetzt ein kleines Problem, was unseren Informationsaustausch betrifft.«

Helens Gedanken ordneten sich wie die Zahlen in einem Sudoko, wenn man einmal den Anfang gefunden hatte. Sie hatte Fachinger erzählt, dass sie mit der untersuchenden Kriminalkommissarin privat bekannt war. »Sobald ich auf Seiten der Hochschule anwaltlich tätig bin, unterliege ich der Schweigepflicht.«

Kathi nickte. Aber Helen konnte sich ein kleines Lächeln nicht verkneifen. »Dann bin ich ja froh, dass Marie bald vor Ort ist.«

Kathi lachte lauthals, sodass sich wieder einige Köpfe der anderen Gäste zu ihnen umdrehten. »Es schadet nicht, wenn du ihr meine Telefonnummer gibst.«

21. Kapitel

Und das ist dein Zimmer.« Yuna drehte den Schlüssel im Schloss, stieß die Tür auf und vollführte eine einladende Geste. Marie lächelte schüchtern und trat ein. Wegen ihrer kurzfristigen Anmeldung hatte Marie die Einführung und Zimmerzuteilung für die Seminarteilnehmer verpasst. Helen hatte dafür gesorgt, dass Yuna Bäcker dies nun für Marie übernahm. Und mit Yuna als Freundin des Toten hätte sie so gleichzeitig jemanden, der Marie das Studentenleben näherbringen konnte, wovon die normalen Seminarteilnehmer ansonsten nicht viel mitbekamen. Marie zog einen kleinen Handkoffer hinter sich her und war froh, ihn endlich abstellen zu können. Denn vom Haupteingang aus hatte sie den Koffer über mehrere Treppen und einen Steinboden ziehen müssen, wobei jede der Fugen ihr einen Schlag in den Arm versetzte. Noch immer hatte sie das Gefühl, als vibriere ihr ganzer Körper davon. Sie war so beschäftigt mit dem widerspenstigen Gepäck, dass sie den Weg zu ihrem Zimmer gar nicht richtig verfolgt hatte. Sie erinnerte sich dunkel, eine Kantine und eine Turnhalle passiert zu haben. An eine Art Säulenhalle konnte sie sich lebhaft erinnern, zumindest an eine der

Säulen, die sie beinahe gerammt hatte, weil sie nach hinten geguckt hatte, als sie probierte, den Koffer zu bändigen, der sich wiederholt von den Rädern abgehoben und schräg gestellt hatte. Erst der gewundene Wohnbereich, in dem ihr Zimmer lag, verschaffte Erleichterung, denn hier lag Teppichboden. Sie waren ohne Umwege hergekommen. Das hatte Yuna ihr versichert. Aber Marie war nicht sicher, dass sie je wieder hinausfinden würde.

Sie schaute aus dem großen Fenster. Hinter ihm lag ein schmaler gepflasterter Weg, der am Gebäude entlangführte. Dahinter ein grünes Dickicht, an dem der Blick haften blieb. Schon jetzt fehlte ihr der weite Ausblick aus ihrem Dachzimmerfenster daheim. Sie seufzte. Hatte sie sich überschätzt? Das Zimmer selbst war groß genug und komplett in Weiß gehalten. Ein Bett mit Bezügen, die Kopfkissen wie in einem Hotel auf einer Ecke drapiert, sodass sie hochstanden. Es gab ein in die Wand integriertes Regal und einen großen Schreibtisch mit einer futuristisch wirkenden Leuchte.

»Ist etwas steril, nicht wahr?« Yuna war ihr ins Zimmer gefolgt. »Aber es hat alles, was man braucht, hier, schau mal ins Bad.« Sie deutete auf eine weitere Tür direkt hinter dem Eingang.

Marie sah hinein. Auch hier weiße Fliesen. Dusche, Toilette, Waschbecken. »Hauptsache, alles für mich allein.« Sich das Bad mit Fremden teilen zu müssen, wäre nichts für sie. Deshalb schloss sie es für sich aus, sich in eine WG einzumieten. Eine ganze Wohnung würde sie sich allerdings nicht leisten können. Wenn ihr das Experiment, alleine zu wohnen, nun gefallen würde, stände sie noch unglücklicher da. »Außerdem ist es ja nicht für lange.« Yuna Bäcker war eingeweiht. Vor ihr konnte Marie offen sprechen.

»Ollis Zimmer sieht genauso aus. Das Bett und der Schreibtisch vertauscht, sonst identisch. Aber es lag im anderen Wohntrakt und in der oberen Etage.«

Marie war darüber erleichtert. Zu wissen, dass gleich nebenan jemand zu Tode gekommen war, wäre ihr unheimlich. Dann wurde ihr bewusst, dass es sich bei dem Toten um den Freund von Yuna handelte. Diese hatte sie das durch ihren herzlichen Empfang völlig vergessen lassen. Aber jetzt nahm Marie Yunas gerötete Augen wahr. Yuna war auffallend hübsch. Langes, glattes schwarzes Haar und feine asiatische Gesichtszüge, zu denen die europäisch geschnittenen Augen einen lebhaften Kontrast bildeten. Und sie war hochgewachsen, von schlanker, sportlicher Figur. Doch besaß ihr Lächeln keinen Glanz – nicht verwunderlich angesichts ihres Verlusts. Ihre ganze Haltung verriet die tiefe Niedergeschlagenheit. Marie hatte das Bedürfnis, sie in den Arm zu nehmen.

»Magst du mir den Rest zeigen?«, fragte sie stattdessen. Sie nahm sich vor, von jetzt an nicht mehr an ihre eigenen Probleme zu denken, sondern stattdessen Yuna zu helfen, die Wahrheit über den Tod ihres Freundes herauszufinden. Yuna schien das zu spüren, denn plötzlich blitzte etwas von einem fröhlichen Wesen hinter dem Trauerschleier auf. »Gerne, komm. Es gibt viel zu sehen.«

Marie ließ ihren Koffer mitten im Zimmer stehen und folgte Yuna hinaus auf den Flur. Diese eilte den Gang entlang, sodass Marie mit ihren kurzen, stämmigen Beinen Mühe hatte zu folgen und schnell ein paar Meter zurückfiel. »Yuna, warte mal«, rief sie.

»Entschuldige. Die Wege sind hier furchtbar lang, und da habe ich mir einen raschen Schritt angewöhnt.«

»Danke. Ich bin nicht die Schnellste«, gab Marie kleinlaut zu.

»Ach was. Jeder in seinem Tempo. Alte Wandererweisheit. Meine Eltern sind passionierte Wanderer, also eigentlich eher mein Vater. Mama und ich mussten immer mit, ob wir wollten oder nicht. Aber er hat uns nie gehetzt. Jeder in seinem Tempo eben.« Sie lachte.

»Darf ich dich etwas fragen?«

»Ja, klar. Komm, wir setzen uns kurz in den großen Hörsaal. Ich mag die Atmosphäre da drin.« Yuna öffnete eine der beiden hohen Flügeltüren, und sie setzten sich in die hintere Reihe. Der Saal war ebenerdig und weitläufig, so wie man sich etwa eine große Aula vorstellte. Aber die Decke war ein Blickfang. Sie bestand aus verspiegelten Würfeln, die scheinbar ohne richtige Ordnung versetzt angeordnet waren.

»Was wolltest du mich fragen?«

»Ach, jetzt ist es mir etwas unangenehm«, sagte Marie.

»Blödsinn. Du kannst mich alles fragen. Ehrlich! Ist es etwas wegen Olli?«

Marie schüttelte den Kopf. »Nein, zu dir und deiner Familie.« Sie war neugierig.

»Na, schieß schon los.«

»Okay. Du bist asiatisch. Aber nicht ganz, oder?«

Jetzt lachte die junge Frau offen. Ohne Zurückhaltung. »Du bist echt süß, Marie. Mein Vater ist Deutscher. Meine Mutter mittlerweile auch, aber sie stammt gebürtig aus Vietnam. Sie war eine der Boatpeople. Schon mal davon gehört?«

»Klar. Ja. Meine Adoptiveltern sind engagiert in dieser Richtung. Sozial und Umweltschutz. So was. Oder sie waren es zumindest immer.« Marie merkte, wie schwer es ihr fiel, über ihre Eltern zu reden. Da war eben nichts mehr normal.

»Oh. Sie sind aber nicht gestorben, oder?« Sofort war Yuna voller Mitgefühl.

»Nein. Aber das ist echt eine lange Geschichte.«

»Okay. Aber falls du mal etwas loswerden willst, höre ich dir gerne zu. Meine Familiensituation hört sich zwar kompliziert an, ist sie aber nicht. Manchmal glaube ich, wir sind typisch deutsch. Nur dass meine Mutter anders kocht und aussieht. Aber deshalb höre ich immer gerne, wie es bei anderen Familien läuft.«

»Ha.« Marie lachte auf. »Da kann ich dir 'ne Menge erzählen.«

»Ja, gerne. Das hört sich bestimmt schräg an, hat aber nichts mit Neugier zu tun oder so. Eher wie eine wissenschaftliche Studie. Nur ohne die Wissenschaft.« Yuna zuckte mit den Schultern. »Vielleicht lese ich deshalb auch so gerne und tauche in andere Welten ab, weil mein eigenes Leben so normal ist.«

»Ich lese auch total gerne«, sagte Marie. »Nur dass ich damit meinem verqueren Leben entfliehen möchte.«

»Wie schön, dann haben wir uns ja richtig viel zu erzählen, wenn wir hier abends zusammenhocken«, sagte Yuna.

»Ich dachte, du wohnst hier gar nicht?«

»Tue ich auch nicht. Ich wohne in Bonn. Aber ich wollte dich schon ein wenig begleiten hier. Darum hat mich Frau Freitag auch gebeten. Nur heute muss ich früher weg zum Sport. Ich spiele Badminton. Wir haben bald Meisterschaften. Tut mir echt leid. An deinem ersten Abend hier.«

»Ich komme schon klar.« Das war ja der Plan. Auf eigenen Füßen stehen. Sie brauchte keinen Babysitter.

»Super. Dann lass uns mal den weiteren Rundgang machen, sonst kommen wir heute nicht mehr durch. Mit der Mensa geht's weiter, okay?«

»Da sag ich nicht Nein. Essen kann ich immer.«

»So liebe ich das.«

Sie erreichten die Mensa. »Und die hat auch sonntags geöffnet?«, fragte Marie.

»Ja, einige Studenten bleiben am Wochenende hier. Oder kommen sonntags zurück, weil am Montag die Vorlesungen früh wieder anfangen. Am Sonntag ist nur die Auswahl etwas geringer. Magst du etwas essen? Ich selbst nehme nur einen Tee, mit vollem Bauch kann ich nicht trainieren.«

Marie war hungrig und nahm einen Kartoffelsalat mit Frikadelle. Die Tische in der Mensa waren nur spärlich besetzt.

»Lass uns hier sitzen.« Yuna führte sie weiter nach hinten auf eine Art Empore mit Blick hinaus in einen Hof. »Hier habe ich meistens mit Olli gesessen«, erzählte sie.

»Wie lange wart ihr denn schon zusammen?«

»Erst ein halbes Jahr, aber es kam mir vor, als ob wir uns schon ewig kennen.« Yuna schaute hinaus. Schien die Tränen nur schwer zurückhalten zu können.

»Ich hab das noch gar nicht gesagt: Es tut mir wirklich sehr leid, was passiert ist.«

»Danke dir. Das ist lieb. Die meisten hier haben das bisher nicht für nötig gehalten, mir zu kondolieren. Gehen mir lieber aus dem Weg. Ich habe wohl zu unbequeme Fragen gestellt.« Yuna schaute an Marie vorbei zum Eingang. »Da kommt so ein Kandidat. Timo heißt der. Nein, nicht hingucken. Ich zeig ihn dir gleich.«

Marie unterdrückte den Impuls, sich zum Eingang umzudrehen.

»Und dann kann Boris nicht weit sein«, fuhr Yuna fort.

»Boris Kuschel?«, fragte Marie. »Von dem hat mir schon Frau Freitag erzählt. Ich soll mich vor ihm in Acht nehmen, hat sie gesagt.«

»Da ist was dran. Er kann sehr charmant sein. Aber irgendwas verbirgt er auch. Olli mochte ihn überhaupt nicht. Pass auf, gleich kommen die beiden hier vorbei.« Yuna beugte sich plötzlich interessiert über ihre leere Kaffeetasse, tippte vorsichtig mit dem Löffel hinein, als ob sie aus dem Kaffeesatz lesen würde. Und dann stand dieser Boris direkt neben ihnen. Er konzentrierte sich völlig auf Yuna, schien Marie überhaupt nicht zu bemerken, was ihr die Möglichkeit gab, ihn sich genauer anzusehen.

»Wen haben wir denn da?«

»Hallo Boris, Timo«, sagte Yuna, ohne von ihrer Tasse aufzublicken. Marie sah tief unterlaufene Augen bei Boris, die sein ansonsten adrettes Aussehen Lügen straften.

»So zurückhaltend heute, schöne Frau? Hast du gar keine bohrenden Fragen mehr? Sollte ich sie alle zu deiner Zufriedenheit beantwortet haben?« Er sprach in einer Tonlage und Intensität wie ein Romeo, der seine Julia verführen will, aber sein Blick war herablassend. Marie hatte das Bedürfnis, unter den Tisch zu kriechen und Yuna gleich mitzuziehen, um sie seinem Einfluss zu entziehen. Doch die dachte gar nicht daran, klein beizugeben. Sie stieß den Stuhl so voller Energie zurück, dass er über den Linoleumboden schrubbte wie ein zu großer Radiergummi über stumpfes Papier. Dann schraubte sie sich hoch, um ihm direkt in die Augen schauen zu können. »Im Gegenteil, und das weißt du auch ganz genau. Wohin bist du verschwunden an dem Partyabend? Die Frage hast du mir immer noch nicht beantwortet.«

Boris wich einen Schritt zurück. »Ho, du kannst ja eine richtige Furie sein.« Er erhob abwehrend die Hände. »Ich hab den Club die ganze Zeit nicht verlassen, meine Liebe. Und das hab ich dir mehrfach gesagt. Frag Timo.« Er zog seinen Kumpel ein Stück neben sich.

»Nein, das stimmt nicht. Irgendwann bist du verschwunden. Timo war noch da, aber du nicht. Ich hab den ganzen Club nach dir abgesucht, bevor ich gegangen bin. Kein Boris zu sehen.«

»Vielleicht hatte ich mich mal zurückgezogen mit der hübschen Blonden. Du wolltest ja nicht.« Er verzog seinen Mund zu einem halbseitigen und halbherzigen Grinsen. »Komm, Timo, lass uns eine rauchen.« Er drehte sich weg und ging schwungvoll davon. Timo hängte sich an ihn ran wie ein Wasserskiläufer an das Boot, das ihn zieht.

»Ja, geh nur. Aber überleg dir schon mal bessere Antworten für die Polizei«, rief Yuna ihm hinterher, bevor sie sich wieder setzte.

»Was war das denn?«, fragte Marie und blies einen Schwall Luft aus. Es kam ihr vor, als hätte sie während des ganzen Schlagabtausches nicht geatmet.

»Der tickert immer mehr aus. Hast du das gerochen? Der hatte eine ordentliche Alkoholfahne.«

Hatte sie nicht, sie hatte wohl wirklich die ganze Zeit den Atem angehalten. »Aber die Ringe unter den Augen, hast du die gesehen?«

Yuna nickte. »Ja. Er tut so, als ob er alles im Griff hat, aber ich glaube, der ist kurz vor einem Zusammenbruch.«

»Die Sache, die du ihn gefragt hast. Ist das der Abend, an dem Olli …«

»Ja, genau. Ich weiß nicht, wie viel Frau Freitag dir erzählt hat. Boris hat mich auf der Party überredet, noch mit ihm und Timo zu einem Club nach Hennef zu gehen. Olli kam nicht mit. Wir hatten einen kurzen Streit.« Sie fuhr sich durch die Haare. »Das Letzte, was ich mit ihm geredet habe, und dann so etwas …«

»Hey, das konntest du doch nicht wissen!«

Yuna seufzte. »Ich habe den Spruch nie ernst genommen. Aber es ist viel Wahres dran. Geh nie im Streit auseinander.«

Marie dachte sofort an den Besuch bei ihrem Vater.

»Als ich Olli dann am nächsten Morgen gefunden habe, wusste ich sofort, dass er sich nicht umgebracht hat. Sondern dass ihm das jemand angetan hat. Aber an Boris habe ich erst gar nicht gedacht.«

»Weil er mit dir den Campus verlassen hatte.«

»Genau. Aber dann ist mir eingefallen, dass ich ihn in diesem Club irgendwann aus den Augen verloren und den ganzen Abend nicht wiedergesehen habe.«

»Er könnte also zurückgekehrt sein.«

Yuna nickte.

»Das gebe ich sofort an Helen weiter, also eigentlich soll ich jetzt direkt mit der Kommissarin sprechen. Die müssen ihn dazu befragen.«

»Mach das. Ich hoffe, ich liege nicht richtig mit Boris. Er kann auch nett sein und lustig. Aber ich habe ihn wohl völlig falsch eingeschätzt. Olli hat ihn direkt durchschaut.«

»Das heißt, er hat dich angemacht, obwohl du einen Freund hattest?«

»Das interessiert ihn doch nicht! Ich habe mir nichts dabei gedacht. Und bin auch nicht drauf eingegangen. Dennoch, wenn er etwas mit Ollis Tod zu tun hat … das würde ich mir nicht verzeihen. Dann wäre ich auch irgendwie mitschuldig.« Yuna presste die Hände gegen die Schläfen.

»So darfst du nicht denken. Auch wenn ich verstehe, dass man sich zuerst immer selbst die Schuld an allem gibt. Ich bin genauso. Aber mein Psychologe sagt, damit zieht man sich immer tiefer in eine dunkle Spirale. Dabei sollte man sich lieber mit den Händen am eigenen Schopf herausziehen aus dem Sumpf. Und das beginnt immer mit positiven Gedanken.«

Yuna lachte auf. »Das sind aber sehr bildliche Sprüche, die dein Psychologe da hat. Wer ist das, kann ich da auch hingehen?«

»Herr Petersen.«

»Unser Herr Petersen?«, fragte Yuna.

Marie nickte.

»Gut zu wissen. Nur für den Fall. Und nun lass uns mit der Tour weitermachen. Wir waren immer noch nicht im Herzen des Campus.«

»Der Sportplatz etwa?«, fragte Marie.

»Unsinn – die Bibliothek.«

22. Kapitel

Nachdem Yuna gegangen war, zog es Marie noch nicht auf ihr eigenes Zimmer zurück. Beim Rundgang waren sie an einem der Fernsehräume vorbeigekommen, der im Vorbeigehen gemütlich ausgesehen hatte. Es war Sonntagabend. *Tatort*-Zeit. Zu Hause hatte sie, als die Welt noch in Ordnung gewesen war, immer darum betteln müssen, dass der *Tatort* eingeschaltet wurde. Ihre Adoptiveltern waren Buchmenschen. Im Fernsehen standen für Familie Glücklich hauptsächlich Nachrichtensendungen auf dem Programm. Aber obwohl sie das Fernsehprogramm zu Hause jetzt nahezu alleine bestimmen konnte, weil ihre Mutter kein Interesse mehr daran zeigte, hatte sie sich seitdem nie den *Tatort* angesehen. Vielleicht fand sie ja hier Gleichgesinnte, mit denen man zusammen schauen konnte. Dazu musste sie aber erst einmal den Fernsehraum wiederfinden. Irgendwo hier im Wohntrakt war er gewesen. Dort vorne lag eine Abzweigung, und es drang ein schwacher Lichtschein heraus.

Marie betrat den Flur. An dessen Ende stand eine Tür offen, von dort kam das Licht. Und dann hörte sie Stimmen. Den Zugang zum Fernsehraum hatte sie aber anders in Erinnerung. Sie zuckte mit den Schultern. Falls sie hier nicht richtig war, würde sie eben fragen. Kurz vor der geöffneten Tür blieb sie stehen. Das Zimmer war von hier aus nicht einsehbar, aber sie erkannte, dass es nicht mehrere Stimmen waren, sondern nur eine. Jemand telefonierte.

»Paps, bitte. Ich zahle es dir zurück.«

Sie hörte Schritte. Ein nervöses Auf-und-ab-Laufen.

»Nein, aber am Monatsende …« Ein plötzlicher lauter Knall wie ein Schlag mit flacher Hand auf ein Stück Holz. Marie schreckte zusammen und presste sich gegen die Wand. Sie blickte sich um. Alles dunkel. Von hinten war niemand zu sehen. Aber sie fühlte sich beobachtet. Sie sollte sich besser zurückziehen. Es ging sie doch nichts an, was da jemand mit seinem Vater zu besprechen hatte. Andererseits: War sie nicht gerade deshalb hier?

»Jetzt lass mich doch bitte auch mal ausreden. Ich weiß, dass es uns nicht mehr so gut geht wie früher.« – »Nein. Ich hab nicht nachgedacht. Es hörte sich nach einer sicheren Sache an. Ich wollte nur helfen …« – »Das weiß ich doch. Ich will es ja wiedergutmachen. Gib mir bis zum Ende des Monats. Bitte, Paps.« – »Paps?« ------ »Verdammt.«

Dann herrschte Stille. Was sollte sie tun? Sie konnte nicht sofort hineingehen. Derjenige würde wissen, dass sie vor der Tür gestanden haben musste und sein Gespräch mitgehört hatte. Also wartete Marie ab. Lauschte, ob sich etwas tat.

»Verdammt«, sagte er jetzt noch einmal. Dann murmelte er etwas in sich hinein, was sie nicht verstand. Wieder waren Schritte zu hören. Eine Kühlschranktür öffnete sich. Es musste also eine der Gemeinschaftsküchen sein. Glas klimperte, als ob etwas aus dem Kühlschrank herausgenommen wurde. Eine Flasche? Die Kühlschranktür wurde wieder zugeschlagen. Dann fiel eine andere Schranktür lautstark zu. Marie fasste sich ein Herz. Atmete noch einmal durch und versuchte nun so zu tun, als ob sie gerade erst in den Flur gelaufen kam. Sie trat übertrieben laut auf, soweit das auf dem Teppichboden, der hier lag, möglich war. So bog sie um die Ecke und ging in den Raum. Es war in der Tat eine Küche. Und mit dem Rücken zu ihr hantierte dieser Boris vor einer Arbeitsplatte. Er goss Milch aus einer Glasflasche in einen Mixer. Marie klopfte an den Türrahmen. Er erschrak und fuhr herum, wobei sich etwas von der Milch über die Küchenarbeitsplatte ergoss. »Verdammt! Musst du mich so erschrecken?« Er widmete sich dem Missgeschick, nahm etwas Küchenpapier und wischte die weiße Lache fort.

»Entschuldige. Ich bin eigentlich auf der Suche nach dem Fernsehraum.«

Während Boris sich wieder dem Mixer zuwandte und nach und nach drei Eier hineinschlug, antwortete er ihr: »Nun, das hier ist er offensichtlich nicht.«

Marie fragte sich, ob er sich absichtlich von ihr abwandte, weil er sein Gesicht nicht zeigen wollte. Das Telefonat musste ihn aufgewühlt haben, und so wie sie Boris bisher kennengelernt hatte, zeigte er wohl nur ungern eine Schwäche. Doch der Nachdruck, mit dem er die Eier aufschlug, verriet ihn, verriet seine innere Anspannung. Schließlich nahm er eine Flasche hochprozentigen Alkohols und gab einen guten Schuss davon in den Eiweißdrink. Er schloss den Deckel mit einer Wucht, als ob er eine nervige Fliege damit erschlagen wollte. Mit der gleichen Energie drückte er auf den Anschalt-Knopf, und der Mixer vollführte dröhnend seine Arbeit. Eine gefühlte Ewigkeit später, in der Marie schon überlegte, die Küche wieder zu verlassen, schaltete er den Mixer ab. Er machte sich nicht die Mühe, den Drink in ein Glas zu füllen, sondern setzte ihn direkt an den Mund. Nahm ein paar große Züge. Dann endlich drehte er sich um.

»Du bist ja immer noch da.«

»Kannst du mir vielleicht den Weg zum Fernsehraum erklären?«, fragte sie.

Boris reagierte nicht auf ihre Frage. »Willst du auch was?« Er deutete mechanisch auf den Drink und schaute an Marie vorbei, als ob er sie gar nicht richtig wahrnahm. Wie zuvor in der Mensa fiel ihr auf, wie verquollen seine Augen waren, mit dunklen Ringen darunter. Er tat ihr plötzlich leid. Er schien unter enormem Druck zu stehen, beinahe so wie ein Schnellkochtopf. Wenn jemand mitten im Kochvorgang den Deckel abnahm, sollte man vielleicht besser nicht in der Nähe stehen.

Marie schüttelte den Kopf. »Nein, danke.«

Keine Reaktion von Boris. Er stierte in den Behälter voller alkoholisierter Eiermilch.

»Ich suche dann mal weiter nach dem Fernsehraum.« Schnell drehte sie sich um und verließ die Küche. Ließ den brodelnden Topf allein zurück. Sie bog so rasant um die Ecke, dass sie fast mit einem anderen Studenten zusammengestoßen wäre.

»Pass doch auf«, rief der aus. Er war nicht viel größer als Marie, hatte rote Wangen und war leicht füllig.

»Entschuldigung«, murmelte Marie. »Ich hab dich nicht gesehen.«

»Okay, schon gut«, sagte er und lief weiter geradewegs in die Küche zu Boris, ohne sich noch einmal zu ihr umzudrehen. Marie blieb stehen.

»Da bist du ja. Bist nicht so leicht zu finden«, sagte er zu Boris. Marie konnte sich nicht zwingen weiterzugehen, war zu gespannt darauf, wie Boris in seinem Zustand dem anderen begegnen würde. Sie lauschte.

»Was willst du hier? Das ist nicht dein Wohntrakt.«

»Ich habe dich gesucht.«

»Warte, ich kenne dich. Du warst doch der, der mit dem Schönling rumhing. Tobias. Richtig? Was willst du von mir?«

»Timo hat mir gesagt, wo ich dich finden kann.«

»Hast mich gefunden. Und nun?«

»Ich dachte, du könntest mir ein wenig unter die Arme greifen.«

»Warum sollte ich?«

Marie hörte, wie der Wasserhahn geöffnet wurde.

»Die Prüfungen stehen an. Ich bin ein wenig hinterher. Und ich hab gehört …«

»Was hast du gehört?«, fragte Boris.

»Dass du da helfen kannst.«

»Musst dich hinten anstellen.«

Tobias räusperte sich. »Ich hatte gehofft, du könntest mich etwas bevorzugt behandeln.«

»Und warum das?« Marie hörte die Kühlschranktür. Das Klimpern von Glas an Glas. Boris stellte offenbar die Milch zurück.

»Ich habe gehört, die Polizei ist ab Montag hier.«

»Moment. Du willst mir doch nicht etwa drohen? Du?« Boris lachte. Warf die Kühlschranktür zu. »Schleich dich.«

»Aber …«

»Schleich dich, hab ich gesagt«, zischte Boris. Der Unterton in seiner Stimme schwoll langsam, aber sicher an. Er war kurz vor dem Überkochen. Marie verzog sich schnell aus der Gefahrenzone und steuerte ohne Umwege ihr Zimmer an. Die Lust auf den *Tatort* war ihr jedenfalls gründlich vergangen. Das echte Leben hier auf dem Campus war Spannung genug.

23. Kapitel

Ich nehme unser Gespräch auf, ist das in Ordnung?«, fragte Kathi Voss.

Die Kommissarin hatte zusammen mit einem jungen Kollegen namens Peter Fichtel das Musikzimmer für die anstehenden Befragungen bezogen. Als Ersten hatten sie den Hausmeister Herrn Karl zu sich bestellt. Helen war auf Seiten der Hochschule anwesend. Sie hatte dafür einen Gerichtstermin und mehrere Besprechungen verlegen müssen, denn Fachinger hatte sie, wie von Kathi ja schon angekündigt, offiziell als Rechtsbeistand angeheuert. Das bedeutete, dass sie ab sofort der Schweigepflicht unterlag.

»Bin ich jetzt verdächtig?«, fragte der Hausmeister.

»Nein«, antwortete Kathi. »Das ist normales Prozedere. Uns erleichtert es nur, nicht alles mitschreiben zu müssen.«

»Aha«, meinte Karl nach einem Blick auf Helen, die neben ihm saß und auf Kathis Erklärung hin zustimmend genickt hatte.

»Ihren vollen Namen und Ihr Alter bitte einmal für das Protokoll.«

»Peter Karl, sechsundfünfzig.«

»Und noch mal fürs Protokoll: Sie sind hier der Objektmanager, ist das richtig?«, fragte Kathi.

»Hausmeister reicht völlig.«

Kathi lächelte. »Danke, Herr Karl. Können Sie mir bitte schildern, wie Sie den Ablauf des Sonntagmorgens, 29. April, erlebt haben?«

Karl räusperte sich und fuhr mit der Hand über den kurzen Vollbart. Dann begann er zu erzählen. »Es war noch früh. Ich kam gerade mit dem Hund vom Spaziergang zurück. Da stand dieses Mädchen aus der Bibliothek vor meiner Tür. Ziemlich aufgelöst.«

»Sie meinen Yuna Bäcker?«, fragte Kathi.

Er nickte. »Ja.«

»Sie wohnen hier auf dem Campus?«

»Ja, genau. Das Appartement ist Teil der Jobbeschreibung.«

»Sie sind also Tag und Nacht hier vor Ort?«

»So ist es. Falls mal etwas ausfällt, Beleuchtung, Strom. Ich bin sofort zur Stelle. Die Studenten können im Notfall auch nachts bei mir klingeln.«

Kathi schenkte ihm wieder ein anerkennendes Lächeln. Karl war vom alten Schlag, und er schien seinen Job zu lieben. »Und am Sonntag in der Früh passierte dann so ein Notfall?«

Er nickte. »Das Fräulein Bäcker bat mich, eines der Zimmer aufzusperren. Sie befürchtete, ihrem Freund sei etwas passiert.«

»Besitzen Sie die Schlüssel zu allen Zimmern?«

Er klopfte auf seine Hosentasche. »Einen Generalschlüssel für Notfälle. Und das war in der Tat einer. Frau Bäcker hatte leider recht mit ihrer Sorge.«

»Ja. Erzählen Sie bitte weiter.«

»Als ich die Tür öffnete, strömte uns schon eine extreme Alkoholwolke entgegen. Und das war kein Bier oder Wein, sondern das harte Zeug.«

»Und damit kennen Sie sich aus?«, fragte Kathi.

Helen sah sich gezwungen einzugreifen. Sie legte kurz die Hand auf Herrn Karls Arm. »Darauf müssen Sie nicht antworten, Herr Karl. Kathi, das ist nicht nötig.«

Kathi warf Helen zwar einen genervten Blick zu, aber sie lenkte sofort ein. »Frau Freitag hat recht, erzählen Sie bitte, was weiter passiert ist, Herr Karl.«

»Also. Man sah schon gleich eine Wodkaflasche auf dem Boden in der Mitte des Zimmers.« Karl deutete die Szenerie mit den Händen an. »Das Bett ist von der Tür aus von dem Vorsprung des Bads verdeckt und von dort aus nicht einsehbar. Frau Bäcker stürzte an mir vorbei ins Zimmer, rief den Namen ihres Freundes. Sie blieb abrupt neben dem Bett stehen. Ich folgte ihr hinein ins Zimmer. Da sah ich ihn liegen. Auf dem Rücken. Eine halb leere Flasche Wodka in der Hand und überall um ihn herum verstreut die leeren Tablettenpackungen.«

Helen hörte gespannt zu. Die Einzelheiten kannte sie bisher nicht. Kathi nickte. »War Ihnen sofort klar, dass der Junge tot ist?«

Der Hausmeister rieb sich erneut über den Bart, bevor er fortfuhr. Schüttelte dann den Kopf. »Nicht sofort. Die Freundin beugte sich über ihn, rüttelte an ihm und rief seinen Namen. Er rührte sich nicht. Ich zog Frau Bäcker fort und sagte ihr, sie solle einen Notruf absetzen. Ich schlug ihm erst ein paarmal ins Gesicht. Ich bin in Erster Hilfe geschult. Ich wusste nicht, wie lange er schon in diesem Zustand war. Im Fall, dass die Einnahme erst kürzlich erfolgt war, ist es durch solche Schockmaßnahmen möglich, den Betroffenen wieder ins Bewusstsein zurückzuholen. Ich habe es noch mit Beatmung und Herzmassage versucht«, Karl atmete dabei selbst tief ein, um es zu verdeutlichen, »aber mir wurde schnell klar, dass jede Hilfe zu spät kam. Sein Körper war schon ausgekühlt. Dann habe ich die Maßnahmen eingestellt.«

Helen lief ein Schauer über den Rücken.

»Die Freundin wollte es nicht wahrhaben, schrie rum, warum ich nichts tun würde. Sie versuchte, wieder zu ihm ans Bett zu kommen, aber ich habe sie dann aus dem Zimmer geführt, gesagt, dass man nichts mehr machen kann. Ich hab das Zimmer wieder abgesperrt, und gemeinsam haben wir dann draußen auf die Ambulanz gewartet.«

»Im Zimmer haben Sie nichts mehr angerührt?«

»Nein.«

»Und Frau Bäcker?«

»Die auch nicht. Wir sind nicht mehr hineingegangen.«

»Und während Sie im Zimmer waren, hat Frau Bäcker da etwas angerührt?«

»Kann ich nicht ausschließen, während ich Herrn Schönbom zugewandt war.«

»Hat der Notarzt dann die Polizei informiert?«

Karl nickte. »Ja.«

»Und wer hat Herrn Fachinger informiert?«

»Das war ich, nachdem die Polizei im Notfallpass des Toten gesehen hat, dass der Professor als Kontakt angegeben war.«

»Herr Professor Fachinger ist dann gleich gekommen?«

Nicken.

»Und hat er das Zimmer betreten?«

»Nicht, dass ich wüsste. Er wollte den Toten wohl sehen, aber das ging erst, nachdem die Leiche abtransportiert worden war, nicht im Zimmer. Aber da waren Sie doch auch schon da.«

»Richtig. Fällt Ihnen jetzt im Nachhinein irgendetwas ein, was Ihnen merkwürdig vorgekommen ist? Ein paar Tage oder Wochen zuvor?«

Herr Karl schüttelte langsam den Kopf, antwortete aber nicht. Helen hatte das Gefühl, dass er etwas zurückhielt.

»Kannten Sie Herrn Schönbom denn näher?«

»Ja, durchaus. Er war einer der wenigen, mit denen ich näheren Kontakt hatte, mit dem ich auch mal ein paar Worte gewechselt habe. Die meisten der Studenten beachten mich kaum. Ich bin eher so etwas wie Inventar. Wenn was nicht funktioniert, werde ich gerufen. Sonst bin ich quasi unsichtbar. Der Herr Schönbom war da anders.«

Kathi blickte interessiert von ihrem Notizblatt auf. Denn trotz der Tonaufnahme schrieb sie sich zusätzlich einige Stichworte auf. »Können Sie das näher erläutern?«

»Wir haben uns ein paarmal unterhalten. Er spazierte regelmäßig rund um den Campus, und wir haben uns manchmal getroffen, wenn ich mit Larry unterwegs war.« Auf den fragenden Blick von Kathi hin fuhr Herr Karl fort: »Larry ist mein Hund, ein Jack Russel. Klein, braucht aber reichlich Bewegung. Die kann ich auch gebrauchen.« Karl strich über seinen Bauchansatz. Helen grinste in sich hinein. Sie mochte den Hausmeister gerne. Er war immer gut gelaunt und hilfsbereit. Auch wenn das zu seinem Aufgabenbereich gehörte, schien es immer so, als wäre seine Arbeit für ihn wie eine Gefälligkeit, die er für einen Freund erledigte. Allein, mit welcher Hingabe er ihr und Petersen das Musikzimmer hergerichtet hatte.

Karl erzählte weiter. »Wissen Sie, seit meine Frau vor zwei Jahren gestorben ist, bin ich viel allein. Keine Kinder. Ich hab nur Larry. Und da ist es schön, sich mit jemandem auch einmal privat auszutauschen. Nichts Tiefgehendes. Aber mal über etwas anderes als Gespräche, die zum Job gehören. Über Gott und die Welt eben. Und dem Herrn Schönbom ging es, glaube ich, ähnlich. Er hatte keine Familie mehr, und ich sah ihn selten mit anderen zusammen. Während viele der Studenten in den Mittagspausen hier ihre Runden in Grüppchen drehen, war er meist allein. Und da haben wir uns dann zusammengetan und sind miteinander spaziert, wenn wir uns begegneten. Ich habe mich gern mit ihm unterhalten.«

Helen bekam ein schlechtes Gewissen. Sie war zwar meist nur kurz hier und oft in Eile, weil sie vor oder nach ihrer Vorlesung andere Termine hatte. Trotzdem … Bisher hatte sie Herrn Karl ebenso als Inventar behandelt, wie es die anderen taten. Sie konnte sich nicht erinnern, mal ein persönliches Wort mit ihm gewechselt zu haben. Sie nahm sich vor, das in Zukunft zu ändern.

»Und haben Sie ihm dabei auch von Ihrer unredlichen Vergangenheit erzählt?« Kathis Frage platzte dazwischen wie eine plötzlich auftauchende Schlechtwetterfront in ein gemütliches Picknick.

Der Hausmeister stutzte. »Wie meinen Sie das?«

»Das würde mich auch interessieren«, sagte Helen.

Kathi richtete sich auf ihrem Stuhl auf. »Ich glaube, Herr Karl, Sie wissen schon ganz genau, wie ich das meine. Aber damit wir alle im Bilde sind, werde ich die Frage ein wenig konkretisieren.« Sie warf Helen dabei einen Blick zu, der diese noch hellhöriger werden ließ. »Wusste Oliver Schönbom von Ihrer Vorstrafe, Herr Karl?«

Der Hausmeister räusperte sich. »Nein. Ich glaube nicht.« Er unterbrach sich. »Nicht von mir. Ich habe jedenfalls ihm gegenüber nie davon erzählt. Ich bin nicht stolz darauf.«

Helen griff ein. Sie fühlte sich überrumpelt. Das war die Krux an der Sache, wenn sie hier für die Hochschule beratend tätig war, aber zu den einzelnen der zu befragenden Zeugen nichts Näheres wusste. Sie vertrat die Hochschule als Gesamtheit, nicht die einzelnen Angestellten oder Studenten persönlich. Von ihnen wusste sie nichts. Es gab keine vorbereitenden Mandantengespräche. Vor allem wusste sie nichts zu irgendwelchen Vorstrafen. Aber Kathi hatte offensichtlich ihre Hausaufgaben gemacht.

»Darf ich mal kurz unterbrechen? Bevor wir hier weitermachen, hätte ich gerne erst Einsicht in die zugrunde liegende Strafakte.«

»Ist das wirklich nötig?«, fragte Kathi nicht sie, sondern den Hausmeister. »Herr Karl, wollen Sie erzählen, wie es dazu gekommen ist? Sie sind vor drei Jahren wegen eines bewaffneten Raubüberfalls und wegen Nötigung nur zu einer Bewährungsstrafe verurteilt worden. Können Sie das erklären?«

Herr Karl zuckte mit den Schultern. »Ich weiß zwar nicht, was das alles mit dem Tod von Herrn Schönbom zu tun haben soll, aber bitte: Ich hatte ja erzählt, dass meine Frau vor ein paar Jahren verstorben ist.«

Kathi nickte, und Karl fuhr fort zu erzählen, dass er seine Frau an den Krebs verloren hatte. Zuvor war ihr Karls Meinung nach die Verabreichung eines Medikaments verweigert worden, welches in Deutschland noch nicht zugelassen war, in den USA aber schon erfolgreich bei der Behandlung von Krebspatienten eingesetzt wurde. Der behandelnde Arzt seiner Frau weigerte sich jedoch, ein Rezept auszustellen. Die Krankenkasse hatte eine Kostenerstattung abgelehnt. »Und meiner Frau ging es immer schlechter«, erzählte Karl weiter. »Ich musste etwas tun. Ich konnte nicht einfach zusehen, wie sie immer schwächer wurde. Ich bin dann in diese Apotheke, kurz vor Ladenschluss. Ich kannte mich aus. Das war die Apotheke, in der ich immer die Medikamente für meine Frau geholt habe. Nur noch der Apotheker selbst war da. Auch ihn kannte ich gut. Und er mich, wie man einen Stammkunden eben kennt. Ich habe meine Bestellung aufgegeben. Natürlich hat er direkt durchschaut, was ich wollte. Ihm war das Medikament nicht unbekannt. Aber auch er sagte mir, dass er es nicht ohne Rezept bestellen könne. Ich habe ihn erst angefleht. Er ließ sich nicht erweichen. Dann bin ich deutlicher geworden.«

»Mit Waffengewalt?«, fragte Kathi.

Karl lachte auf. »Wie sich das anhört. Waffengewalt. Ich habe mit einem Hammer auf die Theke geschlagen. Das schöne Glas ist in tausend Scherben gesplittert, so wie unser Leben.«

»Und weiter? Haben Sie den Hammer auch gegen den Apotheker gerichtet?«

»Nein.« Karl schüttelte vehement den Kopf. »Niemals. Ich habe ihm gedroht, seine ganze schöne Einrichtung zu zerstören, wenn er mir das Medikament nicht besorgen würde. Er hat versucht, mich zu beruhigen, hat in seinen Computer geschaut und Dinge eingetippt. Es war mir schon klar, dass er mich nur hinhielt. Aber ich war verzweifelt genug, mich an diese letzte Hoffnung zu klammern. Es hat nicht lange gedauert, und die Polizei war da und hat mich in Handschellen weggeführt. Wie einen Schwerverbrecher. Entweder hat der Apotheker einen Alarmknopf gedrückt oder irgendjemand hat einen Notruf abgesetzt.« Er blickte Kathi und Helen fragend an. »Müssen Sie noch mehr wissen? Wie ich durch diese Tat die letzten gemeinsamen Monate, die ich mit meiner Frau noch hatte, zusätzlich vergiftet habe?«

Kathi schüttelte den Kopf. »Nein. Um aber zu Oliver zurückzukommen – Sie haben wirklich nicht mit ihm über Ihre verstorbene Frau gesprochen?«

Worauf wollte Kathi hinaus? Die Vorstrafe von Herrn Karl war sicherlich eine Überraschung, aber er hatte es erklärt, und Helen konnte sein Vorgehen in gewisser Hinsicht verstehen. Auch wenn sie so etwas sicherlich anders angehen würde. Was täte sie, wenn es ein Medikament geben würde, das Parkinson heilt, welches aber auf dem deutschen Markt nicht zugelassen wäre? Sicher würde sie versuchen, erst einmal alle rechtlichen Mittel auszuschöpfen. Aber nicht jeder hatte diese Möglichkeiten. Und im Affekt war die Handlung von Herrn Karl nachvollziehbar. Das hatte wohl auch das Gericht so gesehen, indem es die Strafe zur Bewährung ausgesetzt hatte.

»Ich habe ihm erzählt, dass ich sie verloren habe. Und deshalb niemanden mehr habe außer meinem Larry. Sonst nichts.«

»Und wie war es umgekehrt? Hat Herr Schönbom seine Sorgen mit Ihnen geteilt? Kam er Ihnen einsam oder sogar depressiv vor?«

»Sie meinen, ob man absehen konnte, dass er sich etwas antut? Nein. Bestimmt nicht.« Karl schüttelte vehement den Kopf. »Er hat nie etwas in dieser Hinsicht angedeutet. Natürlich erzählt man so etwas auch nicht unbedingt. Aber er erschien mir nie einsam. Er mochte das Alleinsein, glaube ich. Er suchte keinen Trubel. Und dann hat er im letzten Semester die Frau Bäcker kennengelernt. Er war glücklich mit ihr.«

»Hat er Ihnen das erzählt?«, fragte Kathi.

»Nicht so direkt. Aber das merkt man ja.«

»Und hat er sich vor irgendetwas oder irgendwem gefürchtet?«

Karl räusperte sich. »Darf ich Sie mal etwas fragen?«

Kathi nickte. »Selbstverständlich.«

»Ich bin etwas irritiert. Wegen der ganzen Fragen. Zu meiner Vorstrafe. Ob Oliver sich vor etwas gefürchtet hat. Geht es hier gar nicht mehr um Selbstmord?«

Kathi zögerte, bevor sie antwortete. »Die Frage kann ich Ihnen leider nicht beantworten. Lassen Sie es mich so ausdrücken: Es handelt sich nicht um einen natürlichen Tod. Eine polizeiliche Untersuchung ist vorgeschrieben, bis die Umstände völlig geklärt sind.«

Karl nickte. »Ich verstehe. Wollen Sie wissen, was ich denke?«

»Deshalb sind wir hier.« Kathi legte ihren Kuli auf den Tisch und richtete ihre volle Aufmerksamkeit Herrn Karl zu. Helen versteifte ihren Rücken. Spürte die Spannung. Für einen kurzen Moment war es völlig still im Musikzimmer. Wie kurz vor einer Ouvertüre.

»Ich glaube nicht an Selbstmord. Herr Schönbom hatte Angst vor etwas oder jemandem.«

»Wie kommen Sie darauf?«, fragte Kathi.

»Das war komisch. So vor einer Woche etwa. Am Freitagabend.«

Helen rechnete zurück. Das musste der Abend gewesen sein, als sie sich mit Henning im Wirtshaus getroffen hatte. Der Abend, als ihre Mutter den Notarzt gerufen hatte.

Karl fuhr fort: »Ich bin Herrn Schönbom begegnet. Er lief aufgeregt durch den Campus zum Hauptausgang. Ich hatte gerade abgeschlossen und war auf dem Weg zurück zu meiner Wohnung, als ich ihn durch die Halle hab laufen hören. Kennen Sie dieses quietschende Geräusch, das Turnschuhe auf dem Boden hier machen? Ich bin umgekehrt, um nachzusehen. Um diese Uhrzeit hat sich das Campusleben woanders hin verlagert. In die Wohn- und Freizeitbereiche. Am Empfang ist es dann gespenstisch still. Ich war überrascht, Herrn Schönbom zu sehen. Er erschrak, als er mich bemerkte. Sie hätten sein Gesicht sehen sollen. Aschfahl. Als sei er einem Geist begegnet. Bat mich, ihm die Tür aufzuschließen, er müsse dringend in die Stadt, einkaufen.«

»Und wäre das so unrealistisch?«, fragte Kathi.

»Zu Fuß zum Einkaufen? Von hier oben aus um diese Zeit? Wenn er es so eilig hatte, warum ist er nicht durch die Garage zu seinem Auto gegangen? Das machte keinen Sinn. Nein.« Karl schüttelte vehement den Kopf. »Und dann dieser Gesichtsausdruck. Ich bin kein Psychologe. Weit entfernt. Aber ich habe so einen Blick schon einmal gesehen. Bei meiner Frau. Wenn Sie mich fragen: So sieht Todesangst aus!«

24. Kapitel

In der ersten Nacht auf dem Campus hatte Marie kaum ein Auge zugetan. Sie hatte nicht oft in ihrem bisherigen Leben woanders als zu Hause im eigenen Bett geschlafen. Mal im Urlaub in Hotels, aber da waren immer ihre Eltern dabei gewesen, sie nie allein. Und jetzt? Nur mit Fremden Wand an Wand. Und vielleicht sogar mit einem Mörder? Solche Gedanken waren ihr erst in der Nacht gekommen. Ihr lief ein Schauer über den Rücken.

Nach ihrem vergeblichen Versuch, das Fernsehzimmer zu finden, und der merkwürdigen Begegnung mit Boris und dem Fastzusammenstoß mit diesem Tobias hatte sich Marie sofort auf ihr Zimmer zurückgezogen. Sie hatte es so lang wie möglich hinausgezögert, sich ins Bett zu legen. Sie hatte einen Brief an ihren Vater geschrieben. Dann hatte sie zu ihrer Lektüre gegriffen, diese aber schnell wieder weggelegt. Denn leider hatte sie nur einen Kriminalroman eingepackt. Und hier allein in neuer Umgebung mit fremden Gerüchen, unbekannten Geräuschen und einem echten Todesfall gelang es ihr auch mit dem Lesen nicht, die Geister zu vertreiben. Stattdessen hatte sie gegrübelt, welches Teufelchen ihr eingeflüstert hatte, hier einzuziehen. Das auf ihrer rechten oder auf der linken Schulter?

Am nächsten Morgen sah die Welt schon wieder fröhlicher aus. Sie öffnete das Fenster und ließ frische Luft hinein, die den sterilen Geruch nach neuen Möbeln wegblies. Auch wenn die Einrichtung im Zimmer keinesfalls nagelneu war – an manchen Stellen zeigten sich deutliche Gebrauchsspuren, hier ein Kratzer im Holz, dort ein Fleck im Teppich –, behielten die Möbel ihren Eigengeruch, wohl weil die Zimmer immer wechselnde Bewohner hatten. Durch das geöffnete Fenster füllte sich der Raum nicht nur mit einer duftenden Brise, sondern auch mit den Geräuschen des Frühlings, Vogelzwitschern, dem Wispern der Blätter vor dem Fenster.

Nach einer Dusche war Marie so weit erfrischt, dass sie bereit für den neuen Tag war. Den ersten mit Lehrveranstaltungen. Sie lernte die anderen Lehrgangsteilnehmer kennen, die wie sie nicht über Monate, sondern nur für die nächsten drei Wochen auf dem Campus wohnten. Da Marie es schon immer schwergefallen war, auf andere zuzugehen, verzichtete sie auf Gespräche, die über ein höflich-distanziertes Maß hinausgingen. Stattdessen hielt sie sich in den Pausen in der Nähe von Mensa und Musikzimmer auf, wo hinter verschlossener Tür die Befragungen begonnen hatten. Einmal sah sie eine Studentin mit langen blonden Haaren hineingehen, nachdem ein anderer Student, vom Aussehen her mit arabischem Einschlag, herausgekommen war. Die beiden tauschten sich vor der Tür kurz aus. Die Frau schien recht aufgeregt, ihr Gesicht rötlich und verschwitzt. Der Student wirkte nach seiner Befragung gelassen und kam nach dem Gespräch geradewegs auf Marie zu.

Sie nahm ihren Mut zusammen und sprach ihn an. »Entschuldigung.«

Er blieb stehen. »Ja, bitte?«

»Kannst du mir vielleicht sagen, wo ich den Seminarraum 10 E 12 finde?«

»Ja, klar.« Er deutete mit der Hand Richtung der großen Aula. »Treppe runter, nach links in den Gang hinein.«

»Vielen Dank. Ich bin ein Orientierungsmonster. War nur kurz auf der Toilette und finde nicht mehr zurück.«

»Das hat nichts mit dir zu tun. Das passiert hier am Anfang jedem.« Er deutete mit dem Finger auf sich selbst, nickte und lächelte. »Bei mir hat es fast einen Monat gedauert, bis ich alles gefunden habe. Und noch jetzt verlaufe ich mich manchmal.«

»Na, dann brauche ich mich ja gar nicht anzustrengen, es zu verstehen, so lange bin ich gar nicht hier.«

»Lehrgang?«, fragte er.

Marie nickte.

»Na, dann willkommen. Ihr habt ja heute erst begonnen, nicht? Falls wir uns noch mal begegnen, ich bin Ferhat und jederzeit bereit, dir den Weg zu weisen.«

»Das ist echt nett. Ich bin Marie.«

»Nice. Gibt einen Song von Max Mutzke über eine Marie, den ich sehr mag. Kann ich mir also leicht merken, deinen Namen. Musik bietet die besten Eselsbrücken. Hilft nur nicht bei der Orientierung hier auf dem Campus.« Er grinste entschuldigend.

»Schade«, sagte Marie.

Sie blickte Ferhat nach, wie er den Flur hinunterlief und dann vom Campuslabyrinth verschluckt wurde.

Zum Mittagessen hatte sich Marie mit Yuna in der Mensa verabredet. Diese erwartete sie am Eingang. »Na, wie war die erste Nacht?«

Demonstrativ gähnte Marie. »Viel geschlafen habe ich nicht. Ich bin ganz schön müde.«

»Na, das wird schon. Komm, lass uns reingehen.« Yuna schritt voran, nahm ein Tablett und stellte sich in die Reihe. Marie tat es ihr gleich. Die Auswahl am Buffet war im Vergleich zum Sonntag enorm. Sie entschied sich für einen feinen Wiener Rindergulasch mit Nudeln. »Klingt alles gut, hoffe, es schmeckt auch so«, sagte sie zu Yuna, die sich für vietnamesisches Wokgemüse mit Jasminreis entschieden hatte.

Yuna deutete auf ihre Mahlzeit. »Die asiatischen Gerichte schmecken. Nicht vergleichbar mit dem, wie es meine Mutter macht, aber für Kantinenessen richtig gut.«

Marie dachte an die Kochkünste ihrer Mutter. Gretchen kochte meist fleischlos. Zurzeit nicht mal mehr das. So viel Tiefkühlpizza und Fertiggerichte wie in der letzten Zeit hatte es noch nie in Maries Leben gegeben. Deshalb war sie sehr glücklich mit ihrem dampfenden Teller auf dem Tablett. Sie folgte Yuna gedankenverloren. Inzwischen musste ihre Großmutter zu Hause eingetroffen sein. Ob sie wohl auch vegetarisch kochte? Oder stand jetzt auch zu Hause Gulasch auf dem Tisch?

»Hallo Marie!«, schallte es ihr im Vorbeigehen ins Ohr.

Sie schaute zurück. Blieb stehen. »Oh. Hallo Ferhat!« In einem Anflug von Übermut fügte sie hinzu. »Den Weg in die Mensa finde ich immer.«

Er lachte. »Das ist ja auch überlebenswichtig. Du setzt deine Prioritäten richtig.«

Aus dem Augenwinkel sah sie, dass Yuna inzwischen einen freien Platz gefunden hatte. Als Marie zu ihr aufschloss, trug sie immer noch ein zufriedenes Lächeln im

Gesicht. Mit Ferhat hatte sie einen ersten Kontakt zur Studentenschaft geschlossen.

»Wo hast du Ferhat denn kennengelernt?«, fragte Yuna.

Marie erzählte, wie sie ihn aus dem Vernehmungszimmer kommen gesehen und angesprochen hatte. »Ich versuche, die Leute ein wenig kennenzulernen, zumindest die, die auch Oliver kannten. Gehört Ferhat denn dazu?«

»Ja, Olli und er waren im gleichen Semester.«

»Ferhat scheint nett zu sein. Ich kann mir nicht vorstellen, dass er etwas mit Olivers Tod zu tun hat. Trotzdem wurde er von der Polizei verhört.«

»Ich habe der Kommissarin eine Liste mit Namen derjenigen gegeben, die auf der Party waren. Zumindest die, an die ich mich erinnere. Es gab keine Anwesenheitsliste oder dergleichen. Ich nehme an, die fangen bei den Vernehmungen mit diesen Leuten an«, erklärte Yuna.

»Und Ferhat war auch da?«

»Ja, der war unser DJ.«

»Ich habe noch so eine Blonde mit ganz langen Haaren, länger als meine, in den Vernehmungsraum gehen sehen. Direkt nach Ferhat«, erzählte Marie.

»Das könnte Lilly gewesen sein. Liliane Geller. Sie war eine der Mitorganisatorinnen der Fete.«

Zwischen zwei Gabeln Gulasch ließ Marie den Blick über den großzügigen Mensabereich und die voll besetzten Tische schweifen. »Wie viele Studenten gibt es hier eigentlich?«

»In den Hochzeiten, wenn alle drei Jahrgänge präsent sind, über zweihundert. Wenn dann noch wie jetzt Lehrgänge stattfinden, entsprechend mehr«, sagte Yuna.

»Und was machen die alle während der unterrichtsfreien Zeit?«, fragte Marie.

»Puh. Da fragst du mich was. Es gibt ein paar wenige Heimschläfer, die in der Nähe zu Hause sind. Von den anderen, also denen, die während der Präsenzzeiten hier auf dem Campus wohnen, treiben viele Sport. Da ist die Auswahl groß. Von Fußball über Badminton bis Volleyball. Es gibt einen Fitnessraum. Den habe ich dir noch gar nicht gezeigt. Bevorzugter Aufenthaltsort von Boris übrigens.« Das passte zum Eiweißdrink, dachte Marie, während Yuna weitere Sportaktivitäten aufzählte. »Es werden Kurse angeboten, Zumba, Step Aerobic. Solche Dinge. Hängt alles am schwarzen Brett aus. Vielleicht hast du ja Lust. Gute Möglichkeit, um Leute kennenzulernen.«

»Lieber nicht.« Marie spürte, wie sie rot wurde. »Sport ist so gar nicht meins. Gibt es nicht etwas anderes?«

»Ein paar hängen abends miteinander ab. Auf den Zimmern, in der Bierschenke oder in den Fernsehräumen. Es gibt auch die Gemeinschaftsküchen. Aber die Wochen an sich sind vom Lernpensum her relativ stressig, weil sich die Präsenzzeiten auf wenige Monate im Jahr beschränken. Also sind die meisten vermutlich auf ihren Zimmern und lernen.«

»Aber nicht an den Wochenenden?« Marie konnte sich nicht vorstellen, dass hier nur Musterstudenten herumliefen.

»Viele fahren dann nach Hause. Die Studenten kommen ja aus ganz Deutschland. Nur selten gibt es Veranstaltungen am Wochenende, wie unsere Achtziger-Party oder ein Sportturnier. Das ist dann für manche eine

Alternative, wenn sie von sehr weit her kommen und nicht jedes Wochenende nach Hause fahren können oder wollen.«

»Das würde zumindest erklären, warum es hier gestern so ruhig war. Nichts zu hören. Wenn man jetzt mal von komischen Knarzgeräuschen absieht.« Marie lachte zwar, erinnerte sich aber nur zu gut an die letzte Nacht, in der sie solche Geräusche vom Schlafen abgehalten hatten.

»Das hat Olli mal erzählt. Am Wochenende fühlte er sich hier etwas einsam. Seit seine Großmutter gestorben war, hat es ihn an den Wochenenden nicht mehr zurück nach Stuttgart gezogen. Dann ist er meist zu mir nach Bonn gekommen.«

Marie überlegte, wie sie einige der Studenten besser kennenlernen könnte. Bei ihren bisherigen Begegnungen, wenn man mal von Ferhat absah, war sie ja nicht richtig ins Gespräch gekommen. Und Sport kam nicht infrage. »Hast du heute Abend Zeit? Für einen Rundgang? Gucken, was die anderen so machen?«

»Klar. Wir sollten uns nur etwas überlegen, woher wir uns kennen. Entfernte Verwandtschaft?«

»Prima Idee. Was soll ich denn sein? Cousine?«, schlug Marie vor.

Yuna überlegte. »Besser Großcousine. Aber unbedingt väterlicherseits.« Sie lachte. »Du weißt schon. Halbasiatin. Aber die Mutter meines Vaters hat acht Geschwister. Da können wir dich problemlos als Großcousine unterbringen. Dann funktionieren auch unsere Nachnamen. Obwohl Glücklich ja schon sehr außergewöhnlich ist.«

»Dann von meiner Seite aus mütterlicherseits. Die Mutter meiner Mutter ist gerade zu Besuch. Sie heißt mit

Nachnamen Gringsberg. Und ich hab sie im Leben noch nicht gesehen.«

»Lass mich überlegen. Dann wäre deine Oma mütterlicherseits die Schwester meiner Oma väterlicherseits.«

Beide brachen in lautes Lachen aus. »Ganz schön kompliziert, unsere Familienverhältnisse«, prustete Marie.

»Ihr beiden seid ja gut drauf.« Ferhat stand plötzlich neben ihnen.

»Oh. Hallo noch mal«, sagte Marie und hielt sich die Hand vor den Mund, um den Lachreiz zu unterdrücken.

»Wir treffen uns heute Abend mit ein paar Leuten auf ein Feierabendbier draußen auf der Terrasse. Wollen auf Olli anstoßen. Yuna, willst du nicht kommen?« Er machte eine Pause. »Nur, wenn das okay für dich ist.«

Yunas Lachen erstarb, sie schluckte. »Das fände ich schön, ja.« Sie hielt inne, war für einen Moment in sich versunken. Marie sah, wie ihre Augen feucht wurden. Dann schüttelte sie leicht den Kopf. »Marie kommt auch mit, okay? Sie ist meine Cousine.«

Ferhat nickte. »Ja, klar. Prima. Um sieben Uhr hier vor der Mensa im Hof.«

Als Ferhat fort war, wurde Yuna wieder still. Marie war die ganze Situation plötzlich unangenehm. Yuna war ihr bisher so freundlich und locker begegnet, wie eine Komplizin auf geheimer Mission. Dabei hatte Marie verdrängt, dass es hier um die Aufklärung des Todes ihres Freundes ging.

»Ist das wirklich okay für dich?«, fragte Marie. »Ich schaff das auch allein.«

»Nein. Unsinn. Du bist doch hier, um zu helfen. Und ich finde das wirklich eine schöne Geste von Ferhat und den anderen. Etwas, was ich bisher vermisst habe.«

»Okay. Ich freue mich natürlich, wenn du dabei bist«, sagte Marie.

»Hol mich um kurz vor sieben in der Bibliothek ab«, schlug Yuna vor.

»Gerne«, antwortete Marie erleichtert, denn ohne Yuna wäre sie sich auf einer Gedenkfeier für Oliver fehl am Platz vorgekommen. Wie ein Eindringling. Trauer war etwas sehr Persönliches. Und sie hatte Oliver ja überhaupt nicht gekannt.

25. Kapitel

Helen ließ sich auf Rabes Ledersofa sinken. »Ich bin total geschafft.« Angefangen von den Vernehmungen am Morgen, über die Arbeit im Büro am Nachmittag bis zum Besuch bei ihrer Mutter im Krankenhaus am Abend hatte sie keine Pause gehabt. Sogar das belegte Brötchen, das ihre einzige Zwischenmahlzeit gewesen war, hatte sie während der Autofahrt verspeist. Zumindest hatten die Krümel, die sie dabei im Auto verteilt hatte, ihr kein schlechtes Gewissen verursacht. Ihr Mini war immer noch in der Werkstatt, und zu dem Leihwagen, einem Polo, bestand keine persönliche Beziehung, und sie hatte auch nicht vor, eine aufzubauen.

»Ich muss dringend die Beine hochlegen«, rief sie Rabe zu, der in der Küche hantierte, während sie genau dies dann tat. Sein schwarzes Ledersofa war bequemer, als es aussah. Sie streifte die Schuhe ab. Obwohl sie sich heute wohlweislich für bequeme Sneaker entschieden hatte, kam es ihr vor, als würden ihre Füße nach einem ganzen langen Tag in ihrem ledernen Gefängnis jetzt Dampf ablassen. Sie hätte sich nicht gewundert, wenn die Glasplatte von Rabes Couchtisch beschlagen wäre.

Der Gedanke brachte sie zum Lächeln, und sie rekelte sich wohlig. Die Augen fielen ihr gleich mit zu.

»Hey, Arbeiterdenkmal. Hab uns mein Geheimrezept bereitet. Das weckt die Lebensgeister nach einem anstrengenden Arbeitstag. Und man isst es am besten im Liegen.«

Helen öffnete ein Auge und sah, wie Rabe mit zwei Schüsseln in der Hand ins Wohnzimmer kam.

»Das hört sich himmlisch an«, murmelte sie und dachte vor allem daran, dass man es – was immer es war – im Liegen verspeisen konnte. Ein süßlicher Geruch strömte ihr entgegen.

Rabe reichte ihr eine Schüssel. »Vanillemilchreis mit Apfelmus«, sagte er nahezu mit einem Trommelwirbel in der Stimme.

»Ein Traum.« Helen richtete sich auf und nahm die ihr gereichte Schüssel entgegen.

»Wie im Schlaraffenland. Das Essen fliegt einem in den Mund. Ich erwarte nur eine winzige Gegenleistung.« Er gesellte sich zu ihr, schob ihre Beine vorsichtig zurück, um sich auf die Kante des Sofas setzen zu können.

»Erwarte nicht zu viel von mir. Ich habe nicht vor, mich heute noch zu bewegen.«

»Keine Bewegung erforderlich. Versprochen.«

»So? Dann bin ich gespannt.« Helen sog den Duft ein. Auf dem warmen, dampfenden Milchreis war der Klecks Apfelmus in der Mitte eingesunken. Gesprenkelt war der süße Traum mit einer Prise Zimt. Helen fuhr mit dem Löffel durch alle Schichten und führte ihn dann genüsslich in den Mund. Genau das, was sie jetzt brauchte. »Und wie lautet die Gegenleistung?«

»Die Befriedigung meiner Neugier. Wie ist es gelaufen bei den Vernehmungen? Wie macht sich Kathi?«

»Kathi hat alles im Griff. Aber viel Neues haben die heutigen Vernehmungen nicht gebracht, fürchte ich. Außer vielleicht, dass ich viel Neues über den Hausmeister am Campus erfahren habe. Wobei ich nicht glaube, dass das etwas mit Olivers Tod zu tun hat. Obwohl deine Schwester da anderer Meinung ist.« Sie zuckte mit den Schultern. Vielleicht wusste Kathi ja auch mehr über Herrn Karls Hintergründe. Etwas, wovon er in der Vernehmung nichts erzählt hatte, das aber in der Ermittlungsakte stand. Helen selbst hatte nach der Befragung nicht mehr mit dem Hausmeister gesprochen. »Bei den Studenten versucht Kathi erst einmal aufzuklären, was auf dieser Party passiert ist. Wer Oliver dort gesehen hat und mit wem. Ob jemandem etwas aufgefallen ist.« Helen schob sich zwei weitere Löffel Milchreis in den Mund. »Die interessanteste Aussage kam von einer Studentin, die für die Getränke zuständig war. Sie erzählte, dass sie Oliver, bevor er gegangen ist, angesprochen hat, weil er so fertig aussah. So als ob er völlig betrunken gewesen wäre, aber sie konnte sich nicht daran erinnern, dass er mehr als einen oder zwei Campari getrunken hat.«

»Ein Hinweis auf K.-o.-Tropfen?«

Helen nahm einen weiteren Löffel, bevor sie fortfuhr. »Könnte sein. Aber sie ist bis jetzt die Einzige, die das bemerkt hat. Müssten es nicht mehrere von den Partygästen mitbekommen haben, dass mit ihm etwas nicht stimmt? Der DJ zum Beispiel. Er hat sich länger mit Oliver unterhalten, aber nichts in dieser Richtung bemerkt.« Helen kratzte die Schüssel leer. »Das war richtig gut.«

»Immer zu Diensten.«

»Habe ich dir schon von Boris Kuschel erzählt?«, fragte Helen.

»Sagt mir jetzt nichts.«

»Den hatte Kathi direkt nach dem Hausmeister zur Vernehmung bestellt. Er hat sein Gespräch aber um einen Tag verschieben lassen. Und das schriftlich durch seinen Vater. Ein hohes Tier bei einer Versicherung aus dem süddeutschen Raum. Sein Sohn würde nur im Beisein eines eigenen Anwalts an einer polizeilichen Vernehmung teilnehmen. Ein solcher könnte aber frühestens am morgigen Dienstag vor Ort sein.«

Rabe zog die Augenbrauen hoch. »Ich dachte, die Hochschule hat extra dich dafür engagiert?«

»Ist ja auch so. Aber der Herr Kuschel bekommt eine Extrawurst. Mir soll es recht sein. Dann habe ich, was ihn betrifft, kein Problem mit der Schweigepflicht. Und wenn du mich fragst, ist er einer derjenigen, die mir am verdächtigsten vorkommen. Mit dem stimmt was nicht.«

»Und wie schlägt sich Marie in ihrer neuen Unterkunft?«

Helen grinste ihn schief an. »Neue Unterkunft. Hm. Zieh mich nur damit auf. Sie hat sich gut eingelebt. Yuna Bäcker, die Freundin des Toten, hat sie auf dem Campusgelände herumgeführt. Die beiden haben sich auf Anhieb verstanden. Und ansonsten gibt sie alles, was ihr auffällt, direkt an Kathi weiter. Ich bin da leider raus.«

»Ist bestimmt besser so. Dafür habe ich jetzt einen kleinen Nachtisch für dich.« Er hatte begonnen, ihr die Füße zu massieren.

»Da sage ich nicht Nein.« Sie legte sich wieder zurück und schloss die Augen.

»Ich meine aber nicht die Massage. Die bekommst du kostenlos obendrauf.« Er grinste, als sie ihre Augen wieder aufschlug.

»Du solltest mich nicht so verwöhnen. Ich gewöhne mich sonst daran.«

»Kannst du ruhig. Ich habe nicht vor, meinen Service herunterzufahren.« Sein Grinsen wurde breiter.

»Dann spann mich nicht länger auf die Folter. Du müsstest inzwischen wissen, dass ich bei Nachtisch nicht widerstehen kann. Also, was gibt es?«

»Du hattest doch von diesem Unfall mit Fahrerflucht gesprochen, bei dem die Eltern von Oliver umgekommen sind. Das hat mir keine Ruhe gelassen. Ich konnte mich da dunkel an etwas erinnern und habe ein wenig in unseren Archiven recherchiert.«

Jetzt war Helen hellwach. »Und?«

»Olivers Vater war im Vorstand der Rheinbank hier in Bonn. Ein traditionelles familiengeführtes Bankhaus.«

Helen nickte. Der Name war ihr bekannt.

»Heute gibt es die Bank nicht mehr. Untergegangen im Zuge von Spekulationsgeschäften mit Immobilienfonds. Das müsstest du damals auch mitbekommen haben. Da war ein Bauunternehmer aus Hennef maßgeblich dran beteiligt«, erläuterte Rabe.

Helen kramte in ihrem Gedächtnis nach. Dann erinnerte sie sich »Natürlich. Das Bauunternehmen Peschel. Das hatte seinen Sitz aber in Bonn, glaube ich. Aber der Geschäftsführer, Peter Peschel, wenn ich mich richtig erinnere, der stammt gebürtig aus Hennef.« Sie rieb sich die Augen. Sie erinnerte sich dann auch wieder an die Prozesse, die folgten, nachdem die unlauteren Bankgeschäfte aufgeflogen waren. »Das Landgericht Bonn hat einige von den Bankern wegen Untreue zu Haftstrafen verurteilt. Ist aber schon Jahre her. Peschel ist wegen unerlaubter Bankgeschäfte zu einer Geldstrafe verurteilt worden. Er hat aber Revision eingelegt, soweit ich weiß. Und das müsste sogar noch beim BGH anhängig sein.«

»Ich sehe, du bist im Bilde.«

»Aber wie hängt jetzt Olivers Vater da mit drin? War er unter den Verurteilten?«

Rabe schüttelte den Kopf. »Nein, er ist vorher durch den Verkehrsunfall ums Leben gekommen. Es gingen aber damals Gerüchte um, dass dieser tragische Autounfall mit der Bankenpleite zusammenhing. Fakt ist, Oliver Schönboms Vater war schon vor seinem Tod hoch verschuldet. Er hat sein Privatvermögen mit in die Bank einfließen lassen, um die Pleite zu verhindern oder aufzuschieben. Er hatte quasi Haus und Hof verpfändet.«

»Deshalb stand Oliver völlig mittellos da und war auf die Versicherungsleistungen angewiesen«, bemerkte Helen. »Wie kommt unser Fachinger da mit rein? Der hat sich ja dann Olivers angenommen und die ganzen Leistungen für ihn eingefordert und durchgesetzt, so wie ich ihn verstanden habe.«

»Vermutlich haben sie sich über die Rotarier kennengelernt.«

»Sie waren befreundet, hat er mir erzählt.«

»Das schließt sich ja nicht aus. Und es ist nicht ihre einzige Verbindung gewesen.«

Helen nickte erwartungsvoll.

»Dein Dekan war damals noch in der Privatwirtschaft tätig.«

Helen stimmte ihm zu. »Soweit ich weiß, war er bei einer privaten Versicherung, bevor er zur gesetzlichen Haftpflichtversicherung gewechselt ist.«

»Genau. Und seine Versicherung war eng mit der Rheinbank verbunden.«

»So wie die Provinzial mit den Sparkassen?«, fragte Helen.

Rabe nickte. »Ja. So ähnlich. Jedenfalls ist die Versicherung mit der Rheinbank auch in den Abgrund gezogen worden.«

Helens Stirn schlug eine Denkfalte, genau oberhalb des Nasenflügels. Sie merkte es und strich sie mit der Hand glatt. »Das heißt, Fachinger hat dabei Geld verloren?«

»Darüber hab ich nichts gefunden. Aber möglich ist es. Wenn er privat investiert hat.«

»Wenn er so gut mit Schönbom befreundet war, könnte der ihm ja Anlagetipps gegeben haben.«

Rabe wiegte seinen Kopf hin und her. »Möglich, aber es bleibt reine Spekulation.«

»Und der Autounfall?« Helen setzte sich auf. Ihr Gedankenkarussell drehte sich schneller. »Rache?«

»Nun mal langsam.« Rabe drückte sie zärtlich wieder zurück ins Sofa. »Erstens bin ich nicht fertig mit der Fußmassage. Und zweitens muss beides gar nicht zusammenhängen. Es gab nur Spekulationen wegen des ungewöhnlichen Unfallgeschehens und der Beteiligung des Opfers an der Rheinbank.«

Rabe bearbeitete ihre Füße äußerst professionell. Sie entspannte sich, und die Müdigkeit überkam sie wieder.

Sie schloss die Augen. »Wie ist der Unfall denn genau abgelaufen?«

»Die Familie Schönbom wohnte damals in Vinxel. Der Unfall passierte in der Nähe. Kennst du die Straße von dort nach Oberkassel runter?«

Sie schüttelte den Kopf.

»Es gibt dort ein steiles und kurviges Stück. Drum herum alles waldig. Da ist es passiert. Das Auto der Familie Schönbom muss bei relativ hoher Geschwindigkeit von der Straße abgekommen sein. Es gab leichten Raureif, aber wenn man die Strecke kennt, dann fährt man da vorsichtig. Das Auto ist in den Wald hineingeschleudert und einen Abhang heruntergestürzt.«

»Hm.« Helen unterdrückte ein Gähnen. »Wieso ging man von Fremdverschulden aus? Kann Schönbom nicht auch aus Unachtsamkeit von der Straße abgekommen sein, zu schnell in der Kurve bei Glätte?«, fragte sie.

»Nein. Es wurden eine Anstoßstelle und fremde Lackspuren am Fahrzeug festgestellt. Da war ein anderes Auto beteiligt. Und den Spuren nach zu urteilen, kam es den Schönboms entgegen, bergauf aus Richtung Oberkassel.«

Helen öffnete die Augen wieder. Sie konnte den Unfallhergang noch nicht recht nachvollziehen. »Und was ist so ungewöhnlich, abgesehen von der Fahrerflucht?«

»Die Kollisionsstelle lag auf der Fahrbahnseite des Schönbom-Fahrzeugs in einer Rechtskurve. Jetzt wird man aber in einer Rechtskurve bei hoher Geschwindigkeit nach links hinausgetragen, man gerät also auf die andere Fahrspur.« Langsam begriff Helen, was Rabe sagen wollte. Er unterbrach die Fußmassage und spielte den Unfallhergang mit seinen Händen als den zwei beteiligten Fahrzeugen nach. »Im Gegenzug heißt das, das andere Auto wird nach rechts herausgetragen.«

»Die Fahrzeuge hätten also eigentlich auf der anderen Fahrbahnseite kollidieren müssen, auf der linken vom Schönbom-Fahrzeug aus gesehen«, sagte Helen.

Er nickte und setzte die Massage fort. »Genau. So aber muss das Fahrzeug des Unfallflüchtigen quasi entgegen der Fliehkraft auf die andere Fahrbahnseite geraten sein und hat das Auto der Schönboms genau auf der Seite der Kurve herausgeschleudert, an der es keine Leitplanken gab.«

»Wodurch es den ganzen Hang runtergestürzt ist. Das heißt, es war eventuell nicht nur Fahrerflucht, sondern sogar absichtlich herbeigeführt?«, fragte Helen, die sich wieder aufgerichtet hatte.

»Oder der Unfallgegner hat die Kurve geschnitten. Aber zumindest gab es Anlass zu Spekulationen.«

Helen ließ sich zurück ins Sofa fallen. Eine öffentliche Person, wie der Vorstand einer Bank, die gerade dabei war, bankrottzugehen, beteiligt an einem mysteriösen Unfall. Kein Wunder, dass Spekulationen die Runde gemacht hatten. Zu viele Informationen schwirrten gleichzeitig in ihrem Kopf. Und Bankgeschäfte waren ihr schon immer ein Rätsel gewesen. Egal, ob seriös oder nicht.

Sie seufzte. Der Milchreis lag ihr wohlig im Magen. Sie unterdrückte ein Gähnen. »Kannst du mir die ganzen Artikel mal schicken? Ich muss mir das alles mal in Ruhe durchlesen.«

»Habe ich schon gemacht. Die interessantesten Passagen habe ich dir sogar ausgedruckt, meine müde Kriegerin.« Er war von der Massage in ein Streicheln ihrer Füße übergegangen. Sie warf ihrem Masseur einen dankbaren Blick zu, doch bevor sie ihren Dank aussprechen konnte, legte Rabe sanft einen Finger auf ihren Mund.

»Genug für heute«, flüsterte er, beugte sich zu ihr herüber und beendete alle Gespräche mit einem zärtlichen Kuss.

26. Kapitel

Marie hatte nach der letzten Vorlesung erst geduscht und dann lange vor ihrem Koffer gestanden, um zu überlegen, was sie anziehen sollte. Nicht, dass sie so eine große Auswahl hatte. Sie entschied sich für eine dunkelblaue Jeanshose und eine weite, kurzärmelige Bluse in derselben Farbe. Dunkle Töne machten eine bessere Figur. Dazu nahm sie eine Strickjacke mit. Es war zwar den ganzen Tag sonnig und warm gewesen, aber abends kühlte es schnell ab. Außerdem konnte sie sich die Jacke um die Taille binden. Es kaschierte zwar nichts, aber es gab ihr ein sicheres Gefühl. Wie der eiserne Panzer eines Ritters. Nicht, dass sie einen Angriff mit Schwert oder Lanze fürchtete, aber noch aus ihrer Schulzeit wusste sie, dass gehässige Blicke ebenso schmerzten.

Sie schaffte es fast pünktlich, ihre frischgebackene Großcousine abzuholen. Yuna wartete schon vor der Tür und war in ihr Handy versunken. Die Bibliothek war noch bis Mitternacht zugänglich, aber der Service war schon geschlossen.

»Hallo Cousine«, begrüßte Marie sie.

Yuna blickte auf, und ein kurzes Lachen zog sich über ihr hübsches Gesicht. »Da bist du ja. Siehst schick aus.«

Marie schaute an sich herunter. »Na ja.«

»Nur nicht so bescheiden. Dunkelblau bringt deine blonde Mähne zur Geltung. Solltest dein Haar häufiger offen tragen.«

Marie spürte, wie sie rot anlief. Komplimente war sie nicht gewohnt. Sie senkte den Kopf und lief voraus. »Komm, lass uns gehen.«

»Sag mal, hast du Frau Freitag erzählt, dass ich Boris kein Alibi geben kann?«

»Nicht ihr, aber der Kommissarin.«

»Ist Boris denn überhaupt schon vernommen worden?«

Marie zuckte mit den Schultern. »Ich gebe nur Informationen weiter, bekommen tue ich leider keine.«

Sie liefen durch die Mensa. Die Essensausgabe war bereits geschlossen, aber es wurde noch gereinigt. Vom hinteren Teil, der nicht einsehbar war, hörte man das Scheppern und Klappern vom Ausräumen einer Spülmaschine. Und der typische Geruch aus einer Mischung von Spülmitteln und Essensresten lag in der Luft.

Yuna ging voran. Im Innenhof hinter der Glasfront hatten sich schon mehrere Studenten versammelt. Manche saßen auf Stühlen, andere auf dem den Innenhof umgebenden kleinen Mäuerchen, von wo sich wie in einem Amphitheater Stufen erhoben. Oben begann ein Pfad, der den gesamten Campus umrundete und von Kugelleuchten beschienen wurde. Marie hatte dieselben Leuchten gestern Abend auch von ihrem Zimmerfenster aus gesehen.

Ferhat stand mit der blonden Lilly, die nach ihm ins Musikzimmer zum Verhör gerufen worden war, an der Tür. Sie nahmen die Neuankommenden in Empfang. Beide Flügel der Tür zur Mensa standen offen. Es herrschten angenehme Temperaturen. Letzte Sonnenstrahlen kämpften sich durch die Blätterwand des Waldes, in den der Campus eingebettet war. Lichtsprenkel tanzten über die braun gepflasterte Hoffläche.

»Hallo Yuna, Marie«, begrüßte Ferhat sie. »Schön, dass ihr da seid. Es gibt Bier, Fassbrause oder Wein, dort drüben auf dem Tisch. Bedient euch bitte. Eine Spende vom Mensapersonal.«

»Eine Spende?«, fragte Yuna.

»Als ich Getränke für unsere kleine Zusammenkunft besorgen wollte, haben sie sich geweigert, Geld anzunehmen. Für Oliver, sagten sie, gehe das aufs Haus.«

Yuna runzelte die Stirn. »Ich wusste nicht, dass sie ihn dort so gut kannten.«

Ferhat nahm einen Schluck aus seiner Bierflasche. »Mich wundert es nicht. Bevor er dich kennengelernt hat, Yuna, war er einer der wenigen, die an den Wochenenden hiergeblieben sind.«

Yuna und Marie nahmen sich je eine Fassbrause und setzten sich auf eines der freien Mauerstücke.

»Wer sind die denn alle?« fragte Marie.

»Ferhat kennst du ja schon. Die Blonde neben ihm, das ist Lilly. War das die, die du in den Verhörraum hast gehen sehen?«

Marie nickte.

»Okay. Die beiden da drüben auf den Stühlen«, Yuna deutete dezent mit der Hand auf eine Stuhlgruppe an der Fensterfront, »das sind Dieter und Yasmin. Ich wusste gar nicht, dass sie Olli kannten. Die sind, glaube ich, gar nicht in seinem Jahrgang gewesen. Ich habe neulich mit Boris zusammen gegen die beiden Badminton gespielt.«

»Mit Boris zusammen?«, fragte Marie erstaunt.

»Frag nicht. War eine blöde Idee im Nachhinein. Hab mir nichts dabei gedacht.«

Bevor Yuna zu weiteren Erläuterungen ansetzen konnte, klopfte Ferhat mit einem Kuli gegen seine Bierflasche, bis das leise Gemurmel der anderen verstummte. Dann richtete er das Wort an die Versammelten.

»Schön, dass ihr alle gekommen seid. Wer etwas sagen möchte, den lade ich dazu ein. Aber ich glaube, Oliver weiß es schon zu schätzen, wo auch immer er jetzt ist, dass wir hier zusammensitzen und an ihn denken. Ich habe Olli als einen Menschen kennengelernt, der nicht viel Aufheben um sich selbst machte, sondern ein guter Zuhörer war. Er schien, bevor er Yuna kennengelernt hat, eher ein Einzelgänger zu sein.« Ferhat machte eine kurze Pause und deutete mit der Bierflasche rüber zu ihnen. Unbewusst legte Marie ihre Hand auf Yunas und drückte sie fest.

»Aber ich glaube, dass er nur große Menschengruppen und Partys nicht mochte. Er war kein Mensch für Small Talk. Aber wenn man ihm privat begegnete, hatte er immer ein offenes Ohr für sein Gegenüber. Man konnte seine Sorgen und Nöte bei ihm loswerden oder ein tiefgehendes Gespräch mit ihm führen. Und er ließ sich dabei völlig auf sein Gegenüber ein. Da gab es nichts Oberflächliches an ihm. Und jetzt mag man denken, er wäre ein ernster Typ gewesen, aber so habe ich ihn gar nicht erlebt. Es schwang immer eine Leichtigkeit in diesen Gesprächen. Zumindest bei mir. Und er konnte sehr lustig sein.« Ferhat machte eine Pause. Lächelte, als ob er sich an eine lustige Situation mit Oliver erinnerte. »Dabei muss er schon viele schlimme Dinge erlebt haben. Ich wünschte, ich hätte ihn noch näher gekannt und er hätte auch etwas von seinen Sorgen bei mir loswerden können.« Ferhat holte einmal tief Luft, bevor er fortfuhr. »Ich glaube, und wenn ich so in die Runde gucke und sehe, wie viele von euch gekommen sind, dass ihr ähnliche Erfahrungen mit ihm gemacht habt.«

Marie sah den ein oder anderen zustimmend nicken.

»Auf Oliver. Ich werde dich vermissen.« Ferhat hob seine Flasche, und die anderen taten es ihm gleich.

Danach lag eine tiefe Stille über dem Hof. Alle hingen ihren Gedanken nach. Marie wünschte, sie hätte Oliver gekannt. Schon vorher hatte sie eine Verbindung zu dem Toten gespürt. Noch einmal drückte sie die Hand von Yuna, die ihr ein Lächeln zuwarf, bevor sie sich mit beiden Händen wieder fest an ihre Fassbrause klammerte.

Ein etwas fülliger Student, der einige Meter von ihnen entfernt auf der Mauer saß, stand auf, räusperte sich kurz. War das nicht der Typ, mit dem sie fast zusammengestoßen war, nachdem sie das Telefonat von Boris mit angehört hatte?

»Hi. Danke für deine Worte, Ferhat. Ich kann das, was du über Oliver gesagt hast, total bestätigen. Mir hat er letztes Jahr enorm geholfen, als ich eine Sinnkrise wegen des Studiums hatte und kurz davor war zu schmeißen.« Er unterbrach sich und setzte sein Glas an den Mund.

Yuna flüsterte Marie ins Ohr. »Der heißt Tobias. Soweit ich weiß, gleicher Jahrgang wie Olli. Er hat manchmal mit ihm in der Bibliothek gesessen, und sie haben zusammen gelernt.«

Tobias, so hatte auch Boris ihn genannt, Maries Erinnerung war also richtig, obwohl es in diesem Flur recht schummrig gewesen war. Während seiner ersten Worte war Tobias die Röte ins Gesicht gestiegen. Nach einem kräftigen Schluck Rotwein sprach er weiter. »Er hat mir erzählt, was nur wenige von ihm wussten. Vor ein paar Jahren hatte er einen schweren Autounfall, bei dem seine Eltern ums Leben kamen. Er erzählte, dass er nicht hier wäre, wenn die Versicherung nicht für seinen Lebensunterhalt eingesprungen wäre und ihm so Sicherheit gegeben hätte, als alles um ihn herum weggebrochen ist. Dass das, was wir hier studieren und wofür wir arbeiten, den einen Unterschied machen kann, den es manchmal braucht. Für ihn war es so. Und mich hat es motiviert dabeizubleiben. Nicht alles hinzuschmeißen. Olli hat mir genau das gesagt, was ich gebraucht habe.« Auch Tobias hob zum Abschluss seiner Worte sein Glas hoch. »Danke, Kumpel.« Die Worte von Tobias klangen aufrichtig. Aber so ganz durchschauen konnte Marie ihn nicht. Hatte er nicht Boris gegenüber mit der Polizei gedroht? Sie fragte sich, wie viel Wahrheit überhaupt die Leute bei solchen Gedenkreden über die Verstorbenen sprachen? Wie sehr die eigene Beziehung zum Toten geschönt wurde? Oder auch der Verstorbene in den höchsten Tönen gelobt wurde? Auch Oma und Opa Schrader hatten über ihre Tochter noch nie ein böses Wort verloren. Aber das war vielleicht ein schlechter Vergleich.

Eine Studentin mit kurzem blonden Haar stand auf. Yuna zuckte mit den Schultern. Sie kannte sie offenbar nicht. »Das mit dem Unfall wusste ich nicht.« Sie schluckte und hob ihr Glas. »Danke fürs Zuhören, Olli.«

Danach war es eine Zeit lang still. Jeder hing wieder seinen eigenen Gedanken nach oder unterhielt sich leise mit seinem Nachbarn.

»Ich hab das nicht geahnt, dass er so viele Freunde hatte«, flüsterte Yuna Marie zu.

»Ich wünschte, ich hätte ihn gekannt«, sagte Marie.

Dieses Mal ergriff Yuna ihre Hand. »Ihr hättet euch bestimmt gut verstanden.«

Es wurde langsam dunkel. Lilly zündete Windlichter an, die überall verteilt waren. Eine friedliche Stimmung legte sich über den Campus. Marie kannte die Anwesenden kaum, aber indem sie gemeinsam diesen Abend begingen, fühlte sie sich ihnen allen verbunden. Sie konnte sich nicht vorstellen, warum jemand Oliver umgebracht haben sollte.

Gegen zehn lichteten sich die Reihen. Und auch Yuna erhob sich. »Ich muss langsam los. Muss ja noch zurück nach Bonn.«

»Ich bringe dich zum Auto, und dann falle ich ins Bett. Ich renne dem fehlenden Schlaf von gestern Nacht noch hinterher.«

Sie verabschiedeten sich von Ferhat und liefen dann ein Stück auf dem Weg entlang, der das Gebäude umrundete und der von den ballonartigen Lampen beleuchtet wurde. Er führte bis zu einem Garagenvorplatz, wo Yuna ihr Auto abgestellt hatte.

Als sie um eine Kurve bogen, hinter der die Einfahrt zur Parkgarage lag, sahen sie eine Gestalt dort hinauskommen. Groß, muskulös. Der blonde Haarschopf warf den Schein der Ballonlampen matt zurück wie eine Solarleuchte, die am Tag zu wenig Sonne abbekommen hatte. Boris. Er trug Boxershorts und T-Shirt wie zum Joggen. Nur seine dunkle Umhängetasche, die ihm mit einem Träger quer über die Brust an der Seite hing und bei jeder Bewegung schlackerte, sprach dagegen. Marie zog Yuna hinter einen Strauch. Er hatte sie nicht gesehen und lief weiter Richtung Straße.

»Wo will der denn jetzt noch hin?« Yuna flüsterte.

Das interessierte auch Marie. Sie hatte mitbekommen, wie sehr er unter Druck stand. Das konnte zu unüberlegten Reaktionen führen. »Komm, wir gehen ihm hinterher.«

Marie schlich vor und zog Yuna hinter sich her. Sie hielten sich in sicherem Abstand, ohne ihn aus den Augen zu verlieren. Der Weg verbreiterte sich hier zur Garagenausfahrt, machte eine lang gezogene Rechtskurve, bevor er in die öffentliche Straße mündete. Dort wandte sich Boris nach links.

»Kommt da noch was? Ich dachte, das wäre eine Sackgasse in diese Richtung?«, fragte Marie.

»Ist so. Aber da sind noch Parkplätze und ein Stück weiter eine Art Rehaklinik für Suchtkranke. Zu Fuß gelangt man da bis hinunter in den Kurpark.«

Boris war auf den Bürgersteig auf der anderen Straßenseite gewechselt. Sie blieben auf ihrer Seite. Hier wucherten Pflanzen bis zum Rand der Straße und boten Deckung.

»Da rechts vor dem Wildgehege führt ein Waldweg bis hinunter in die Stadt und zu einer Wohnsiedlung«, sagte Yuna. »Ob er dahin will?«

Doch Boris lief an dieser Einbuchtung vorbei und weiter geradeaus, wo sich rechts und links der Straße Parkplätze anschlossen. Dort erblickten sie eine weitere dunkel gekleidete Gestalt, die an einem schweren Motorrad lehnte und offenbar auf Boris gewartet hatte.

Yuna zog Marie nach links in einen Weg hinein, der entlang einer kleinen parkartigen Fläche führte. Wanderkarten und Erläuterungstafeln säumten den Pfad, und mehrere Bänke standen oberhalb einer abfallenden Rasenfläche. Sie versteckten sich hinter einer der Wandertafeln und versuchten, die beiden Männer im Blick zu halten. Die hatten sich in eine Lücke zwischen zwei Straßenlaternen gestellt, und zusätzlich waren sie von dem Motorrad verdeckt. Es war nicht viel zu erkennen. Marie zückte ihr Handy.

»Mach bloß den Blitz aus«, flüsterte Yuna ihr zu.

Marie nickte, zoomte die beiden Gestalten heran und schoss ein paar Fotos.

Die Männer unterhielten sich. Auf die Entfernung war nichts zu verstehen. Nach ein paar Minuten öffnete der Motorradtyp das hintere Gepäckfach. Holte ein von einer Plastiktüte umwickeltes Päckchen heraus und gab es an Boris weiter. Marie drückte nochmals auf den Auslöser, bevor Boris das Päckchen in seine Tasche schob. Es gab einen weiteren kurzen Wortwechsel. Dann verabschiedeten sie sich, indem Boris dem Typen zum Abschied einen Schlag auf den Oberarm gab, was auf der Lederkluft bis zu ihnen zu hören war.

Eine Geste, als würde er einem Pferd einen Klaps auf das Hinterteil geben, bevor er es zurück auf die Weide schickte.

Boris ging auf dem gleichen Weg zurück zum Campus, auf dem er auch hierhergekommen war. Der andere setzte seinen Helm auf, startete mit lautem Getöse das Motorrad, wendete es und fuhr ebenfalls in diese Richtung davon. Marie und Yuna warteten eine Zeit lang, bis das Motorrad nicht mehr zu hören war.

»Das war ja wohl ein Deal, den die da abgezogen haben«, sagte Yuna.

»Kennst du den Typen?«, fragte Marie und zoomte auf den Fotos, die sie geschossen hatte, das Gesicht des Bikers heran. So aber wurden die Fotos zu unscharf, um etwas zu erkennen.

Yuna verneinte. »Aber ich glaube, das Motorrad habe ich hier schon ein paarmal parken sehen.« Sie seufzte. »Ich fürchte, Olli hatte mit seinen Vorbehalten gegenüber Boris total recht. Scheint mir, als ob der Geschäfte in größerem Stil hier aufgezogen hat.«

»Drogen?«, fragte Marie.

»Keine harten Drogen, dachte ich zumindest bisher. Eher ein paar unterstützende Mittel zum Muskelaufbau für Sportler. Oder Mittelchen, die einem die nötige Konzentration im Prüfungsstress geben. So etwas in die Richtung. Man mauschelt hinter vorgehaltener Hand, dass, falls mal jemand etwas braucht, man am ehesten bei Boris Erfolg haben könnte. Aber bis jetzt habe ich es nicht geglaubt. Mir hat er auch nie etwas angeboten.«

»Aber Oliver hat das gedacht?«, fragte Marie. Boris brauchte Geld, so viel hatte sie aus seinem Telefonat mit dem Vater herausgehört. Aber konnte man mit dem Verkauf von leistungssteigernden Mitteln so viel verdienen?

»Ja.« Yuna nickte. »Noch so ein Grund, warum er mich nicht gern mit Boris zusammen gesehen hat. Olli hatte dafür ein Gespür und hat ihn deshalb genau im Auge behalten. Bei Drogen kannte er überhaupt keinen Spaß.«

»Aber das könnte es doch sein«, platzte Marie heraus.

Yuna blickte sie fragend an.

»Vielleicht hatte Oliver Beweise. Hat Fotos geschossen, so wie wir gerade.« Marie hielt ihr Handy hoch.

»Sein Smartphone hat die Polizei.« Yuna ließ sich jetzt von Maries Aufregung anstecken und zupfte nervös an deren Ärmel. »Wenn du recht damit hast, weißt du, was das bedeuten würde, Marie?«

Marie riss die Augen auf. »Das könnte das fehlende Motiv sein!«

27. Kapitel

Nachdem Marie Yuna zu ihrem Auto gebracht hatte, wollte sie sich so schnell wie möglich auf ihr Zimmer zurückziehen. Erst dort würde die Anspannung von ihr abfallen. Sie hatte das Gebäude durch einen der Seiteneingänge betreten. Hier war sie bislang noch nicht gewesen. Vor ihr lag ebenfalls ein geschwungener Wohntrakt, aber nicht ihrer. Müdigkeit machte sich langsam in ihr breit, und sie begann zu frösteln. Sie zog die warme Strickjacke eng um sich, die Hände in den Ärmeln versteckt, und begann den geschwungenen Gang entlangzulaufen. Sie befand sich im Erdgeschoss, so viel war klar. Wenn sie dem Flur in einer Richtung folgte, musste sie irgendwann auf den Hauptbereich treffen, an dem die Mensa lag. Dann kannte sie sich aus.

Alles war still. Die Beleuchtung gedämpft. In den Fluren war das immer so. Es fiel einem am Tage nur nicht auf, da es die vielen Glasfronten gab, die das Gebäude mit Tageslicht durchfluteten. In den beiden Wohntrakten lag zumindest Teppich auf dem Boden, der die Geräusche ihrer Schritte verschluckte. Hinter den Zimmertüren, die sie passierte, war ebenfalls kein Laut zu hören. Kein Fernseher lief, keine Musik. Marie schaute auf die Uhr.

Halb elf. Sie konnte sich nicht vorstellen, dass alle schon schliefen. Musste eine gute Isolierung sein. Endlich erreichte sie den Hauptgang, wo es zwar heller war, aber genauso still. Und hier auf dem glatten Steinfußboden produzierten die Gummisohlen ihrer Schuhe bei jedem ihrer Schritte ein winziges Quietschen. Marie fühlte sich wie auf dem Präsentierteller. Sie war froh, als sie den Flur zu ihrem Wohntrakt erreichte und wieder Teppichboden unter den Füßen hatte. Die Wohnbereiche waren gleich aufgebaut, die Zimmer reihten sich zu beiden Seiten eines halbkreisförmigen, weit geschwungenen Flurs. Daneben gab es noch den Trakt, in dem die Hörsäle und Seminarräume lagen. Auch dieser war kreisförmig aufgebaut. Aus der Luftperspektive musste das ganze Areal aussehen wie ein riesiges Kleeblatt, dem man eines seiner vier Blätter ausgerissen hatte. Ein solches Bild sah man auf den Fluchtplänen und den Hinweisschildern, die überall an den Wänden hingen. Allein die Menge an Schildern war ein Hinweis darauf, dass es nicht leicht war, sich im Campusgebäude zu orientieren.

Abrupt blieb Marie stehen. Sie hörte ein Klopfen. Dreimal kurz hintereinander. Stille. Dann noch mal, lauter und begleitet von einer flüsternden Frauenstimme. Gleich hinter der nächsten Kurve. Dort, wo sich ihr Zimmer befand. War Yuna zurückgekommen? Doch als sie um die Biegung des Flurs schielte, sah sie diese Lilly dort stehen. Aber nicht vor Maries Zimmer, sondern zwei Türen vorher auf derselben Seite des Flurs. Lilly hatte Marie noch nicht bemerkt. Wieder klopfte sie.

»Boris! Mach bitte auf. Ich bin es, Lilly.« Lauter diesmal. Marie schluckte. Das war das Zimmer von Boris?

So nah an ihrem eigenen? Sie zwang sich weiterzugehen. Lilly zuckte zusammen, als sie sie bemerkte. Sie wirkte wie eine andere Person als noch eine Stunde zuvor. Nicht wie die perfekte Gastgeberin einer Trauerfeier: korrekt, gepflegt, umwerfend. Jetzt waren die langen blonden Haare zerzaust, als ob sie von einer heftigen Windböe erwischt worden wären. Ein Zipfel ihrer Bluse war hinten aus der Jeans gerutscht. Wie viele versteckten hier noch eine andere Seite von sich, die sich erst bei Nacht zeigte?

»Was guckst du so?«, fauchte Lilly sie an.

Marie fiel keine Antwort ein. Sie senkte ihren Blick auf die Füße und lief schnell an Lilly vorbei zu ihrer eigenen Zimmertür. Kramte schon nach ihrem Schlüssel, der ihr prompt aus der Hand glitt und zu Boden fiel. Beim Bücken meinte Marie, den abfälligen Blick von Lilly zu spüren, wie sie ihn – von ihren früheren Mitschülern – so oft in der Schule gespürt hatte. Sicherlich glotzte die Blonde auf Maries Hinterteil, als die Strickjacke sich beim Bücken hochzog. Ihre Hände zitterten, als sie versuchte aufzuschließen. In diesem Augenblick tönte Boris' Stimme durch die geschlossene Tür.

»Was willst du hier, Lilly?«

Marie lugte vorsichtig durch den Schleier ihrer eigenen Haare und beglückwünschte sich, dass sie sie heute ausnahmsweise offen trug.

»Hast du was für mich?«, fragte Lilly.

Boris' Tür öffnete sich. »Tickst du noch ganz sauber? Warum hängst du es nicht gleich ans schwarze Brett?«, zischte er ihr zu. Er hatte sich nicht umgezogen. Trug die Sportklamotten von eben. Was fehlte, war diese Tasche, in der er das Päckchen verstaut hatte.

»Du hast doch etwas Neues bekommen?«, fragte Lilly jetzt leiser.

»Wovon sprichst du?« Er schob Lilly unsanft von seiner Tür fort. Die blickte zu Marie. Mist. Mit immer noch zitternden Händen fummelte sie mit dem Schlüssel vor dem Schlüsselloch herum. Er wollte nicht passen.

Lilly flüsterte wieder. »Ich brauche was.«

»Mann, Lilly. Ich hab nichts hier.«

»Aber Timo hat gesagt …«

Endlich schaffte Marie es, den Schlüssel ins Loch zu stecken. Beeilte sich aber nicht, die Tür zu öffnen.

»Ach, Timo hat keine Ahnung. Und jetzt verpiss dich.« Dann wurde Boris plötzlich laut und rief in Maries Richtung: »Mensch, Mädchen. Mach mal hinne. Sonst komme ich und helfe dir. Im Türenöffnen bin ich Meister.«

Marie war wie versteinert. Ihre Blicke trafen sich. Dieses Mal blickte er nicht an ihr vorbei oder durch sie hindurch, dieses Mal sah er sie direkt an. Langsam führte Boris Zeige- und Ringfinger zu seinen Augen und deutete dann auf Marie. Mist. Mist! Da war nichts mehr von seiner verletzlichen Seite zu sehen. So machte er ihr eine Heidenangst, und sie beeilte sich, den Schlüssel umzudrehen und die Tür zu öffnen. Sie stürzte fast ins Zimmer, schlug die Tür zu und lehnte sich mit dem Rücken dagegen. Sie war so dumm! Dumm und leichtsinnig. Was hatte sie sich dabei gedacht? Sie schloss so oft ab, wie es ging, hechtete zu den Vorhängen und zog auch diese zu. Dann setzte sie sich vor ihre Tür und lauschte. Da war wieder Lillys Stimme, aber sie konnte nichts mehr verstehen. Von Boris kein Laut mehr. Nur noch das Zuknallen seiner Tür. Marie blieb dort sitzen, noch lange nachdem wieder Ruhe eingekehrt war. Sie verlor das Zeitgefühl. Irgendwann legte sie sich erschöpft ins Bett. Auf dem Handy die Nummer von Kommissarin Voss griffbereit, nur zur Sicherheit. Schließlich war Boris nur zwei Zimmer von ihr entfernt.

28. Kapitel

Warum überhaupt die ganzen Befragungen bei so einem Selbstmord?«, fragte Timo Scherenbrecher. Ihn hatte Kathi Voss heute als Ersten einbestellt. Helen hatte vor der Mensa auf ihn gewartet, und sie liefen gemeinsam zum Musikzimmer hinüber.

»Es steht nicht fest, dass es ein Suizid war. Da ist die Polizei verpflichtet, Untersuchungen einzuleiten«, erklärte Helen ihm.

»Und jetzt bin ich verdächtig, oder was?« Obwohl er lange Beine und normalerweise einen schnellen Schritt hatte, ließ er sich auf dem kurzen Stück hinter Helen zurückfallen. Er war sichtlich nervös.

»Herr Scherenbrecher, es wird hier bisher niemand verdächtigt. Die Polizei versucht, sich ein Bild von dem Abend der Party zu machen. Wenn Sie nichts zu verbergen haben …«

»Habe ich nicht«, unterbrach er sie.

»Dann haben Sie nichts zu befürchten und antworten einfach wahrheitsgemäß auf die Ihnen gestellten Fragen.«

Er nickte und schloss wieder zu ihr auf. »Und warum brauche ich dann eine Anwältin?«

»Ich vertrete die Hochschule und bin nur dabei, um zu gewährleisten, dass alles im Rahmen einer Zeugenvernehmung verbleibt. Nicht mehr und nicht weniger. Wenn während der Befragung Unklarheiten entstehen, stehe ich Ihnen mit Rat und Tat zur Seite. Sollten Sie allerdings etwas auf dem Herzen haben, wäre es besser, mir das direkt zu sagen, damit ich entsprechend reagieren kann, wenn die Fragen in eine falsche Richtung laufen.«

»Ich hab nichts auf dem Herzen.«

»Dann machen Sie sich keine Sorgen. Es gibt nur ein paar vorbereitete Fragen, die auch alle anderen gestellt bekommen haben. Und dann sind Sie schnell fertig.«

»Ich mache mir keine Sorgen.«

Helen nickte. »Umso besser.« Innerlich stöhnte sie auf. Er beteuerte ihr zu oft, dass alles in Ordnung sei. Es fiel ihr schwer, sich vorzustellen, dass Timo, unbeholfen und unsicher wie er war, der beste Kumpel von Boris Kuschel sein sollte. Andererseits hatte sie es schon oft erlebt, dass sich so ungleiche Freundschaften bildeten. Beide Seiten profitierten davon. Derjenige, der von sich aus strahlte, stach neben dem anderen umso mehr hervor. Und der Unscheinbare konnte sich im Schatten des Freundes verstecken und dennoch etwas vom Glanz abbekommen.

Helen hielt Timo die Tür zum Musikzimmer auf. Kathi Voss und ihr Kollege saßen am Tisch. Kathi erhob sich und bedeutete ihnen beiden, Platz zu nehmen. Timos Nackenmuskeln entspannten sichtlich, als er das Ambiente in dem Raum wahrnahm. Den runden Tisch, die gedämpfte Beleuchtung. Das Musikzimmer war ja ursprünglich als Zimmer für die psychologische Beratungsstelle hergerichtet worden. Eine entspannte Atmosphäre war da Voraussetzung, dass die Hilfesuchenden sich öffneten. Dafür hatte Henning gesorgt. Das kam jetzt Kathi Voss für die Vernehmungen zugute. Helen glaubte, Timos Gedanken lesen zu können: Das war ja wirklich kein echtes Polizeiverhör. Wie auf Knopfdruck drehte er sich kurz zu Helen um, und sie nickte ihm zu, bevor sie sich beide an den Tisch setzten.

Kathi stellte sich und ihren Kollegen Fichtel vor und belehrte Timo, dass es sich um eine reine Zeugenbefragung handelte. Sie bedankte sich für seine Mithilfe. Dann erst begann sie mit ihren Fragen. Zunächst der übliche Ablauf. Aber Timo war einer derjenigen, die zusammen mit Yuna und Boris die Party früher verlassen hatten. Helen war gespannt, wie diese Befragung verlaufen würde.

»Nur zur Bestätigung, dass meine Informationen richtig sind.« Kathi tippte auf die Namensliste, die sie von Yuna erhalten hatte. »Stimmt es, dass Sie am Samstagabend, den 28. April, die Party hier auf dem Campus besucht haben?«

Timo nickte.

»Gut. Aber ich bitte Sie darum, Ihre Antworten auszusprechen. Zum einen, damit sie auf der Aufnahme dokumentiert werden. Und dann wissen Sie ja nicht, was ich bei Kopfbewegungen schon alles erlebt habe. Da kann man ganz schön aneinander vorbeireden.« Kathi lachte umwerfend. »Wussten Sie beispielsweise, dass ein Nicken in Griechenland genau das Gegenteil von dem Nicken hier bedeutet?«

Spätestens jetzt war die Atmosphäre gelockert. Helen hatte das schon gestern bei Kathi bewundert. Ihr jugendliches Aussehen half. Aber auch die Art der Fragestellung. Es vermittelte den Eindruck eines lockeren Partygesprächs, keinesfalls den eines Verhörs.

Timo grinste. Von Verkrampfung keine Spur mehr. »Wusste ich nicht. Werde ich mir aber merken.«

»Kann bei der nächsten Ouzo-Bestellung wichtig sein. Aber wir verquatschen uns. Zurück zu dieser Party. Haben Sie Oliver Schönbom dort gesehen, mit ihm gesprochen?«

Timo nickte wieder. »Ja, habe ich. Aber nur kurz. Ich kannte ihn nicht näher.«

»Und worum ging es?«

Timo schnaubte. »Eigentlich habe ich gar nicht mit ihm gesprochen, sondern mit dem DJ. Der Schönbom saß nur dabei.«

Kathi warf einen Blick auf ihre Liste. »Der DJ. Das heißt, Ferhat Demirel, richtig?«

»Ja. Der.«

»Und Oliver stand dabei?«

»Sag ich doch.«

»Und worüber haben Sie mit Herrn Demirel gesprochen?«

Timo zog die Schultern hoch. »Hab nach ordentlicher Musik gefragt.«

»Okay. Und wissen Sie noch, zu welcher Uhrzeit das war?«

»Ich hab nicht auf die Uhr geguckt.«

»Ungefähr.« Kathi verband ihre Frage mit einem Lächeln.

»Na ja. Vielleicht so neun, halb zehn.«

Kathi notierte sich die Uhrzeit. »Kam Ihnen Oliver Schönbom zu dieser Zeit alkoholisiert vor?«

»Der doch nicht.« Timo schüttelte den Kopf.

»Ich dachte, Sie kannten ihn nicht näher?«

»Dass der nicht viel trank, wusste doch jeder.«

Kathi nickte. »Haben Sie denn gesehen, ob und, wenn ja, was er an diesem Abend getrunken hat?«

»Kann ich mich nicht dran erinnern.«

»Und Sie selbst?«, fragte Kathis Kollege Fichtel. »Hatten Sie schon etwas getrunken?«

»War ja eine Party. Klar hatte ich was intus.« Gegenüber Kathis Kollegen reagierte Timo deutlich abweisender.

Kathi übernahm wieder. »Klar. Was gab es denn überhaupt an Getränken zur Auswahl, nur Bier oder auch was Richtiges?«

»Was Richtiges?« Timo schmunzelte. »Nichts, was mich vom Hocker gerissen hat. Nicht nur die Musik war retro. Campari Orange, Bacardi Cola. Ich hab mich lieber an Bier gehalten.«

»Und wie spät war es, als Sie mit Herrn Kuschel und Frau Bäcker die Party verlassen haben?«

Timo antwortete zum ersten Mal während der Befragung nicht sofort. Er warf Helen einen unsicheren Blick zu. Er schien von der Frage überrascht. Sie nickte ihm zu.

»Wieso?«

Kathi überhörte seine Frage. »Sie haben die Party doch vor dem Ende verlassen. Oder sind meine Informationen da falsch?« Sie schaute erst auf ihre Notizen und dann wieder auf ihn.

»Nein. Ich meine, ja. Wir sind irgendwann losgezogen. Die Party war lahm. Boris wusste noch von einem Club, in dem mehr abging.«

»Und wie spät war es da?«

»Das war so gegen elf.«

»Und war Oliver Schönbom noch auf der Party, als Sie gegangen sind?«

»Puh. Weiß ich echt nicht.«

»Kommen Sie, Timo. Frau Bäcker erzählte uns, dass es vorher eine kleine Auseinandersetzung mit ihrem Freund gab. Das haben Sie doch bestimmt mitbekommen.«

»Das war aber früher.«

»Ach ja?« Kathi schaute wieder auf die Notizen. »Dann sind meine Informationen da doch falsch. Wann war es denn?«

»Boah, ich hab echt keine Stoppuhr mitlaufen lassen.«

Ein Lächeln von Kathi reichte, dass es ihm doch noch einfiel. »Ungefähr eine halbe Stunde vorher. Boris hat danach mit Yuna diskutiert. Nach ihrem Streit mit Schönbom wolle sie nicht mehr mitkommen. Und ihn habe ich danach überhaupt nicht mehr gesehen. Ich dachte, er wäre abgedüst und hätte seine Freundin stehen lassen. Ehrlich.«

»Sie haben Oliver Schönbom also ungefähr um 22 Uhr 30 am Samstag das letzte Mal lebend gesehen.«

»Ja.« Timo schaute noch einmal zu Helen. Man merkte ihm an, dass er langsam ungeduldig wurde. Helen hatte das Gefühl, dass Kathi etwas in der Hinterhand hatte und ihn mit Absicht auf Einzelheiten festnagelte.

Kathi schien Timos erneute Unsicherheit ebenfalls zu bemerken. »Wir sind gleich fertig. Versprochen. Eine Sache müssen wir aber noch abklären.«

»Okay.«

»Wo sind Sie drei, also Herr Kuschel, Frau Bäcker und Sie, von der Party aus hingegangen?«

»In den Club Sperl.«

Helen kannte das Lokal. Es war allerdings schon Ewigkeiten her, dass sie das letzte Mal dort gewesen war. Hennefs Nachtleben war überschaubar, der Club Sperl einer der wenigen Treffpunkte für junge Leute.

»Und wie lange waren Sie dort?«, fragte Kathi.

Timo verdrehte die Augen, und Helen hakte jetzt ein. »Ich kann nicht erkennen, wie das nun noch mit den Geschehnissen auf der Party hier zu tun hat.«

»Da komme ich gleich zu. Bitte antworten Sie mir, Timo. Nur die ungefähre Zeit.«

Helen bedeutete Timo zu antworten. Sie war selbst zu gespannt, worauf Kathi hinauswollte. Hatte sie etwa auch bei Timo noch ein paar Geheimnisse ausgegraben, so wie beim Hausmeister?

»Lange. Bis zwei in der Nacht. Ich hab Yuna zur Bahn gebracht und bin dann selbst mit dem Taxi zurück zum Campus.«

»Und Boris Kuschel? Wann haben Sie ihn aus den Augen verloren? Wann haben Sie ihn zuletzt gesehen?«

Timo stockte. »Wieso?« An Helen gerichtet, fragte er: »Muss ich darauf antworten?«

Helen blickte kurz zu Kathi. Langsam dämmerte es ihr, was diese vorhatte. Sie würde gerne die Antwort hören, musste Timo aber in seinem Sinne beraten. »Das ist hier alles freiwillig.« Sie wendete sich an Kathi und fragte: »Kann ich mich kurz mit ihm beraten?«

»Sicher.« Kathi lehnte sich zurück.

Helen beugte sich zu Timo hinüber und flüsterte ihm zu: »Gibt es einen bestimmten Grund dafür, auf die Frage nicht zu antworten? Würden Sie sich damit irgendwie belasten?«

Timo schüttelte den Kopf. »Mich nicht. Nein. Aber was ist mit Boris? Die fragte doch gerade nach seinem Alibi. Ich bin nicht blöd.«

»Das mag sein, ja. Wenn Sie aber nichts zu verbergen haben, sollten Sie antworten, sonst macht Sie das nur verdächtig. Und falls die Polizei diese Informationen braucht, dann laufen Sie Gefahr, dass Sie offiziell vorgeladen werden. Und solange Sie sich dann nicht selbst belasten oder einen Verwandten, müssen Sie dort Rede und Antwort stehen. Spätestens aber vor Gericht.«

Er nickte. Helen sah förmlich, wie er das Szenario in seinem Kopf durchspielte. »Ich habe nichts zu verbergen.«

»Dann rate ich Ihnen zu antworten.«

Er wandte sich wieder Kathi zu, die sich erwartungsvoll vorbeugte und ihre Frage wiederholte. »Also, Herr Scherenbrecher: Wann hat Boris Kuschel den Club Sperl wieder verlassen?«

»Kann ich nicht sagen. Vielleicht war er noch da, als Yuna und ich gegangen sind. Obwohl …«, er machte eine kurze Pause, »sein Audi war ja nicht mehr da. Wir waren mit seinem Auto gekommen. Haben im Club an der Bar zusammen Getränke bestellt, bis er ein paar Kumpel gesehen hat und zu denen hin ist. Danach habe ich ihn irgendwann aus den Augen verloren.«

»Und haben ihn den ganzen Abend nicht mehr gesehen?«, fragte Kathi.

»Ja. Ich dachte, er wäre mit einem Mädel fort. Bei seinen Kumpels waren auch ein paar Chicks dabei.«

»Und das hat Sie nicht geärgert, dass er Sie so stehen lässt?«

Timo hob die Schultern. »Ich war nicht unglücklich darüber.«

»Das müssen Sie mir näher erläutern.«

»Wegen Yuna. Wann hätte ich sonst jemals eine Chance bei ihr?«

»Aber sie war doch mit Oliver Schönbom befreundet.«

»Ja, klar. Ich mach das normalerweise nicht. Aber sie war sauer auf den Schönling.« Er verzog entschuldigend den Mund.

»Und da dachten Sie, die Gelegenheit kommt so schnell nicht wieder. Ich verstehe.«

»Aber es ist nichts passiert zwischen uns.«

Kathi winkte ab, als ob sie das nicht interessieren würde. »Noch mal zu Boris Kuschel. Sie haben ihn circa um 23 Uhr 30 aus den Augen verloren. Und danach ist er nicht wieder aufgetaucht.«

»Zumindest habe ich ihn nicht mehr gesehen.«

»Okay. Das war es von meiner Seite. Hast du noch etwas auf dem Schirm, Peter?«, fragte Kathi ihren Partner. Der schüttelte den Kopf.

»Dann sind wir hier fertig. Danke, Timo.«

Er war überrascht. »Kann ich jetzt gehen?«

Kathi nickte ihm zu. »Ja, sicher. Danke schön für Ihre Geduld.«

Er erhob sich.

»Gehen Sie schon mal vor, Timo. Ich komme sofort nach«, sagte Helen.

Erst als die Tür hinter ihm zufiel, fragte Helen: »Woher wusstest du, dass sie Boris irgendwann aus den Augen verloren haben?«

»Yuna Bäcker. Sie hat es deiner Auszubildenden erzählt, und die hat es mir weitergegeben.«

Helen war erleichtert. Dann hatte sich diese ach so dumme Idee von Marie und ihr doch schon ausgezahlt. Und der Informationsfluss über Kathi funktionierte. »Das heißt, Boris Kuschel hat für die Tatzeit kein Alibi mehr.«

Kathi nickte. »Wenn wir eines gelernt haben bei der Polizei, dann, keine voreiligen Schlüsse zu ziehen. Aber du hast recht.«

»Und wir haben eine Überraschung in der Hand, wenn Boris Kuschel jetzt als Nächstes zum Verhör kommt.« Das kam von Peter Fichtel.

»Richtig, Peter«, sagte Kathi und wandte sich dann an Helen, »aber nur, wenn du Timo davon abhältst, seinem Kumpel das jetzt alles brühwarm zu stecken, Helen.«

»Ich bin schon unterwegs.«

29. Kapitel

Da bist du ja endlich.« Marie hatte vor der Bibliothek auf Yuna gewartet. Warum kam sie gerade heute so spät zur Arbeit? Die Vernehmungen hatten längst begonnen. Marie war extra früher zum Frühstück in die Mensa gegangen. Hatte vor dem Verlassen ihres Zimmers gecheckt, ob der Flur frei war. Wollte unbedingt im Speisesaal unter Leuten sein, bevor sie Boris begegnete. So hatte sie, als sie beim Frühstück saß, beobachtet, wie ihre Chefin zusammen mit Timo Scherenbrecher ins Musikzimmer gegangen war. Von ihrem Platz nahe dem Eingang konnte sie das Vernehmungszimmer im Auge behalten. Von dort hatte sie ebenfalls gesehen, wie Boris seinen Anwalt in Empfang genommen hatte. Sie waren dann gemeinsam in die Mensa gekommen, hatten sich aber in eine der hintersten Ecken zurückgezogen. Er hatte sie zum Glück nicht bemerkt.

»Guten Morgen, Cousine.« Yuna schaute auf ihre Armbanduhr. »So spät ist es doch nicht. Konntest du der Polizistin schon erzählen, was wir herausgefunden haben?«

»Nein. Das ist es ja. Eigentlich wissen wir doch gar nicht, was dieser Motorradtyp da gestern an Boris gegeben hat.«

»Aber ich dachte, wir wären uns sicher gewesen. Drogen!«

»Gesehen haben wir das aber nicht. Nur etwas, das in einer Plastiktüte eingewickelt war. Aber das kann alles Mögliche gewesen sein.« Sie merkte, wie sie versuchte, sich die Situation schönzureden. Sie wollte lieber den verletzlichen Boris sehen, der unter familiärem Druck stand. Damit kannte sie sich aus, konnte es nachfühlen, auch wenn der Fall bei ihr völlig anders gelagert war. Dennoch, alles andere würde bedeuten, dass sie beinahe Wand an Wand mit einem Drogendealer wohnte. »Von der Form her hätte es ebenso ein Buch sein können.« Maries Handy vibrierte, und sie zog es aus der Hosentasche. Sie hatte zwar Kathi Voss gestern Abend nicht mehr angerufen, dazu war es zu spät gewesen, aber sie hatte die Fotos weitergeleitet und eine kurze Nachricht dazu geschrieben. Sie hoffte, dass die Kommissarin jetzt geantwortet hatte. Doch ein Blick auf das Display zeigte nur eine Nachricht von Gretchen. Das musste warten.

»Ein Buch. Ja, klar. Und das mitten in der Nacht auf der Straße.« Yuna biss sich auf die Unterlippe. »Mensch, Marie. Wir müssen die Information weitergeben. Das passt doch alles zusammen. Olli hat Beweise für die Drogendeals von Boris gefunden. Und der hat ihn umgebracht. Die Kommissarin muss das erfahren, bevor sie ihn ins Verhör nimmt.«

Marie schüttelte den Kopf. »Aber wir haben gar nichts in der Hand. Außer den Fotos. Und die habe ich ihr geschickt. Sie muss ihre eigenen Schlüsse daraus ziehen. Mehr können wir nicht tun. Bei haltlosen Beschuldigungen ohne Beweise wird der Anwalt von Boris sie in der Luft zerreißen.«

Yuna atmete tief durch. »Aber irgendwas müssen wir tun. Ich muss etwas tun. Sonst werde ich verrückt. Boris darf nicht davonkommen.«

Marie überlegte. Sie brauchten Beweise. »Wir müssten an seine Umhängetasche kommen.«

»So dummdreist wird er doch nicht sein«, Yuna klopfte sich an die Stirn, »dass er das Zeug da immer noch drin hat.«

»Ich weiß nicht.« Sie dachte daran, dass sie die Tasche bei ihm nicht mehr gesehen hatte. Vielleicht hatte er sie auf dem Weg in sein Zimmer an einem anderen Ort deponiert. »Selbst wenn nicht, Drogenspürhunde haben eine so feine Nase, die können es erschnüffeln, wenn in einer Tasche mal Drogen drin gewesen sind.«

»Ach was?« Yuna blickte sie ungläubig an. »Und wenn Boris nur Tabletten und Aufputschmittel unter die Leute bringt? Die Hunde riechen doch bestimmt nur so etwas wie Kokain oder Heroin.«

»Kann sein. Außerdem kommen wir ja eh nicht an die Tasche. Die hat er mitsamt Inhalt bestimmt versteckt.«

Die Bibliotheksleiterin stand plötzlich in der Tür. »Yuna, da sind Sie ja. Alles in Ordnung?«

»Ja, geht schon. Danke, Frau Stankowski«, antwortete Yuna. »Entschuldigen Sie. Ich bin zu spät.«

»Ach, das ist kein Problem. Meine Meinung kennen Sie. Sie sollten sich eine Woche Pause von der Arbeit gönnen. Mindestens. Abstand gewinnen.«

»Das kann ich nicht. Ich muss erst wissen, was passiert ist und warum«, entgegnete Yuna.

Frau Stankowski nickte. »Verstehe ich ja. Trotzdem.« Man merkte ihr an, dass sie es aufgegeben hatte, Yuna davon zu überzeugen. »Jetzt, wo Sie da sind, können Sie den Service übernehmen? Nur für eine Stunde. Ich muss mal kurz nach Hennef runter, eine Bestellung in der Buchhandlung abholen.« Sie schulterte ihre Einkaufstasche. Marie stockte der Atem, als sie die Tasche sah. Sie tauschte einen Blick mit Yuna und sah, dass ihre Freundin es auch erkannt hatte. Das war sie – genau die Tasche, in der Boris das Paket verstaut hatte. Schwarz mit weißer Schrift und einer bunten Figur. Und jetzt von Nahem konnte sie lesen, was darauf stand: *Was wäre das Leben ohne ein Lachen*? Darunter ein buntes Monster mit weit aufgerissenem Maul voller spitzer Zähne.

Marie fand als Erste die Sprache wieder. »Frau Stankowski, woher haben Sie diese Tasche?«

Die Bibliotheksleiterin schaute überrascht an sich herunter. »Die hier?« Sie zog sie ein Stück nach vorne vor die Brust. »Aus der Buchhandlung am Markt. Es ist eine Werbetasche von so einem Geschenkverlag. Ideal, um Bücher zu transportieren.«

Marie und Yuna nickten sich zu. Yuna übernahm die Frage, die beiden auf der Zunge lag. »Könnten wir die mal ausleihen?«

30. Kapitel

Als Helen aus dem Musikzimmer trat, hätte sie Timo beinahe die Tür in den Rücken geschlagen, denn der stand noch unmittelbar dahinter. Gemeinsam mit dem Dekan. Und Professor Fachinger schien sie schon zu erwarten. »Ah, da ist sie ja. Frau Freitag, auf ein kurzes Wort.«

»Ja, natürlich.«

Der Dekan wandte sich zunächst noch einmal an Timo. »Vielen Dank, Herr Scherenbrecher. Ich sehe Sie dann.« Timo nickte dem Dekan und ihr zu, bevor er in Richtung Mensa davonging. Helen hielt den Atem an, als sie ihm hinterhersah. Aus der sich öffnenden Glastür der Mensa trat soeben Boris Kuschel, gefolgt von seinem Anwalt. Dem Aussehen nach ein Endsechziger, volle, graue Haare. Sein dunkelblauer, gut geschnittener Anzug gab sich alle Mühe, die füllige Statur seines Trägers zu kaschieren. Neben dem sportlich durchtrainierten Boris Kuschel gelang das aber nur bedingt. Timo lief genau auf die beiden zu. Helen war so vertieft, dass sie Fachinger fast vergessen hätte.

»Frau Freitag. Alles in Ordnung?«

Sie blickte zu ihm hoch, behielt aber dabei Timo und Boris im Auge. Sie hoffte nur, dass Fachinger nicht bemerkte, dass ihre Aufmerksamkeit nicht ihm galt. »Was gibt es, Herr Fachinger?«

»Ich wollte mich nur erkundigen, ob die Befragungen schon etwas ergeben haben.«

»Bisher ist Kommissarin Voss damit beschäftigt, die Geschehnisse an dem Abend der Party zu rekonstruieren. Soweit ich das beurteilen kann, ist bisher nichts Auffälliges zutage getreten. Eine normale Studentenfeier.«

Zwischen Timo und Boris lagen nur noch wenige Meter.

»Worüber ich mir schon die ganze Zeit Gedanken mache: Ist das mittlerweile offiziell eine Mordermittlung? Schließt die Polizei Selbstmord aus?«, fragte der Dekan und gewann damit Helens volle Aufmerksamkeit. Fachingers persönliche Verbindung zu dem Todesopfer war ihr mit einem Mal wieder präsent. Und die Zeitungsartikel, die Rabe zusammengetragen hatte. Sie war noch nicht dazu gekommen, sie zu lesen. »Herr Fachinger, mit Verlaub: Ich glaube, das sollten wir hier nicht auf dem Flur besprechen. Und da kommt schon der nächste der Studenten zur Befragung.« Sie deutete hinter ihn. Fachinger drehte sich um. Helen beobachtete gebannt, wie Timo direkt auf Boris zuging. In diesem Moment aber griff der Anwalt nach dem Arm seines Mandanten und zog ihn näher zu sich. Er sprach eindringlich auf ihn ein, so als ob er ihm vor dem Gespräch mit der Polizei etwas Wichtiges mitteilen müsse. Timo schien irritiert, hielt nur einen Moment an und lief dann, ohne Boris anzusprechen, in einem Bogen an den beiden vorbei. Helen atmete durch.

»Der Herr Kuschel, richtig.« Fachinger senkte seine Stimme. »Er hat ja darauf bestanden, einen eigenen Anwalt mitzubringen. Das heißt, sein Vater. Ich kenne ihn flüchtig. Er ist auch in der Versicherungsbranche tätig. Herr Kuschel rief mich persönlich an, ich solle mich darum kümmern, dass die Zeugenbefragung seines Sohnes um einen Tag verschoben wird, damit der Anwalt eigens aus Stuttgart anreisen kann.«

Helen erinnerte sich daran, was Rabe erzählt hatte. Der Dekan war früher in der privaten Versicherungsbranche tätig gewesen. Ob da eine nähere Verbindung zwischen ihm und dem Vater von Boris Kuschel bestand? Alte Seilschaften?

»Kennen Sie den Anwalt?«, fragte Helen.

Fachinger schüttelte den Kopf. »Nur seinen Namen: Dr. Axel Brexel.«

Boris und sein Anwalt hatten sich wieder in Bewegung gesetzt und kamen auf sie zu. »Ich werde ihn dann mal begrüßen«, sagte Fachinger. Er beugte sich vertraulich zu Helen herunter. »Sie werden aber trotzdem bei der Befragung dabei sein. Eigener Anwalt hin oder her.«

»Davon bin ich nicht ausgegangen«, sagte Helen überrascht. »Und Herr Kuschel sicherlich auch nicht.«

Doch Fachinger war da anderer Meinung. »Unsinn. Sie vertreten die Interessen unserer Hochschule. Sie gehen da schön mit rein. Lassen Sie mich mal machen.«

Der Dekan ging einen Schritt auf Dr. Brexel zu. Begrüßte ihn mit einem energischen Handschlag und zog ihn mit sich bis zu Helen.

»Darf ich vorstellen? Dr. Helen Freitag. Sie vertritt bei den Befragungen die Interessen der Hochschule.« Fachinger übergab praktisch Brexels Hand in die ihre. Ein Schwall von Aftershave wehte gleichzeitig mit dessen

Kopfnicken zu ihr herüber. Klassischer Duft und sehr intensiv. Helen musste kurz die Luft anhalten, verzog dabei wohl das Gesicht, denn über Boris Kuschels Gesichtszüge huschte ein wissendes Grinsen. Helen hatte eine Vorahnung, dass die Luft im Musikzimmer gleich ziemlich dick werden würde.

»Das tut hier nichts zur Sache.« Dr. Brexel beugte sich auf dem Stuhl vor. Kathi hatte Boris soeben damit konfrontiert, dass weder Yuna noch Timo ihn nach 23 Uhr 30 im Club Sperl gesehen hatten, und Dr. Brexel mischte sich zum ersten Mal aktiv in die Befragung ein.

»Ich denke, mein Mandant hat bisher all Ihre Fragen zur Genüge beantwortet. Und ich sehe nicht, was das nun noch mit einer Aufarbeitung der Partynacht hier zu tun haben soll. Wie Sie ja selbst festgestellt haben, hat mein Mandant das Hochschulgelände um spätestens 23 Uhr in Begleitung verschiedener Zeugen verlassen.« Der Anwalt zog sein Jackett zurecht, um seine Worte zu unterstützen. Es hatte etwas von chemischer Kriegsführung. Die Aftershavewolke, die zuvor ein wenig von ihrer Kraft verloren hatte und zu Boden gesunken war, stand wieder mitten im Raum.

Kathi Voss war davon nur kurz irritiert. »Und genau diese Zeugen haben Ihren Mandanten dann schon eine halbe Stunde später nicht mehr gesehen. Für den ganzen Rest der Nacht. Deshalb meine berechtigte Frage an Sie, Boris. Wo waren Sie ab 23 Uhr 30?«

Brexel kam einer Antwort erneut zuvor und wandte sich an seinen Mandanten. »Du musst nicht darauf antworten.«

Doch Boris lehnte sich gemächlich zurück, tätschelte kurz den Arm seines Anwalts. Helen, die leicht versetzt hinter den beiden saß, konnte Boris' Gesichtsausdruck nicht sehen, sich ihn aber lebhaft ausmalen. Eine Augenbraue hochgezogen, ein leichtes Lächeln auf den Lippen. »Lass mal gut sein, Axel. Einer schönen Frau konnte ich noch nie etwas ausschlagen. Und die Kommissarin hat doch so nett gefragt.«

Wenn Helen nicht schon von der Geruchswolke leicht übel wäre, spätestens jetzt bekam sie einen Würgereiz. Aber bei Kathi war Boris mit dieser Masche absolut an die Falsche geraten. Während Kollege Fichtel neben ihr die Augen verdrehte, verzog die Kommissarin keine Miene.

»Ich bin ganz Ohr«, sagte sie nüchtern, fast gelangweilt.

»Sie müssen verzeihen. Aber da habe ich doch glatt Ihre Frage vergessen.«

»Samstag, 28. April. Wo waren Sie ab 23 Uhr?«

»Aber ich dachte, das wäre klar? Im Club Sperl.«

Kathi nickte kurz. »Wie lange?«

»Sie meinen, wie lange ich dort war?« Er zuckte mit den Schultern. »Um kurz vor vier Sonntag früh lag ich wieder hier im Bett.«

»Und wieso war dann Ihr Auto schon um zwei Uhr nicht mehr vor dem Club geparkt?«

Boris hielt inne. Blickte sich reflexartig zu Helen um, die Augenbrauen zusammengezogen. Ihre Augen trafen sich für einen kurzen Moment. Er merkte offenbar, dass sich die Polizei schon intensiver mit ihm beschäftigt haben musste, als ihm vorher bewusst gewesen war.

Zog er den Schluss, dass Helen es gewesen war, die den Fokus der Ermittlungen auf ihn gelenkt hatte?

Er fing sich schnell und richtete seine Aufmerksamkeit wieder Kathi zu. »Vielleicht habe ich mich ja zwischendurch mit einer Freundin zurückgezogen.«

»Vielleicht?« Kathi ließ nicht locker. Ihre immer nur kurzen Einwürfe zwangen ihn zu reden. Und je mehr er redete, desto leichter konnte er sich verzetteln.

»Nein.« Er lachte. »Verzeihen Sie meine unkonkrete Ausdrucksweise. Nehmen Sie es als Kompliment. Es gibt nicht viele Frauen, die mich nervös machen.«

»Also, nicht vielleicht, sondern …« Kathi begann, mit den Fingern auf den Tisch zu trommeln.

»Ich habe eine kleine Spritztour mit einer Freundin unternommen. Wir sind ein Stück herumgefahren und haben uns ein Plätzchen gesucht, wo wir für einen Moment ungestört waren.«

»Wann war das?«

Er atmete kurz durch. »Zwischen eins und zwei? Genauer kann ich es nicht eingrenzen. Ich war anderweitig beschäftigt als damit, auf die Uhr zu schauen.«

»Wie ist der Name der Freundin?«

»Nomen est omen. Irgendwas mit S.« Er fasste sich ans Kinn. »Süße? Schnecke?«

Diesmal reichte ein genervter Blick von Kathi.

»Schon gut. Sabine. Aber bevor Sie fragen …« Er hielt eine Hand hoch wie ein Stoppzeichen. »Ich kenne ihren Nachnamen nicht. Wirklich.«

Das glaubte Helen sogar. Wenn auch sonst nichts.

»Lassen wir es vorerst dabei. Gibt es noch andere Zeugen? Außer Timo Scherenbrecher und Yuna Bäcker waren doch noch andere im Club anwesend. Er war nach meinen Informationen sogar recht gut gefüllt.«

»Wenn ich hier einmal unterbrechen darf«, mischte sich Rechtsanwalt Brexel ein. »Gibt es irgendetwas, das Sie meinem Mandanten hier vorwerfen? Ihre Fragen gehen meines Erachtens nämlich über eine reine Zeugenbefragung hinaus.«

Kathi richtete sich auf. »Ich kann Ihnen versichern, Dr. Brexel, dass wir hier niemanden beschuldigen. All diese Fragen dienen bisher nur der Sachverhaltsaufklärung, und dazu gehört es, die Bewegungsmuster aller Beteiligten nachzuvollziehen.«

»Aller Beteiligten, sagen Sie, Frau Kommissarin? Und inwieweit ist mein Mandant Ihrer Meinung nach beteiligt?«

»Nur insoweit, als dass er das Todesopfer kannte und nach verschiedenen Zeugenaussagen Meinungsverschiedenheiten mit ihm hatte.«

»Die da wären?« Brexel hatte innerhalb kürzester Zeit die Rolle des Fragenden übernommen. Doch Kathi konterte.

»Die Frage möchte ich gerne an Ihren Mandanten zurückgeben. Herr Kuschel, weshalb wollte Sie Herr Schönbom am Mittwoch vor seinem Tod zur Rede stellen?«

»Wovon sprechen Sie?«

»Beantworten Sie mir einfach die Frage.«

»Ich habe keine Ahnung. Wie kommen Sie darauf, dass er mich«, Boris malte Anführungszeichen in die Luft, »zur Rede stellen wollte?«

Brexel ging wieder dazwischen. »Das reicht. Haben Sie noch eine konkrete Frage,? Sonst war das hier das Ende der Befragung.«

Kathi schienen solche konkreten Fragen auszugehen. Außerdem hatte die Luft im Raum mittlerweile mehr Duftstoffe in sich als Sauerstoff. Helen machte den Vorschlag, eine Pause einzulegen.

Kathi nahm die Gelegenheit wahr. »Das ist eine gute Idee. Ich fürchte, wir sind noch nicht ganz fertig, aber eine Pause tut uns allen gut. Mir sind auch noch neue Informationen zugespielt worden, über die ich Herrn Kuschel gerne nach der Pause befragen möchte. Aber Frau Freitag hat recht, wir sollten erst einmal eine Mittagspause von, sagen wir«, Kathi schaute auf ihre Handyuhr, »einer Stunde machen.«

Brexel tauschte mit seinem Mandanten einen Blick aus. Der nickte. »Also gut. In einer Stunde. Und dann bringen wir das hier endgültig hinter uns. Komm, Boris.« Zusammen verließen sie das Musikzimmer.

Kathi schnaufte durch. »Kommt, gehen wir auch raus hier. Ich brauche dringend frische Luft. Und ich muss mit deiner Marie sprechen. Sie hat mir da ein paar interessante Fotos aufs Handy geschickt. Dazu brauche ich nähere Informationen.«

Helen blickte Kathi fragend an. Doch die wehrte ab. »Ist besser, wenn du vorher nichts weißt. Ich hatte nicht gedacht, dass du auch bei Herrn Kuschel dabei bist.«

»Nicht meine Idee. Fachinger hat drauf bestanden.«

»Hm. Dein Dekan mischt kräftig mit. Vielleicht sollte ich ihn auch noch einmal einbestellen.«

Helen deutete mit ausgestreckten Händen an, dass sie in Bezug auf den Dekan nichts beitragen konnte. Beide folgten Peter Fichtel, der schon vorgegangen war und ihnen die Tür aufhielt. »Vielleicht brauchst du bezüglich gewisser Leute noch Hintergrundinformationen. Rabe hat in den Zeitungsarchiven gestöbert. Frag mal bei ihm nach.«

»Mein Bruderherz? Was hat er diesmal hervorgekramt?«

»Es geht hauptsächlich um den Unfall vor acht oder neun Jahren, bei dem die Eltern von Oliver Schönbom umgekommen sind«, erklärte Helen, während sie in den Flur traten. »Fahrerflucht. Bis heute nicht aufgeklärt.«

Kathi nickte. »Ja, ich weiß. Ich habe mir die Akten kommen lassen. Peter, die hast du doch gelesen. Irgendwas gefunden, das eine Verbindung zum jetzigen Fall herstellt?«

Kathis Kollege verneinte. »Tragischer Unfall. Ereignete sich spät in der Nacht auf abgelegener Strecke. Zeugen wurden nicht ausfindig gemacht. Und der Unfallverursacher auch nicht. Einzig Lackspuren des anderen beteiligten Fahrzeugs. Spurenlage insgesamt sehr gering. Es muss Stunden gedauert haben, bis das verunfallte Fahrzeug entdeckt wurde. Es war eine steile Böschung herunter in den Wald gestürzt. Oliver Schönbom war für Stunden im Fahrzeug mit seinen toten Eltern eingesperrt.«

»Grausam«, sagte Helen.

Kathi nickte. »So ein tragischer Unfall kann bleibende psychische Schäden hervorrufen, was die Selbstmordthese wahrscheinlicher macht.«

»Die du aber aus anderen Gründen nicht mehr favorisierst, richtig? Die fehlenden Fingerabdrücke zum Beispiel.«

Kathi legte den Finger auf den Mund. »Das ist hier nicht der richtige Ort.«

»Ja, ich weiß«, flüsterte Helen, als sie den Mensavorbereich betraten. »In der Unfallakte steht aber nicht alles. Unterhalte dich mal mit deinem Bruder, was er gefunden hat.«

Kathi nickte ihr zu »Wir sehen uns später. Da ist Marie.«

Sie lief ein Stück voraus. Marie wartete vor dem schwarzen Brett. Kathi drehte sich noch einmal zu ihnen um. »Bringt mir gleich jemand einen Kaffee mit?«

»Mach ich, Chefin«, antwortete Fichtel.

»Kommen Sie mit in die Mensa?«, fragte Helen den Polizisten. Doch der verneinte.

»Ich muss erst einmal eine rauchen.« Die Zigarettenschachtel hatte er schon aus dem Jackett gezogen.

Hinter dem Fenster der Mensa winkte ihr Henning Petersen zu. Die Aussicht auf einen Kaffeeklatsch hob Helens Stimmung. Bei einer Unterhaltung mit Henning konnte sie frei sprechen, ohne groß zu überlegen, ob sie ihre Verschwiegenheitsverpflichtung verletzte.

31. Kapitel

Und, wie geht es voran?«, fragte Henning, während er sein Besteck auf dem Teller zusammenlegte.

Helen war nicht hungrig. Sie hatte bei Rabe ausgiebig gefrühstückt. Anders als sie selbst, die das Frühstück meistens ausfallen ließ und daher gegen Mittag immer Bären verschlingen konnte, ging Voss nie ohne aus dem Haus. Deshalb setzte sie sich nur mit einer großen Kaffeetasse an Petersens Tisch. »Du bist schon der Zweite, der mich das heute fragt.«

»So. Wer denn noch?« Henning setzte seine Brille wieder auf, die er zum Essen beiseitegelegt hatte. Mit Brille würde er die Nudeln auf dem Teller nicht von Bohnen unterscheiden können. Zu seiner extremen Kurzsichtigkeit sei nun altersbedingt auch noch Weitsichtigkeit gekommen. Das hatte er ihr einmal erklärt, weil es Helen komisch vorgekommen war und sie ihn gefragt hatte, ob er die Brille nur trug, um als Psychiater seriöser zu wirken.

»Unser allgegenwärtiger Dekan«, antwortete Helen.

»Fachinger? Der scheint dich aber mittlerweile in sein Herz geschlossen zu haben.«

Helen musste lachen. »Ja, so kann man das auch sehen.«

»Kannst du das nicht zu deinem Vorteil nutzen? Vielleicht solltest du ihn noch mal auf diese neue Lesungsreihe ansprechen«, schlug Henning vor.

Helen pustete in ihren Kaffee. »Ja, warum nicht? Wir haben noch gar nicht über die Bezahlung meiner Dienste gesprochen. Ich könnte mich ja quasi in Naturalien auszahlen lassen.«

»Geistige Nahrung für die Studenten. Hervorragende Idee.« Henning nickte anerkennend.

Es tat gut, mit ihrem Kollegen ein wenig herumzualbern, in dieser verzwickten Situation, in der sie das Gefühl hatte, bei den Ermittlungen die falsche Seite vertreten zu müssen. Helen entspannte ein wenig.

Henning schien sie wieder einmal zu durchschauen. »Ich weiß, es fällt dir schwer, aber lass die anderen ruhig mal machen. Du hast selbst gesagt, die Kommissarin ist eine Gute.«

Helen verzog den Mund. »Ja, das ist sie. Nimm dich vor ihr in Acht. Sie findet eine Menge heraus. Wusstest du zum Beispiel, dass Herr Karl vorbestraft ist?« Sie erzählte Henning von der Sache.

»Wie kann man so etwas wissen? Es steht ja niemandem ins Gesicht geschrieben. Und im Ernst, wann hast du mal ein privates Wort mit ihm gewechselt? Ein Hausmeister, das ist so ein Beruf, da macht man die Arbeit so unbemerkt wie ein Heinzelmännchen. Alle nehmen es als gegeben hin und sehen nicht, dass da ein Mensch hintersteckt, der einem alles so schön parat macht.«

»So ähnlich hat er sich auch ausgedrückt. Er hat sich als Inventar bezeichnet«, sagte Helen.

»Treffend. Aber du kannst dich nicht jedes Einzelnen persönlich annehmen. Ich sehe, du machst dir schon wieder selbst Vorwürfe. Aber jetzt hast du gerade die Seite der Hochschule zu vertreten. Lass dich nicht zerreißen.«

»Du klingst schon wie Rabe.«

Er lachte. »Rabenvögel sind übrigens sehr intelligente Tiere. So, und mit dieser Weisheit lass ich dich jetzt allein. Muss zur Vorlesung.«

»Schade. Aber du hast mir schon geholfen. Danke dir.«

»Nicht dafür.«

Die restliche halbe Stunde verbrachte Helen mit ihrem Kaffee und den Zeitungsausschnitten, die Rabe ihr ausgedruckt hatte. Denn sosehr sie Boris Kuschel misstraute, was hätte er für einen Grund gehabt, Oliver umzubringen? Das Motiv fehlte. Nur ein Streit um die Freundin? Boris machte alles andere als den Eindruck, dass er für eine Liebschaft töten würde. Aber wären da alte Seilschaften im Spiel, sähe es anders aus. Die Idee war ihr gekommen, als Fachinger ihr von dem Anruf des Vaters von Boris erzählt hatte, mit dem der die Unterstützung des Anwalts ankündigte. Alte geschäftliche Freundschaften, korrupte Banker, Versicherungsgeschäfte, und hatte Rabe nicht etwas von den Rotariern erzählt? War Vater Kuschel ebenfalls ein Mitglied in dieser Verbindung? Es mochte sich ein kleiner, aber entscheidender Hinweis auf ein Motiv in den Artikeln befinden.

»Wollen Sie auch noch einen Kaffee?« Kommissar Fichtel stand plötzlich neben ihr. Sie hatte sein Kommen nicht bemerkt, so tief war sie in einen Artikel über die Pleite der

Bonner Rheinbank eingetaucht. Er trug die Überschrift *Schön, aber nicht mehr reich: Die Rheinbank vor dem Aus.*

»Ich hole einen für Frau Voss. Es geht gleich weiter«, meinte Fichtel.

»Ja, gerne.« Helen räumte die Papiere zusammen und verstaute sie in ihrer Aktentasche.

Als sie mit Fichtel zusammen ins Vernehmungszimmer zurückkehrte, waren die anderen schon da. Kathi Voss lief im Zimmer auf und ab, ihr Blick auf das Handy in ihrer Hand gerichtet. Was hatte sie von Marie erfahren? Allen Worten von Henning zum Trotz missfiel es ihr, dass der unmittelbare Austausch mit Marie nicht möglich war. Er fehlte ihr.

»Können wir weitermachen?« Das kam von Dr. Brexel. Helen befürchtete, dass er sein Aftershave in der Pause nachgelegt hatte. Oder hing der Geruch immer noch von vorhin in der Luft? Sie war froh, den Becher mit frischem Kaffee in der Hand zu halten, um ab und zu ihre Nase hineinzustecken.

»Können wir.« Kathi und Fichtel setzten sich. Helen nahm ihren Platz neben Brexel und Boris wieder ein, rückte nur etwas weiter nach vorne, damit sie Boris' Mimik sehen konnte. Sie rief sich Hennings Worte in den Sinn. Sie war nur hier, um zuzuhören und die Hochschule zu repräsentieren. Ein Eingreifen von ihrer Seite war nicht notwendig. Sie könnte sich einfach zurücklehnen und entspannt dem lauschen, was kam. Das jedoch widersprach ihrer Natur. Sie merkte, wie angespannt sie war.

Kathi Voss legte ohne Umschweife sofort los. Sie streckte Boris ihr Mobiltelefon hin und zeigte ihm das

Display. War dort das Foto zu sehen, von dem Kathi zuvor erzählt hatte? Das sie von Marie erhalten hatte? Helen konnte von ihrem Platz aus nichts erkennen. Doch Kathis Frage an Boris ließ genau diesen Schluss zu.

»Sind Sie das, Herr Kuschel?«

Dr. Brexel ging dazwischen, bevor Boris antworten konnte. »Moment. Erst möchte ich da bitte einen Blick drauf werfen.«

Kathi hielt Brexel das Display hin. Der kniff die Augen zusammen. »Ziemlich dunkel. Da erkennt man ja fast gar nichts.«

»Vielleicht hierauf.« Kathi hatte mit einem Wisch auf dem Display ein weiteres Foto aufgerufen. Sie hielt es diesmal erst Dr. Brexel hin. Als der nur nickte, ohne etwas zu sagen, hielt sie es Boris hin. »Kann ich das Phone mal selber halten? Keine Angst, ich werde es nicht löschen.«

»Das würde Ihnen auch nichts nützen.« Kathi reichte Boris das Handy.

Der zoomte mit Daumen und Zeigefinger in das Foto. »Wer hat das gemacht?«

»Das ist nicht die interessante Frage. Sie stimmen mir zu, dass Sie der eine Mann auf dem Foto sind?«

»Ich bin doch ganz gut getroffen, oder nicht?« Boris wollte das Handy zurückreichen.

Doch Kathi winkte ab. »Schauen Sie noch einmal genauer hin. Das, was mich wirklich interessiert, ist: Wer ist der andere? Der, der an dem Motorrad lehnt?«

Boris zoomte erneut. »Schwierig, schwierig. Man kann sein Gesicht ja gar nicht erkennen. Nur so von der Seite.«

»Auf dem Foto ja. Aber als Sie dort standen, haben Sie ihm ja direkt in die Augen geschaut.«

»Helfen Sie mir: Wann wurde das Foto denn gemacht? Ich kann mich gar nicht erinnern.« Boris lächelte Kathi an. Und er wurde nicht einmal rot dabei.

»Gestern Abend. Gegen zehn Uhr. Moment, ich kann Ihnen das sogar ganz genau sagen.« Kathi checkte das Handy. »Um 22 Uhr 14.«

»Ja, das ist ja komisch, dass ich mich da nicht dran erinnern kann. Ich muss wohl einen über den Durst getrunken haben.«

»An einem Montagabend?«, fragte Kathi mit hochgezogenen Augenbrauen.

Brexel legte eine Hand auf Boris' Arm, beugte sich zu ihm rüber und flüsterte ihm etwas ins Ohr. Ein kurzes Nicken von Boris, dann wandte er sich wieder an Kathi.

»Hören Sie, Frau Voss. Ob Sie es glauben oder nicht: Auch mich hat der Tod meines Kommilitonen mitgenommen. Und gestern Abend gab es eine kleine Gedenkfeier. Da habe ich dann wohl ein Bier zu viel gehabt.«

Jetzt trug er zu dick auf, dachte Helen. Hatte er vergessen, dass sie auch hier saß? Sie musste sich zurückhalten, nicht damit herauszuposaunen. Vor ein paar Tagen hatte er ihr noch erzählt, dass sich seine Trauer um Oliver in Grenzen hielt. Und jetzt drückte er auf die Tränendrüse. Aber Kathi nahm ihm das sicherlich auch nicht ab.

Die Kommissarin zog eine Augenbraue hoch. Helen entspannte wieder. Kathis Tonfall verriet deutlich, was sie von seiner Erklärung hielt. »Eine Trauerfeier für Oliver Schönbom. Und da haben Sie dann so viel getrunken, dass Sie einen Blackout hatten? Was um alles in der

Welt hat Sie dann noch dazu gebracht, das Campusgelände zu verlassen und auf die Straße zu gehen?«

Boris wich kein Stückchen von seiner Lügengeschichte ab. Das grenzte nicht nur an Arroganz. Er stützte die Arme auf den Tisch und beugte sich nach vorne. Schaute Kathi direkt in die Augen. Wirkte völlig selbstsicher. Unantastbar. »Ich gehe oft zu später Stunde noch laufen. Das hilft mir, den Kopf wieder klar zu bekommen nach einem harten Tag oder nach zu viel Alkohol.«

»Sie wollen mir allen Ernstes weismachen, Sie waren joggen?«, fragte Kathi.

»Sieht ganz danach aus. Schauen Sie doch noch mal auf die Fotos. Ich meine, mich da im Sportoutfit gesehen zu haben.«

Kathi nickte. »Gehen Sie für gewöhnlich auch immer mit einer Umhängetasche joggen?«

Sein Lächeln erstarb. »Wie meinen Sie das?«

»Wollen Sie vielleicht doch noch einen Blick auf die Fotos werfen? Sie tragen dort eine recht auffällige Umhängetasche.«

Boris schüttelte den Kopf. Aber Brexel wollte die Fotos noch einmal sehen, und Kathi reichte ihm das Handy. Auch er zoomte sich eines der Fotos heran. Gab dann das Telefon zurück. Die Bewegung unwirsch. »Frau Voss. Worauf wollen Sie eigentlich hinaus? Sind Sie schon wieder dabei, Bewegungsmuster nachzuvollziehen? Bitte kommen Sie zum Punkt. Sonst sind wir hier ganz schnell fertig.«

»Worauf ich hinauswill?« Kathi wurde offensichtlich ungeduldig. Ihre Stimme wurde lauter. »Zunächst hatte ich eine recht einfache Frage nach der Identität des

Mannes gestellt, mit dem Ihr Mandant sich gestern offensichtlich getroffen hat.«

»Und die hat Herr Kuschel beantwortet. Er kennt die Identität des Mannes nicht. Womöglich hat der ihn nach dem Weg gefragt.«

Kathi schlug sich vor die Stirn. »Ah, natürlich. Jetzt macht das alles Sinn. Der Fremde muss nach dem Weg zur Post gefragt haben. Und da unser Herr Kuschel hier gerade alkoholbedingt etwas desorientiert war, konnte er ihm nicht helfen. War es vielleicht so, Herr Kuschel?« Während Kathi nun wieder direkt Boris ansprach, öffnete sie ein weiteres Foto auf dem Handy. Hielt es ihm vor die Nase. »Sie konnten sich an den Weg zur Post nicht erinnern und haben dem Fremden angeboten, sein Paket am nächsten Tag selbst dahin zu bringen?«

Boris schluckte. Helen brannte darauf, die Fotos ebenfalls zu sehen.

»Ich kann mich wirklich nicht erinnern.« Boris strich sich über die Stirn, dann über die Augen. Die Überheblichkeit war von ihm abgefallen. Langsam, aber sicher schien Kathi ihn zu zermürben. Hatte Brexel ihm geraten, den Blackout vorzutäuschen? Helen überlegte, was sie ihrem Mandanten in einer solchen Situation raten würde. Das kam natürlich ganz darauf an, was er sich vorzuwerfen hatte. Das Beste wäre es zunächst einmal, ganz zu schweigen. Als Beschuldigter war man nicht gezwungen, auszusagen. Eine Schuld musste ihm bewiesen werden, er war nicht verpflichtet, zu der Wahrheitsfindung beizutragen. Nur war das Ganze hier ja gar keine Beschuldigtenvernehmung, sondern eine Zeugenbefragung und diente offiziell lediglich zur Sachverhaltsaufklärung. Die

Aussage jetzt zu verweigern, würde ihn verdächtig machen. Eine so offensichtliche Lüge allerdings genauso.

»Also gut, Herr Kuschel. Versuchen wir es mal anders.« Kathi atmete durch. »Diese Tasche, die Sie auf dem Foto tragen – und in die Sie ganz offensichtlich das Päckchen verstauen, welches Ihnen der Fremde da überreicht hat.«

»Was ist damit?«, fragte Boris.

»Diese Tasche erkennen Sie aber. Sie ist ja relativ auffällig: weiße Schrift auf schwarzem Grund und eine bunte Figur. Ja?«

»So eine besitze ich, aber ich kann mich nicht erinnern, sie gestern Abend gebraucht zu haben. Ich dachte, ich hätte sie schon länger nicht in der Hand gehabt.«

Kathi nickte. »Natürlich. Aber dass es so war, können Sie kaum leugnen. Und auch nicht, dass der Fremde Ihnen etwas gegeben hat, was Sie in eben diese Tasche hineingetan haben.«

Boris zuckte mit den Schultern.

»Kommen Sie. Sie merken doch selbst, wie unglaubhaft das alles ist. Wer ist der Motorradfahrer? Und was hat er Ihnen da gegeben?«

Brexel griff wieder ein. »Mein Mandant kann sich nicht erinnern, wie oft soll er das wiederholen? Indem Sie die Frage immer wieder neu stellen, wird sich das nicht ändern. Außerdem kann ich nicht nachvollziehen, was das alles mit der Aufklärung des Todesfalls zu tun haben soll. Oliver Schönbom ist auf diesen Fotos doch schon über eine Woche tot. Und mein Mandant ist sicherlich nicht verpflichtet, hier seinen kompletten Lebenswandel zu offenbaren.«

Kathi ließ Brexel zwar ausreden, ging aber nicht auf seine Einwände ein. Stattdessen richtete sie sich wieder an Boris. »Dann lassen Sie mich anders anfangen. Herr Kuschel, wie war denn Ihr Verhältnis zu Oliver Schönbom?«

Brexel wollte erneut eingreifen, doch Boris hielt ihn zurück. »Schon gut, die Kommissarin tut ja nur ihre Arbeit.« Er lächelte Kathi an. »Und ich will helfen, wenn ich kann.«

»Ich bin ganz Ohr. Ihr Verhältnis zu Oliver Schönbom?«

»Ich kannte ihn, ja. Er war in meinem Semester. Aber wir waren nicht näher befreundet. Andere Interessen.«

»Aber Sie teilten das Interesse an Yuna Bäcker?«, sagte Kathi.

Boris winkte ab. »Nein, nein. Ich weiß, worauf Sie hinauswollen. Oliver sei mir ein Dorn im Auge gewesen, weil er Yunas Freund war. Ich bitte Sie. Wenn ich gewollt hätte, wäre das kein großes Hindernis gewesen. Aber ich wollte nichts von ihr. Sie ist eine Hübsche, und sie spielt hervorragend Badminton. Daher kenne ich sie näher. Aber darüber hinaus habe ich kein Interesse an ihr. Da muss ich Sie enttäuschen.«

»Sie enttäuschen mich nicht. Darauf wollte ich gar nicht hinaus.«

»Sondern?«, fragte Boris.

»Ist es nicht eher umgekehrt gewesen? Oliver war Ihnen nicht im Weg, das glaube ich gern. Aber er wollte, dass Yuna Ihnen aus dem Weg geht. Sie waren ihm ein Dorn im Auge.«

»Davon weiß ich nichts.«

»Gehen wir einmal davon aus. Könnten Sie sich vorstellen, warum?«

Nun lachte Boris offen. »Ich kann mir vorstellen, dass mir ein gewisser Ruf in Bezug auf Frauen vorauseilt.«

»Und einmal abgesehen davon fällt Ihnen nichts anderes ein?«

Er schüttelte den Kopf. »Nein. Nichts.«

»Kann es nicht sein, dass Oliver nicht nur Ihr Ruf in Bezug auf Frauen missfiel, sondern zum Beispiel Ihr Umgang mit Alkohol?«

Boris hob entschuldigend die Hände. »Das klingt jetzt vielleicht etwas despektierlich in Anbetracht seines Todes. Aber es war so, dass er in dieser Hinsicht eine Spaßbremse war. Und nicht nur das, er war missionarisch unterwegs. Ich komme damit klar, wenn jemand für sich selbst beschließt, die Hände vom Alkohol zu lassen. Aber den anderen den Spaß mit seinem Heiligenschein zu verderben …« Er beendete den Satz nicht, sondern zog stattdessen die Augenbrauen hoch.

»Also gibt es ja doch etwas, was Oliver an Ihnen missfallen hat«, sagte Kathi.

Boris zuckte mit den Schultern. »Ja, mag sein.«

»Und wie hat Oliver wohl Ihr Verhältnis zu härterem Stoff als Alkohol empfunden?«, fragte plötzlich Kathis Kollege Fichtel, der die ganze Zeit still gewesen war. Boris und auch Brexel wirkten deshalb überrumpelt. Brexel sagte jedenfalls nichts.

»Wie bitte?«

»Na, kommen Sie. Ich habe mich hier ein wenig umgehört. Undercover quasi.« Fichtel grinste. »Etwas Unterstützung beim Muskelaufbau. Ein paar Konzentrationsschwächen bei Prüfungen. Da ist mir zu Ohren gekommen, dass man da bei Ihnen, Herr Kuschel, an der richtigen Adresse ist.«

Fichtel bluffte bestimmt. Dennoch spiegelte sich plötzlich Unsicherheit in Boris' Mimik wider. Der Polizist wirkte jung, noch jünger als Kathi. Ohne Jackett, in Sportklamotten, konnte er leicht als Student durchgehen.

Kathi ließ Boris nicht antworten, sondern konfrontierte ihn weiter. »Wir haben übrigens das Mobiltelefon von Oliver sichergestellt. Möchten Sie sehen, was wir darauf für ein Foto gefunden haben?« Diesmal zückte Kathi nicht ihr Handy, sondern drehte ein Blatt Papier um, welches schon die ganze Zeit auf dem Tisch gelegen hatte. Es zeigte den Ausdruck eines Fotos. Sie schob das Blatt zu Boris rüber. Helen erhaschte einen Blick darauf. Es zeigte Boris mit einem jungen Mann. Halblange dunkle Haare, und er trug eine durchgehend schwarze Motorradkluft. Sein Gesicht hatte er direkt der Kamera zugewandt.

»Na, erkennen Sie ihn auf diesem Foto? Das ist doch der gleiche Mann. Der mysteriöse Fremde. Was hat er Ihnen gestern Nacht übergeben?«

Brexel hatte seine Sprache wiedergefunden. »Du sagst jetzt gar nichts mehr, Boris.«

»Das ist aber schade«, sagte Kathi. »Vielleicht überlegt sich Herr Kuschel das ja noch einmal. Peter, würdest du mir das nächste Beweisstück geben?«

»Aber mit Vergnügen.« Fichtel griff unter den Tisch, holte eine lederne Aktentasche hervor. Gemächlich öffnete er diese, sodass die Sicht auf den Inhalt versperrt war. Er griff mit einer Hand hinein. Tastete ein wenig und zog dann eine andere Tasche daraus hervor. Schwarz mit weißer Aufschrift und langen Griffen. Sie war zusammengefaltet und enthielt einen Gegenstand, etwa in Form eines gebundenen Buchs. Fichtel entfaltete die Tasche und gab sie an Kathi, sodass die Aufschrift zu lesen war: *Was wäre das Leben ohne ein Lachen?*

»Erkennen Sie die wieder, Boris?«

Er war bleich geworden. Schluckte.

Dr. Brexel stand auf. Packte Boris am Arm und wollte ihn hochziehen. »Das reicht. Wir werden jetzt gehen. Es wird keine Antworten mehr geben.«

Doch Boris machte seinen Arm los. »Lass. Die wollen mir den Mord an Oliver anhängen, merkst du das nicht? Aber das hat doch alles damit nichts zu tun. Ich gebe es ja zu, ich helfe den Kommilitonen ein wenig hier und da mit ein paar unterstützenden Mitteln. Sie wissen ja, was da drin ist.« Er deutete auf die Tasche. »Nur harmloses Zeug. Muskelaufbaupräparate auf hormoneller Basis. Nichts Illegales. Vielleicht mal ein paar Amphetamine, Ephedrin. Aber keine harten Sachen.«

»Du bist jetzt still.« Brexel zerrte an seinem Arm.

Kathi hakte ein. »Oliver Schönbom hat Sie damit konfrontiert?«

»Oliver. Nein? Siehst du, was die versuchen, Onkel Axel?«

»Allerdings. Und deshalb sagst du jetzt nichts mehr.« Brexel wurde laut und verströmte dabei Aftershave wie Drachenodem. Trank er das Zeug?

Aber Kathi hatte Boris jetzt da, wo sie ihn haben wollte. Er redete. Und sie hörte nicht auf, Fragen zu stellen. »Wer ist der Motorradfahrer? Ihr Lieferant?«

»Ja … Ja! Von ihm bekomme ich die Medikamente. Aber wirklich, das hat doch alles nichts mit Oliver zu tun. Warum sollte ich ihn umbringen?«

»Weil er Sie konfrontiert hat und Sie auffliegen lassen wollte.«

»Hat er aber nicht. Und wenn schon: Womit sollte er mir drohen? Mit ein paar Amphetaminen? Das macht doch keinen Sinn.«

»Aber möglicherweise war das ja erst der Anfang eines größeren Geschäfts. Etwas, womit mehr Geld zu machen ist?«

»Ich mache nicht in harten Drogen. Und außerdem funke ich doch niemandem in sein Geschäft. Ich bin doch nicht lebensmüde.«

»Sie meinen, Sie funken Ihrem Dealer nicht ins Geschäft? Dann sagen Sie mir seinen Namen. Wer ist dieser Mann?« Kathi klopfte mit der Hand auf das Foto.

Plötzlich sagte niemand mehr etwas. Kathis Frage schwebte in der Luft. Drei Sekunden. Vier. Fünf.

»Er heißt Ruben«, flüsterte Boris.

32. Kapitel

Marie hatte sich auf ihr Zimmer zurückgezogen. Es lief ein Seminar, das zu ihrem angeblichen Lehrgang gehörte, aber da dort andere als die Studenten rund um Olivers Jahrgang teilnahmen, war ihre Motivation gering. Außerdem schweiften ihre Gedanken immer wieder ab. Würde die Kommissarin etwas mit den Informationen anfangen können, die Marie ihr über Boris Kuschel geliefert hatte? War Boris der Täter? Sich auf den Seminarinhalt zum Leistungsumfang der gesetzlichen Unfallversicherung bei einem Arbeitsunfall zu konzentrieren, war ihr jetzt nicht möglich. Stattdessen griff sie nach ihrem Handy und wählte die Nummer von zu Hause. Gretchen hatte sie vorhin anzurufen versucht. Vielleicht gab es zu Hause mit Großmutter Gringsberg ja mittlerweile auch Mord und Totschlag.

Der Rufton ging raus. Gretchen war gleich nach dem ersten Läuten am Apparat. »Marie, bist du das?«

»Ja, warum flüsterst du?«

»Du musst sofort nach Hause kommen.«

»Warum? Was ist denn los?«

»Deine Oma macht mich wahnsinnig. Weißt du, was das Erste war, das sie gestern gemacht hat?«

Marie seufzte, tat ihrer Mutter aber den Gefallen und fragte nach. »Was?«

»Sie hat eine Kaffeemaschine gekauft. Eine Kaffeemaschine! Die mahlt selber die Bohnen. Wie ein brüllendes Ungeheuer. Im ganzen Haus riecht es seitdem nach diesem scheußlichen Gebräu. Im ganzen Haus!«

Marie musste grinsen. Oma Elise war ihr schon jetzt sympathisch. Sie brachte Gretchen auf Trab. So einen Gefühlsausbruch hatte Marie schon wochenlang nicht mehr von ihrer Mutter erlebt. Gretchen wirkte aufgekratzt. Marie versuchte, sie ein wenig zu beruhigen. Von dem einen ins andere Extrem, das konnte ja auch nicht gut sein. »Es gibt halt Menschen, die mögen Kaffee, Mama. Und der Geruch wird dich schon nicht umbringen. Oder zwingt sie dich, den Kaffee auch zu trinken?«

»Nein. Aber das ist ja nicht alles. Sie hat haufenweise andere Dinge gekauft. Der ganze Kühlschrank ist voll mit Salami, Schinken, Würstchen. Und dann hat sie erst einmal das ganze Haus geputzt. Und zwar mit Domestos! Pures Gift! Und gerade jetzt backt sie eine Schwarzwälder Kirschtorte! Ich fühle mich wieder wie mit zwölf. Jeden Sonntag pünktlich Nachmittagskaffee mit Torte. Schon bei dem Gedanken bekomme ich Sodbrennen.«

Marie lief dagegen sofort das Wasser im Mund zusammen. Ihr Vater hatte recht gehabt. Es war genau die richtige Entscheidung gewesen, ihre Oma anzurufen und um Hilfe zu bitten. Auch wenn Gretchen das momentan offensichtlich anders sah. Und so neugierig sie mittlerweile auf ihre Oma geworden war, war Marie doch froh, gerade nicht mitten in diesem Drama stecken zu müssen. Sie hatte ihre eigenen Herausforderungen zu meistern. »Mama, du schaffst das schon. Ich muss jetzt in ein Seminar. Oder gibt es noch etwas?«

»Ja. Komm nach Hause und sieh dir das selbst an. Sie stellt unsere ganze Lebensweise auf den Kopf. Sie hat es nie akzeptiert, dass ich einen anderen Weg gehe.«

»Mama, unser ganzes Leben steht schon auf dem Kopf!« Das brachte Gretchen zum Schweigen. »Hör zu. Ich komme am Wochenende vorbei. Okay? Bis dahin versuche es doch zu genießen, dass du nichts machen musst.«

»Hm.« Gretchen schien ihre Argumente kurz verdauen zu müssen. »Am Wochenende. Ich zähle auf dich.«

Marie verabschiedete sich von ihrer Mutter. Gretchen zählte auf sie. Jetzt, wo sie nicht zu Hause war. Die ganzen Wochen vorher hatte Gretchen sie kaum beachtet, war in ihre eigene Gedankenwelt abgetaucht, und jetzt zählte sie plötzlich auf sie. Marie war froh, weg von zu Hause zu sein. Aber was sollte sie tun, wenn ihr Zwischenaufenthalt hier auf dem Campus vorbei war? So komisch es klang und so unheimlich es ihr hier in der Nacht manchmal vorkam: Alles war momentan besser, als zu Hause in Gretchens Stimmungsschwankungen gefangen zu sein. Oder ihren leiblichen Großeltern die Tochter zu ersetzen, die sie verloren hatten.

Sie schob all diese Gedanken fort, legte sich aufs Bett und nahm sich den Kriminalroman vom Nachttisch. Aber auch darauf konnte sie sich nicht konzentrieren. Ihre Gedanken schweiften sofort wieder ab. Wie lange mochte die Vernehmung von Boris Kuschel dauern? Konnte die Kommissarin ihn mit den Fotos und mit der Tasche von Frau Stankowski unter Druck setzen? Sie klappte das Buch wieder zu, ohne auch nur eine Zeile gelesen zu haben.

Eine halbe Stunde später saß sie mit Yuna in der Mensa bei einem Stück Marmorkuchen. Sie hatten sich nahe dem Eingang an die bodentiefe Glasscheibe gesetzt, sodass sie die Tür zum Musikzimmer im Blick hatten.

»Bei mir zu Hause gibt es gerade Schwarzwälder Kirschtorte«, erzählte Marie.

Yuna hatte eine Tasse Tee vor sich stehen. Sonst nichts. »Ich bin ja gar nicht so eine Süße. Meine Mutter kocht überwiegend traditionell vietnamesisch. Und solche Kuchen wie den da«, sie deutete auf Maries Teller, »gibt es bei uns gar nicht. Erst recht keine Torten. Es gibt Mondkuchen, die werden in kleinen hübschen Formen gemacht, sind aber extrem süß. Nicht mein Geschmack.«

»Das würde ich aber gerne mal probieren«, sagte Marie. »Meine Mutter ist keine große Bäckerin. Zu Weihnachten habe ich mit Papa immer Plätzchen gebacken.«

Yuna schaute sie an. »Vermisst du ihn? Deinen Vater?«

Marie zog die Schultern hoch. Sie hatte Yuna ein wenig von ihren verqueren Familienverhältnissen erzählt, auch dass ihr Vater jetzt im Gefängnis saß. »Ich vermisse ihn, so wie er war, als ich noch nicht wusste, dass ich adoptiert bin. Aber diesen Vater gibt es nicht mehr. Es ist fast so, als ob er gestorben wäre.«

»Das ist hart.«

Marie nickte. Es tat gut, mit Yuna zu reden. Sie war wie eine beste Freundin. Marie war schon immer eine Einzelgängerin gewesen. Hatte nie eine BFF besessen.

Beide hingen ihren Gedanken nach, bis Yuna die Stille brach. »Und wer hat dann heute den Kuchen gebacken? Doch deine Mutter?«

»Nein. Meine Oma.«

Yuna nippte an ihrem Tee. »Die, die du gar nicht kennst? Dann ist das wohl meine Großtante«, sagte sie dann mit einem Grinsen auf den Lippen.

»Genau. Hatte ich ja schon vergessen. Wir sind ja Cousinen.« Marie erwiderte das Lächeln, fürchtete sich aber davor, was mit dieser neuen Freundschaft würde, wenn ihr Gastspiel an der Hochschule hier vorbei wäre.

Plötzlich stupste Yuna sie an. »Guck mal.«

Marie folgte dem Fingerzeig ihrer Freundin. Boris und sein Anwalt kamen aus dem Musikzimmer und blieben im Gang stehen. Der Anwalt redete mit hochrotem Gesicht auf Boris ein, stieß ihn mit dem Zeigefinger immer wieder gegen die Brust. Boris wirkte niedergeschlagen, ließ den Kopf hängen. Er schien in Gedanken woanders zu sein und sein Gegenüber gar nicht richtig wahrzunehmen. Marie fühlte sich wegen des Größenunterschieds der beiden an einen Comic erinnert.

»Wie zwei Hunde«, sagte sie. »Der Anwalt ist wie so eine kleine keifende französische Bulldogge. Und Boxer Boris unterwirft sich trotz körperlicher Überlegenheit.«

»Mit Hunderassen kenne ich mich nicht so aus, aber ich kann mir vorstellen, wie du das meinst«, sagte Yuna.

Die Szene dauerte nur kurz an, dann war die Spannung gewichen. Die beiden verabschiedeten sich, reichten einander die Hände, und Boris klopfte dem kleineren Mann auf die Schulter. Der Anwalt hob seine Aktentasche hoch, die er neben sich auf dem Boden abgestellt hatte, und ging zum Ausgang. Boris schaute ihm nicht nach, sondern zog sofort sein Handy aus der Hosentasche. Sein Kumpel Timo näherte sich ihm von hinten. Er sprach ihn an, aber Boris schubste ihn unwirsch zurück und verzog sich mit dem Handy am Ohr in Richtung Aula. Timo blieb verdutzt stehen.

»Was war das denn?«, fragte Marie und dachte wieder an einen Hund, der in die Enge getrieben wird und wild um sich beißt.

»Ich würde sagen, die Vernehmung verlief nicht so optimal für unseren Herrn Kuschel.«

»Oh, schau. Da kommen meine Chefin und die Kommissarin«, sagte Marie. »Lass uns zu ihnen gehen und nachfragen. Ich bin so gespannt, ob der Trick mit der Tasche funktioniert hat. Ob Boris sich verraten hat.«

Yuna stand auf und räumte Teller und Tassen zusammen. »Geh du mal alleine. Das ist sonst zu auffällig. Ich bringe das Geschirr weg.«

»Okay.« Marie erhob sich, ohne Helen und Frau Voss aus den Augen zu lassen. Sie waren offenbar dabei, sich voneinander zu verabschieden. Und als Marie die Kommissarin erreichte, sah sie ihre Chefin nur noch von hinten. Sie merkte, wie sie den Austausch mit ihr vermisste.

»Kommen Sie lieber kurz mit ins Musikzimmer«, schlug die Kommissarin vor. Marie folgte ihr. Dort angekommen, verschlug es ihr den Atem. Sie hatte schon von Yuna gehört, dass die Luft hier stand, da es zur besseren Akustik keine Fenster in diesem Raum gab. Nun aber schwebte zudem der Duft eines Aftershaves im Raum, das Marie zeitweise bis in ihre Träume verfolgt hatte. Ein Geruch, den sie nie mehr vergessen würde.

Der sie in Todesangst versetzte. Sie lähmte. Das Aftershave, das ihr Vater benutzt hatte. Ihr leiblicher Vater Miroslav Scholz.

»Geht es Ihnen nicht gut, Marie?«, fragte Frau Voss besorgt und zog ihr einen Stuhl hin.

Marie blieb stehen, hielt sich nur an der Lehne des Stuhls fest. Sie musste hier so schnell wie möglich wieder raus. »Es ist dieses Aftershave.«

»Ein ganz schönes Pfund. Hat uns allen zu schaffen gemacht. Stammt vom Anwalt des Herrn Kuschel«, erklärte Kathi Voss.

Marie nickte. Atmete flach. Sie zwang sich, durch den Mund zu atmen. »Wie war es denn?«

»Allzu viel kann ich Ihnen nicht sagen. Aber Ihre Fotos und die Tasche haben uns auf jeden Fall weitergebracht. Ob das aber alles mit dem Tod von Oliver zu tun hat, ist fraglich. Ich werde die Tasche noch behalten. Für alle Fälle.«

»Dann ist Boris nicht der Täter?«

»Selbst wenn ich es wüsste, dürfte ich es Ihnen nicht sagen. Er ist auf jeden Fall kein Unschuldslamm. Kommen Sie ihm besser nicht zu nah. Mittlerweile hat er mit Sicherheit bemerkt, dass das hier nicht seine Tasche, sondern nur eine identische ist. Ich möchte jedenfalls nicht in seiner Nähe sein, wenn er es herausfindet. Und das sollten Sie auch nicht, Marie.«

»Das heißt, er wird nicht festgenommen?«

»Nein. Er hat zugegeben, mit Aufputschmitteln gehandelt zu haben. Teilweise sind solche Mittel aber sogar auf dem freien Markt erhältlich. Dafür wird man nicht verhaftet. Das Drogendezernat wird sich darum kümmern«, berichtete die Kommissarin.

»Und was ist mit diesem anderen? Dem Motorradtypen?«

»Da sind wir zwar dran, kann ich aber nichts zu sagen. Seien Sie vorsichtig. Okay?«

»Aber ich soll schon alles weiterbeobachten, oder?«, fragte Marie. Sie war einerseits enttäuscht, dass es offenbar nicht zu einer Klärung von Olivers Tod gekommen war, wenn auch ein wenig erleichtert, dass Boris möglicherweise gar nichts damit zu tun hatte. Andererseits hatte sie nichts dagegen, dass sich ihre Mission und damit ihr Aufenthalt auf dem Campus verlängern würde. Nur der Aftershavewolke wollte Marie so schnell wie möglich entkommen.

»Beobachten und zuhören. Aber bitte halten Sie sich ansonsten aus allem raus. Helen braucht Sie noch.« Die Kommissarin kniff ein Auge zu.

Marie konnte nur nicken. Presste ein schnelles »Okay« heraus. Dann stürzte sie aus dem Zimmer.

33. Kapitel

Alle Türen zu den Büros im unteren Trakt waren heute geschlossen. Der Flur war normalerweise über die Fenster der Büros von Tageslicht durchflutet. Nun lag er düster vor Helen. Der gesamte Campus wirkte seit dem Tod von Oliver anders. Die Farben erschienen ihr gedämpfter, ihre Schritte verhallten im Labyrinth der Flure. Kam es ihr nur so vor oder begegneten ihr weniger Studenten und Kollegen? Alle schienen sich in ihre Mauselöcher zurückgezogen zu haben. Selbst den Hausmeister, der doch ansonsten immer in irgendeinem Seminarraum einen Projektor kontrollierte oder einen heruntergefallenen Aushang am schwarzen Brett wieder aufhängte, sah man nicht mehr. Darüber war sie im Moment sogar dankbar, schalt sich innerlich jedoch sogleich dafür. Seit der Vernehmung des Hausmeisters bekam sie das Bild nicht aus dem Kopf, wie dieser mit einem Hammer die Technik in den Seminarräumen zerschlug, anstatt sie zu reparieren. Helen schüttelte sich, um diesen Horrorfilm aus ihrem Kopf zu vertreiben.

Jetzt war sie erst einmal auf dem Weg zum Dekan, der einen Bericht erwartete. Die Anspannung machte sich körperlich bei ihr bemerkbar. Ihr Magen verkrampfte sich, in ihren Ohren rauschte es. War das der berühmte Knoten im Bauch oder eine Vorahnung, die ihr irischer Teil ihr bescherte? Etwas nagte an ihr. Es war mehr als das, was sie dem Dekan zu sagen hatte. Es war die ganze Atmosphäre, die zunehmende Dichte der Luft, je tiefer sie in das Gebäude vordrang.

Fachingers Tür war nur angelehnt. Sie lauschte einen Moment. Sie hatte sich seinem Büro so leise genähert, dass er sie nicht bemerkt haben konnte. Sie hörte ein Gemurmel. Erkannte, was es war. Er diktierte. Noch einmal atmete sie durch. Versuchte, das unsinnige Gefühl abzustreifen, und klopfte. Sie wartete keine Antwort ab, sondern stieß die Tür auf.

»Ah, Frau Dr. Freitag.« Fachinger war zur Anrede mitsamt Titel zurückgekehrt. Er erhob sich von seinem Platz hinter dem Schreibtisch. »Ich habe schon auf Sie gewartet. Hat die Vernehmung von Herrn Kuschel eine so lange Zeit in Anspruch genommen?«

»Ja, ich komme direkt von dort.«

Er nickte. »Lassen Sie uns hier Platz nehmen.« Er deutete auf den kleineren runden Besprechungstisch, setzte sich selbst. Helen tat es ihm gleich. Auf dem Tisch standen eine Flasche Wasser und Gläser bereit. Nach dem vielen Kaffee und dem ausgefallenen Mittagessen war ihr Körper förmlich ausgetrocknet.

»Bedienen Sie sich«, bot Fachinger an, als er Helens Blick bemerkte. Dankbar griff sie zu.

»Also, wie ist es gelaufen?«

Helen leerte zunächst das Glas Wasser zur Hälfte, bevor sie antwortete. »Ich falle mit der Tür sofort ins Haus, Herr Fachinger. In Ihr Haus.«

»Wie darf ich das verstehen?«

»Die Vernehmung von Boris Kuschel hat ein massives Drogenproblem hier an der Hochschule zutage gefördert.«

Fachinger wurde bleich. Schluckte. »Ein Drogenproblem?«

»Es geht um leistungssteigernde Mittel. Herr Kuschel verkauft diese unter den Studenten hier am Campus.«

Fachingers Gesichtszüge entspannten sich leicht. »Also keine harten Drogen? Jetzt habe ich für einen Moment schon einen Schreck bekommen. Und der Herr Kuschel …« Fachinger schüttelte den Kopf. »Das hätte ich allerdings nicht gedacht.«

Helen merkte, wie sie die Stirn krauszog. Er schien nicht überrascht über die Drogen an sich. Nur über Kuschels Beteiligung daran. »Sie scheinen mir nicht überrascht zu sein.«

Fachinger blickte sie offen an. »Einerseits bin ich das tatsächlich nicht. Die Studenten von heute stehen unter viel größerem Druck als wir früher. Und solche Mittelchen sind ja sogar frei erhältlich im Onlinehandel. Das wissen Sie doch auch.«

»Wie ich es verstanden habe, geht es allerdings über die frei erhältlichen Präparate hinaus«, entgegnete Helen.

»Das überrascht mich nun doch. Und die Vorstellung, dass hier an unserem Campus auf solche Mittelchen zurückgegriffen wird, ist genau genommen abstrus. Die Studenten hier sind gut situiert. Sie müssen sich finanziell nicht sorgen, keine Studiengebühren, keine Unterkunftskosten. Sie bekommen sogar ein Gehalt über ihre

Versicherungen. Sie können sich also voll und ganz aufs Studieren konzentrieren.«

»Boris Kuschel hat den Handel mit BTM zugegeben. Sie müssen sich auf eine Untersuchung einstellen, Herr Fachinger. Kommissarin Voss wird die Informationen an das Drogendezernat weitergeben. Wahrscheinlich wird schon morgen eine Durchsuchung hier auf dem Campus stattfinden. Das ist aber nicht alles.« Es gab da eine weitere Erkenntnis aus dem Verhör. Eine, die den Dekan sehr persönlich betraf.

»Nicht alles? Das heißt, diese Drogengeschäfte hängen mit dem Tod von Oliver zusammen. Etwa der Kuschel?«

Helen verneinte. »Er streitet es vehement ab. Aber ganz von der Hand zu weisen ist ein Zusammenhang nicht. Oliver ist immerhin an den Folgen einer Tablettenüberdosis gestorben.«

»Und was sagt die Kommissarin?«

»Obwohl sein Anwalt ihm angeraten hat, keine weiteren Aussagen zu machen, hat sich Herr Kuschel aus freien Stücken dazu entschieden, uns über seine Drogengeschäfte zu informieren. Eine Beteiligung am Tod von Oliver hat er aber von sich gewiesen. Auch Kommissarin Voss hat ihm diesbezüglich geglaubt, einfach weil kein Motiv bei ihm erkennbar ist. Es sei denn, es bestanden weitere Verbindungen zwischen den beiden.« Das war nun Helens eigene Theorie. Aber das musste sie dem Dekan ja nicht erzählen. »Wissen Sie etwas darüber? Kannten sich Boris Kuschel und Oliver Schönbom schon länger? Sie stammen ja beide ursprünglich aus Süddeutschland.«

Fachinger blies hörbar Luft aus. »Nicht, dass ich wüsste. Oliver ist«, er unterbrach sich, »war bei der Unfallkasse Baden-Württemberg angestellt. Möglich, dass auch Herr Kuschel dort beschäftigt ist. Das lässt sich herausfinden. Aber selbst wenn, heißt das nicht, dass sie sich dort unbedingt über den Weg gelaufen sind. Die Landesunfallkassen haben mehrere Hundert Angestellte.«

»Aber es ist nicht unmöglich? Beide hier an der Hochschule. Sie absolvierten die gleiche Ausbildung, im gleichen Jahr. Vielleicht hatten sie eine Fahrgemeinschaft gebildet?« Je mehr Helen es aussprach, desto plausibler klang eine Verbindung.

»Das glaube ich nicht. Seit dem Tod von Olivers Großmutter ist er während der Präsenzzeiten hier am Campus kaum noch nach Stuttgart gependelt. Erst recht nicht mehr, seit er hier eine Freundin hatte.«

»Yuna Bäcker.« Helen trank ihr Glas leer, um Zeit zu gewinnen. Sie musste es ihm jetzt erzählen. »Herr Fachinger, bei der Vernehmung hat Boris den Namen seines Lieferanten preisgegeben.«

Der Dekan griff nach der Wasserflasche. »Kann ich Ihnen noch nachschenken?«

Helen nickte mechanisch. Fachinger wich ihrem Blick aus. Wusste er, was kommen würde? »Herr Fachinger. Boris Kuschel hat als seinen Lieferanten den Namen Ihres Sohnes genannt. Ruben.«

Der Dekan zeigte keine Reaktion. Er schenkte Helen Wasser nach. Drehte den Deckel der Flasche zu und stellte sie nahezu in Zeitlupe wieder auf dem Tisch ab.

»Ihr Sohn heißt doch mit Vornamen Ruben, oder?«

Statt zu antworten, stand Fachinger auf, drehte sich um und ging zum Fenster. Draußen war es mittlerweile dämmrig geworden. Er stand nun mit dem Rücken zu ihr. Helen wartete.

»Wie Sie schon richtig vermuten, kommt diese ganze Sache für mich nicht völlig überraschend. Mein Sohn. Ruben. Er hatte schon in der Vergangenheit Probleme mit Drogen. Zweimal mussten wir ihn in eine Entzugsklinik einliefern. Beim letzten Mal war er hier gleich nebenan in der Eschenbergklinik. Das war vor etwas mehr als einem Jahr.« Er drehte sich wieder zu Helen um, kam aber nicht zurück an den Tisch, sondern begann im Raum auf und ab zu laufen. »Haben Sie Kinder?«

Helen verneinte.

Er nickte. »Man sollte meinen, man kenne die eigenen Kinder in- und auswendig. Meine Frau mehr als ich, gewiss. Ich war bis vor einigen Jahren beruflich viel unterwegs. Meine Frau war näher dran an den Kindern. Aber anders als seine Schwester war Ruben auch ihr gegenüber immer verschlossen. Hat niemanden an sich rangelassen. Als es dann mit den Drogen anfing«, er unterbrach sich und fuhr sich durchs Gesicht, »schien er uns völlig zu entgleiten. Ich habe vielleicht falsch reagiert. Ich hab ihm den Geldhahn zugedreht. Wollte ihm nicht ermöglichen, zu leicht an das Zeug ranzukommen.«

»Wenn die Sucht stark genug ist, finden die Betroffenen Wege«, sagte Helen.

»Ja. Und ich habe immer befürchtet, dass er dealt, um sich selbst den Konsum zu finanzieren. Aber diesmal dachte ich wirklich, er hätte den Absprung geschafft. Die Klinik begleitet ihn weiter. Er ist regelmäßig zu

Ehemaligentreffen gegangen. Wenn ich geahnt hätte, dass er sie dazu nutzt, um hier an meiner Hochschule seine Geschäfte zu betreiben …«

Helen wusste nicht, was sie sagen sollte. »Bisher beruht das ja alles auf der Aussage von Boris Kuschel. Es muss ja nicht so gewesen sein.«

Fachinger blickte sie an. Verzog den Mund. »Das Leugnen solcher Tatsachen habe ich schon lange aufgegeben, Frau Freitag.«

Seine Verbitterung war tief, das spürte man. Hatte er sich deshalb des Waisen Oliver angenommen, weil sein eigener Sohn für ihn verloren schien? Ihr kam ein anderer Gedanke. »Waren Ihr Sohn und Oliver eigentlich befreundet?«

»Befreundet nicht. Ruben ist älter. Unsere Tochter Victoria und Oliver sind gleichaltrig, und mit ihr hat sich Oliver früher gut verstanden. Vici hat Olivers Tod schwer getroffen, als ich ihr davon erzählt habe. Sie studiert mittlerweile in Passau. Aber Ruben ging schon damals seine eigenen Wege.« Fachinger setzte sich wieder zu Helen an den Tisch. »Wie wird es jetzt weitergehen?«

»Bezüglich des Handels mit verbotenen Substanzen wird Frau Voss die Untersuchung an das Drogendezernat abgeben. Ihr Sohn wird bald von dort hören. Aber auch wegen der Untersuchung zu Olivers Tod wird Frau Voss eventuell Ihren Sohn verhören wollen.«

»Wegen der Todesursache, ich verstehe. Mein Sohn könnte also die Medikamente beschafft haben, durch die Oliver ums Leben gekommen ist. Eine Frage habe ich noch, Frau Freitag.«

Helens Handy vibrierte. Sie versuchte, es zu ignorieren.

»Sehe ich das richtig: Die Polizei geht inzwischen doch von einem Fremdverschulden aus? Die anfängliche Suizidthese ist völlig vom Tisch?«

»Ausgeschlossen ist nichts, aber Fremdverschulden nach der Beweislage wahrscheinlicher. So hat es mir die Kommissarin zu verstehen gegeben.«

»Und worauf fußt diese Annahme?«

»Hauptsächlich darauf, dass zwar an der Wodkaflasche und dem Glas Olivers Fingerabdrücke gefunden wurden, nicht aber an den Tablettenblistern. Die waren völlig blank.«

»Das heißt, jemand anders muss die Tabletten aus den Blistern gedrückt haben?«

»So ist es, und zwar jemand, der Handschuhe trug.«

»Und Olivers Abdrücke auf der Flasche und dem Glas?«

»Die wären ja leicht dort zu platzieren«, sagte Helen. »Das ist zumindest das, was Frau Voss dazu gesagt hat.«

Fachinger nickte. »Dann gehen die Vernehmungen hier weiter?«

»So sieht es aus. Für morgen sind die nächsten Zeugen geladen. Es waren eine ganze Menge Studenten auf dieser Party.«

Wieder vibrierte Helens Telefon. Dieses Mal zog Helen es aus ihrer Blazertasche. Die Nummer ihrer Mutter. Helen wurde gleichzeitig heiß und kalt. Es war kurz nach sechs. Um Punkt achtzehn Uhr, so hatte sie versprochen, sollte sie ihre Mutter aus dem Krankenhaus abholen. Ruth Freitag wurde heute entlassen. Helen sprang auf. Deutete entschuldigend auf ihr Handy. »Ich muss los.«

34. Kapitel

Und? Hängt Boris am Haken?«, fragte Yuna aufgeregt und zerrte Marie mit in die Bibliothek. In einem der Gänge zwischen den Bücherregalen, die sich direkt an den Servicebereich anschlossen, hielt sie an.

»Ist Frau Stankowski nicht mehr da?«, fragte Marie, anstatt sofort zu antworten.

»Nein. Ich habe heute den langen Dienst bis zwanzig Uhr übernommen.«

»Und ist sonst jemand hier?« Frau Voss hatte gesagt, sie solle weiterhin vorsichtig sein.

»Oben sitzen zwei Studis. Man hört uns dort aber nicht, solange wir nicht schreien.« Yuna rollte mit den Augen. »Jetzt mach es nicht so spannend. Was hat die Kommissarin gesagt? Werden sie Boris verhaften?«

Marie ließ sich auf einen der Stühle fallen, die in der Bibliothek in den Nischen verteilt und in Zweier- oder Viererformationen um Tische gruppiert waren. Immer umgeben von Regalen voller Bücher. Sie konnte sich vorstellen, sich hier zum Lernen zurückzuziehen, wie es auch Oliver gerne getan hatte. Yuna blieb stehen, schaute Marie erwartungsvoll an. Sie würde enttäuscht sein von dem, was Marie zu berichten hatte. »Nein. Boris scheint doch die falsche Spur zu sein.«

»Was? Das kann nicht sein!« Yuna ließ sich neben ihr auf einen Stuhl fallen. »Es waren also keine Drogen, die er von diesem Motorradtypen bekommen hat?«

»Doch, schon«, sagte Marie. »Der Trick mit der Tasche hat funktioniert. Aber es waren nur Aufputschmittel. Das hat Boris zugegeben.«

»Aber dann lagen wir doch richtig. Und Olli hat das auch herausgefunden. Da bin ich mir sicher. Und wenn er Boris damit konfrontiert hat ...«

»Das habe ich ja auch gedacht. Aber Boris hat alles abgestritten, bis auf den Handel mit Medikamenten und Aufputschmitteln. Und die Kommissarin glaubt ihm.«

»Was ist mit deiner Chefin? Frau Freitag? Denkt sie das etwa auch?«

Marie hob die Schultern und ließ sie mit einem Seufzen wieder fallen. »Keine Ahnung. Ich habe sie nicht gesprochen.«

Yuna fuhr sich mit beiden Händen durch die Haare. »Nein! Ich glaube das nicht. Das kann nicht sein. Boris war es! Bestimmt! An dem Abend auf der Party war Olli so aufgebracht, als ich ihn gefragt habe, ob er mit Boris und Timo in den Club nach Hennef mitkommt. Eine richtige Szene hat er mir gemacht. Nicht nur, dass er nicht mitkommen wollte, sondern er wollte es mir verbieten! Und schon in den Tagen vorher war er so gegen Boris eingenommen.«

»Vielleicht war er eifersüchtig.«

Yuna schüttelte vehement den Kopf. »Nein. Olli war kein eifersüchtiger Typ. Überhaupt war er normalerweise niemand, der schlecht von irgendjemandem redete oder Gerüchte verbreitete. Du hast doch gehört, was die Leute bei der Gedenkfeier von ihm erzählt haben.«

Marie erinnerte sich. Andererseits würde wohl niemand auf so einer Veranstaltung schlecht von einem Toten reden. Sie dachte an Tobias. Er hatte warmherzige Worte für Oliver gefunden. Andererseits verbarg auch er etwas. Etwas über Oliver vielleicht, mit dem er versuchte, Boris unter Druck zu setzen, und das er zu seinem Vorteil verwenden wollte?

Doch Yuna steigerte sich immer mehr hinein in ihre Theorie. »Es muss an Boris gelegen haben! Olli muss etwas Konkretes herausgefunden haben, was über die Gerüchte hinausging!«

Marie gab Yuna trotz ihrer Bedenken in einer Hinsicht recht. »Du meinst, weil Oliver bei dem Thema einen wunden Punkt hatte, hat er intensiver nachgeforscht?«

»Genau«, pflichtete Yuna ihr bei. »Da kannte er keinen Spaß. Und Olli hat mich auch noch vor ihm gewarnt. Aber ich dumme Nuss hab das abgetan. Ich könne schon auf mich aufpassen.«

Yuna machte sich Vorwürfe. Das war deutlich. Aber das führte zu nichts. Das hatte Marie schon am eigenen Leib erfahren. Und aus der Perspektive der Polizei, aus der Sicht eines jeden, der nicht persönlich betroffen war, reichten solch bloße Vermutungen nicht aus, um jemanden des Mordes zu verdächtigen oder gar zu verhaften. Sie versuchte, Yuna das klarzumachen. »Ich glaube dir ja, dass Boris etwas damit zu tun hat«, gab sie zu. »Aber das reicht eben nicht aus. Und die Ermittlungen sind ja nicht vorbei. Nur sollten wir uns da raushalten.«

Yuna schüttelte den Kopf. »Boris hatte das Motiv und die Gelegenheit, und Tabletten hatte er ebenfalls. Das hat er ja jetzt selbst zugegeben. Und nur, weil er abstreitet, etwas mit Ollis Tod zu tun zu haben, kann die Polizei ihn doch nicht laufen lassen. Wir müssen was tun, Marie.«

»Was denn? Außerdem sollen wir uns zurückhalten, nur weiter beobachten.« Und dabei nicht noch einmal gesehen werden. Letzteres sprach sie nicht aus. Wenn sie von Lilly und Boris erzählen würde, die sie gestern Abend vor Boris' Zimmer belauscht hatte, stachelte das ihre Freundin nur noch mehr auf.

Yuna stand auf. Lief auf und ab. Nahm wahllos ein Buch aus einem der Regale. Schob es wieder hinein, ohne es aufzuschlagen. »Du kannst ja beobachten. Ich muss was tun.«

»Warte, Yuna.« Marie lief ihrer Freundin hinterher, die bereits auf der Treppe ins obere Stockwerk der Bibliothek unterwegs war. Sie konnte nicht Schritt mit ihr halten. So war Yuna, als Marie oben ankam, schon hinter einem der Regale verschwunden. Marie folgte den Stimmen, bis sie Yuna in einer Ecke bei Ferhat und Lilly stehen sah. Ausgerechnet! Marie schloss zu ihnen auf, hielt sich aber im Hintergrund.

»Ihr müsst mir helfen«, sagte Yuna. »Ferhat, du hast doch mit Olli am Abend auf der Party lange geredet. Hat er da irgendetwas über Boris erzählt?«

Ferhat tauschte zuerst einen Blick mit Lilly. »Wie meinst du das, was soll er erzählt haben?«

Yuna setzte sich zu ihnen an den Tisch. Marie blieb hinter ihr stehen und lehnte sich an eines der Bücheregale. Sie vermied jeden Blickkontakt. Wieder fühlte sie sich ertappt.

Yuna druckste herum. »Keine Ahnung. Hat er?«

»Nicht, dass ich mich erinnern kann. Aber die Polizistin hat mich das auch schon gefragt. Zumindest so etwas Ähnliches. Stimmt es, dass Oliver ermordet wurde? Und ist Boris jetzt verdächtig?«, fragte Ferhat.

Lilly, wieder die Alte mit einer glatten Fassade, blies in dasselbe Horn. »Einen Anwalt hat er jedenfalls direkt mitgebracht. Das ist gerade Gesprächsstoff Nummer eins.« Mal abgesehen von ihrer dunklen Seite, die Lilly gestern Nacht gezeigt hatte, hatte Marie sie schon vorher nicht gemocht. Sie erinnerte sie an ihre Mitschülerinnen aus der Realschule. Schlank, hip und hinterrücks über andere reden. Speziell Marie war beliebtes Opfer von Lästereien gewesen. Zudem war Lilly eine Freundin von Yuna, und Marie musste sich eingestehen, dass sie Eifersucht empfand. Wie konnte Yuna mit ihr befreundet sein und gleichzeitig mit Lilly? Immerhin schien Lillys Einwurf Yuna in ihrem Eifer etwas auszubremsen. Sie merkte wohl selbst, dass sie den Gerüchten um Olivers Tod weiter Futter gab. Und Gerüchte blähten sich bei stetiger Zufuhr an Nahrung gerne auf.

Yuna schüttelte den Kopf und ruderte ein wenig zurück. »Ich muss nur etwas für mich herausfinden. Aber ja, Olli hat sich nicht umgebracht. Das habe ich ja von Anfang an gesagt.«

Ferhat stieß einen Pfiff aus. »Das ist echt hart. Ein Mord. Hier!«

Marie war nahe daran, darauf etwas zu erwidern. Suizid wurde zwar mittlerweile ausgeschlossen, aber bis zum Mord gab es viele Abstufungen. Fahrlässige Tötung, Unfall mit Todesfolge. Ihr leiblicher Vater und ihr Adoptivvater waren ja auch »nur« wegen Totschlags und nicht wegen Mordes an ihrer leiblichen Mutter verurteilt worden. Aber sie sagte nichts.

Lillys Gesicht aber, das mit den zwei feinen Grübchen in den Wangen immer zu lachen schien, war fahl geworden. Etwas von ihrer nächtlichen Seite schien hindurch. »Und die Polizei denkt, dass es einer von uns war?«

»Ich weiß nicht, was die Polizei glaubt. Deshalb möchte ich ja selbst etwas herausfinden. Ferhat, bitte überleg noch mal, ist dir irgendetwas komisch vorgekommen an dem Abend der Party? Worüber habt ihr euch unterhalten, du und Olli?«

Ferhat zog die Stirn kraus. »Nichts Besonderes. Über meine Musik, über Gott und die Welt. Warte.« Er hielt kurz inne. »Irgendwann kam Boris mal zu uns rüber. Hat den Timo zurückgepfiffen, der sich über die Mucke beschwert hat. Da hat Olli so eine Andeutung gemacht, dass er Boris nicht über den Weg traut oder so ähnlich. Genau weiß ich es nicht mehr.«

»Hat er gesagt, warum?«

Ferhat schüttelte den Kopf. »Nein. Definitiv nicht. Hat mich aber gewundert. Ich hab ihn vorher noch nie schlecht über jemanden reden hören.«

Yuna drehte sich zu Marie um. »Hörst du das?« Ohne eine Reaktion von ihr abzuwarten, wandte sie sich wieder den beiden anderen zu. »Weißt du noch etwas, Lilly? Habt ihr Olli gesehen, nachdem ich weg war? Wie lange war er auf der Party?«

Lilly antwortete: »Ich habe Olli später an der Theke gesehen. Er sah ziemlich fertig aus. Ich wollte ihm ein Glas Wasser bringen, doch dann war er plötzlich weg. Zuletzt stand er mit Charly zusammen.«

»Charly Hausmann?«, fragte Yuna.

»Ja, vielleicht fragst du den mal.«

»Werde ich, danke. Hast du das der Polizei alles gesagt?«

Lilly nickte. »Ja, ich habe denen auch erzählt, dass es mich gewundert hat, dass Olli so angetrunken wirkte. Ich war ja hinter der Theke, und zumindest ich habe ihm nur einen Campari Orange ausgeschenkt.«

»War Charly nicht auch für den Ausschank zuständig?«, fragte Yuna.

»Ja, wir haben uns abgewechselt. Aber wenn es den Leuten zu lange gedauert hat, sind sie schon mal hinter die Theke gegangen und haben sich selbst etwas geholt. War ja alles frei. Aber deshalb kann ich nicht beschwören, wer wie viel getrunken hatte.«

Yuna nickte. »Fällt euch sonst etwas ein?«

Sowohl Lilly als auch Ferhat verneinten. »Danke euch beiden. Ihr habt uns echt weitergeholfen«, sagte Yuna, stand auf und nahm Marie am Arm. »Komm.«

»Wartet mal«, rief Ferhat. »Was hast du denn jetzt vor? Warum all die Fragen?« Yuna hörte ihn schon gar nicht mehr oder wollte ihn nicht mehr hören. Marie drehte sich kurz zu Ferhat um und hob entschuldigend die Schultern, bevor Yuna sie mit sich zog.

An der Treppe blieb Yuna stehen und ließ ihren Arm endlich los. Marie wiederholte Ferhats Frage. »Was hast du denn jetzt vor?«

»Na, Charly befragen. Der ist eng mit Boris. Wenn der jemanden benutzt hat, um Olli etwas in den Drink zu mischen, während er selbst fort ist und sein Alibi vorbereitet, dann Charly«, sagte Yuna.

Nicht nur Charly, dachte sich Marie. Lilly würde so etwas möglicherweise auch für Boris tun. Für eine entsprechende Gegenleistung. Und es wäre für sie beim Ausschank ein Leichtes gewesen, Olli etwas in den Drink zu mischen. Aber das behielt sie für sich. Außerdem war Yuna schon vorweggeprescht, und Marie dachte gar nicht daran, ihr hinterherzuhechten. Die Treppe war steil, hatte durchsichtige Gitterstufen. Als Marie unten ankam, war Yuna schon dabei, den Bibliothekscomputer herunterzufahren und den Servicebereich zu schließen.

»Musst du nicht bis zwanzig Uhr die Stellung hier halten?«

Yuna blickte auf ihre Armbanduhr. »Halb acht muss heute reichen. Jetzt erwischen wir Charly noch beim Betriebssport. Da ist er immer am Dienstag.« Sie klopfte mit einem Finger auf ihre Uhr »Und zwar bis genau Viertel vor acht. Danach verschwindet er meist mit Boris in den Fitnessraum.«

Aber als sie in die Sporthalle hinunterblickten, waren die Betriebssportler schon dabei, zusammenzuräumen und Bälle einzusammeln. Charly Hausmann war unter den Anwesenden nicht auszumachen, aber dafür sah Marie jemand anderen. »Schau mal, da ist ja Tobias. Den hätte ich hier nicht vermutet.«

Yuna zuckte mit den Schultern. »Ist auch das erste Mal, dass ich ihn beim Betriebssport sehe. Um diese Zeit saß er eigentlich immer mit Olli bei mir in der Bücherei. Vielleicht will er sich davon ablenken?«

»Ja, vielleicht«, sagte Marie.

Yuna zog sie weiter. Aber im Fitnessraum, der gegenüber der Halle direkt hinter dem Musikzimmer lag, trafen sie überhaupt niemanden an.

»Ist doch besser so«, sagte Marie. »Lilly hat der Polizei doch von Charly erzählt. Und die werden ihm schon die richtigen Fragen stellen.«

»Vielleicht hast du recht.« Yuna wirkte müde und niedergeschlagen. »Aber wir werden Boris ab jetzt nicht mehr aus den Augen lassen. Inzwischen wird er bemerkt haben, dass seine Drogentasche noch da ist. Er wird sie wegschaffen wollen. Irgendwas passiert heute Nacht. Das habe ich im Gefühl.«

»Wie stellst du dir das vor? Wir lungern in seiner Nähe herum? Das ist doch zu auffällig. Insbesondere, wenn du so spät noch hier am Campus bist.« Und mich hat er auch schon unter Beobachtung, dachte Marie.

»Wir werden uns eben nicht erwischen lassen.«

»Aber es fällt doch schon auf, wenn dein Auto noch im Hof steht. Du parkst doch immer für alle sichtbar auf dem Vordeck zur Garage.«

»Ich kann es ja hineinfahren, damit man es nicht sieht.« Yuna blieb hartnäckig. Doch Marie sah, wie sie ein Gähnen unterdrückte.

»Ernsthaft, du solltest nach Hause fahren. Ich verspreche, dass ich die Augen offen halte. Okay?«

Es brauchte ein paar weitere Überredungskünste Maries. Aber als sie weder Boris noch einen seiner Kumpane in der Mensa beim Abendbuffet antrafen, siegte die Müdigkeit bei Yuna, und sie fuhr nach Hause. Yunas Gefühl einer Vorahnung aber hatte nun Marie klammheimlich umschlängelt wie Kaa aus dem Dschungelbuch den kleinen Mogli.

35. Kapitel

Würdest du bitte mal still sitzen bleiben? Ich mache das.« Helen legte den Arztbericht zurück auf den Wohnzimmertisch, den sie seit einer halben Stunde vergeblich versucht hatte mit ihrer Mutter zu besprechen. Ruth lenkte immer wieder ab. Eine neue Wäsche ansetzen oder einen Tee kochen. Dieses Mal sollte es ein Apfel sein, der geschält werden wollte.

»Schon gut, Leni. Ich möchte nur sicherstellen, dass du genug Vitamine bekommst. Du siehst müde aus.«

»Ich, Mama? Du bist es, die krank ist. Und du lässt dich jetzt mal von mir versorgen!« Helen stand auf und verschwand in der Küche. In der zweiten Oberschranktür, die sie öffnete, fand sie die Sammlung von Schüsseln, die wie Matrjoschka-Püppchen der Größe nach ineinandergestapelt waren, und bewunderte wieder einmal die Ordnung. Überhaupt stimmte es, was ihre Mutter sagte. Helen glaubte, ohne in den Spiegel geschaut zu haben, dass sie müde aussah. Denn sie war müde. Und ihrer Mutter sah man ihre Krankheit nicht im Entferntesten an. Diese war durch die richtige Reaktion dieses einen Arztes im Siegburger Krankenhaus, ihre Mutter zur näheren Untersuchung ins Uniklinikum in Bonn zu schicken, so früh erkannt worden, dass sie die optimale Behandlung bekommen konnte. Die Diagnose Parkinson schien Ruth Freitag weder körperlich noch psychisch getroffen zu haben. Helen hatte anscheinend viel größere Probleme damit. Am meisten Vorwürfe machte sie sich, weil sie nichts davon bemerkt hatte. Sie hatte ihre Mutter aus den Augen verloren, obwohl sie im gleichen Haus lebten. Ab jetzt würde sich das ändern. Mit nicht nur einem Apfel, sondern einer ganzen Schüssel voller Obst kehrte sie zu ihrer Mutter ins Wohnzimmer zurück. »So, das gibt jetzt einen schönen großen Obstsalat, Mama. Da hast du morgen noch genug.«

»Warum hast du denn nicht zwei Schälmesser mitgebracht?« Ruth streckte ihre Hand aus. »Siehst du? Da zittert gar nichts. Ich bin durchaus in der Lage …«

Mit einem Blick brachte Helen ihre Mutter zum Schweigen. »Lass mich dich einfach mal verwöhnen, ja?«

Ruth lehnte sich im Sofa zurück. »Also gut.«

Während Helen begann, einen der Äpfel zu schälen, versuchte sie einen weiteren Vorstoß. »Für die erste Woche hat die Klinik dir die Medikamente schon aufgeteilt. Ab der nächsten musst du das selbst tun. Hast du dir den Medikamentenplan schon angesehen? Kommst du damit klar?«

»Im Krankenhaus hatte ich ja sonst nichts zu tun«, antwortete ihre Mutter. »Am besten träufelst du die Zitrone direkt über die geschnittenen Äpfel, Leni. Sonst werden die so schnell braun.«

»Das weiß ich, Mama. Könntest du bitte beim Thema bleiben?«

»Ich habe die Medikamente im Griff, Leni. Ich weiß deine Fürsorge wirklich zu schätzen.«

Helen drehte sich zu ihrer Mutter hin und verzog den Mund. Jetzt kam das »Aber«.

»Wirklich«, wiederholte Ruth. »Aber noch kann ich ganz gut auf mich selbst aufpassen. Wenn es mal so weit ist, dass ich Hilfe brauche, werde ich es dich schon wissen lassen. Statt mich jetzt zu betüddeln, wäre es mir lieber, wenn du mich an deinem Leben ein wenig mehr teilhaben lässt, Leni. Wann lerne ich denn mal deinen Partner kennen?«

Helen seufzte und unterdrückte ihr Verlangen abzustreiten, dass Rabe ihr Partner war. Insbesondere gegenüber ihrer Mutter ließ sie Informationen zu den Einzelheiten ihres Liebeslebens nur spärlich fließen. Aus gutem Grund. Gab Helen zu, dass da mehr mit einem Mann war als bloße Freundschaft oder eine Arbeitsbeziehung, dann folgten in der Regel weitere bohrende Fragen. Heirat, Kinder. Bei Rabe gäbe es mehr zu erzählen. Er hatte immerhin schon mitgeholfen, den Garten hier umzugraben. Und so überraschte Helen ihre Antwort selbst gar nicht mehr. Sie merkte es, warum auch immer, als sie eine der saftigen Orangen nahm. Gab es in diesem Moment vor sich selbst zu. Ralf Peter Voss war nicht nur ein Freund, nicht nur ein Liebhaber. Er war ihr Freund, ihr Partner. »Bald, Mama. Sehr bald.«

Dann klingelte ihr Handy, das auf dem Wohnzimmertisch lag. Helen warf einen Blick auf das Display. Es war Kathi Voss. »Da muss ich ran.« Kurz betrachtete sie die Orange, legte sie beiseite und trocknete ihre Hände am Küchenpapier ab, bevor sie das Handy nahm. »Kathi, was ist los?«

»Hast du mit deinem Dekan gesprochen?«

»Würdest du aufhören, ihn ›meinen Dekan‹ zu nennen?«

»Ist er doch. Ach, egal. Also, hast du?«

»Ja, habe ich. Warum?«

»Was hat er zu seinem Sohn erzählt?«

Helen fühlte sich von ihrer Mutter beobachtet, stand auf und lief in die Küche. »Kathi, du weißt, ich kann dir da nicht viel sagen. Das war ein Mandantengespräch.«

»Komm schon. Ich erzähle dir auch mehr, als ich sollte. Außerdem, ist dieser Ruben Fachinger dein Mandant?«

»Nein, aber ...«

Kathi ließ sie nicht aussprechen. »Glaube mir, bei der Liste an Eintragungen, die mir das Bundeszentralregister über diesen Ruben beschert hat, erzählst du mir nichts Neues. Ich will nur hören, wie der Vater seinen Sohn darstellt und was er dir von ihm erzählt hat. Also?«

Helen setzte sich an den Küchentisch und rekapitulierte ihr Gespräch mit Fachinger. »Er hat von der Drogenvergangenheit seines Sohnes gesprochen. Er ist schon früh in eine Abhängigkeit geraten, hat mehrere Entziehungskuren gemacht. Seit einiger Zeit hielt er ihn jetzt allerdings für clean. Dass er auch mit BTM handelt, hätte er zwar immer befürchtet, aber nicht gewusst.«

»Ha! Das nehme ich ihm nicht ab«, schallte es aus dem Hörer. »Der hat sich seinen eigenen Konsum regelmäßig mit dem Handel in großem Umfang finanziert, wie es aussieht. Er ist mehrfach deshalb verurteilt worden. Hatte aber immer gute Anwälte, denn er musste – zumindest als Erwachsener – noch nicht einfahren. Trotzdem kann das deinem Dekan nicht entgangen sein. Vermutlich hat er die Anwälte finanziert.«

»Erzähl ihr das mit dem Brand.« Das kam aus dem Hintergrund. Da war jemand bei Kathi.

»Ist das etwa dein Bruder?«, fragte Helen.

Kathi lachte kurz. »Du erkennst deinen Lover zehn Meilen gegen den Wind. Wir sitzen bei ihm in der Redaktion.«

»Okay. Ich möchte es gar nicht wissen«, sagte Helen.

»Du kannst ruhig fragen. Wir tun nichts Verbotenes. Ich brauchte nur einen Einblick in seine Archive. Und auf dem kurzen Dienstweg geht es schneller.«

»Und was genau habt ihr da jetzt gefunden?«

»Ruben Fachinger ist mit dreizehn zu einer Jugendhaftstrafe verurteilt worden wegen Brandstiftung.«

»Brandstiftung. Mit dreizehn?« Würde Helen pfeifen können, hätte sie es jetzt getan. So pustete sie nur hörbar Luft aus.

»Ja, nicht wahr? Er hat seine Schule abgefackelt, während der Unterrichtszeit. Glücklicherweise gab es nur leichte Rauchvergiftungen und sonst keine Verletzten oder Toten. Eine Evakuierung konnte nach dem Alarm noch rechtzeitig stattfinden. Aber stell dir das mal vor! Sogar seine jüngere Schwester war im Unterricht, als er den Brand gelegt hat. Und jetzt rate mal, wer noch?«

Helen lief ein Schauer über den Rücken. Was hatte der Dekan erzählt? Seine Tochter war im gleichen Alter wie … »Oliver Schönbom.«

»Treffer versenkt, Schwägerin.«

»Und das hast du jetzt alles woher?«, fragte Helen, nachdem die Informationen gesackt waren.

»Ausgehend von dem Eintrag im Bundeszentralregister über die Verurteilung wegen Brandstiftung haben wir die Zeitungsarchive durchstöbert. Und da gab es dann im Nachgang des Brandes an der Schule, die sein

Sohn besucht hat, auch ein Interview mit dem Vorstand der Rheinbank.«

»Olivers Vater.«

»Genau. Und das war quasi ein Glückstreffer, weil Rabe noch Schönboms Namen als Suchkriterium bei seinen vorherigen Suchanfragen drin hatte.«

Helen schwirrten die Gedanken. Verbindungslücken schlossen sich, aber richtig belastbar waren diese Brücken nicht. »Was heißt das jetzt für die laufende Ermittlung?«

»Das ist eine der Fragen, die ich Ruben Fachinger stellen will. Eine Einladung zu seiner Anhörung schicke ich morgen früh gleich als Erstes raus. Und dann würde ich mich gerne bei den Vernehmungen an der Hochschule mit deinem Mandanten Professor Fachinger unterhalten.«

»Und ich erst!«

»Dann wäre das geklärt. Wir sehen uns morgen am Campus. Willst du deinen Lover noch sprechen?«, fragte Kathi.

»Lass mal. Aber du kannst ihm sagen, dass meine Mutter bereit dazu ist, dass er ihr endlich vorgestellt wird, nachdem er so gut auf ihren Garten aufgepasst hat.«

»Deine Mutter oder du?«, fragte Rabe. Offensichtlich hatte Kathi das Telefon auf laut gestellt und er hatte jedes Wort mitgehört. »Entschuldige, vergiss das«, fügte er schnell hinzu. »Sag ihr einfach, dass ich mich sehr darüber freue.«

»Sie freut sich auch.«

»Eure Probleme möchte ich haben«, sagte Kathi, und Helen konnte ihr breites Grinsen durch das Telefon hören.

36. Kapitel

Zurück in ihrem Zimmer, verschloss Marie die Tür. Zweifach. Es war den ganzen Tag warm gewesen, fast sommerlich. Zwar war das Fenster durch Sträucher beschattet, trotzdem stand die Luft im Raum. Es war bereits fast dunkel. Sie ließ das Licht jedoch noch aus und öffnete das Fenster, um frische Luft rein- und die Insekten draußen zu lassen. Ein paar Minuten stand sie so vor dem geöffneten Fenster. Dann wurde es ihr zu mulmig. Ihr Zimmer lag ebenerdig, und selbst sie als völlige Bewegungslegasthenikerin würde es mühelos schaffen, hier einzusteigen. Der guten Luft zuliebe ließ sie es aber noch auf Kipp. Die Vorhänge schloss sie. So legte sie sich aufs Bett und ließ den Tag und die Nacht zuvor Revue passieren. Wie sollte es weitergehen? Dass Boris' Zimmer nur zwei Türen entfernt von ihrem war, hatte sie schon genug beunruhigt. Aber dass er jetzt nicht mehr Hauptverdächtiger der Kommissarin war, wühlte sie zusätzlich auf. Was, wenn er sie alle täuschte? Gestern Abend mit Lilly hatte er seinen Kuschelkurs abgelegt. War sogar recht grob gewesen. Und dieser Blick, mit dem er Marie bedacht hatte … Zum Fürchten! Außerdem lag ihr immer noch der Geruch des Aftershaves dieses Anwalts in der Nase. Die beste Waldluft konnte ihn nicht vertreiben. Je länger sie dalag, desto beklemmender wurde ihr Gefühl. Genauso wie vor einem Jahr, als sie entführt worden war und mitten in der Nacht in dem stockdunklen Schlafkabuff hinter der Fahrerkabine gefesselt ausharren musste.

Marie begann zu zittern. Sie brauchte Licht, tastete nach dem Schalter der Nachttischlampe, als ein plötzliches Pochen sie in der Bewegung innehalten ließ. Da war es noch mal. Es kam von draußen. War sehr nah. Marie hielt die Luft an.

»Was willst du hier?« Klar und deutlich. Das war Boris' Stimme, die aus seinem Zimmer herüberschallte. Es klang jedoch so nah, als würde er genau vor ihrem offenen Fenster stehen und in ihr Zimmer hineinrufen. Direkt hinter dem Pfad, der am Gebäude entlangführte, stieg eine Böschung an. Vermutlich wurden die Stimmen wie in einem Amphitheater getragen. Sie verhielt sich mucksmäuschenstill. Die Muskeln angespannt. Jede Bewegung konnte das Bett zum Quietschen bringen, und wenn sie so gut hörte, was vor Boris' Fenster passierte, konnte man sie umgekehrt doch genauso gut hören.

»Was ich will? Was glaubst du? Dich fertigmachen. Du hast ja keine Ahnung, was du angerichtet hast. Komm da raus. Du erzählst mir jetzt genau, was du verpfiffen hast.«

»Geht's auch ein bisschen leiser?« Das war wieder Boris.

»Komm raus, sonst komme ich rein.«

»Schon gut. Wir treffen uns draußen beim Hubschrauberlandeplatz. Okay? Ich ziehe mir nur was über.«

Marie hörte, wie Boris sein Fenster zuschlug. Er war wütend. Wer war der andere? Der Biker? Hatte Boris ihn an die Polizei verpfiffen, um seinen eigenen Kopf zu retten? Hatten sie ihn deshalb laufen lassen? Wer es auch war, schwere Schritte entfernten sich. Als sie nichts mehr hörte, stand sie auf. Schloss erst ihr Fenster und lief dann zur Zimmertür. Legte das Ohr ans Türblatt. Lauschte. Das Blut rauschte in ihren Ohren. Würde sie überhaupt hören, wenn Boris sein Zimmer verließ? Sollte sie ihm nachgehen? Sie hatte Yuna versprochen, die Augen offen zu halten. Aber die Angst lähmte sie. Sie würde sich lieber hier vergraben und den Kopf unter die Bettdecke stecken, wie sie es früher getan hatte, wenn die Welt draußen sie zu überwältigen drohte. Aber sie war kein Kind mehr, das an ein solch falsches Sicherheitsgefühl glaubte. Sie würde ihre Entscheidung davon abhängig machen, ob sie von Boris drüben etwas hörte.

Dann ein Geräusch. Kurz und metallisch. Oder hatte sie es sich nur eingebildet? Nein. Jetzt war es deutlich. Eine Tür war zugefallen. Die Zimmertüren fielen automatisch wieder zu. Zumindest war das bei ihrer so. Und wenn sie ins Schloss fielen, hörte man es. Aber dann war es wieder still. Der Teppich schluckte jeden Schritt. Wie lange musste sie warten, damit Boris sie nicht hörte, sie aber gleichzeitig sehen konnte, in welche Richtung er lief? Aber nein: Sie wusste ja, wohin er gehen würde. Der Hubschrauberlandeplatz. Yuna hatte ihr beim ersten Rundgang auch diese außergewöhnliche Markierung auf dem Rasen gezeigt. Der Platz lag ganz in der Nähe des Außenvolleyballfeldes. Also zog sich Marie zunächst ihre dunkle Regenjacke über. Sie atmete noch mal durch. Schaltete ihr Handy auf lautlos und steckte es in die Jackentasche. Behielt es aber dabei in der Hand. Griffbereit. Für Fotos oder sogar für eine Tonaufnahme. Dann öffnete sie ihre Tür.

Vorsichtig streckte sie den Kopf raus, schaute in beide Richtungen den Flur entlang. Nichts. Sie nahm den schnellsten Weg von hier nach draußen über eine Seitentür. Auf dem Vorplatz angekommen, überlegte sie, welchen Weg sie einschlagen sollte. Nach links zum Haupteingang und an den Garagen vorbei wäre es kürzer. Aber dort war der Weg größtenteils beleuchtet. Rechts herum würde sie an ihrem Zimmer vorbeikommen. Dort gab es auf dem ersten Stück keine Leuchten. Also da lang. Sie zog die Kapuze auf, um ihre blonden Haare zu verdecken. Zunächst kam sie an der Wohnung des Hausmeisters vorbei. Hinter dem Wohnzimmerfenster sah sie einen Lichtschein an den Rändern des Vorhangs. Herr Karl war wach. Das beruhigte sie. Dann passierte sie ihr eigenes Zimmer und das von Boris. Hier war alles dunkel. Ein Stück weiter aber sah sie Licht hinter einem der Fenster der oberen Etage. Das Zimmer war fast vollständig einzusehen. Man saß dort wie auf einem Präsentierteller. Sie nahm sich vor, ab sofort ständig ihre Vorhänge geschlossen zu halten.

Marie folgte dem Weg weiter, der sich nun etwas vom Gebäude entfernte. Den Wohnbereich ließ sie bald hinter sich. Kam an eine Abzweigung. Eine Treppe führte hier hinunter zu einem Außenhof. In diesem Bereich des Gebäudes waren Seminar- und Verwaltungsräume untergebracht. Hinter den Fenstern hier war alles dunkel. Jetzt konnte es nicht mehr weit sein. Um die nächste Biegung lag der Hubschrauberlandeplatz. Und dann hörte sie die Stimmen. Es klang nach einem hitzigen Streitgespräch, aber sie konnte nichts verstehen. Sie blieb stehen. Nahm dann die Treppe. Vom Hof schlug sie sich nach links ins Gestrüpp. Ganz langsam setzte sie einen Fuß vor den anderen, um so wenig Geräusche wie möglich zu machen. Sie wunderte sich über ihren Mut. Statt davonzulaufen und schnellstmöglich auf ihr Zimmer zurückzukehren, stapfte sie den Anstieg hoch und der Gefahr genau entgegen. Von Baumstamm zu Baumstamm hangelte sie sich weiter nach oben. Die Leuchten an der Treppe streuten ihr Licht zumindest so weit ins Gestrüpp, dass Marie es vermeiden konnte, auf einen trockenen Ast zu treten. Mittlerweile war sie nah genug herangekommen, dass sie einzelne Worte verstehen konnte.

»… Student … was Besseres … Scheiße … Scheiße.«

»… das … deine Idee … nur etwas für mich.«

Sie hatte noch keinen Blick auf die Streitenden. Aber das galt dann auch umgekehrt. Also blieb sie an einem größeren Baumstamm stehen und lauschte.

»… gewusst hätte, dass du so ein Trottel bist, hätte ich es sein lassen. Was hast du genau erzählt? Und ich meine haargenau. Jedes Wort.«

»Nicht viel. Im Prinzip nur deinen Namen.«

»Nicht viel, nennst du das? Was tickt bei dir nicht richtig? Hä?«

»Du hast doch rumgeprahlt, dass man dir nichts kann, dass dein toller Vater sich anstrengt zu verbergen, dass es an seiner Hochschule ein Drogenproblem gibt, weil er sich sonst selbst zum Narren macht.«

Marie schlug sich die Hand vor den Mund. Was sollte das heißen? Von wessen Vater war hier die Rede? Sie musste etwas sehen. Boris' Stimme hörte sie gut heraus. Das hieße, hier war von dem Vater des anderen die Rede. Sie musste näher heran. Sie wollte ihn sehen.

»Lass meinen Vater aus dem Spiel.«

»Wieso regst du dich überhaupt so auf? Die paar Mittelchen interessieren die Polizei nicht einmal. Und da, hast du selbst gesagt, kümmert sich dein Vater drum. Denen geht es um den Mordfall.«

»Du verstehst echt überhaupt nichts.«

Noch ein Schritt, und Marie hatte den Hang hoch genug erklommen, um den Platz überblicken zu können. Da waren sie. Tatsächlich, der andere war dieser Motorradfahrer. Wieder war er ganz in eine schwarze Lederkluft gekleidet. Nur der Helm fehlte. Und Boris trug diese helle, einem Trenchcoat ähnliche Jacke, die ihn aussehen ließ wie einen Yuppie alter Schule.

»Genau! Ich verstehe deine Aufregung nicht. Die Polizei interessiert sich nicht für die paar Tabletten und Aufputschmittel.«

Der Biker presste seine Hände an den Kopf, und mit einem Mal brach es aus ihm heraus. Mit einem Urschrei preschte er nach vorne und stieß Boris mit beiden Händen hart gegen die Brust. Boris war überrascht ob des plötzlichen Angriffs, reagierte aber schnell, sodass er nur kurz zurücktaumelte und nicht hinfiel. Er hielt beschwichtigend seine Hände hoch. »Hey. Ganz cool bleiben, okay?«

»Cool bleiben. Ja. Das möchte ich sehen, wie du cool bleibst, denn du hängst da jetzt mit drin.« Der Typ stach mit dem Finger hart auf Boris' Brust. »Was glaubst du, womit der Schönling umgebracht worden ist. Hm? Mit Tabletten.« Er nickte. »Ja, genau.«

»Meinst du, ich hätte ihm die verkauft?« Boris ging freiwillig einen Schritt von dem anderen weg.

»Ach, bekommst du es jetzt mit der Angst zu tun?« Er begann vor Boris herumzutänzeln wie ein Boxer.

Marie hielt die Luft an. Der andere rückte näher an Boris heran. Der wich langsam zurück. »Ich verstehe nicht, was du mir vorwirfst. Ich habe an Oliver keine von deinen Tabletten vertickt. Ehrlich. Überhaupt nichts habe ich ihm verkauft.«

»Fängst du schon wieder mit dem Stoff an, du Trottel! Außerdem hätte der sowieso nichts gekauft, das Weichei.«

»Woher kennst du Oliver überhaupt?«, fragte Boris.

»Du weißt da wirklich nichts von? Von Schönboms Unfall? Wie schwer es ihn getroffen hat im Leben?« Er leierte die Sätze gelangweilt, ohne jegliches Mitgefühl, herunter. Marie war angewidert von dem Typen. Und ihr wurde eiskalt.

»Du meinst den Unfall, bei dem seine Eltern gestorben sind?«

Da erinnerte sich Marie an ihr Handy. Sie musste das aufnehmen. Zitternd griff sie in ihre Jackentasche.

»Genau den. Und damit hat mein Vater mir auch noch gedroht, wenn ich nicht aufhöre, Drogen einzuschleusen an seine Hochschule, der feine Herr Dekan ... *Noch mal halte ich meine schützende Hand nicht über dich* ... Pah. Was hätte er denn machen wollen?«

Sie bekam das Handy nicht richtig zu fassen. Fast wäre es ihr aus der Hand gefallen. Ein Schauder überkam sie … diese Kälte, mit der er sprach! Aber er schien sich gleichzeitig in seinen Erinnerungen zu verlieren. Schien Boris gar nicht mehr richtig wahrzunehmen. Das war ihre Gelegenheit. Sie musste jetzt nur alles aufnehmen.

»Was habe ich mir damals in die Hose gemacht, er könnte sich erinnern. An mein Gesicht. Den ganzen Steilhang bin ich runtergekraxelt, um nachzuschauen.«

Was redete er da für wirres Zeug? Marie verstand nichts mehr, und auch Boris schien ihm nicht mehr folgen zu können. Wollte ihn aber offensichtlich am Reden halten. »Und weiter?«, fragte er und blickte sich noch einmal zum Seiteneingang des Campus um. Das Gebäude lag etwa zwanzig Meter entfernt. Langsam wich er Schritt für Schritt von dem Biker zurück.

»Da war nicht mehr viel zu machen. Seine Mutter war regelrecht aufgespießt von einem Ast.«

Boris blieb stehen. Unverständnis stand ihm ins Gesicht geschrieben. »Oh, Mann. Du bist ja total irre.«

Marie hatte es endlich geschafft, ihre Pin einzugeben. Das Display leuchtete auf, sie erschreckte sich vor der plötzlichen Helligkeit und zuckte zusammen, dabei lockerte sie einen Moment den Griff. Mit einem dumpfen »Klong« fiel ihr Handy zu Boden. Sie bückte sich reflexartig, um es wieder aufzuheben. Als sie aber merkte, dass das Gespräch der beiden verstummt war, hielt sie in gebückter Haltung inne, um keine Geräusche mehr zu machen. Mit einer Hand hielt sie sich noch immer an dem Baumstamm fest, mit der anderen tastete sie vorsichtig nach dem Handy. In dem Moment, als sie es greifen konnte, rutschte sie mit einem Fuß weg, und ein kleiner Schrei entfuhr ihr. Spätestens jetzt war es geschehen: Sie war entdeckt!

»Hey, wer ist da?«, rief der Biker, und Marie hörte, wie er sich auf sie zubewegte. Mit wenigen schnellen Schritten erklomm er die kleine Böschung. Marie ließ den Baum los, der ihr Halt gegeben hatte, und rutschte weiter hinunter. Endlich kam sie zum Stehen, drehte sich um und begann den Hang hinunterzurennen. Sie kam wieder ins Rutschen, sackte weg und hielt sich im letzten Moment an einem anderen Baum fest. Hinter sich hörte sie die stolpernden Schritte von schweren Stiefeln, und schon war der Typ bei ihr. Er griff nach ihrem Arm, zerrte sie hoch und schleifte sie bis auf den Weg zurück. Dort angekommen, sah sie plötzlich das Messer in seiner anderen Hand aufblitzen. Er hielt es Marie direkt vors Gesicht.

37. Kapitel

»Wer bist du, fette Schlampe?«

Marie konnte sich nicht bewegen. Sie machte nicht einmal den Versuch, sich zu befreien. Alles, was sie tat, war, auf das Messer vor ihrem Gesicht zu starren. Der Typ war völlig von Sinnen. Eine falsche Bewegung, und die Klinge würde ihr Ziel finden. Dann aber war Boris plötzlich hinter dem Biker. Er kam nicht aus dem Gebüsch, sondern direkt über den Pfad. »Lass sie los!«

Der Typ reagierte nicht. Starrte sie weiterhin an und wartete auf eine Antwort.

»Ruben! Lass sie los.« Dieses Mal versuchte Boris es eindringlicher. Wie ein Pferdeflüsterer, der mit einem völlig panischen Tier sprach. Es mit seiner Stimme zu beruhigen versuchte. Und wie ein verstörtes Tier, so wirkte ihr Angreifer mittlerweile. Ruben. Ein ungewöhnlicher Name.

»Kennst du die?«, schrie Ruben. Er blickte sich zu Boris um, ohne jedoch ihren Arm loszulassen. Oder das Messer fortzuziehen. Nachdem der erste Schreck etwas nachgelassen hatte, spürte sie den Schmerz der Umklammerung. Sein Griff erschien ihr übermenschlich stark. Sie warf Boris einen ängstlichen Blick zu.

»Die ist harmlos. Lass sie gehen. Bitte.«

»Ach, so harmlos wie Schönbom, ja?« Ruben drehte sich wieder zu ihr. Kam ihr ganz nah und fauchte ihr dabei ins Gesicht, das Messer nun drohend über ihrem Kopf. »Wer bist du? Was willst du hier?«

Marie kniff die Augen zusammen, senkte den Kopf auf die Brust, erwartete jede Sekunde, einen stechenden Schmerz zu spüren.

Dann erschütterte ein plötzliches Gebrüll die Luft. Marie zuckte, aber auch ihr Angreifer schrak zusammen, sein Griff lockerte sich, und in diesem Moment rempelte Boris mit aller Gewalt gegen ihn. Beide Männer stürzten auf die Pflasterung. Auch Marie verlor das Gleichgewicht, fiel rücklings auf ihren Po und stützte sich mit den Händen nach hinten ab, sodass sie nicht vollends umkippte.

Boris schrie: »Verschwinde! Schnell, zum Gebäude!« Währenddessen versuchte er, das Handgelenk des anderen auf den Boden zu drücken. Das, mit dem Ruben das Messer hielt. Doch er bekam ihn nicht richtig zu fassen. »Hau ab, Mädchen«, rief Boris nochmals. »Die Seitentür ist offen.«

Alles schien in Zeitlupe abzulaufen. Unendlich lange dauerte es, bis Marie die Beine anwinkelte, sich zur Seite drehte und mit den Händen versuchte, sich hochzudrücken. Wie in einem Traum, in dem man sich vergebens bemühte, um Hilfe zu schreien, und mit furchtbarer Kraftanstrengung doch nur ein leises Wimmern herausbekam. So langsam und so kraftlos schienen ihre Muskeln zu arbeiten.

Plötzlich stach Ruben zu. Boris hatte seinen Arm kurz zu fassen bekommen. Doch Ruben riss sich los, um dann mit dem gleichen unheilvollen Schwung von oben das Messer in Boris' Rücken zu rammen. Boris riss erstaunt die Augen auf. Blickte zu Marie, bevor er zusammenbrach, und das endlich weckte sie aus ihrer Erstarrung. Sie war auf den Füßen und rannte los, ohne sich noch einmal umzublicken. Immer weiter. Auf das Gebäude zu. Da war die Tür. Eine Glastür. Dahinter das schwache Licht der indirekten Beleuchtung. Aber schon folgte Ruben ihr. Seine schweren Tritte pochten auf der Pflasterung, jeder Schritt begleitet von einem hellen Klingen wie von einem geöffneten oder losen Metallverschluss. Pok-pling, pok-pling. Nicht nach hinten schauen, weiterlaufen. Fast hatte sie die Tür erreicht. Bitte, lass sie wirklich offen sein. Öffnete sie sich nach außen oder konnte sie sich dagegenwerfen? Er kam näher. Pok-pling. Mit ihrem ganzen Gewicht warf sie sich gegen die Tür – sie gab nach. Hinein. Und weiter. Er folgte ihr auch ins Gebäude. Wohin jetzt? Wo befand sie sich? Sie wandte sich nach links. Eine kleine Treppenflucht hinauf, gefolgt von einem Flur, den Seminarräume und Hörsäle säumten. 10 E 07. Die Bezeichnungen an den einzelnen Türen genauso verwirrend wie alles andere in diesem Gewirr von Fluren und Etagen.

Hinein in den Flur, immer weiter. »Mama«, rief sie beim Laufen. Oder dachte sie es nur? Wie seltsam, dass in Gefahrensituationen das Unterbewusstsein einem den Menschen ins Bewusstsein brachte, der immer gekommen war, wenn man Hilfe brauchte. Dabei wusste Marie nicht einmal, welche Mutter ihr Unterbewusstsein meinte. Ihre leibliche tote Mutter, bei der sie immerhin die ersten knapp zwei Jahre ihres Lebens verbracht hatte, oder ihre Adoptivmutter. Vielleicht ja beide. Jetzt konnte keine von ihnen ihr helfen. Sie musste sich auf sich selbst verlassen. Sie musste ihre untrainierten Beine dazu zwingen weiterzulaufen. Nicht aufzugeben. Die Angst trieb sie an.

Der Flur machte eine weite Kurve, und dann erschienen Glasscheiben. Die Bibliothek, Palmenwedel, dahinter Bücherregale. Ein Zufluchtsort, zu dem es sie magisch hinzog. Aber dies hier war die obere Etage. Dort an dem Tisch hatten Ferhat und Lilly gesessen. Jetzt war dort niemand. Und von hier aus gab es keinen Zugang. Also weiter. Hier lag, wie in den Wohnringen, Teppich, dennoch glaubte sie das »Pling«, nur ohne das »Pok« der Schritte ihres Verfolgers zu hören, oder war das nur in ihrem Kopf? Wie gut kannte er sich hier aus? Jeder Gebäudeteil war ringförmig aufgebaut, und wenn sie weiterlief, musste sie doch irgendwann wieder an der gleichen Stelle ankommen. Wusste er das und wartete dort auf sie? Sie merkte, wie sie immer panischer wurde. Dennoch lief sie weiter, der Fluchtinstinkt zu groß, um stehen zu bleiben und zu horchen, ob er noch folgte. Sie umrundete die Bibliothek. Auf der anderen Seite des Flurs reihten sich Türen aneinander. Keine stand offen. Nach der nächsten Biegung kam wieder eine Treppe. Sie blieb kurz stehen. Niemand stand dort und erwartete sie. Aber dann merkte sie, dass die Umgebung eine andere war. Das war nicht die Treppe, die sie zuvor hochgestiegen war. Marie lief weiter. Langsam ging ihr die Luft aus. Sie musste sich verstecken, einen Notruf absetzen. Ihr Handy! Wo war es? Trug sie es noch bei sich? Plötzliche Hitze stieg ihr den Hals entlang hoch ins Gesicht. Sie griff in ihre Jackentasche. Ihre Hand stieß auf die kalte, harte Oberfläche. Ja! Da war es! Jetzt ein sicherer Ort! Lange würde sie das Tempo nicht mehr durchhalten.

Die Treppenflucht öffnete sich in einen großflächig gefliesten Bereich. Rechts musste sich die Aula befinden. Marie erkannte die aufgestellten blau umrandeten Informationstafeln davor. Die Säulenreihe und die Deckenbeleuchtung wiesen ihr den Weg, wie die Signallichter auf einer Landebahn einem Flugzeug. Nur umgedreht. Dann hörte sie ihn wieder. Pok-pling, pokpling. Er kam näher! Statt der Landebahn zu folgen, nahm sie einer Kurzschlussreaktion folgend die offene Treppe hinunter in den Keller. Vorbei am Billardtisch, durch die Doppeltür. Er hatte sie gesehen, folgte ihr die Treppe hinunter. Seine schweren Schuhe dröhnten auf jeder Stufe. Sie brauchte ein Versteck. Sofort. Nur wo? Die Umkleide? Nein. Aber sie stieß im Vorbeilaufen die Tür auf, um ihn auf eine falsche Fährte zu locken. Die Turnhalle. Aus der furchtbar unlogischen Vorstellung heraus, dass jeder, der sie kannte, sie in der Turnhalle am wenigsten vermuten würde, flüchtete sie genau dort hinein. Sie schloss die Tür möglichst leise und blieb dahinter stehen, legte beide Hände über den Mund, um die Lautstärke ihres Keuchens zu mindern. Pok-pokpok. Schnell hintereinander, so wie ein Specht seinen Schnabel ins Holz hackt. Er rannte vorbei. Die Schritte entfernten sich. Sie atmete auf. Was nun? Die Turnhalle lag dunkel vor ihr, nur durch die großen Fensterfronten oberhalb und ihr gegenüber drang Licht ein. Aber bis in die Ecken reichte kein Lichtschein. Marie lief die hölzerne Wand entlang bis in die linke Ecke. Sie kauerte sich auf den Boden. Der Basketballkorb hing schräg über ihr wie ein Geier, der gemächlich darauf wartete, dass seine Beute verendete. Marie nahm ihr Handy und wählte die Nummer der Kommissarin.

38. Kapitel

Als Kathi zum zweiten Mal an diesem Abend angerufen hatte, dachte Helen zuerst, sie und Rabe wären auf einen weiteren Zeitungsartikel gestoßen, der nicht bis zum nächsten Tag warten konnte. Aber obwohl die beiden Geschwister Nachteulen waren und manchmal vergaßen, dass es auch Menschen gab, die ihren Schlaf brauchten, war Helen sofort alarmiert. Kathi war äußerst kurz angebunden gewesen. Hatte ihr ein paar Worte und Namen um die Ohren geworfen. Marie in Gefahr, Ruben Fachinger aufgetaucht. Fazit war gewesen, Helen solle so schnell wie möglich zum Campus kommen. »Schwing deine Futt ins Auto. Pronto«, waren Kathis genaue Worte gewesen. Bei jedem anderen hätte sie es für einen Scherz gehalten, aber an Kathis Stimme, nicht an ihren Worten, hatte Helen die Dringlichkeit herausgehört.

Nun wohnte Helen zwar in der gleichen Stadt, in der auch die Hochschule angesiedelt war, aber Hennef war die Stadt der hundert Dörfer. Und zwischen der einen Hälfte der Dörfer und der anderen lagen Sieg, Autobahn und Eisenbahnschienen. Vor allem die Bahnlinie durchschnitt die Siedlungsfläche und sorgte regelmäßig bei geschlossenen Schranken für ein großes Verkehrschaos. Da war die Geduld aller Verkehrsteilnehmer gefragt.

Mitten in der Nacht waren die Verkehrswogen geglättet. Und Helen musste, um von ihrer Wohnung zum Campus zu gelangen, zwar Sieg und Autobahn überqueren, aber die Bahn konnte sie umfahren. Trotzdem wurde sie fast wahnsinnig, als die Ampel an der großen Kreuzung im Gewerbepark Hossenberg auf Rot sprang, während sie darauf zufuhr. Kurz war sie versucht, das Gaspedal durchzudrücken und durchzubrausen, besann sich aber rechtzeitig. Die Kreuzung war ein Unfallschwerpunkt, und wenn es hier krachte, dann richtig, weil die Geschwindigkeiten aufgrund des Autobahnendes und der Landstraße hoch waren. Dennoch vergingen die Minuten, die sie während der Rotphase warten musste, so langsam, wie Körner aus einer verstopften Sanduhr rannen. Gerade als die Ampel wieder auf Grün sprang und Helen Gas gab, rauschte von der gegenüberliegenden Seite ein Motorrad mit einer Höllengeschwindigkeit heran und schnitt ihr den Weg ab, um links auf die Autobahn aufzufahren. Nur weil Helen eine Vollbremsung hinlegte, vermied sie einen Zusammenstoß. Das war knapp! Genau so passierten hier die Unfälle. Helen pustete einmal kräftig durch und fuhr weiter. Was war das bloß für eine Nacht!

Als sie am Campus ankam, sah sie schon von der Straße aus die Blaulichter durch die Bäume. Sie fuhr die lang gezogene Auffahrt zur Garage hoch. Auf dem Vorplatz parkten zwei Polizeiwagen und ein Rettungswagen, dessen hintere Türen offen standen. Helen konnte geradewegs hineinsehen, als sie den Polo auf die erste freie Parkfläche fuhr. Im Wagen wurde jemand versorgt. Zwei Sanitäter waren dort zugange. Wer auf der Trage lag, konnte Helen nicht erkennen. Ihr wurde heiß und kalt. War es Marie? Mit zitternden Knien stieg sie aus. Ein Polizeibeamter kam ihr entgegen.

»Da können Sie nicht hin.« Der Polizist lenkte Helen mit ausgestreckten Armen am Rettungswagen vorbei.

»Wer …?«, begann sie, wusste aber sogleich, dass sie keine Auskunft bekommen würde.

»Gehen Sie bitte weiter.«

Helen lief um den Rettungswagen herum. Dahinter waren zwei Polizeifahrzeuge bis fast vor die Eingangstür des Campus gefahren. Auch sie hatten das Blaulicht eingeschaltet, und Helen sah zwischen den Lichtreflexen mehrere dunkle Gestalten. Auf den ersten Blick erkannte sie jedoch niemanden. Dann winkte ihr jemand zu.

»Hier bin ich«, rief eine helle Stimme. Sie ging ein Stück. Es war Marie!

Helen lief auf das Mädchen zu und schloss es in die Arme. »Gott sei Dank. Geht es dir gut? Was ist passiert? Wo ist Kathi, und wer ist da im Rettungswagen?«, sprudelten die Fragen alle auf einmal aus ihr heraus. Bevor Marie antworten konnte, beantwortete sich eine ihrer Fragen von selbst. Kathi Voss kam mit ihrem Dienstfahrzeug, einem kleinen schwarzen BMW mit aufgesetztem Blaulicht, herangefahren, umrundete den Krankenwagen und hielt genau vor ihnen an.

Eine halbe Stunde später saßen sie alle in der Mensa. Vor Marie stand eine dampfende Tasse heißen Kakaos, die der Hausmeister ihr gebracht hatte. Der Notarzt hatte es nicht für nötig gehalten, sie zur Vorsicht ins Krankenhaus zu bringen, aber sie sah noch sehr mitgenommen aus. Kein Wunder.

»Soll ich nicht doch deine Mutter anrufen, damit sie dich abholen kommt?«, fragte Helen sie.

»Nein, lieber nicht. Nicht mitten in der Nacht. Sie wird sich nur aufregen. Mir geht es gut, wirklich.«

»Dann nehme ich dich aber gleich mit zu mir. Du kannst unmöglich jetzt hier noch auf dem Campus übernachten. Und morgen früh bringe ich dich dann nach Hause, okay?«

Marie nippte an ihrer Kakaotasse, bevor sie zögerlich antwortete. »Okay.«

Sofort nahm Kathi die Gelegenheit der kurzen Gesprächspause wahr. »Gut, nachdem das geklärt ist, können Sie uns ja jetzt genau erzählen, was passiert ist, Marie.«

Helen verstand Kathis Ungeduld. Marie hatte bisher nur in kurzen Worten geschildert, dass sie ein Streitgespräch zwischen Boris Kuschel und dem Motorradfahrer, den sie ja mittlerweile als Ruben Fachinger identifiziert hatten, belauscht hatte. Als Marie von Ruben entdeckt wurde, hatte sich Boris schützend vor Marie geworfen und wurde dabei selbst von Ruben mit dem Messer schwer verletzt. Er war nicht mehr bei Bewusstsein gewesen, als Marie die Sanitäter zu ihm geführt hatte. Er war derjenige, der im Rettungswagen versorgt wurde, als Helen angekommen war. Mittlerweile war er ins Krankenhaus gebracht worden. Wie sein Zustand war, davon hatten sie noch keine Kenntnis. Und von Ruben Fachinger gab es keine Spur mehr. Somit blieb momentan nur Marie, die etwas Licht ins Dunkel der nächtlichen Geschehnisse bringen konnte.

Zwischenzeitlich hatte Kathi noch weitere Polizeieinheiten aus dem Kreis und aus Bonn angefordert. Das Campusgelände wurde sicherheitshalber noch abgesucht. Doch nachdem der Hausmeister davon berichtet hatte, dass er ein davonrasendes Motorrad gehört habe, ging Kathi inzwischen davon aus, dass sich Ruben Fachinger nicht mehr hier auf dem Campusgelände aufhielt. Sie hatte sofort die Fahndung nach ihm rausgegeben.

»Da fällt mir etwas ein«, sagte Helen. »Da hat mich vorhin ein Motorrad geschnitten.« Sie berichtete von dem Beinaheunfall an der Kreuzung zur Autobahnauffahrt. »Das könnte er gewesen sein.«

»Das ist möglich. Mir ist aber auf der Autobahn kein Motorrad auf der Gegenspur aufgefallen«, sagte Kathi.

»Dann ist er vielleicht vorher schon auf die A3 abgebogen«, meinte der Polizist von der Hennefer Wache, der zuerst vor Ort gewesen war und der auch mit am Tisch saß. Er hatte Marie in der Ecke der Turnhalle gefunden, aus der sie sich kein Stückchen mehr wegbewegt hatte. POK Werner, Maries Retter. Helen blickte ihn dankbar an.

Kathi nickte. »Ich gebe das sofort an die Fahndung weiter. Und, Helen, rufst du bitte deinen Mandanten an? Er soll sofort herkommen. Ich bin mir sicher, dass er uns mehr erzählen kann. Und möglicherweise hat er eine Ahnung, wo wir seinen Sohn suchen müssen.«

»Du weißt schon, dass er das nicht muss«, sagte Helen.

»Schon klar. Mach es trotzdem.«

Helen nickte und rief den Dekan an. Er schlief bereits, aber nachdem sie ihn kurz in Kenntnis der Lage gesetzt hatte, war er sofort bereit zu kommen.

»Er macht sich auf den Weg«, sagte Helen, als sie zurück an den Tisch trat.

»Gut. Und nun zu Ihnen, Marie. Was genau hat sich heute Abend hier auf dem Campus ereignet?«

Marie berichtete, wie sie Boris zum Hubschrauberlandeplatz gefolgt war, wo er sich mit diesem Ruben getroffen hatte. »Ich bin so nah ran, dass ich sie gut verstehen konnte. Das war nicht schwer, sie waren ziemlich laut. Vor allem dieser Motorradfahrer.« Marie leerte ihre Kakaotasse. Ihr lief ein Schauer über den Rücken beim Gedanken an den Typen. »Und das ist wirklich der Sohn von Professor Fachinger?«, fragte sie Helen.

»So hat es Boris in seiner Vernehmung ausgesagt, als Frau Voss ihn mit dem Foto konfrontiert hat, das du gemacht hattest. »Das war doch derselbe, den du gesehen und fotografiert hattest, ja?«

Marie nickte. »Ganz bestimmt. Das Gesicht vergesse ich nie mehr.«

»Worüber genau haben die beiden sich denn gestritten?«, hakte Kathi Voss nach.

»Dieser Ruben war sauer auf Boris, weil der ihn verpfiffen hat. Und Boris hat das nicht verstanden. Er meinte, die Polizei würde sich nicht für die Tabletten und Aufputschmittel interessieren, und außerdem würde doch sein Vater eine schützende Hand über ihn halten.« Marie versuchte, sich an die genauen Worte zu erinnern. Irgendwie stimmte das nicht so ganz. In diesen Worten hatte Ruben das gesagt. Nur in einem anderen Zusammenhang.

»Dann wusste Fachinger also doch von den Drogengeschäften seines Sohnes hier am Campus«, warf Helen ein. »Das hat er so mir gegenüber nicht geäußert.«

Kathi klopfte mit einer Hand auf den Tisch. »Ich hab es doch gesagt: Dein Dekan weiß mehr, als er zugibt. Immer nur scheibchenweise lässt er etwas raus, wenn wir ihn danach fragen.« Dann wandte sie sich wieder an Marie. »Wie ging es dann weiter? Wieso ist der Streit so heftig geworden?«

»Es ging dann plötzlich um Oliver. Ich glaube, Ruben hatte Angst, dass Boris ihm Tabletten verkauft hat. Das hat der aber abgestritten. Und dann ist er immer wütender geworden und hat wirres Zeug geredet.«

Kathi notierte sich etwas. »Das ist ja interessant. Warum sollte ihn das interessieren, wem Boris die Drogen weiterverkauft? Es sei denn …«, sie machte eine Pause, und Helen kam wohl der gleiche Gedanke: »Es sei denn, die Tabletten, die Oliver getötet haben, stammen aus den Beständen von Ruben. Könnte man das nachweisen? Dass die Tabletten quasi aus derselben Produktionsreihe stammen?«

Kathi nickte. »Bei Heroin oder Kokain kenne ich das, da kann man anhand der Zusammensetzung genau feststellen, ob einzelne Dosen von einer größeren Marge stammen. Bei Tabletten sind das eventuell so etwas wie die Produktionsnummern. Das müsste ich nachprüfen.« Sie notierte auch das. »Aber eins ist klar: Wenn dem so wäre, dann würde das Ruben unmittelbar mit Olivers Tod in Verbindung bringen.«

»Und das würde erklären, warum Boris' Preisgabe des Namens seines Dealers Ruben so in Rage versetzt hat«, fügte Helen hinzu.

Kathi nickte aufgeregt. »Ich muss unbedingt an die Lieferung kommen, die Boris noch irgendwo versteckt haben muss.« Sie wandte sich an den Polizisten Werner, der immer noch mit am Tisch saß. »Herr Kollege, können Sie das in die Wege leiten? Ich brauche einen Drogenspürhund hier. Möglichst schnell. Und dann wenden Sie sich an den Hausmeister. Der soll Ihnen das Zimmer von Boris Kuschel zeigen. Falls da nichts zu finden ist, muss der ganze Campus abgesucht werden. Einen Durchsuchungsbeschluss habe ich sowieso schon beantragt. Außerdem ist Gefahr im Verzug. Irgendwo hier muss sich die letzte Lieferung noch befinden.«

Werner erhob sich. »Ich leite das sofort in die Wege.«

Im Flur vor der Mensa hatten sich inzwischen einige andere Studenten eingefunden. Die Sirenen der Einsatzfahrzeuge und die Lichter, die draußen durch die Kriminaltechniker aufgestellt worden waren, um die Spuren aufzunehmen und zu sichern, waren nicht unbemerkt geblieben. Kathi rief ihren Kollegen von der Hennefer Polizei noch einmal zurück. »Und sehen Sie zu, dass die Studenten alle zurück auf ihre Zimmer gehen, solange die Situation hier nicht geklärt ist.«

»Boris hat aber bestimmt nicht die gesamten Bestände von Ruben aufgekauft«, sagte Helen.

»Da hast du recht. Ich brauche noch eine Hausdurchsuchung bei Ruben mit Drogenspürhunden. Moment, das leite ich sofort in die Wege.« Kathi griff nach ihrem Telefon und regelte das Entsprechende. Da sowieso schon eine Fahndung nach Ruben Fachinger lief, brauchte sie im Grunde nur die Drogenspürhundstaffel zusätzlich zu Rubens Adresse zu schicken.

Marie hatte dem Austausch gelauscht und fühlte sich genötigt, etwas zu Boris' Verteidigung zu sagen.

Schließlich hatte er sich schützend vor sie geworfen. Und so wie er mit Ruben geredet hatte, war sie mittlerweile überzeugt davon, dass er nichts mit Olivers Tod zu tun hatte. »Die Tabletten hat Oliver aber nicht von Boris bekommen. Das hat er auch diesem Ruben gegenüber abgestritten.«

»Das denke ich auch nicht«, sagte Helen. »Außerdem hat er die Tabletten ja wohl alles andere als freiwillig genommen.«

Kathi nickte. »Ja, und damit kommen wir schon wieder auf Ruben Fachinger zurück. Wenn die Tabletten von ihm stammen, und zwar ohne Umwege über Boris, und wenn Oliver sie niemals freiwillig genommen hätte …«

»Dann war es Ruben, der sie ihm verabreicht hat. Aber warum?«, fragte Helen. »Die beiden kannten sich zwar, aber nur aus ihrer Kindheit. Sie hatten doch seit Jahren keinen Kontakt.«

»Sagt wer?«, fragte Kathi.

»Sagt Professor Fachinger«, antwortete Helen.

Kathi verzog den Mund. In diesem Moment wusste Marie wieder, in welchem Zusammenhang Ruben von der schützenden Hand seines Vaters gesprochen hatte. »Es muss mit dem Unfall zusammenhängen. Darüber hat Ruben noch etwas erzählt. Das war irgendwie ganz wirres Zeug, aber er hat erzählt, dass ihm sein Vater da damals rausgeholfen hat. Und dass er Angst gehabt hätte, Oliver hätte ihn erkannt.«

»Der Unfall, bei dem Olivers Eltern umgekommen sind?«, fragte Helen ungläubig. »Aber das ist so viele Jahre her.«

»Davon hat er aber gesprochen.« Marie erinnerte sich jetzt genau, und ihr lief ein Schauer über den Rücken. »Er hat davon erzählt, dass Ollis Mutter von einem Ast regelrecht durchbohrt gewesen war.«

Kathi unterbrach die Stille, in der ihre Worte so deutlich nachklangen, als würde ein Echo sie immer wieder zurückwerfen. »Dazu soll uns jetzt sein Vater persönlich Rede und Antwort stehen.«

Helen folgte Kathis Blick. Professor Fachinger betrat die Mensa, begleitet von einem Polizisten in Uniform, der ihm den Weg zu ihnen wies.

»Marie, hol du dir doch noch einen Kakao«, sagte Helen. »Ich glaube, da solltest du besser nicht dabei sein.

Marie nickte und verließ den Tisch. Auch Helen und Kathi standen auf, um den Dekan in Empfang zu nehmen. Trotz der späten Stunde und obwohl Helen ihn aus dem Bett geholt hatte, trug er einen Anzug. Den gleichen, den er schon am Tage getragen hatte, aber ein frisches Hemd und eine andere Krawatte. Seine Frisur zeigte, dass er aus dem Schlaf gerissen worden war, die kurzen grauen Haare waren am Hinterkopf teils verwirbelt, teils platt gelegen. Und gräuliche Bartstoppeln bahnten sich ihren Weg vor allem über den unteren Wangenbereich. Sein Gesicht war fahl, die Augen lagen in dunklen Höhlen. Kathi hielt ihm ihre Hand entgegen, doch er nahm sie nicht an.

»Was ist passiert? Wo ist mein Sohn?«

»Nehmen Sie doch bitte Platz, Herr Professor Fachinger«, sagte Kathi und zog ihm einen Stuhl zurück.

Er warf Helen einen kurzen Blick zu. Sie nickte und setzte sich selbst. Er folgte ihrem Beispiel. »Also, wo ist

Ruben? Was hat er diesmal angestellt? Frau Freitag sagte, es wird nach ihm gefahndet? Warum?«

»Ja, es läuft eine Fahndung nach Ihrem Sohn. Ich hatte gehofft, Sie könnten uns helfen, ihn zu finden. Wo könnte er Zuflucht suchen?«

»Darauf muss ich nicht antworten, richtig, Frau Freitag?«

Kathi antwortete an ihrer statt. »Das stimmt. Sie können sich natürlich auf Ihr Recht zu schweigen berufen, da es sich um Ihren Sohn handelt. Aber Sie helfen ihm damit nicht. Mit seiner Flucht macht er alles nur noch schlimmer.«

»Was werfen Sie ihm überhaupt vor?«, fragte Fachinger. »Was ist geschehen, was machen all die Polizisten hier auf meinem Campus? Mitten in der Nacht.«

»Herr Fachinger«, sagte Kathi, »ich fürchte, Ihr Sohn hat einen Ihrer Studenten niedergestochen.«

»Was? Niedergestochen? Wen?« Der Dekan wurde noch fahler im Gesicht, falls das denn möglich war. Er war sichtlich entsetzt.

»Boris Kuschel ist niedergestochen worden. Er ist auf dem Weg ins Krankenhaus, wir wissen noch nicht, wie schwer er verletzt ist und ob er durchkommt«, berichtete Kathi.

»Kuschel. Aber warum?«

»Ich hoffe, darauf von Ihnen eine Antwort zu bekommen.« Kathi beugte sich zu ihm vor.

»Ich habe keine Ahnung.« Fachinger erhob seine Stimme. »Woher wollen Sie überhaupt wissen, dass das Ruben war? Dass er überhaupt hier war. Wahrscheinlich liegt er gerade zu Hause in seinem Bett.«

»Es gibt Zeugen«, sagte Kathi.

»Der Herr Kuschel. Hat er das gesagt?«

»Mit ihm konnten wir noch nicht sprechen, nein. Ich hoffe, dass er überlebt, dann wird er sicherlich bestätigen, was wir von einem anderen Augenzeugen berichtet bekommen haben.«

Fachinger blickte sich um. Sein Blick fiel auf Marie, die sich mit ihrer Tasse an einen der hinteren Tische neben den Hausmeister gesetzt hatte. Er zog sicherlich seine Schlüsse, sagte aber nichts mehr.

Kathi beendete die kurze Stille. »Hören Sie, Herr Professor Fachinger. Ich werde jetzt offen mit Ihnen sprechen. Wir haben eine ziemlich genaue Vorstellung davon, was heute Abend hier passiert ist. Nur den Grund dafür kennen wir noch nicht. Und da kommen Sie ins Spiel.«

»Ich verstehe nicht ganz.«

»Nun, Ihnen ist inzwischen bekannt, dass Herr Kuschel mit Ihrem Sohn in einer, sagen wir mal, geschäftsmäßigen Beziehung stand.«

»Reden Sie nicht drum herum. Die beiden haben mit Drogen gehandelt. Ich hatte Frau Freitag bereits die Drogenvergangenheit meines Sohnes erläutert. Neu war mir allerdings, dass er immer noch damit handelt und dass er das Zeug über Herrn Kuschel auch noch hier am Campus einschleust. Das weiß ich erst seit heute, als Frau Freitag mir davon berichtet hat.«

Kathi nickte. Sie ließ sich Zeit. Helen beobachtete, wie sich über Fachingers Oberlippe feine Schweißtröpfchen bildeten. »Sie sind doch ein intelligenter Mann, Herr Professor Fachinger. Wenn das so stimmt, wie Sie es sagen, können Sie mir erklären, wieso in dem Streitgespräch, das dem Messerangriff Ihres Sohnes vorausging, mehrfach davon gesprochen wurde, dass diese Geschäfte unter Ihrem Schutz vonstattengehen.«

»Wie bitte? Was wollen Sie mir hier unterstellen?« Er warf einen Blick auf Helen. Sie merkte, dass Kathi zu direkt gewesen war. So würde er sich ganz schnell zurückziehen und gar nichts mehr sagen. Sie ging dazwischen. »Herr Fachinger, ich glaube, Sie haben Frau Voss da falsch verstanden. Frau Voss wirft Ihnen nichts vor. Es geht hier darum, Ihrem Sohn zu helfen. Er befindet sich in einer äußerst explosiven psychischen Drucksituation. Er hat schon einmal zum Messer gegriffen. Wir müssen verhindern, dass er noch mehr Unheil anrichtet. Und dabei brauchen wir Ihre Hilfe.«

Fachinger nickte langsam. »Ich will ihm ja helfen. Das will ich schon mein Leben lang. Aber ich habe die Kontrolle über ihn verloren. Schon lange. Vielleicht habe ich sie nie gehabt.« Er sackte auf dem Stuhl zurück. Griff an seinen Hemdkragen und löste die Krawatte. Ganz anders als noch am Nachmittag, als er bei dem Gespräch über seinen Sohn kühl geblieben war, kontrolliert. Da hatte er keine Reaktion gezeigt. Zumindest war ihm keine ins Gesicht geschrieben gewesen, wie jetzt.

»Wann haben die Probleme mit Ihrem Sohn begonnen? Mit dem Unfall der Schönboms?«, fragte Kathi, einfühlsamer diesmal.

Er blickte erstaunt auf, zog die Stirn kraus. »Wieso kommen Sie jetzt auf den Unfall? Was hat er erzählt?«

Kathi nickte. »Ja, Ruben hat von dem Unfall erzählt. Was wissen Sie davon? War es Ruben, der diesen Unfall verursacht hat?«

Fachinger fuhr sich mit der Hand übers Gesicht. Wischte sich den Schweiß von der Oberlippe und schüttelte dann langsam den Kopf. Aber Kathi insistierte, hakte mit dem Gespür der Kriminalistin nach. »Herr Professor Fachinger. Erleichtern Sie Ihr Gewissen.«

Helen fühlte sich plötzlich verpflichtet, einzugreifen. Anders als bei Boris Kuschel, der seinen eigenen Anwalt dabeihatte und wo sie dem ganzen Verhör nur beobachtend beigewohnt hatte, war der Dekan ihr Mandant, zumindest hatte er sie im Namen der Hochschule beauftragt. Sie holte Luft, doch Kathi bemerkte es, legte kurz die Hand auf ihren Arm, und Helen blieb stumm. Und dann brach es aus Fachinger heraus. »Ja, es war Ruben, der diesen Unfall verursacht hat. Und ich habe es vertuscht.«

Jetzt musste Helen eingreifen. Zumindest musste sie ihn entsprechend belehren, was es für Konsequenzen haben konnte, wenn er jetzt weitersprach. »Herr Fachinger, bitte sagen Sie nichts mehr. Das sollten wir erst alles in Ruhe besprechen.«

Doch es war nun der Dekan, der seine Hand auf ihre legte. »Es ist in Ordnung, Frau Freitag. Ich danke Ihnen für die Warnung, aber ich muss das jetzt loswerden. Ich trage es schon so lange mit mir herum. Ganz allein. Meine Frau ahnt nichts, meine Tochter nicht. Sie haben sich all die Jahre gefragt, was mit Ruben los ist. Nur ich wusste es und dachte, ich würde damit allein fertigwerden. Aber ich konnte nicht. Gar nichts konnte ich. Ich habe alles nur noch schlimmer gemacht. Es frisst mich auf. Und es hat ihn aufgefressen. Ich hätte es nicht vertuschen dürfen. Ich hätte es von Anfang an melden und Ruben die Chance geben müssen, damit fertigzuwerden. Aber ich war so überheblich, so überzeugt von mir, dass ich das allein schaffen könnte.« Er hielt inne. Versank kurz in sich.

Kathi sprach leise, aber eindringlich. Wie eine Souffleuse, kam es Helen in den Sinn. »Was ist damals passiert? Wie kam es zu dem Unfall, bei dem die Eltern von Oliver starben?«

Fachinger ergriff die Hilfestellung und erzählte weiter. Ohne die Vorwürfe gegen sich selbst. »Es war eine kühle und klare Winternacht. Der erste Frost. Auf den Straßen lag Raureif. Ruben war gerade fünfzehn. Ich hatte ihn schon ein- oder zweimal mit meinem Wagen fahren lassen. Auf einem Parkplatz und mit mir auf dem Beifahrersitz. Er konnte es nicht abwarten, bis er selbst seinen Führerschein haben würde.« Ein winziges Lächeln glitt über Fachingers Mund. »Darin war Ruben ehrgeizig. Er liebte Autorennen. Dieses Videospiel hat er stundenlang gespielt. Aber sonst hat ihn schon damals nicht viel interessiert. In dieser Nacht, meine Frau und ich waren mit dem großen Wagen fort, da hat er sich meinen Sportwagen genommen. Ich besaß einen Porsche 911. Nur eine Spritztour auf den Waldparkplatz, zum Üben. So hat er es mir erzählt, als wir spät in der Nacht nach Hause kamen. Es sei nur ein Kratzer. Es war etwas mehr als das. Die ganze rechte Front war eingedellt. Er hätte ein anderes Fahrzeug gestreift, als er aus dem Waldweg zurück auf die Straße wollte. Das sei zwar von der Fahrbahn abgekommen und stehen geblieben, aber sonst wäre nichts passiert. Dennoch war er weitergefahren. Er fürchtete um seinen Führerschein.

Sie müssen wissen, er war zuvor wegen einer anderen Sache in Jugendhaft gewesen.«

»Die Brandstiftung«, sagte Kathi.

»Sie wissen davon? Ja, natürlich wissen Sie davon.« Fachinger unterbrach sich. »Kann ich ein Glas Wasser bekommen?«

»Natürlich«, sagte Kathi und schenkte ihm etwas ein. Herr Karl hatte dafür gesorgt. Wasser und Gläser standen auf dem Tisch bereit.

»Herr Fachinger, sind Sie sicher, dass Sie weitererzählen wollen? Sie müssen nicht«, wies Helen ihn noch einmal darauf hin. Ja, er war sich sicher, beruhigte er sie und fuhr fort, nachdem er das Wasserglas zur Hälfte geleert hatte.

»Ich glaubte meinem Sohn. Dachte an seine Zukunft und an das Einzige, was ihn wirklich interessierte. Also informierte ich in dieser Nacht niemanden mehr. Am nächsten Morgen hörte ich es im Radio. Schrecklicher Unfall. Noch unklar, warum das Auto von der Fahrbahn abgekommen war. Zwei Tote und ein Schwerstverletzter. Der Unfall wurde erst in den Morgenstunden bemerkt. Durch das Streufahrzeug.« Er machte eine Pause. Nahm noch einen Schluck Wasser.

»Ich habe Ruben frei heraus damit konfrontiert, ob das der harmlose Blechschaden gewesen sei, den er verursacht habe. Er hat es nicht abgestritten. Konnte es nicht. Der Unfallort passte. Noch später habe ich dann davon erfahren, wer die Opfer waren. Unsere Nachbarn. Freunde. Und Oliver nun ein Waise. Schwerstverletzt. Aber jetzt konnte ich schon lange nicht mehr zurück. Vielmehr musste ich versuchen, den Schaden an meinem Sportwagen reparieren zu lassen, ohne eine offizielle Werkstatt aufzusuchen. Zum Glück haben wir eine Doppelgarage, wenn man in diesem Zusammenhang überhaupt von Glück sprechen kann.« Er lachte entsetzt auf. Schlug sich die Hand vor den Mund. »So konnte ich das Auto erst einmal in der Garage stehen lassen. Das fiel niemandem auf. Ich habe dann jemanden gefunden, der es mir in der Garage repariert und geschwiegen hat. Denn mittlerweile war klar, dass der Unfall nicht selbstverschuldet war, sondern ein weiteres Fahrzeug am Unfall beteiligt gewesen sein musste. Es wurde nach dem Fahrerflüchtigen gefahndet.« Fachinger atmete durch. »Und jetzt fahndet man wieder nach ihm.« Er senkte seinen Kopf. Verbarg das Gesicht in beiden Händen.

Kathi schaute zu Helen. Sie runzelte die Stirn. Helen glaubte zu ahnen, dass sie überlegte, wie sie die Frage stellen konnte, die ihnen beiden auf der Zunge lag. Denn Marie hatte zwar richtiggelegen, hatte die richtigen Schlüsse aus dem wirren Gerede von Ruben gezogen. Er war für den Unfall der Eltern von Oliver verantwortlich. Doch bedeutete dies auch noch mehr? War dieser Unfall das Motiv für den Mord an Oliver? Kathi atmete noch einmal durch, bevor sie sprach.

»Herr Fachinger, ich habe noch eine Frage an Sie«, begann sie. »Kann es sein, dass Oliver davon gewusst hat?«

Fachinger richtete sich abrupt auf. »Warum? Nein! Oliver hatte keinerlei Erinnerung an den Unfall. Ahnte nichts davon, dass Ruben der Verursacher war. Jedenfalls hat er mir gegenüber nie etwas erwähnt.«

Sagte er diesmal die Wahrheit? Oder verschwieg er auch jetzt noch etwas? Helen wollte ihm glauben. Doch man musste ihm die Dinge wirklich aus der Nase ziehen. Jetzt immer noch. Also konfrontierte sie ihn damit. »Ruben hat etwas von einem Streit zwischen Ihnen beiden erzählt. Gab es den? Und ging es dort um den Unfall von damals?«

Fachinger blickte sie an, antwortete aber mit einer Gegenfrage. »Woher wissen Sie das eigentlich alles? Ich dachte, der Herr Kuschel sei noch gar nicht vernehmungsfähig gewesen?«

Kathi antwortete ihm. »Der Zeuge hat nicht nur den Messerangriff auf Boris gesehen, sondern auch das vorausgehende Gespräch mit angehört.«

Helen fragte ihn nochmals: »Gab es diesen Streit?«

»Ja, verdammt. Wir haben gestritten. Ich hatte herausgefunden, dass er wieder mit Drogen handelt. Vielleicht nie damit aufgehört hat. Und dass er es jetzt an meinem Campus tat. Das hat mir letztendlich den Kragen platzen lassen. Ich habe ihm gesagt, wenn er nicht sofort damit aufhört, lasse ich alles nach oben kommen. Alles, vor allem das, womit es angefangen hat.«

»Mit dem Unfall?«

»Ja. Ich würde reinen Tisch machen. Die Konsequenzen für mich waren mir in dem Augenblick egal. Ich würde ihn in eine Therapie stecken, wie ich es schon lange hätte machen sollen.«

»Sie wurden laut?«, fragte Kathi.

»Ja, wir beide wurden laut.«

»Es hätte Sie also jemand hören können? Oliver zum Beispiel?«

Fachinger blickte zu Kathi. Helen sah, wie ihm langsam klar wurde, was das bedeuten konnte. Und auch ihr selbst wurde flau im Magen. Vielleicht war das der Grund gewesen, warum Oliver sie hatte sprechen wollen, nachdem er zu seinem Vertrauten Professor Fachinger nicht mehr gehen konnte. War die Erinnerung an den Unfall zurückgekommen, hatte das vielleicht zu seiner Ermordung geführt? Ein Mord, um Oliver zum Schweigen zu bringen? Es war schon für einen Außenstehenden schwer zu verdauen, zu was ein Mensch fähig sein konnte. Was musste der eigene Vater empfinden? Noch dazu, wenn er sich einer Mitverantwortung nicht entziehen konnte.

»Nein! Nein!« Der Dekan schüttelte energisch den Kopf. »Das kann nicht sein. Er war schon immer schwierig. Auch egoistisch, aufbrausend. Aber er ist doch nicht«, er schluckte, »er ist doch nicht böse.«

Helen dachte daran, was Kathi ihr über die Brandstiftung an seiner Schule erzählt hatte. Da war Ruben wie alt? Dreizehn. Vielleicht sah man solche Dinge nicht, wenn sie direkt vor einem waren. Wenn es sich um die eigenen Kinder handelte. Vielleicht wollte man es nicht sehen.

Kathis Telefon klingelte. Sie blickte auf das Display. »Tut mir leid. Da muss ich ran.« Sie entfernte sich, um den Anruf anzunehmen, und ließ sowohl den Dekan als auch Helen in Schockstarre zurück.

»Herr Professor Fachinger. Trinken Sie doch noch etwas.« Helen schob ihm sein Glas hin. Doch er verneinte. »Wenn das wahr ist: Dann ist es meine Schuld, Frau Freitag. Ich habe ihn so werden lassen. Er konnte es mir nie recht machen. Schon als kleiner Junge nicht. Ich habe immer zu viel von ihm erwartet. Das war falsch. Es ist meine Schuld. Er ist nicht böse. Er braucht Hilfe.«

»Und die wird er bekommen«, sagte Helen.

Kathi kam zurück an den Tisch. »Herr Professor Fachinger. Ich muss Ihnen etwas sagen.«

Er blickte auf.

»Es tut mir leid. Ihr Sohn. Wir haben ihn gefunden. Aber …« Kathi holte tief Luft. Bevor sie weitersprach, warf sie einen Sekundenblick auf Helen. »Es gab einen Unfall. Rubens Motorrad ist von der Fahrbahn abgekommen. Ihr Sohn wurde gegen einen Baum geschleudert. Er war sofort tot.«

39. Kapitel

Nach der Nachricht von Rubens Tod hatte sich die Versammlung auf dem Campus gestern Nacht schnell aufgelöst. Kathi musste zur Unfallstelle, und sie hatte Professor Fachinger nach Hause geschickt, um seiner Familie die Todesnachricht zu überbringen. Helen hatte Marie an die Hand und mit zu sich nach Hause genommen. Das Mädchen war völlig übermüdet sofort eingeschlafen. Helen aber hatte eine unruhige Nacht mit wenig Schlaf hinter sich. Es waren noch so viele Fragen offen. War Ruben tatsächlich nicht nur für den Unfalltod der Eltern von Oliver verantwortlich, sondern auch sein Mörder? Würde man das überhaupt noch aufklären können, jetzt, da er selbst tot war? Wie war er gestorben? Mit dem Motorrad auf der Flucht verunglückt? Oder eine Selbsttötung? Und hatte der Dekan schon alles erzählt, was er wusste? Helen hatte das Gefühl gehabt, dass auch Kathi da so ihre Zweifel hegte. Helen hatte sich jedenfalls mit ihren sich drehenden Gedanken im Bett hin und her gewälzt und war, erst kurz bevor ihr Wecker klingelte, eingeschlafen.

Während sie Marie nun nach Hause zu ihrer Mutter fuhr, rief Kathi an und fiel wie immer direkt mit der Tür ins Haus. »Komm bitte heute Nachmittag um fünfzehn Uhr ins Präsidium. Du solltest dabei sein, wenn ich Fachinger verhöre.«

»Wie meinst du das, du willst ihn verhören?« Helen warf einen Blick auf Marie, die über die Freisprechanlage alles mithören konnte.

»Ich muss noch etwas abklären, aber ich glaube, ich bin da auf etwas gestoßen, das ein ganz neues Licht auf die Sache wirft. Ich habe Fachinger um 15 Uhr 30 einbestellt. Wenn du eine halbe Stunde früher da bist, erkläre ich es dir.«

»Was immer es ist, was du gefunden hast, ich kann Fachinger nicht vertreten. Ich vertrete die Hochschule.«

»Weiß ich doch, Schwägerin. Interessenkonflikt. Ich will ja auch nicht, dass du als seine Vertreterin anwesend bist, sondern quasi als diejenige der Hochschule als potenzielle Geschädigte.«

»Und die Hochschule ist inwiefern geschädigt?«

»Was weiß ich! Lass dir was einfallen. Fachingers Sohn hat einen Studenten angegriffen, und wahrscheinlich noch mehr als das, wenn sich unsere ganzen Vermutungen von gestern Nacht bestätigen sollten. Und Ruben hat doch auch Marie bedroht. Du kannst ja als ihre Vertreterin auftreten. Ich will dich jedenfalls dabeihaben, damit Fachinger nicht sofort nach einem eigenen Anwalt ruft.«

Helen schaute zu Marie, die mit den Schultern zuckte.

»Und warum sollte Fachinger einen eigenen Anwalt brauchen? Die Vertuschung des Unfalls ist doch verjährt. Und er hat es darüber hinaus zugegeben. Du kannst ihn schlecht für die jetzigen Taten seines Sohnes verantwortlich machen. Moralisch vielleicht, aber nicht strafrechtlich. Was ist es also, was du ihm noch vorwirfst?«

»Sei einfach um drei hier.« Damit legte Kathi auf.

»Typisch«, sagte Helen. »Hast du eine Ahnung, was da vor sich geht, Marie?«

Helen bog von der Ruppichterother Hauptstraße ab. Jetzt waren es nur noch ein paar Hundert Meter bis zum Haus von Maries Mutter.

»Nicht wirklich. Ich hab gestern nicht mehr viel mitbekommen, nachdem der Professor gekommen ist.«

Helen nickte. »Das stimmt. Und sonst ist dir auch nichts mehr eingefallen? Außer dem, was du uns schon erzählt hast?«

Marie schüttelte den Kopf. »Wie geht es Boris denn überhaupt?«

Diesmal war es Helen, die mit den Schultern zuckte. »Ich habe noch nichts gehört. Vielleicht weiß Kathi da ja auch schon mehr. Ich lasse es dich wissen, sobald ich etwas in Erfahrung gebracht habe.« Sie erreichten Maries Zuhause. Gretchen Glücklich öffnete die Tür, noch bevor Marie aus dem Auto ausgestiegen war.

»Da scheint dich aber jemand sehnlichst zu erwarten«, sagte Helen, worauf Marie mit den Augen rollte. Gleichzeitig aber konnte sie ein Lächeln nicht unterdrücken.

Nachdem sie Marie zu Hause abgesetzt hatte, war Helen in die Kanzlei gefahren, konnte sich aber nicht richtig auf die Arbeit konzentrieren. So stand sie überpünktlich in Kathis Büro im Polizeipräsidium in Ramersdorf. So pünktlich, dass die Kommissarin selbst nicht einmal anwesend war. Rabes Schwester war nach ihrem Dezernatswechsel vom dritten in den ersten Stock gezogen. Die Büros im Präsidium waren sich alle recht ähnlich. Dennoch war Helen sich sicher, dass sie im richtigen Büro gelandet war. Kathis Kaffeetasse mit dem Pistolengriff, die auf ihrem Schreibtisch stand, war unverwechselbar.

Nach ein paar Minuten flog die Tür auf. Kathi schreckte kurz zurück. »Oi! Pünktlich bist du. Aber sehr gut. Ich bin da auf einen entscheidenden Hinweis gestoßen. Setz dich doch, dann bringe ich dich auf den neuesten Stand.« Kathi deutete auf den ovalen Besprechungstisch, während sie zuerst eine Ermittlungsakte und einen Laptop von ihrem Schreibtisch holte. Danach setzte sie sich zu Helen. »Willst du einen Kaffee?«

Helen verneinte. »Aber jetzt erzähl endlich. Worauf bist du gestoßen?«

Kathi streichelte den mitgebrachten Laptop. »Die Technik hat gestern Abend endlich das Passwort von Olivers Computer entschlüsselt. Das gute Stück hat mich heute Morgen auf dem Schreibtisch begrüßt. Du ahnst nicht, was ich darauf gefunden habe.«

»Jetzt sag nicht, da ist doch noch ein Abschiedsbrief drauf.«

»Ganz im Gegenteil. Schau es dir selbst an.« Kathi klappte den Laptop auf und öffnete einen E-Mail-Anhang. Ein Schreiben der Provinzial Versicherung vom 05.08.2012 öffnete sich. Es war adressiert an Herrn Dr. Jens Fachinger. Im Betreff hieß es: »Kfz-Unfallschaden vom 27.11.2009«.

Helen runzelte die Stirn und schaute zu Kathi.

»Darf ich mal?«, fragte sie, und Kathi schob den Laptop zu ihr hin. Helen las weiter. »Sehr geehrter Herr Dr.

Fachinger, anliegend wird Ihnen die Abfindungserklärung zum vorgenannten Unfall übersandt.« Helen scrollte weiter runter auf die nächste Seite. Es schloss sich die genannte Abfindungserklärung an: »Ich erkläre, dass mit der abschließenden Zahlung von weiteren 150.000 EUR alle Schadenersatzansprüche aus dem Unfallereignis vom 27.11.2009 endgültig und vollständig abgefunden sind.«

»Das kann nicht sein«, sagte Helen. Die Entschädigungssumme, die Oliver Schönbom erhalten hatte, war wesentlich geringer gewesen. Sie schloss die Augen, versuchte sich zu erinnern, was Professor Fachinger erzählt hatte. »Kathi! Der Betrag ist zu hoch. Da bin ich mir sicher. Lass mich überlegen. Was genau hatte er gesagt?« Das Gespräch mit dem Dekan zusammen mit Henning Petersen kam ihr wieder in den Sinn.

»Ich weiß, Helen. Schau hier.« Kathi zog den Laptop wieder zu sich herüber und öffnete eine Kontenübersicht, zurückreichend bis ins Jahr 2012. Das Jahr, in dem die Entschädigungssumme an Oliver ausgezahlt wurde.

Der Betrag mit Auszahlungsdatum 10.08.2012 betrug 50.000 Euro! Genau. Das war auch der Betrag, den Fachinger ihr gegenüber erwähnt hatte. Sie erinnerte sich an Hennings Worte. »Das ist also der Wert von zwei Menschenleben.« Auch ihr war der Betrag recht niedrig vorgekommen. Aber gemessen daran, dass die Rheinbank, der Olivers Vater vorstand, zum Unfallzeitpunkt kurz vor dem Bankrott stand, machte es Sinn, dass die Entschädigungssumme für den Hinterbliebenen, die sich nach dem Unterhaltsausfall berechnete, nicht überdurchschnittlich hoch ausgefallen war. Aber offensichtlich hatte Fachinger auch diesbezüglich nicht die Wahrheit gesagt. »Es fehlen 100.000 Euro.«

»So ist es«, bestätigte Kathi. »Und Oliver muss es herausgefunden haben. Irgendwas muss sich ereignet haben, dass er Nachforschungen angestellt hat.« Kathi öffnete die eigentliche E-Mail der Versicherung an Oliver. »Hier, er hat bei der Provinzial angefragt, ob sie ihm die Vereinbarung von damals zuschicken können.«

Helen las das Anschreiben. »Sehr geehrter Herr Schönbom, wunschgemäß übersenden wir Ihnen die Entschädigungsvereinbarung vom 05.08.2012 zum Verbleib bei Ihren Unterlagen.«

»Vielleicht war es das Streitgespräch zwischen Vater und Sohn Fachinger?«, mutmaßte Kathi.

Helen neigte ihren Kopf zu Seite. »Oder ihm kam die Entschädigungssumme zu gering vor. Im Laufe des Studiums hat er sicherlich ein Gefühl für die Höhe solcher Zahlungen bekommen. Ist ja auch egal. Worauf es ankommt, ist, dass Fachinger als sein Betreuer die restliche Entschädigungssumme nicht an Oliver weitergeleitet hat. Hast du das Konto geprüft, auf das die 150.000 Euro von der Versicherung angewiesen wurden?«

»Klar, habe ich. Die Summe ist, wie du schon vermutet hast, an Fachinger als Olivers ehemaligem Betreuer gezahlt worden. Und zwar auf sein Privatkonto. Und ich habe noch mehr herausgefunden. Ich habe die finanziellen Verhältnisse von Fachinger zum damaligen Zeitpunkt überprüft. Er stand seit der Pleite der Rheinbank ebenfalls unter ziemlichem finanziellem Druck.«

»Das heißt, er hat wahrscheinlich auch dort investiert. Genau wie dein Bruder schon vermutet hat.«

Kathi nickte. »Möglich. Er war jedenfalls heftig im Rückstand mit Darlehenszahlungen auf sein Haus. Das stand kurz vor der Zwangsversteigerung. Aber jetzt hör zu: Ganz plötzlich war Ende 2012 alles wieder im Lot.«

»Durch eine nette Finanzspritze in Form von 100.000 Euro.« Helen biss sich auf die Unterlippe. »Er hat das Geld unterschlagen.«

»Und genau deshalb knöpfe ich mir den feinen Herrn Dekan jetzt einmal vor. Denn wenn Oliver seinen damaligen Betreuer damit konfrontiert hat …« Kathi ließ den Satz im Raum stehen.

Helen schluckte. Musste das erst einmal verdauen. Bedeutete das, der Dekan selbst hatte Oliver … oder hatte er seinen Sohn dazu angehalten … Jede Variante unvorstellbarer als die andere. Aber sie kam nicht mehr dazu, Kathi nach ihrer Theorie zu fragen, denn in diesem Moment klopfte es. Kathi legte den Finger auf den Mund und klappte den Laptop zu, bevor sich die Tür öffnete und Professor Fachinger eintrat. Er trug noch immer den gleichen Anzug und das gleiche Hemd wie gestern Nacht. Nur die Krawatte fehlte. Helen vermutete, dass er nicht viel geschlafen hatte, wenn überhaupt. Dennoch verschluckte sie sich fast an dem schlagartig aufkommenden Mitgefühl, wie an einem Apfel, von dem man ein zu großes Stück auf einmal in den Hals bekam.

»Ah, Frau Dr. Freitag. Sie sind auch schon da. Das ist gut.«

Helen wendete sich kurz von ihm ab, schluckte die aufsteigende bittere Galle hinunter und reichte ihm dann die Hand. Jetzt hatte sie die Rolle zu spielen, für die Kathi sie hergerufen hatte. Nicht die als seine Rechtsanwältin, denn das war sie nicht. Sie vertrat hier die Interessen der Hochschule und die von Marie. Und sonst keine. Aber Fachinger sollte sich von ihr vertreten fühlen, damit er nicht abblockte. Der Rest lag an Kathi.

»Nehmen Sie doch bitte Platz. Kann ich Ihnen einen Kaffee anbieten oder Tee?« Kathi deutete auf den freien Stuhl neben Helen.

Fachinger nahm bereitwillig Platz. »Weder noch. Ich möchte nicht drängen, aber ich habe nicht viel Zeit. Ich kann meine Frau nicht so lange alleine lassen. Und meine Tochter. Sie brauchen mich jetzt. Das werden Sie sicherlich verstehen.«

Kathi beugte sich mit gefalteten Händen über den Tisch zu Fachinger hinüber. »Wenn Sie kooperieren, Herr Fachinger, dann können wir hier ganz schnell fertig sein.«

»Was soll das heißen?« Sofort ging er in eine Art Verteidigungsmodus über. »Über meine mangelnde Kooperation können Sie sich kaum beklagen. Ich habe Ihnen gestern alles bereitwillig erzählt. Was ich nicht hätte tun müssen, worauf mich Frau Freitag mehrfach hingewiesen hat.«

Kathi zog die Stirn kraus. Ihre Haare hatte sie heute zu einem blonden Zopf gebunden. Das und die verwaschene Jeansjacke über einer geblümten Bluse ließen sie wirken wie eine seiner Studentinnen. Fachinger würde sie unterschätzen. »Vielleicht können wir uns ja darauf einigen, dass Sie uns vieles erzählt haben.« Sie lächelte ihn an. »Bislang haben wir aber noch gar nicht über Ihre finanziellen Verhältnisse gesprochen. Weshalb es ja auch noch gar keine Gelegenheit für Sie gab, darüber Auskunft zu erteilen. Also kein Vorwurf.«

»Ich wüsste nicht, was meine finanziellen Verhältnisse mit den ganzen schrecklichen Ereignissen zu tun haben. Deshalb sehe ich keine Notwendigkeit, Ihnen darüber Auskunft zu geben«, entgegnete Fachinger barsch.

»Zu dem Grund für mein Interesse komme ich gerne später. Können Sie mir zuvor bestätigen, dass Sie um das Jahr 2010 in schwieriges finanzielles Fahrwasser geraten sind?« Kathi begann, in der Handakte vor sich zu blättern. »Ich sehe hier einige Eintragungen in der Schuldnerkartei. Ihr Haus war hoch belastet. Zudem haben Sie damals Ihre Arbeitsstelle verloren.«

»Ich habe meine Arbeitsstelle nicht verloren. Ich bin lediglich von der Privatwirtschaft in die gesetzliche Unfallversicherung gewechselt.«

»Mit einem halben Jahr Pause dazwischen. Ein Sabbat-Halbjahr?«

»Das reicht jetzt! Mir ist gewiss nicht nach Scherzen zumute. Entweder, Sie kommen endlich zur Sache, oder ich werde mich jetzt verabschieden.« Er stützte die Hände auf die Armlehnen des Stuhls, als ob er aufstehen wollte.

Musste Helen eingreifen? Etwas sagen? Sie schaute zu Kathi. Die gab ihr mit einem kurzen Kopfschütteln zu verstehen, dass sie stillhalten solle. Stattdessen schien Kathi einzulenken. »Lassen wir das. Sie waren zu dieser Zeit auch als Betreuer für Herrn Schönbom eingesetzt.«

»Ja, auch darüber habe ich bereits alles zu Ihren Akten gegeben.«

Kathi lächelte ihn wieder an. »Auch hier haben Sie viel, aber eben nicht alles erzählt.« Bevor Fachinger etwas erwidern konnte, setzte Kathi nach. »Was Sie beispielsweise vorenthalten haben, ist die Höhe der Abfindung, die Sie für Herrn Schönbom aushandeln konnten.« Kathi klappte demonstrativ den Laptop auf. Fachinger entgegnete nichts mehr, und Kathi fuhr fort. »Die Provinzial Versicherung hat den Unfall reguliert, richtig?«

Fachinger deutete ein Kopfnicken an. Er war merklich stumm geworden.

»Darf ich Ihrer Erinnerung auf die Sprünge helfen?« Kathi nahm ein Schreiben aus der vor ihr liegenden Akte. Schaute es sich demonstrativ an und reichte es dann zu Fachinger herüber. Es war die Entschädigungsvereinbarung, die sie offensichtlich ausgedruckt hatte. »Können Sie mir dazu etwas sagen?«

Fachinger warf einen ausgiebigen Blick auf das Schreiben. Helen sah förmlich, wie seine Gedanken ratterten. Kannte die Kommissarin die Summe, die Oliver Schönbom erhalten hatte? War ihr die Differenz bewusst? Er räusperte sich. »Das ist die Vereinbarung über eine einmalige Restzahlung. Und?«

»Also gut, Herr Fachinger. Mathematik war zwar nicht meine Stärke in der Schule, aber die einfache Addition und Subtraktion sind mir geläufig. Ein Entschädigungsbetrag von 150.000 Euro wurde von der Versicherung auf Ihr Konto ausgezahlt. An Oliver Schönbom haben Sie einen Betrag von 50.000 Euro weitergeleitet. Was haben Sie mit den restlichen 100.000 Euro angestellt?«

Eine Pause entstand, bevor er antwortete. Fachinger blickte zuerst zu Helen. Dann zu Kathi. »Mir ist nicht ganz klar, worauf Sie hinauswollen, und ich müsste erst in meinen Unterlagen nachschauen, bevor ich Ihnen eine fundierte Auskunft darüber erteilen kann. Das liegt ja jetzt schon ein paar Jahre zurück. Ich gehe aber davon aus, dass ich das Geld wahrscheinlich gesplittet habe. Einen Teil auf ein Konto für den täglichen Lebensunterhalt und einen anderen Teil auf ein Festgeldkonto.«

Das könnte tatsächlich eine plausible Erklärung sein, dachte Helen. Wenn da nicht seine eigene Aussage ihr gegenüber gewesen wäre, dass Oliver insgesamt lediglich eine Abfindung von 50.000 Euro erhalten hatte.

Auch Kathi hakte nach. »Von diesem zweiten Konto scheint Oliver Schönbom allerdings selbst nichts gewusst zu haben. Wann hatten Sie vor, ihm sein Geld auszuzahlen?«

»Was wollen Sie mir hier eigentlich unterstellen, Frau Voss?«

»Ich unterstelle Ihnen, dass Sie das Geld unterschlagen haben, um damit Ihre eigenen Schulden zu begleichen – und bevor Sie darauf etwas entgegnen, Herr Fachinger, ich denke, dass es sich nicht lohnt, es länger abzustreiten, da Sie ein solches zweites Festgeldkonto mit Sicherheit nicht nachweisen können. Im Übrigen glaube ich, dass Herr Schönbom Sie mit diesem Wissen konfrontiert hat.«

Fachinger erhob sich ruckartig. »Und ich glaube, dass ich mir genug angehört habe und nichts mehr dazu sagen möchte. Kümmern Sie sich bitte um alles Weitere, Frau Freitag. Ich werde mich verabschieden.«

Auch Kathi hatte sich inzwischen erhoben. Und lief zu ihrem Schreibtisch. Sie nahm den Telefonhörer und drückte eine Taste. »Ihr könnt jetzt kommen.«

Helen sah, wie Fachinger die Knie zitterten, während er versuchte, seinen Stuhl zurückzuschieben. Sie nutzte die Verzögerung, die dadurch entstand, um etwas klarzustellen. »Ich fürchte, Herr Fachinger, ich kann mich nicht kümmern. Ich bin nicht als Ihre Anwältin hier.«

Er blickte Helen verständnislos an und wandte sich schließlich zur Tür. »Dann werde ich nun gehen. Ich lasse mir eine solche Behandlung nicht bieten. Ich werde jetzt meine Tochter vom Bahnhof abholen und dann nach Hause fahren, um mich um meine Familie zu kümmern.«

Kathi verstellte ihm den Weg zur Tür. »Es ist nicht nötig, dass Sie Ihre Tochter abholen. Sie befindet sich bereits hier im Präsidium. Und jetzt darf ich Sie bitten, wieder Platz zu nehmen.«

»Wie bitte? Was ist das für ein abgekartetes Spiel?«

»Kein Spiel, Herr Fachinger. Bitterer Ernst.«

In diesem Moment öffnete sich die Tür, und zwei uniformierte Polizeibeamte traten ein.

Fachinger blickte von Kathi zu den Beamten und wieder zurück zu Kathi. »Was soll das?«

»Professor Dr. Jens Fachinger, ich verhafte Sie wegen des Verdachts der Anstiftung zum Mord. Sie haben das Recht, zu schweigen oder sich zur Sache zu äußern. Sie haben das Recht, einen Anwalt hinzuzuziehen. Möchten Sie nun von diesem Recht Gebrauch machen?«

40. Kapitel

Boris hatte also gar nichts mit Ollis Tod zu tun?«, fragte Yuna. Sie nippte an ihrer mit Blumen verzierten Tasse und starrte durchs Fenster auf die Breite Straße. Vor der Tür herrschte reges samstägliches Treiben. Sonne und Wärme lockten die Bonner noch mehr als sonst auf die Straße. Die Tische draußen waren alle besetzt. Im Café Frau Holle war es dagegen ruhiger. Sie hatten sich an einen der hohen Tische auf zwei der Barhocker gesetzt. Beide den Rücken zur Wand. So konnte Marie Yuna alles von ihrer schrecklichen Nacht auf dem Campus erzählen. Gestört wurden sie nur von den Geräuschen, die der urige alte Kaffeeautomat abgab, wenn der Barista seiner Arbeit nachging.

»So sieht es wohl aus. Und mehr noch, wenn er nicht gewesen wäre, dann säße ich jetzt vielleicht nicht hier.« Marie fröstelte es. »Ich werde diese Nacht jedenfalls mein Leben lang nicht mehr vergessen.« Sie biss einmal kräftig in die Zimtschnecke. Süßes war ihr schon immer ein Trost gewesen.

Yuna tätschelte kurz ihren Arm. »Und das nur, weil du die Augen für mich offen gehalten hast. Ich hätte bei dir bleiben sollen.«

»Nein, mach dir bloß keine Vorwürfe. Das war meine eigene Entscheidung. Ich hätte mich ja auch einfach in mein Bett verkriechen können. Aber wenn ich das getan hätte, dann wüssten wir jetzt immer noch nicht, wie Olli umgekommen ist.«

Yuna nickte. »Es hätte aber auch verdammt schiefgehen können.«

»Ist es aber nicht. Dank Boris.« Sie machte eine Pause. Wusste nicht recht, ob sie Yuna davon erzählen sollte. »Ich habe ihn gestern im Krankenhaus besucht.«

»Wie geht es ihm denn?«, fragte Yuna leise, den Blick starr auf ihre Blumentasse gerichtet, als ob sie Maries Antwort fürchtete.

»Ganz gut. Den Umständen entsprechend. Er musste noch in der Nacht notoperiert werden. Das Messer hat einen Lungenflügel angekratzt. Aber er ist jetzt außer Lebensgefahr.«

»Oh, gut«, sagte Yuna sichtlich erleichtert. Sie löste den Blick von der Tasse und schaute Marie in die Augen. »Ich mache mir echt Vorwürfe. Weil ich doch quasi die Polizei auf ihn gehetzt habe, dabei hatte er gar nichts mit Ollis Tod zu tun. Dass ich ihm das zugetraut habe …« Sie schüttelte den Kopf und stierte wieder in den Raum hinein. Die Kaffeemaschine unterbrach die Stille mit einem hohen fiependen Geräusch, als der Barista Milch aufschäumte, und stieß dabei kräftig Dampf aus. Fast eine Steampunk-Atmosphäre. Doch Yuna schien nichts davon wahrzunehmen. »Ich habe normalerweise eine echt gute Menschenkenntnis.« Erneut schüttelte sie den Kopf.

Marie wollte sie trösten. Ihre Reaktion war doch verständlich gewesen. »So unschuldig ist Boris ja nicht. Immerhin hat er Drogen verkauft und sich mit diesem Ruben überhaupt eingelassen.« Sie erzählte Yuna aber auch davon, warum Boris so gehandelt hatte. Warum er vom Eigenverbrauch muskelaufbauender Präparate auch auf den Handel damit umgestiegen war. Marie hatte Boris bei ihrem Krankenhausbesuch davon erzählt, dass sie sein Telefonat mit seinem Vater mit angehört hatte. Nach dieser Nacht am Campus verband sie etwas miteinander. Sie hatte keine Scheu verspürt, ihn damit zu konfrontieren. Und ihm ging es wohl genauso, denn er hatte ihr bereitwillig alles erzählt. Er hatte über den Börsenaccount seines Vaters eine Anlage getätigt, die furchtbar abgestürzt war. Boris hatte wohl einen Tipp bekommen, der sich aber als falsch herausstellte. Da der Vater selbst vor Jahren an Spekulationsgeschäften beteiligt gewesen war, die ihn an den Rand der Pleite gebracht hatten, war die finanzielle Situation der Familie schon vorher angespannt. Das brachte das Fass zum Überlaufen – oder wohl eher das Gegenteil war der Fall. Den letzten Tropfen an Ersparnissen hatte Boris damit verdampft. Er wollte das, was er verloren hatte, wieder zurückzahlen. Darum hatte er sich mit Ruben und auf den Handel mit Medikamenten eingelassen.

»Das entschuldigt sein Verhalten natürlich nicht.« Marie zuckte mit den Schultern. »Aber irgendwie tut er mir auch leid.«

Yuna nickte. »Und er hat dich gerettet. Vielleicht sollte ich ihn auch besuchen.«

»Mach das. Er hat auch gesagt, dass ich dich grüßen soll.«

»Wirklich?« Yuna drehte den Kopf zu Marie.

»Ich soll meine Cousine grüßen, hat er gesagt.« Marie lachte.

Jetzt lächelte auch Yuna. »Na dann, Cousinchen. Lass uns lieber von etwas anderem reden. Wie ist es, wieder zu Hause zu sein? Bist bestimmt froh.«

Marie zuckte mit den Schultern. Zu Hause konnte sie auf jeden Fall besser schlafen. Auf dem Campus war es des Nachts doch recht unheimlich gewesen. Und wenn sie ihre Zimmertür dreimal abgeschlossen hätte. Die Vorstellung, dass auf der anderen Seite der Tür oder des Fensters Verbrechen vonstattengingen, war ja keine Spinnerei, sondern bittere Tatsache gewesen.

»Ich vermisse den Campus«, sagte sie. »Ich hatte für ein paar Tage nicht nur mein eigenes kleines Appartement, sondern auch mein eigenes Leben. Und die Leute fehlen mir. Zumindest ein paar. Vor allem du.« Sie lächelte Yuna schüchtern an.

»Das ist süß. Aber nur, weil du nicht mehr auf dem Campus in Hennef bist, heißt das ja nicht, dass wir uns nicht mehr sehen. Ich wohne und studiere in Bonn, und du arbeitest hier.«

»Vielleicht können wir uns ja manchmal zur Mittagspause hier im Café Frau Holle treffen?«, fragte Marie vorsichtig. Die Kanzlei war ja ganz in der Nähe, und sich mit jemandem in der Mittagspause zu treffen, wäre fast so, als ob sie ein normales Sozialleben hatte wie jeder andere. »Oder wir könnten mal abends weggehen?«, fragte sie, als Yuna nicht sofort antwortete.

»Ja, klar. Das machen wir. Beides. Außerdem sind wir ja schließlich Cousinen. Da bleiben wir sowieso in Kontakt.« Sie grinste Marie an. Der kurze Moment der Unsicherheit war vorbei. Marie hatte sich das nicht eingebildet. Sie hatte eine Freundin gefunden.

»Du hast mir noch gar nichts von meiner Großtante erzählt. Deiner Oma. Wie heißt sie gleich?«, fragte Yuna.

Marie musste lachen. »Oma Elise.«

»Und, wie ist sie?«

»Sie ist echt verrückt. Positiv verrückt. Ich finde sie ganz großartig.«

»Erzähl.«

»Sie ist so quirlig wie ein kleines Mädchen. Dabei ist sie schon fünfundsiebzig, aber den ganzen Tag in Bewegung. Backt Kuchen, putzt. Einmal am Tag schleift sie meine Mutter nach draußen, um mit ihr spazieren zu gehen. Sie treibt Gretchen in den Wahnsinn, bringt sie aber auf Trab. Hat sie mit mir auch schon versucht.«

»Das ist doch toll.«

»Ja. Schon.« Marie verzog den Mund.

»Aber nicht das, was du momentan brauchst.«

Sie nickte. »Ich habe zu viel mit mir selbst zu tun. Da kann mir keiner bei helfen, das muss ich allein schaffen. Deshalb habe ich mich in Hennef auf dem Campus so wohlgefühlt, mal ganz für mich zu sein. Auf einige Dinge hätte ich sicher verzichten können. Aber alles andere … Niemand hat mir ein schlechtes Gewissen gemacht, wenn ich mich einfach mal ins Bett gelegt habe. Keiner hat mir ungefragt etwas zu essen vorgesetzt, und wenn es noch so lecker ist. Egal ob Schwarzwälder Kirschtorte oder russische Marlenka.«

»Verstehe ich gut. Mal abgesehen von den ganz ungeheuren Dingen, die dir im Leben schon passiert sind. So spät zu erfahren, dass man adoptiert ist. Und unter solchen Umständen. Der Vater im Gefängnis und all das. Es ist doch völlig normal. Ab einem bestimmten Alter möchte man auf eigenen Füßen stehen. Es zumindest versuchen, auch wenn man dabei Fehler macht.«

Marie fühlte sich verstanden. Es war etwas ganz anderes, wenn man sich mit jemandem unterhielt, der etwa im gleichen Alter wie man selbst war. »Ganz genau. Ich wünschte, ich könnte ausziehen. Und ein kleines Appartement nehmen. Hier in Bonn. Das wäre mein Traum.«

»Mach es doch einfach.«

»Das kann ich mir doch nicht leisten. Außerdem kann ich meine Mutter nicht allein lassen. Jetzt noch nicht.«

Yuna hob die Augenbrauen. »Aber die Superoma ist doch jetzt da, um sich um deine Mutter zu kümmern.«

»Schon. Bleibt aber immer noch das Geld.«

»Schon mal an eine WG gedacht?«, fragte Yuna.

Marie zuckte mit den Schultern und blickte verschämt auf die verbliebenen Krümel auf ihrem Teller. Ihr war nach einer zweiten Zimtschnecke. »Nicht wirklich. Ich bin nicht so …«, wie konnte man das ausdrücken?, »… sozial? Und dann dieselbe Toilette und Küche benutzen wie jemand Wildfremdes.«

Sie schaute vorsichtig wieder zu Yuna, die sie plötzlich breit angrinste. Marie befürchtete schon, dass sie sie auslachte, weil sie solche Komplexe hatte, doch ganz im Gegenteil. Es war eher ein verschwörerisches Grinsen.

»Bei mir in der WG wird Ende des Monats ein Zimmer frei. Wäre das vielleicht etwas für dich? Zumindest ich bin dir ja nicht mehr so ganz wildfremd. Interessiert?«, fragte ihre Freundin.

Und ob sie das war! Sehr sogar.

41. Kapitel

»Wie kommt es dazu, dass ihr am Muttertag nicht bei euren Eltern frühstückt?« Helen saß zusammen mit Rabe und Kathi an einem reich gedeckten Frühstückstisch in seiner Wohnung. Helen hatte bei Rabe übernachtet und war äußerst überrascht gewesen, als seine Schwester am Morgen mit frischen Brötchen vor der Tür gestanden hatte.

»Erzähl du«, sagte Rabe mit vollem Mund.

Kathi nickte. »Tradition. Sein Vater hat von Beginn ihrer Beziehung an meine Mutter an diesem Tag quasi entführt. Und da die beiden Turteltauben immer noch so verliebt sind wie damals«, Kathi verzog dabei ihr Gesicht und streckte leicht ihre Zunge raus, genauso wie das entsprechende Smiley, »ist das, seitdem wir Kinder aus dem Haus sind, zu einem ganzen Wochenende ausgeartet.«

»Genau«, übernahm Rabe. »Und Schwesterchen und ich haben daraus die eigene Tradition eines gemeinsamen Frühstücks an Muttertag begründet.«

Kathi schaute Helen tief in die Augen. »Ganz egal, was ist, liebe Schwägerin. Ob gerade eine Geliebte beim Brüderchen übernachtet hat …«

»Oder ob Kathi die Samstagnacht durchgefeiert hat.« Rabe spielte den Ball gekonnt zu seiner Schwester zurück.

Kathi lachte zwar, wurde dann aber schnell ernst. »Diesmal keine Clubnacht. Ich habe gearbeitet.«

»Unser Fall?«, fragte Helen.

Kathi nickte.

»Gibt es etwas Neues?« Sie hatte Kathi seit der vorläufigen Festnahme von Fachinger vor einigen Tagen nicht mehr gesehen oder gesprochen. Die Polizistin hatte ihr nur eine kurze E-Mail geschrieben und sie über den Ausgang des Haftprüfungstermins informiert. Es war tatsächlich ein Haftbefehl erlassen worden. Fachinger musste also in Untersuchungshaft. Das hatte Helen überrascht. »Womit ist der Erlass des Haftbefehls denn überhaupt begründet worden? Eine Fluchtgefahr liegt doch eher nicht vor.«

»Sein Anwalt hat auch damit argumentiert, dass kein Haftgrund vorliegt. Fachinger hat einen festen Wohnsitz und lebt in einer festen Familienbeziehung. Bleibt aber die Verdunkelungsgefahr. Und da hat der Staatsanwalt ganz richtig darauf hingewiesen, dass hier die dringende Gefahr der Beeinflussung unserer Kronzeugin aufgrund der engen familiären Beziehung besteht. Das zusammen mit der Schwere des Vorwurfs und dem dringenden Tatverdacht hat den Richter überzeugt.«

»Das heißt, es wird vor allem auf die Aussage seiner Tochter ankommen? Wie bist du eigentlich darauf gekommen, sie zu befragen?«, fragte Helen.

»Nicht mein Verdienst. Sicherlich hätte ich die Familie im Laufe der Untersuchung noch befragt, vor allem nachdem ich durch die Unterlagen auf Olivers Computer auf die Unterschlagung gekommen bin. Aber zu dem Zeitpunkt hatte ich das noch nicht auf dem Schirm. Sie hat mich vom Zug aus angerufen, nachdem sie vom Tod ihres Bruders erfahren hat. Und ich habe sie gebeten, nicht erst nach Hause zu fahren, sondern sofort ins Präsidium zu kommen, damit ich ihre Aussage aufnehmen kann.«

»Das war es, was du noch überprüfen musstest, bevor du Fachinger vorgeladen hast«, erinnerte Helen sich.

»Genau. Das und die Informationen zu Fachingers finanziellen Verhältnissen zur Zeit der Unterschlagung.«

»Und was genau hat Victoria Fachinger dir erzählt?«, fragte Rabe nun. Und Helen war daran auch interessiert. Bisher hatte Kathi ihr direkt nach der Verhaftung von Fachinger nur bruchstückhaft davon berichtet.

»Sie erzählte mir, dass ihr Bruder sie kurz vor dem Mord an Oliver angerufen hat. Es hat sich zu dem Zeitpunkt alles sehr wirr angehört, und sie hat ihn nicht ernst genommen. Er war wohl ziemlich zugedröhnt. Solche Anrufe hat sie anscheinend des Öfteren von Ruben bekommen. Immer wenn er einen Streit mit dem Vater hatte, hat er sich bei seiner Schwester ausgekotzt. Ihre Formulierung, nicht meine.« Kathi hob entschuldigend die Hand. »Erst als ihr Vater ihr die Nachricht von Olivers Tod überbracht hat, hat sie Ruben geglaubt. Sie hat versucht, ihn telefonisch zu erreichen. Er hat ihre Anrufe aber nicht angenommen. Und sie hat die ganze Zeit mit sich gerungen, herzukommen und eine Aussage zu machen. Aber das hätte ja bedeutet, auch ihren Bruder ans Messer zu liefern.«

»Und dann hat sie von Rubens Tod gehört?«, sagte Helen.

»Ja, von ihrer Mutter noch in der Nacht. Sie hat sich in den Zug gesetzt und mich sofort am Morgen angerufen.«

»Und was genau hatte Ruben ihr erzählt?«

»Dass sein Vater ihn in eine geschlossene Klinik einweisen lässt, wenn er Oliver nicht aufhält. ›Wenn du Oliver nicht erledigst, weise ich dich in die Geschlossene ein, und diesmal für immer‹, hätte sein Vater ihm gedroht. ›Also werde ich ihn erledigen‹, so Rubens Worte. Und es tue ihm um den Schönling auch gar nicht leid. Der hätte schon immer versucht, sich in die Familie einzuschleimen. Das hätte sein Vater jetzt auch endlich erkannt. Wenn er mache, was sein Vater wolle, werde alles gut. Und Ruben hat sich noch bei seiner Schwester entschuldigt, weil sie Oliver doch mögen würde.«

»Und sie hat das nicht ernst genommen?«, fragte Helen fassungslos.

»Wie gesagt, das war nicht der erste Anruf so einer Art. Meist hat Ruben allerdings davon gesprochen, seinem Vater etwas anzutun, wenn er ihm drohte, ihn wieder in einen Entzug schicken zu wollen. Außerdem war es Samstagabend. Sie selbst war unterwegs zu einer Studentenparty. Sie hat ihren Bruder zu beruhigen versucht. Ihm gesagt, was sie ihm immer sagte in solchen Momenten. ›Du weißt, wie du bist, wenn du drauf bist. Geh nach Hause. Schlaf den Rausch aus. Morgen sieht alles schon wieder anders aus. Dann telefonieren wir wieder.‹«

Helen nickte. Es war nachvollziehbar. Auch als Angehöriger eines Süchtigen stumpft man vermutlich mit der Zeit ab, mit jedem neuen unkontrollierten Ausbruch, mit jeder neuen Lüge immer mehr. Allein aus Eigenschutz. Man kann nicht mehr abschätzen, wann die Lage wirklich ernst ist. Todernst. »Und du bist dir sicher, dass es sich so abgespielt hat? Fachinger hat seinen Sohn angestiftet, Oliver umzubringen, weil der die Unterschlagung aufgedeckt hatte?«

»So lautet der Vorwurf. Es wird sich herausstellen, ob es zu beweisen sein wird. Aber zumindest daran, dass Ruben tatsächlich die Tat ausgeführt hat, habe ich keinen Zweifel mehr. Wir haben Rubens Wohnung durchsucht und einen riesigen Vorrat an BTM gefunden. Darunter Heroin. Eine hübsche Sammlung an Partydrogen. Aber auch die Mittelchen, die er über Boris Kuschel am Campus vertickt hat. Vor allem aber haben wir zum einen Liquid Ecstasy gefunden und zum anderen genau dieselben Schmerztabletten, die Oliver getötet haben. Gleicher Wirkstoff Paracetamol. Sogar die gleiche Marke. Die identischen Packungen, die neben dem Toten gefunden wurden. Alles noch kein Beweis, aber doch ein starkes Indiz.«

»Und wie und wann hat er Oliver die K.-o.-Tropfen verabreicht? Von den Partygästen hatte doch niemand etwas gesehen oder habt ihr noch jemanden gefunden?«, fragte Helen.

Kathi verneinte. »Das ist noch offen. Niemand von den Studenten will Ruben auf der Party gesehen haben. Bisher hatten wir danach aber auch nicht explizit gefragt. Ich hoffe, wenn ich jetzt noch einmal alle befrage, wird sich jemand melden. Ich denke aber nicht, dass noch jemand anders von den Studenten beteiligt war. Es gibt keinerlei Anzeichen, dass Ruben noch zu anderen außer Boris Kontakt hatte, und der scheidet aus. Er war im Zeitpunkt, als die K.-o.-Tropfen verabreicht worden sein müssen, nicht auf dem Campus.«

»Wäre nicht auch Vater Fachinger möglich?«, fragte Rabe.

Seine Schwester schüttelte vehement den Kopf. »Nein, für den Abend der Party hat er sich wohlweislich ein Alibi zugelegt. Aber lass mich mal weiter erzählen.« Kathi spülte ihre Stimme mit einem Schluck Kaffee, bevor sie weiter berichtete. »Am Freitag war dann Boris Kuschel vernehmungsfähig.«

»Hat er Maries Aussage bestätigt?«, fragte Helen.

»Hat er. Und er hat auch den Namen seiner Bekannten genannt, mit der er am Abend des Mordes aus dem Club Sperl verschwunden ist. Sie hat sein Alibi bestätigt. Zudem konnte Boris noch mehr zur Aufklärung beitragen. Wie es zu den Fotos gekommen ist, die wir von ihm und Ruben auf Olivers Handy gefunden haben. An dem Abend, an dem die Fotos gemacht wurden, gab es einen weiteren Zeugen. Ein anderer Student. Tobias Brecherl. Schon mal gehört, Helen?«

»Der Name sagt mir was, aber ich kann ihn gerade nicht visualisieren.«

»Ihn hatten wir bisher nicht vernommen, weil er nicht auf der Party war. Das habe ich nachgeholt. Er kam dazu, als Boris Oliver zur Rede stellen wollte wegen der Fotos, die er von ihm und Ruben gemacht hatte. Boris ist da wohl sogar handgreiflich geworden, Oliver hat sich verbal zu verteidigen versucht. Er hat mit einer Klage gedroht und gerufen, dass er mit seinem Wissen zur Polizei gehen würde. Boris hatte das nur auf den Drogenhandel bezogen. Aber in Wirklichkeit meinte Oliver da wohl Ruben und dessen Verantwortlichkeit für den Unfall. Jedenfalls hat Tobias diese Situation für Oliver anscheinend gerettet. Er kam gerade von einer Joggingrunde zurück, und daraufhin haben Boris und Ruben von ihm abgelassen. Oliver hat sich dann Tobias so weit anvertraut, als dass er diesen Ruben kenne und Boris sich da wohl mit jemandem ganz Üblen eingelassen habe. Und als Tobias daraufhin meinte, man müsse das melden, hat Olli ihm erzählt, dass Ruben der Sohn des Dekans und das Melden deshalb ein Problem sei. Er hätte aber etwas gegen den Dekan in der Hand, und der müsse deshalb bestimmt bald seinen Hut nehmen. So lange könnte man wegen der Drogen nichts unternehmen.«

»Und Boris dachte da noch, es dreht sich alles nur um die Drogen? Er hat nichts davon gewusst, dass sich Ruben und Oliver überhaupt kannten?«, fragte Helen.

»So hat Boris es ausgesagt«, bestätigte Kathi.

»Das macht das alles so ungemein tragisch«, meinte Helen. »Dass die Familien Fachinger und Schönbom so eng befreundet waren.«

Kathi nickte. »Andererseits ist das auch ein Grund dafür, dass Victoria Fachinger ausgesagt hat. Ich glaube, sie ist die Einzige in der Familie Fachinger, der wirklich etwas an Oliver lag. Ganz ohne Hintergedanken.«

Rabe meldete sich zu Wort: »Aber sind Victoria Fachinger und auch dieser Brecherl nicht nur Zeugen dem Hörensagen nach? Und alles andere Indizien, keine Beweise. Wieso bist du dir so sicher, Kathi?«

»Richtig, Bruderherz, aber es gibt noch das kleine i-Tüpfelchen, das den Fall wasserdicht macht, zumindest was die eigentliche Tat angeht.« Helen und Rabe hingen gespannt an Kathis Lippen. »Es gibt einen Zeugen, der Ruben gesehen hat, wie er Oliver in der Nacht seines Todes aus dem Wald geschleppt und zurück auf den Campus geführt hat: ein Patient aus der Eschenbergklinik, der einen nächtlichen Rauchspaziergang gemacht hat. Er kannte Ruben von den Ehemaligentreffen in der Klinik. Wir hatten die Patienten dort schon vorher befragt, ob sie etwas in der Nacht von Olivers Tod gesehen haben. Aber er hat erst etwas gesagt, nachdem er vom Tod Rubens erfahren hat.«

»Und er hat es auch zu Protokoll gegeben?«, fragte Helen.

Kathi nickte. »Nachdem wir die Aussage von Boris und Tobias hatten, bin ich noch einmal vor Ort gewesen und wollte auch bezüglich der Handgreiflichkeiten vor Olivers Tod noch einmal herumhören, ob es dafür noch andere Zeugen gab. Diese Szene hatte sich nämlich auf dem Parkplatz genau vor der Klinik abgespielt.«

»Das macht es allerdings wasserdicht«, sagte Rabe. »Aber noch eine Frage geht mir durch den Kopf.«

»Nur zu, Bruderherz. Solange ich von alldem nichts in deiner Zeitung finde.«

Rabe warf ihr einen bösen Blick zu. »So gut solltest du mich kennen.«

»Schon gut. War nicht ernst gemeint. Also, was willst du wissen?«

»Mit der Rheinbank hat das alles gar nichts zu tun? Weder der Unfall damals noch der Mord an Oliver. Oder?«

Kathi bejahte. »Nur dass sich Fachinger und Schönbom über diese Bankconnection und die Rotarierverbindung überhaupt erst kennengelernt haben. So hat sich ihre Freundschaft entwickelt. Sie haben nebeneinander gebaut, die Kinder sind miteinander aufgewachsen. Aber das war auch der Beginn der Probleme bei Ruben. Und

Fachinger hat tatsächlich Schulden gemacht, weil er von Schönbom Finanztipps für Anlagen bekommen hat, die dann schwer abgestürzt sind.«

Rabe stutzte. »Was meintest du mit dem Beginn der Probleme bei Ruben?«

»Professor Fachinger hat Oliver seinem Sohn von Anfang an als leuchtendes Beispiel vorgehalten«, antwortete Helen. »Aber Henning Petersen meint, das war vielleicht der Auslöser für Rubens Verhalten, nicht der Grund. Er vermutet eine massive psychische Störung.«

»Dazu hat auch Victoria Andeutungen gemacht. Das wird in der weiteren Ermittlungsarbeit auch noch alles aufgearbeitet werden müssen«, bestätigte Kathi.

»Gute Arbeit, Kathi«, sagte Rabe.

»Noch zu früh für ein Lob. Die Arbeit für mich geht jetzt erst richtig los. Das Ermittlungsverfahren ist eingeleitet. Und nun heißt es, jedes Indiz und jede Zeugenaussage noch einmal überprüfen, damit die Staatsanwaltschaft genug hat, um auch eine Anklage wegen Anstiftung zum Mord gegen Fachinger zu erheben.«

Jeder hing für einen Moment den eigenen Gedanken nach. Helen dachte darüber nach, was wohl dazu führte, dass jemand zu dem wurde, der er war? Angefangen in frühester Kindheit, hatte Ruben es seinem Vater nie recht machen können. War das auch der Grund für die Brandstiftung an der Schule gewesen? Fragen, auf die es wohl nun nie mehr eine Antwort geben würde. Und was hätte Fachinger gemacht, wenn sein Sohn lebend gefasst geworden wäre? Hätte er die ganze Schuld auf ihn gelenkt? Hätte er zugesehen, wie sein Sohn wegen Mordes angeklagt und verurteilt worden wäre? Sie erinnerte sich an seine Verzweiflung, die er ihr gegenüber ausgedrückt hatte. »Mein Sohn ist nicht böse, er braucht Hilfe.« Hatte er da schon eine Verteidigung vorbereitet? Hatte er die ganze Zeit versucht, sie zu beeinflussen?

»Wie ist Ruben denn nun eigentlich zu Tode gekommen?«, fragte Helen. »War es ein Unfall?«

Kathi antwortete: »Das wird sich wohl auch nie mehr so ganz aufklären lassen. Es gab keine Zeugen. Keine weiteren Beteiligten am Unfall. Die Autobahn war frei.«

»Ich dachte, dass es bei der Verfolgungsfahrt passiert wäre. So habe ich es aus der Pressemitteilung entnommen. Tödlicher Unfall bei Verfolgungsfahrt«, sagte Rabe.

Kathi schüttelte den Kopf. »Unsere Einsatzfahrzeuge waren ihm zwar auf der A3 auf den Fersen. Aber sie waren nicht so nah dran, dass er es bemerkt haben konnte. Warum er von der Fahrbahn abgekommen ist, das Motorrad gegen die Leitplanke geprallt ist und er an einen Baum geschleudert wurde, das lässt sich nicht mehr rekonstruieren.«

»Meinst du, er hat das Motorrad absichtlich gegen die Leitplanke gesteuert?«, fragte Helen.

»Möglich. Es wurden keine Brems- oder Schleuderspuren auf der Fahrbahn gefunden.«

Helen nickte. So viele Familienschicksale um sie herum. Man musste ja nur Maries Familie anschauen. Sie befürchtete manchmal, dass sie so ein Unheil anzog. Aber das war Unsinn. Sie wischte den Gedanken fort. Es gab ja auch andere Beispiele. Die Eltern von Rabe und Kathi immer noch glücklich wie am ersten Tag. Sie schaute die beiden Geschwister an. Fühlte sich noch nicht völlig angekommen zwischen ihnen. Aber mit dem Muttertagsfrühstück war sie immerhin schon ein kleiner Teil ihrer Tradition geworden. Rabe griff wie zur Bestätigung nach ihrer Hand.

»Okay, meine lieben Verliebten«, sagte Kathi. »Ich muss los. Habe noch einen kleinen weiteren Wochenendbesuch vor mir, bevor ich mich für die nächsten Wochen in die Ermittlungsarbeit vergrabe und meine privaten Pflichten vernachlässigen muss.«

»Wie heißt der Glückliche?«, fragte Rabe.

»Die Glückliche«, korrigierte Kathi. »Sie heißt – und bitte jetzt keine gehässigen Kommentare, sie kann nichts für ihren Namen –, sie heißt Kimberly.«

»Sie hat die Männer wieder aufgegeben«, erklärte Rabe Helen, »weil sie niemanden findet, der ihrem Bruder das Wasser reichen kann.«

»Plustere dich ja nicht so auf«, sagte Kathi und erhob sich.

Sie brachten Kathi gemeinsam zur Tür. Rabe legte Helen den Arm um die Taille. Als Kathi fort war, löste sie sich schnell wieder von ihm und gab ihm einen Klaps auf den Po. »Komm. Wir sollten uns auch auf den Weg machen. Wir müssen den Kuchen abholen, und du willst doch nicht gleich beim ersten Besuch zu spät kommen. Und das am Muttertag.«

»Wie hast du es geschafft, sie davon abzuhalten, selbst einen zu backen?«

»Wir werden sehen, ob sie das nicht trotzdem getan hat.« Helen lachte. »Und, bist du nervös?«

Rabe schüttelte den Kopf. »Überhaupt nicht. Ich war schon immer ein Typ, den die Schwiegermütter lieben. Und du?«, fragte er im Gegenzug.

Helen dachte kurz darüber nach. Stellte fest, dass sie nicht einmal innerlich beim Wort Schwiegermutter zusammengezuckt war. Und das lag nicht daran, dass Kathi sie zermürbt hatte, indem sie sie schon lange als Schwägerin betitelte. Es fühlte sich richtig an.

»Gar nicht. Ich freue mich. Es wird Zeit, dich meiner Mutter vorzustellen.«

KBV KRIMINALROMAN

Nina Röttger

DIE GRÜNE FEE UND DER KALTE TOD

Taschenbuch, 288 Seiten

ISBN 978-3-95441-325-6

10,95 EURO

Ein zünftiger Mord wie im Mittelalter

Met und Mord – Mittelaltermärkte ziehen die Gauklerin Isa magisch an. Ebenso wie die Leichen, die dort plötzlich auftauchen.

Alljährlich öffnet in Siegburg ein mittelalterlicher Weihnachtsmarkt seine Tore. Für die junge Gauklerin Isa Bocholt, die unter dem Namen »Die grüne Fee von Absinth« mit ihrer Band Manus Furis dort Touristengruppen und Einheimische unterhält, ist er ein zweites Zuhause.

Hinter den bunten, historischen Kulissen schwelt Streit, der von den Besuchern des Marktes unbemerkt bleibt. Die Spielleute liegen sich in den Haaren mit Meyster Hubertus, dem Apfelkringel-Bäcker, und das Ehepaar Drömer mit seiner Schenke ficht einen harten Konkurrenzkampf mit Oliver Katz, dem alkoholkranken Tavernenbesitzer aus.

Als dieser eines Morgens erfroren am Pranger des Marktes gefunden wird, geht die Kriminalpolizei von einem Unfall aus, da einige geleerte Metflaschen am Tatort gefunden wurden. Isa jedoch glaubt fest an einen Mord. Nicht zuletzt, weil sie am Vorabend einen erbitterten Streit mitbekommen hat, bei dem jemand Katz ein baldiges, unseliges Ende prophezeit hat. Isa wäre nicht Isa, wenn sie ihre Neugier im Zaum halten könnte, und so macht sie sich im Schein ihrer Pechfackel auf eigene Faust auf die Suche nach dem Mörder.